Unter dem Namen Valerie Jakob schreibt eine der erfolgreichsten Übersetzerinnen von Romanen aus dem angloamerikanischen und französischen Sprachraum. In ihren Werken erzählt sie auf kluge und berührende Weise von den Verstrickungen einzelner Schicksale in den großen Lauf der Geschichte.

«Schicksale unterm Rad der Geschichte … Ein unterhaltsames und spannend geschriebenes Buch.» *Aalener Kulturjournal*

«Ein wunderbares Buch über den Mut, den eigenen Weg zu gehen.» *Lea*

«Ein packender Familienroman … Es ist Valerie Jakob bemerkenswert gut gelungen, Historie, Liebesroman, Familiendrama und Feminismus miteinander zu verbinden.» *Krachfink.de*

Valerie Jakob

Mauersegler

Roman

Rowohlt Taschenbuch Verlag

Veröffentlicht im Rowohlt Taschenbuch Verlag, Hamburg, März 2022

Redaktion Heike Brillmann-Ede
Umschlaggestaltung bürosüd, München
Umschlagabbildung Popperfoto/Getty Images
Satz Albertina bei Pinkuin Satz und Datentechnik, Berlin,
nach dem Layout von Farnschläder & Mahlstedt, Hamburg
Druck und Bindung GGP Media GmbH, Pößneck, Germany
ISBN 978-3-499-27507-4

Die Rowohlt Verlage haben sich zu einer nachhaltigen Buchproduktion verpflichtet. Gemeinsam mit unseren Partnern und Lieferanten setzen wir uns für eine klimaneutrale Buchproduktion ein, die den Erwerb von Klimazertifikaten zur Kompensation des CO_2-Ausstoßes einschließt.
www.klimaneutralerverlag.de

MIX
Papier aus verantwortungsvollen Quellen
FSC® C014496

Wir sind alle eines Tages
auf diesen unbekannten Planeten gefallen.

Antoine de Saint-Exupéry

Mauersegler

(lat. Apus apus)

Langlebiger Kleinvogel mit weiter Verbreitung. Gefieder rauchbraun bis schwarzgrau, große, an Falken erinnernde Augen. Geschlechter äußerlich nicht unterscheidbar.

Langstreckenzieher. Nach Tausenden Flugkilometern Ankunft in den europäischen Brutgebieten Anfang Mai, Rückzug in die afrikanischen Überwinterungsregionen Anfang August.

Arttypischer Aufenthalt nahezu ausschließlich in der freien Luft, lediglich zur Brutzeit werden Nistplätze angeflogen. Am Brutplatz orts- und nesttreu. Nisthöhlen bevorzugt in hochgelegenen, verborgenen Mauerschlupfwinkeln.

Gesellige Akrobaten der Lüfte. An Sommerabenden pfeilschnelle Flugspiele im Schwarm, die von ausgelassenen, durchdringend hellen Rufen begleitet werden.

Deutliche lokale Bestandseinbrüche. Die Veränderung unverzichtbarer Lebensvoraussetzungen durch den Eingriff des Menschen gefährdet diesen Wanderer zwischen den Horizonten.

I

Als Juliane die Wohnungstür aufschob, hörte sie Christian sagen: «Warte mal, da kommt sie gerade.» Dann rief er: «Braunschweig is calling. Deine Mutter!»

Juliane stellte die Einkaufstasche im Wohnzimmer auf den Boden und nahm Christian den Apparat ab. «Hallo, Mama», sie ließ sich in die Sofaecke fallen, «geht's euch gut?»

«Alles bestens. Und bei dir? Hast du dich inzwischen an Berlin gewöhnt?»

«Geht so.» Juliane dachte an den Einkauf, den sie gerade hinter sich gebracht hatte. Sie wohnten in der Nähe des Kollwitzplatzes, und dort war immer alles voller Touristen und Jungunternehmer, sodass sie sich wie beim Schaulaufen vorkam, wenn sie an den gut besuchten Cafés vorbeikam. Überhaupt ging ihr der ganze Hype in dieser Stadt eher auf die Nerven.

Sie hatte nach den Osterferien ihre Stelle als Lehrerin gekündigt und war zu ihrem Freund gezogen, der dabei war, sich in diesem Mekka der Start-ups selbständig zu machen, auch wenn es mit der Finanzierung noch haperte. Es ging um eine Plattform, die für Kunden individualisierbare Produkte unterschiedlichster Firmen zusammenfassen sollte. Das reichte von Stofftaschentüchern mit gestickten Monogrammen, die angeblich bald wieder in Mode kommen würden, bis hin zu Torten mit Fotodruck auf der Marzipandecke. Nachmittags hatte Christian wieder einmal einen Termin bei einer Bank gehabt, aber ein Gründerkredit zu annehmbaren Bedingungen war schwer zu bekommen. Heiner dagegen, Christians Geschäftspartner, hatte seinen Anteil des Kapitals schon zusammen.

«Hast du bereits was Neues gefunden?», fragte ihre Mutter.

Juliane stöhnte. «So einfach ist das nicht.» Als sie nach zwei Monaten noch so ratlos gewesen war wie bei ihrem Umzug, hatte sie Christian vorgeschlagen, fürs Erste bei seinem Start-up mitzumachen, doch er hatte mit einer Bemerkung über Beruf und Privatleben abgewinkt.

«Daran hättest du denken sollen, bevor du deine Stelle gekündigt hast.» Ihre Mutter verstand überhaupt nicht, wie sie «ohne Not» einen so guten Posten hatte aufgeben können.

«Mama, ich bin einfach keine Lehrerin. Ich hab dir lang und breit erzählt, wie es für mich war. Ich konnte einfach nicht mehr weitermachen.» Sie dachte an ihre Schulklasse, die sie nicht respektiert hatte und vor der sie sich nicht hatte durchsetzen können. Im Französischunterricht hatte ihr trotz all ihrer Motivationsversuche kaum jemand zugehört, stattdessen waren unter oder auch gern auf der Bank SMS getippt worden, und im Leistungskurs Englisch hatte bei der Shakespeare-Lektüre die Meinung vorgeherrscht, dass «dieser alte Scheiß» nichts brachte. Aggressives Desinteresse, so hatte Juliane das Verhalten ihrer Klasse insgeheim getauft, und irgendwann hatte sie sich morgens beinahe davor gefürchtet, in den Unterricht zu gehen. «Man braucht eine Begabung für diesen Beruf», sagte sie, als ihre Mutter schwieg, «muss die Jugendlichen für das Fach motivieren können. Und darin war ich eindeutig eine Niete.»

«Du hättest vielleicht noch ein bisschen durchhalten müssen», sagte ihre Mutter darauf nicht zum ersten Mal. «Erfahrung sammeln, mit der Zeit wäre es bestimmt leichter geworden.» Sie seufzte. «Na ja, Lehrer werden gesucht, du könntest jederzeit wieder einsteigen.»

«Mama», Juliane war genervt, «ich habe diese Arbeit jahrelang gemacht. Das reicht vollkommen aus, um festzustellen, dass ich niemals eine gute oder womöglich glückliche Lehrerin geworden wäre.»

Sie sah Christian an, der ihren Blick mit hochgezogenen Augenbrauen erwiderte und mit der Einkaufstasche in Richtung Küche verschwand. Sie hatten sich zwei Jahre zuvor bei der Geburtstagsfeier einer ehemaligen Studienkollegin in Göttingen kennengelernt. Juliane dachte an den milden Sommerabend, an dem es auf der Gartenparty zwischen ihnen gefunkt hatte. Christian, energiegeladen und voller Pläne, hatte wie ein Magnet auf sie gewirkt. Noch am gleichen Abend waren sie miteinander im Bett gelandet – beziehungsweise auf einer lauschigen Wiese oberhalb der Stadt. Obwohl Juliane in Göttingen arbeitete und Christian direkt nach dem Studium wieder in seine Geburtsstadt Berlin zurückgezogen war, hatte die Beziehung gehalten.

Sie schlug die Beine übereinander und wippte mit dem Fuß, sodass ihre Sandale auf den Boden fiel. Im Telefonhörer herrschte Stille. «Mama», sagte sie versöhnlicher, «ich weiß, dass du dir Sorgen machst.» Ihre Mutter war eine entschiedene Verfechterin der persönlichen Selbständigkeit und sah Juliane vermutlich schon auf dem Weg zum Sozialamt. «Was macht Paps?», fragte Juliane, um das Thema zu wechseln.

«Wedelt mit dem Autoschlüssel rum. Wir müssen gleich aus dem Haus.» Im Gegensatz zu Julianes Mutter, die eher streng wirken konnte, war ihr Vater ein heiterer Charakter, der sein noch recht neues Rentnerdasein nach einem Arbeitsleben als Produktionsleiter im Maschinenbau in vollen Zügen genoss.

«Weshalb ich überhaupt anrufe», sagte ihre Mutter, «Johann hat sich gemeldet.» Johann war der Cousin ihrer Mutter an der Ostsee. Die beiden hatten seit jeher wenig Kontakt, auch nach dem Mauerfall war es bei seltenen Anrufen und einer Weihnachtskarte geblieben.

«Ja?», fragte Juliane, die nicht recht wusste, was sie mit dieser Information anfangen sollte.

«Er fragt, ob du oder ich mal bei ihm vorbeikommen könnten», sagte ihre Mutter.

«Mal bei ihm vorbeikommen? Der ist gut.» Von Berlin aus waren es allein bis nach Greifswald über zweihundert Kilometer, und dann folgte noch eine Strecke auf kleinen Sträßchen. «Wieso überhaupt? Wir sehen uns doch nie.»

«Er will etwas besprechen.»

«Und was?», fragte Juliane.

«Das hat er mir nicht gesagt.» Ihre Mutter klang gereizt, als wäre Juliane schwer von Begriff. «Nachdem du zurzeit keine … Verpflichtungen hast, kannst du ruhig mal hinfahren, oder? Er ist meistens da, hat er gesagt, und falls nicht, sollst du einfach reingehen oder dich in den Garten setzen, bis er wiederkommt.»

«Aber …» Juliane fühlte sich überrumpelt. Sie wollte nicht an die Ostsee fahren, sie wollte nirgendwohin fahren, sondern zur Ruhe kommen und überlegen, was sie demnächst mit ihrem Leben anfangen sollte.

«Julchen, überleg's dir einfach, wir müssen los, das Konzert fängt bald an», hörte sie ihren Vater im Hintergrund rufen, «wir können morgen noch mal telefonieren.» Auch Julianes Mutter hatte sich vor einiger Zeit aus ihrer Sekretärinnenstelle in den Ruhestand verabschiedet, und seitdem hatten ihre Eltern gefühlt mehr Konzerte besucht, Ausflüge gemacht und Kurzreisen unternommen als in ihrer gesamten über dreißigjährigen Ehe davor zusammen.

«Ich denke darüber nach», sagte sie zu ihrer Mutter. «Viel Spaß dann.»

Juliane streifte auch die zweite Sandale ab und ging in die Küche. «Ich dachte, wir essen zusammen zu Abend», sagte sie zu Christian, der mit einem Käsebrot an der Arbeitsfläche lehnte.

«Hab noch einen Termin, sorry.» Er trank einen Schluck Orangensaft. «Kann länger dauern», erklärte er dann, «es geht um die Webseite.»

«Schade.» Aber diese Phase war wichtig für Christian. Er musste Kontakte knüpfen und Entscheidungen treffen, deren Tragfähigkeit sich erst später erweisen würde.

«Was wollte deine Mutter eigentlich?», fragte er.

«Sie will, dass ich zu Johann fahre, weil er möchte, dass jemand von uns ‹mal› bei ihm vorbeikommt.» Sie grinste. «An der Ostsee. Ganz schön weiter Weg für einen Nachmittagskaffee, was?»

«Wer war das gleich wieder? Euer einziger Ostverwandter?» Christian biss in sein Brot.

«Ja, mein Großcousin. Seine Mutter und meine Großmutter waren Schwestern.» Juliane schenkte sich Orangensaft ein.

«Und warum sollst du bei ihm vorbeikommen?»

«Keine Ahnung. Ich habe ihn nur als Sechsjährige mal gesehen, da kam er mir uralt vor, dabei ...», sie dachte nach, «... war er damals vielleicht so was wie Mitte fünfzig. Also müsste er inzwischen um die achtzig sein.»

«Und jetzt hat er Altersmelancholie und will dich noch mal sehen, bevor er abtritt.»

Juliane sah ihn an. «Keine Ahnung.»

«Worum soll es denn sonst gehen? Ihr beide hattet ja die ganze Zeit nichts miteinander zu tun, oder?» Juliane schüttelte den Kopf. «Hat er noch andere Verwandtschaft?», fragte Christian.

«Weiß ich nicht, kann sein.»

«Ist ja auch egal. Wenn du hinfährst, wirst du schon erfahren, warum er jemanden von euch sehen will.» Christian räumte das Messer in die Spülmaschine und hob die Saftpackung hoch. «Noch mehr?» Sie schüttelte den Kopf, und er stellte die Packung in die Kühlschranktür.

«Würdest du denn mitkommen? Zu Johann, meine ich?»

Christian war mit den Gedanken schon bei seinem Termin. «Ja, wenn es sich einrichten lässt», sagte er unkonzentriert, während er in den Flur ging. «Bin dann mal weg», rief er und schlug die Wohnungstür hinter sich zu.

Juliane überlegte kurz, ob sie für sich alleine kochen sollte, aber dann nahm sie nur einen Apfel mit an den Schreibtisch in ihrem Zimmer. Vor ihrem Einzug war es Christians Schlafzimmer gewesen, und er hatte einiges herausgeräumt, damit sie Platz für ein paar ihrer Sachen hatte. Ihr gemeinsames Bett stand hier, während in Christians Arbeitszimmer kreuz und quer die Unterlagen zu seinem Start-up lagen. Die Wohnung war klein, und es ging ziemlich eng zu. Lustlos scrollte sie sich am Computer durch alle möglichen Stellenanzeigen.

Nichts davon sprach sie an. Sie lehnte sich auf dem Stuhl zurück. Anders als ihre Mutter anscheinend glaubte, hatte sie ihre Arbeit nicht bei den ersten Problemen geschmissen, sondern erst, als sie ständig Magen- oder Kopfschmerzen hatte und sich auch langfristig keine Änderung der Situation abzeichnete. Entspannt war sie allerdings auch nach Kündigung und Umzug nicht. Sie rupfte an einem Faden herum, der vom Saum ihres T-Shirts abstand. *Dolce far niente*, das süße Nichtstun – was für ein Schwachsinnsausdruck. Stattdessen fühlte sie sich einfach nur erschöpft, obwohl sie inzwischen seit Monaten kaum noch etwas tat und die Ursache abgeschaltet war. Das lähmende Gefühl der ständigen Überforderung aus ihrem Lehrerinnendasein war geblieben, und deshalb konnte sie für nichts richtige Energie entwickeln.

Eine Woche später fuhr Juliane vormittags nach Reinickendorf, einem nordwestlich gelegenen Berliner Bezirk, um Christian bei seinem Vater abzuholen.

«Musst du wirklich ausgerechnet heute Morgen zu ihm?», hatte sie Christian beim Frühstück noch einmal gefragt. Sie war schlecht gelaunt. Hatte frühmorgens Richtung Ostsee aufbrechen wollen, um genügend Zeit zu haben und nicht bei Dunkelheit zurückfahren zu müssen. «Ja, geht nicht anders, und es spielt doch keine Rolle, ob wir ein bisschen später loskommen», hatte Christian gesagt, seinen Kaffee runtergestürzt und war zur U-Bahn gerannt.

Als sie in die Wohnstraße einbog, sah sie Christian und seinen Vater schon vor dem Haus stehen. Christian war einen halben Kopf größer als sein Vater, der an diesem ganz gewöhnlichen Wochentag seltsamerweise Jackett und Hemd mit Krawatte trug. Das war eigentlich nicht sein Stil. *Wenigstens muss ich jetzt nicht noch in die Wohnung rauf.* Sie fuhr schräg auf den Bürgersteig, und Christians Vater machte einen übertriebenen Schritt rückwärts.

«Frau am Steuer, Abenteuer!», rief er und lachte, während Christian nur mit den Schultern zuckte.

Das war genau so ein Spruch, wie er zu Christians Vater passte. Juliane beschloss, überhaupt nicht erst auszusteigen, und ließ nur das halboffene Fenster ganz herunter, als Christian zu ihr ans Auto kam.

«Ich hab noch versucht, dich zu erreichen», sagte er und stützte sich mit der Hand am Autodach ab, um sich zu ihr herunterzubeugen. Die Sonne stand hinter ihm, sein Gesicht lag im Schatten, und seine Augen wirkten viel dunkler blau, als sie es waren.

Juliane griff nach dem Smartphone in ihrer Handtasche. Ein verpasster Anruf. «Hab ich nicht gehört, ich war noch tanken. Was gab's denn?» Sie wandte kurz den Blick nach vorn und sah, dass Christians Vater sie beobachtete.

«Ich wollte …» Christian verstummte einen Moment, bevor er weitersprach. «Ich kann nicht mit. Jedenfalls nicht jetzt gleich.» Juliane sah ihn nur an. «Mein Vater hat uns einen Termin gemacht, von dem ich nichts wusste.» Er rollte mit den Augen.

«Und wie lange dauert der?», fragte Juliane.

«Ein, zwei Stunden, denke ich», sagte Christian mit einem Blick auf seinen Vater, der demonstrativ mit dem Zeigefinger auf seine Armbanduhr pochte.

«Wir hatten aber etwas anderes ausgemacht.» Noch zwei Stunden später, und sie könnten die Fahrt vergessen. Christians Vater dachte anscheinend, alle müssten nach seiner Pfeife tanzen. Und offensichtlich dachte er es nicht nur, sondern setzte es auch durch.

«Ja, ich weiß, aber wir könnten doch an einem anderen Tag fahren, oder?», sagte Christian. «Das spielt bei dir doch gerade keine Rolle und bei Johann sowieso nicht.»

«Sag mal, spinnst du?» Wenn sie nicht den taxierenden Blick von Christians Vater auf sich gespürt hätte, wäre sie laut geworden. «Das könnte eins zu eins von deinem Vater stammen. Oder kommt es sogar von ihm?»

«Quatsch.»

«Dein Vater arbeitet schließlich auch nicht mehr und kann an einem Tag so gut wie an jedem anderen. Stattdessen muss es unbedingt heute sein. Was ist denn eigentlich so unheimlich wichtig?»

«He, ihr beiden, dauert das noch lange?», rief sein Vater. «Ich stehe mir hier die Beine in den Bauch.»

«Nein, ist schon alles geklärt!», rief ihm Christian zu.

«Ach ja?»

«Jetzt sei doch nicht so. Das ist einfach dumm gelaufen. Wir machen heute Abend einen anderen Tag für die Fahrt aus, okay?» Juliane schnitt ein Gesicht, schwieg aber. Christian richtete sich auf. «Also, bis dann.»

Sie fuhr aus der Wohnstraße heraus und setzte den Blinker, um Richtung Berlin-Mitte abzubiegen, doch dann überlegte sie es sich anders. Sie hatte keine Lust, in der Wohnung herumzusitzen. Hinter ihr hupte jemand. Jaja, Frau am Steuer, dachte Juliane, als sie Richtung Norden fuhr und das Navi einschaltete. Die Strecke hatte sie schon bei der Abfahrt von zu Hause einprogrammiert.

Bis sie aus der Stadt heraus war, dauerte es über eine halbe Stunde, der Verkehr war dicht und wurde durch Baustellen, die in Berlin wie Unkraut wucherten, noch weiter behindert. Dann aber war es, als sei ein Schalter umgelegt worden. Spärlicher Verkehr, weite Horizonte mit bauschigen weißen Wolken am Himmel und grüne Felder. Dazwischen Dörfer mit alten Feldsteinkirchen und Kopfsteinpflasterstraßen, auf denen kein einziger Mensch zu sehen war.

Sie hatte nur noch wenige Erinnerungen an die Autofahrt, die sie als Kind mit ihren Eltern zu Johann gemacht hatte. Eine davon war die an den Grenzübergang zur DDR und die barsche Frage eines bewaffneten Beamten, ob sie Waffen, Funkgeräte oder Druckerzeugnisse im Auto hätten, was ihr Vater seltsam angespannt verneinte. Dieser Uniformierte hatte Macht über ihren Paps, das war sofort spürbar, und es war verunsichernd. Danach hatte der Grenzer ihre Pässe verlangt, die er auf ein schmales überdachtes Laufband legte, über das sie in einem grauen Gebäude mit sehr kleinen Fenstern verschwanden. Als sie die riesigen Grenzanlagen mit all den Mauern, Schildern und dem Stacheldraht hinter sich gehabt hatten, waren sie auf holprigen Straßen durch graue Städte und vorbei an leuchtend gelb blühenden Feldern weitergefahren.

Als sie angekommen waren, hatte Johann mit einem alten Hut auf dem Kopf im Gemüsegarten auf den Fersen gehockt und mit einer kleinen Hacke den Boden aufgelockert. Bevor er sich zur Begrüßung ihrer Eltern aufrichtete, hatte er Juliane mit einer rauen, warmen Hand über die Wange gestrichen, an der noch Erdkrümel hafteten wie Schmirgelsand.

Während sie nun vergeblich versuchte, sich ins Gedächtnis zu rufen, wie Johann eigentlich aussah, fuhr Juliane bei Neubrandenburg auf die Autobahn, um die nächste Etappe schneller hinter sich zu bringen. Ab Greifswald ging es über die Dörfer weiter, und als die See vor ihr aufblitzte, machte sie Pause in einem Restaurant-Café und aß einen Happen.

Christian saß jetzt vermutlich wieder in einer Besprechung.

Dass er nach dem Termin mit seinem Vater Däumchen drehte, war undenkbar. Er hätte wenigstens mal anrufen können, dachte Juliane mit einem Blick auf ihr Telefon. Nichts. Nachdem er sie wegen seines Vaters versetzt hatte, wollte sie sich nicht als Erste melden. Sie trank einen Schluck von ihrem Espresso und ließ den Kaffeelöffel zwischen Daumen und Zeigefinger wippen. Im Grunde war klar gewesen, dass Christian eigentlich keine Zeit oder jedenfalls keine Ruhe für diese Fahrt hatte. Wahrscheinlich hatte er nur zugesagt, um ihr einen Gefallen zu tun. Und auch wenn das keine Entschuldigung für plötzlich gecancelte Abmachungen war, stimmte es, dass sie im Moment keine Termine hatte, während Christian ständig unterwegs war.

Bin doch noch gefahren, sitze gerade am Meer und denke an dich. Bis heute Abend, J. – Nach dieser SMS fühlte sie sich besser.

Bis sie die restliche Strecke hinter sich hatte, war es früher Nachmittag. Die letzten Kilometer führten durch einen Wald, dann bog sie auf einen Weg ab, der zu einer Lichtung führte. Dahinter leuchtete die Helligkeit des Meeres.

«Sie haben Ihr Ziel erreicht», verkündete das Navi.

Juliane hielt an. Sie sah das Haus nicht. Langsam fuhr sie weiter und entdeckte auf der rechten Seite eine Zufahrt, umwuchert von Brombeeren. Die Ranken kratzten über das Auto, als sie bis zu einem Vorplatz weiterfuhr, auf dem ein alter blauer Passat vor einem Garagenschuppen stand.

Eine geschwungene Treppe führte zur Haustür. Das Gebäude war kleiner, als es ihr von ihrem Kindheitsbesuch in Erinnerung geblieben war. Ein Bungalow, der schon bessere Tage gesehen hatte.

Sie entdeckte keine Klingel. «Johann?», rief sie und klopfte an die Tür. Nichts regte sich. Sie drückte auf die Klinke. Nicht abgeschlossen. Durch den Türspalt zog ihr von innen kühle Luft entgegen. «Johann?», rief sie erneut.

Weil sie nicht einfach so hineingehen wollte, nahm sie den schmalen Weg aus festgetretener Erde, der am Haus vorbeiführte. Auf der Rückseite hatte sie einen Rasenplatz vor sich. Am rechten Rand blühten im Schatten eines Baumes Pfingstrosen bei einer Sitzgruppe aus Holz. Links erstreckten sich Gemüsebeete hinter einer niedrigen Hecke. An hohen, grau verwitterten Holzstangen, die unterhalb der Spitzen zusammengebunden waren, als bildeten sie das Gerüst eines schmalen Indianertipis, rankten Bohnenpflanzen empor, an denen wie Schmetterlinge weiße Blüten saßen. Über allem hing die Wärme des strahlenden Spätjunitages. Juliane ging auf einem kurvigen Weg, der in eine hochgewachsene Wiese gemäht war, tiefer in den Garten hinein und kam zu einer größeren Freifläche mit einem Baum. Darunter stand, dem Meer zugewandt, eine breite Holzbank.

«Da bist du ja», sagte Johann und stand auf.

«Ja», gab Juliane zurück. Die ganze Situation schien ihr seltsam entrückt. Das abgelegene Haus. Der verschlungene Weg durch den Garten, in dem außer Wind und Insekten nichts zu hören war.

Johanns sonnengebräuntes Gesicht war zerfurcht wie der Baumstamm hinter ihm, und auch sonst wirkte er knorrig mit seinen sehnigen Unterarmen, die aus den hochgekrempelten Ärmeln seines blauen Hemdes hervorsahen. In seinem störrischen weißen Haar war noch ein Anflug von Braun zu erkennen. Er musterte sie. Juliane hatte keine Ahnung, was ihm dabei durch den Kopf ging. Leicht verunsichert von dieser wortkargen Begrüßung, strich sie sich eine Locke hinters Ohr.

«Wir haben uns lange nicht gesehen», sagte er schließlich. «Das letzte Mal warst du ein kleines Schulmädchen.»

Einen Moment lang hatte Juliane das unklare Gefühl, sich für den seltenen Kontakt rechtfertigen zu müssen. Doch Johanns Ton hatte nach einer reinen Feststellung geklungen. «Ja», sagte sie nur.

Er schaute aufs Meer hinaus, und Juliane folgte seinem Blick.

Hinter wenigen windschiefen Bäumen am Abbruch der Küste senkte sich ein steiler, mit Flechten und Strandhafer bewachsener Abhang bis zu einem blendend weißen Strandstreifen. In der Ferne glaubte sie eine Insel zu erkennen, aber das konnte auch eine Täuschung sein. «Schön hier», sagte sie.

«Das stimmt.» Er richtete seine Aufmerksamkeit wieder auf Juliane. «Sollen wir trotzdem reingehen, damit du was zu trinken bekommst? Was möchtest du? Ich trinke Pfefferminztee, aber es gibt auch was anderes.»

«Nein, Tee ist gut», sagte Juliane.

Sie gingen durch den Garten zurück. Während Johann zu den Beeten abbog und ein paar sattgrüne Pfefferminzblätter abpflückte, blieb Juliane stehen. Ihr fiel auf, dass das Haus von dieser Seite aus ganz anders aussah. Es war kein flacher Bungalow, sondern ein zweistöckiges Gebäude. Sie runzelte die Stirn. Es sah aus, als wäre eine kleinere Schachtel auf eine größere gestellt worden, denn das zweite Geschoss lag leicht zurückversetzt, sodass sich ein umlaufender Balkon ergab, den ein schwarzes oder jedenfalls schwarz angelaufenes Metallgitter einfasste. Auf der gesamten Gartenseite des oberen Stocks schien es Fenstertüren auf den Balkon hinaus zu geben.

Als Johann mit der Pfefferminze kam, betraten sie durch die weit aufgeschobenen Glastüren zur Terrasse ein lichtdurchflutetes Wohnzimmer. Rechts stand eine schlichte Sitzgruppe vor einem Kamin. Die letzten drei Meter des Raumes lagen als Estrade leicht erhöht, den Übergang bildete auf der gesamten Breite eine dreistufige Treppe. Auf der einen Seite der Estrade zeigte eine Durchreiche hinter einem abgestoßenen Esstisch, wo vermutlich die Küche lag, die andere Seite war mit Bücherregalen und einem Schreibtisch ausgestattet, und in der Mitte öffnete sich ein breiter Durchgang.

Juliane folgte Johann über die kurze Treppe und den Durchgang in einen großen, beinahe quadratischen Eingangsbereich. Rechts stand die Tür zur Küche offen. Eine schneckenartig geschwungene Betontreppe führte ins obere Stockwerk. Die halbhohe Betonsäule, von der die Windung ihren Ausgang nahm, krönte eine Betonkugel, die von den vielen Händen, die beim Hinaufgehen schon darübergeglitten waren, eine graue, leicht glänzende Oberfläche angenommen hatte.

«Falls du ins Bad willst», sagte Johann und deutete auf eine der geschlossenen Türen, während er sich zur Küche wandte.

«Ja, danke», sagte Juliane.

Als sie wieder herauskam, blieb sie einen Moment stehen. Neben der Treppe hing ein altes, gerahmtes Schwarzweißfoto über einer dunklen Kommode. Es zeigte zwei junge Frauen in Nahaufnahme, die untergehakt vor einer Metallkonstruktion standen. Sie waren etwa gleich groß und dunkelhaarig. Die eine trug einen eleganten Kurzhaarschnitt, die andere einen kinnlangen Bob, und beide strahlten sehr fröhlich und sehr selbstbewusst in die Kamera.

«Möchtest du wieder nach draußen, oder sollen wir uns ins Wohnzimmer setzen?»

Juliane drehte sich um und sah Johann mit einem Tablett an der Küchentür stehen. «Warte», sagte sie und nahm ihm das Tablett ab. Der frische, aromatische Geruch des Tees stieg ihr in die Nase. «Ja, lass uns rausgehen bei dem schönen Wetter.»

«Was machst du denn jetzt?», fragte Johann, als sie sich an den Holztisch gesetzt hatten.

«Na ja», sie zuckte mit den Schultern, «eigentlich nichts. Hat Mama dir das nicht erzählt?» Sie blies auf den heißen Tee. Es war vollkommen klar, dass ihre Mutter am Telefon darüber geredet hatte.

«Doch, sie hat so etwas gesagt.» Er lächelte leicht. «Aber das meinte ich eigentlich nicht. Sondern eher, ob du dir schon etwas anderes vorstellen kannst.»

Sie schüttelte den Kopf. «Mama hätte am liebsten, dass ich wieder als Lehrerin anfange.» Sie spürte, wie sich schon bei dem bloßen Gedanken Stress in ihr ausbreitete. «Aber ... das geht nicht», fügte sie etwas zu heftig hinzu.

«Dann geht es nicht.» Er ließ einen Moment seinen Blick auf ihr ruhen. «Irgendwann ergibt sich was, du wirst schon sehen.» Mit einer langsamen Handbewegung schob er eine Biene weg, die über der Zuckerdose tanzte. Juliane entspannte sich, als ihr klarwurde, dass Johann nicht vorhatte, in die gleiche Kerbe zu hauen wie ihre Mutter.

«Du bist Biologe, oder?»

«Entomologe», erklärte er, «Insektenkunde. Käfer und Schmetterlinge, aber mein Spezialfach ist die Arachnologie.» Auf Julianes fragenden Blick fügte er hinzu: «Spinnentiere.»

«Spinnen.» Sie schüttelte sich.

Er lachte, als er sah, wie Juliane den Rasen um ihre Füße musterte, und sein Gesicht legte sich in Falten. «Das sind ganz außergewöhnliche Lebewesen, musst du wissen. Völlig verkannt und unzureichend erforscht. Da gibt es noch jede Menge Entdeckungen zu machen.» Er stellte seinen Becher ab. «Aber ich weiß, dass sich viele Menschen vor ihnen ekeln.»

«Jetzt kommt gleich das mit dem Desensibilisierungstraining, oder?»

«Nein, dazu muss man nämlich bereit sein, sonst bringt es nichts», sagte er gelassen. «Du kannst dich also gern so lange vor Spinnen fürchten, wie du möchtest. Das stört mich überhaupt nicht.»

Wieder hatte er anders reagiert, als Juliane angenommen hatte. Keine Ratschläge, weil sie ihre Arbeit aufgegeben hatte, keine Belehrungen zu seinem Spezialgebiet. Er saß einfach mit ihr zusammen in seinem Junigarten und ließ sie so sein, wie sie war. Sie sank auf ihrem Stuhl zurück und spürte das sonnenwarme Holz der Armlehne unter ihrer Haut.

«Weißt du, Johann», sagte sie, «diese Arbeit als Lehrerin … das ist alles einfach so gekommen. Ich habe mich nicht dafür entschieden, weil ich es unbedingt gewollt hätte.» Johann sah sie aufmerksam an. «Ich bin da so reingerutscht, weil mir nichts Besseres eingefallen ist oder … weil ich eigentlich nie wusste, was ich wirklich selber will.» Sie schnitt ein Gesicht. «Ich war eine total miese Lehrerin. Bin nicht in die Aufgabe reingewachsen, wie man so sagt.»

Eine Fliege landete auf dem Tisch und rieb die Vorderbeine aneinander, bevor sie sich immer wieder über den Kopf strich, wie jemand, der sich unter der Dusche einseift. «Und nicht mal jetzt weiß ich, was ich will», fügte Juliane nach einem Moment hinzu.

«Selbst wenn man eigene Pläne gemacht hat, wird ja nicht immer etwas daraus», sagte Johann, «vielleicht hat man irgendetwas nicht einkalkuliert, oder die Umstände ändern sich, oder es ergibt sich etwas anderes.» Er betrachtete die Fliege, die sich inzwischen mit den Hinterbeinen über die Flügel fuhr. «Womöglich ist das sogar der Normalfall. Deswegen ist es wahrscheinlich genauso wichtig, darüber nachzudenken, was einen wirklich zufrieden oder glücklich macht, bevor man große Pläne schmiedet.»

Das klingt einfacher, als es ist, dachte Juliane.

«Aber das klingt einfacher, als es ist», sagte Johann. Juliane wandte ihm so ruckartig den Kopf zu, dass die Fliege wegflog.

Johann trank seinen Tee aus. «Also», sagte er, «ich habe deine Mutter angerufen, weil ich etwas zu besprechen habe.»

Eine Stunde später warf Juliane einen Blick auf ihr Smartphone. Es war inzwischen fast sechs Uhr. Sie würde bald zurückfahren müssen und wäre trotzdem erst spät daheim.

«Du kannst hier übernachten», sagte Johann, der anscheinend ihren Gedankengang erraten hatte. «Oben gibt es noch drei Zimmer und ein Bad.»

«Aber ich muss …», begann Juliane und unterbrach sich. Warum eigentlich? Sie hatte zurzeit ja bekanntlich «keine Verpflichtungen». Außerdem fuhr sie viel lieber bei Tageslicht als im Dunkeln. Sie grinste ein bisschen schief. «Ich muss gar nicht. Ich sollte nur Christian Bescheid geben, das ist mein Freund.»

«Ja, tu das. Der Empfang mit dem Handy ist hier manchmal schlecht, dann kannst du das Telefon im Wohnzimmer benutzen.»

Juliane stand auf und ging ein paar Schritte. Der Empfang reichte aus, aber Christian nahm das Gespräch nicht an. Sie hinterließ ihm eine Nachricht auf der Sprachbox.

Als sie wieder an den Tisch kam, räumte Johann die Becher zusammen. «Ich zeige dir das Zimmer», sagte er. «Brauchst du eine Zahnbürste? Oben sind noch welche.» Auf Julianes fragenden Blick sagte er: «Wir hatten hier ein paar Jahre lang ein Studentenprojekt zur Artenzählung. Da hatte öfter mal jemand abends keine Lust, noch nach Hause zu fahren.»

Sie gingen die Treppe hinauf und kamen in eine Art oberen Eingangsbereich, der genauso großzügig angelegt war wie im unteren Geschoss. Auf der Gartenseite führten Glastüren auf den umlaufenden Balkon, zur Haustür hin befanden sich große Fenster. Von den beiden Seitenwänden gingen je zwei Türen ab.

«Hier drin sind Bettwäsche, Zahnbürsten und so weiter», sagte Johann und öffnete einen der Wandschränke zwischen den Türen. Der vergilbte weiße Lack war stellenweise vom Holz abgeblättert. Juliane nahm sich eine in Plastik verpackte Billigzahnbürste und ein Handtuch von einem Regalbrett. Johann ging zu einem der beiden Zimmer auf der Gartenseite weiter. Durch die halb offen stehende Tür gegenüber sah Juliane eine dunkelgrüne Jacke auf einem ordentlich gemachten Bett liegen.

Die Einrichtung des Zimmers war spärlich. Ein Tisch mit einem Freischwingerstuhl, ein Bettsofa mit einem Beistelltisch und einer Lampe, deren Kabel sich zu einer Steckdose an der Fußleiste ringelte, und zum Fenster ausgerichtet ein Sessel. «Das ist eigentlich sehr praktisch», sagte Juliane mit einem Blick zur Rückwand des Zimmers, die von den gleichen Einbauschränken eingenommen wurde wie im Vorraum.

«Das war eine der neuen Ideen damals, als das Haus gebaut wurde. Hat sich aber nicht durchgesetzt.»

Auch aus diesem Zimmer konnte man auf den breiten, umlaufenden Balkon gehen. Johann warf einen Blick auf die zurückgezogenen Vorhänge. «Könnten etwas staubig sein.»

«Ich mache sie ohnehin nicht zu», sagte Juliane, die an die Fenstertür gegangen war. Ihr Blick fiel über die Baumreihe hinweg auf einen Streifen blauer Ostsee.

«Gut», sagte Johann und verließ das Zimmer. «Nachher machen wir uns ein Abendessen.»

Als sie wieder nach unten kam, sprengte Johann mit einem Wasserschlauch die Pflanzen. An vielen Stellen des Gemüsegartens und an seinen Rändern blühten Blumen auf naturbelassenen Stücken, die Beete aber waren systematisch angelegt und gejätet. Juliane erkannte Salat und Mangold. Die wuchernden Blattranken weiter hinten gehörten vermutlich zu einer Kürbispflanze. «Was ist das da?», fragte sie und deutete auf eine Reihe Grünzeug mit halbhohen Blättern.

Johann folgte ihrem Blick. «Das sind Mairübchen. Kennst du dich mit Gemüse aus?»

«Nein, ich hole es nur im Gemüseladen.» Juliane schaute auf einen einzelnen Erddamm, wie sie sich hunderttausendfach auf den Feldern ausdehnten. Daneben stand ein Korb, in dem zusammen mit einem alten Küchenmesser sandige Kartoffeln, Spargelstangen und Petersilie lagen. «Ich wusste gar nicht, dass man Spargel selber ziehen kann.»

«Man muss eben erst mal drei Jahre Geduld haben, bevor es was zu ernten gibt», sagte Johann. «Und nach zehn Jahren sind die

Pflanzen erschöpft, also muss man nach sieben Jahren neue setzen, wenn man keine Ertragslücke haben will.»

«Drei Jahre warten!», rief Juliane. «Das wollen doch bestimmt nicht mal viele Gartenbesitzer, wo es doch an jeder Ecke bergeweise Spargel zu kaufen gibt.»

Johann richtete den Wasserstrahl auf einen breiten Kübel, aus dem an Schnüren, die an ein kleines Schutzdach geknotet waren, ein paar Tomatenpflanzen emporwuchsen. «Diese Massenware ist eine Pest für die Natur. Tonnenweise Unkrautvernichtungsmittel und das ganze Land mit Folie abgedeckt, sodass es keine Insekten mehr gibt und keine Vögel, die von ihnen leben.»

«Und keine Spinnen», stellte Juliane fest, ohne sich richtig darüber freuen zu können.

«Und keine Spinnen. Aber der Mensch liebt seine Bequemlichkeit.»

Juliane blickte auf das Spargelbeet, in dem sich hier und da durch eine sanfte Aufwölbung zeigte, wo vermutlich bald eine Stange gestochen werden konnte. «Wie alt sind diese Pflanzen jetzt?», fragte sie.

«Sieben Jahre.»

«Und wo hast du die neuen gesetzt?»

Er schien sie nicht gehört zu haben, denn er drehte nur an dem Aufsatz des Schlauchs, sodass kein Wasser mehr kam, und sagte: «Nimmst du mal den Korb mit in die Küche? Ich rolle noch den Schlauch auf.»

Beim anschließenden Kochen und Essen sprachen sie, abgesehen von einem «Wo ist das Schälmesser?» oder «Ich bringe die Reste auf den Kompost», nicht viel miteinander, aber es störte die Atmosphäre nicht, dass sie offenbar beide lieber ihren Gedanken nachhingen.

Nach dem Essen verabschiedete sich Johann in sein Schlafzimmer, das der Küche gegenüberlag. Es war erst kurz vor zehn, aber Juliane war trotzdem müde. Lag wahrscheinlich an der Autofahrt. Sie ging nach oben und stellte sich auf dem Balkon ans Geländer. Vom Meer zog leichter Wind herein und ließ das Blattwerk der Bäume rauschen.

Aus Johanns Schlafzimmerfenster fiel ein Lichtviereck schräg über die Terrasse und den Rasen. Wie es wohl war, hier allein zu wohnen, überlegte Juliane, der nächste Nachbar mindestens einen halben Kilometer entfernt und das Dorf einen Kilometer. Dann erlosch das Lichtviereck aus Johanns Fenster, und der Garten wurde in tiefe Schwärze getaucht. Fröstelnd kehrte sie in das Zimmer zurück und nahm ihr Telefon von dem Tischchen am Bett. Eine SMS von Christian. «*Okay.*» Also hatte er seine Sprachbox abgehört. Bei ihm würde sie später anrufen, aber zuerst wollte sie mit ihrer Mutter sprechen.

Das Telefon brauchte ewig zum Verbindungsaufbau, und dann setzte der Besetztton ein. Juliane schaute auf das Balkensymbol. Nur zwei Striche. Beim nächsten Versuch nahm ihre Mutter ab.

«Mama? Hörst du mich?»

«Ja, aber es knistert in der Leitung. Ist was passiert?»

«Nein, der Empfang ist schlecht hier. Ist es dir zu spät zum Telefonieren?»

«Wo hier?», erkundigte sich ihre Mutter, ohne auf die Frage einzugehen.

«Bei Johann. Du hast doch gesagt, dass ich zu ihm fahren soll. Jetzt übernachte ich bei ihm. Wollte nicht im Dunkeln zurückfahren.» Sie setzte sich auf den Sessel am Fenster. «Johann hat gefragt, ob wir … also du oder ich uns vorstellen können, dass er uns das Haus hier überschreibt, damit wir es übernehmen können, wenn er irgendwann stirbt.»

Einen Moment herrschte Stille. «Hätte man sich vielleicht denken können, dass es um so etwas geht», sagte ihre Mutter dann. «Er ist ja nicht mehr der Jüngste.»

Juliane dachte daran, dass Johann vielleicht keinen neuen Spargel mehr gepflanzt hatte. Dann begann es wieder in der Leitung zu knacken. «Hörst du mich noch?», fragte sie.

«Ja, ich höre dich.»

«Ist Johann krank?»

«Nicht, dass ich wüsste. Wirkt er denn krank auf dich?»

«Überhaupt nicht. Er wirkt ...», sie musste einen Moment nachdenken, «... zufrieden. Und heute Abend haben wir Spargel und Kartoffeln aus dem schönsten Gemüsegarten gegessen, den ich je gesehen habe.»

Ihre Mutter lachte. «Könnte es sein, dass es auch der einzige Gemüsegarten war, den du je gesehen hast? Soweit ich mich erinnere, war dir bei uns schon das bisschen Rasenmähen in unserem winzigen Vorgarten zu viel.»

«Oh Mama, darum geht es doch nicht.» Warum musste sie solche Sachen sagen?

«Ja, stimmt», lenkte ihre Mutter ein. «Es geht um das Haus. Wie denkst du darüber?»

«Ich habe noch gar nicht richtig darüber nachdenken können. Es wäre ja sowieso erst mal nur ein Papier.» Sie lehnte sich zurück. «Außerdem geht sein Angebot an uns beide, nicht nur an mich.»

Darauf folgte ein so langes Schweigen, dass Juliane schon dachte, die Verbindung wäre abgebrochen. «Wir haben hier unser Zuhause, Juliane», sagte ihre Mutter dann. «Und jetzt, wo dein Vater und ich endlich mehr Zeit füreinander haben, brauchen wir keinen alten Kasten mit Renovierungsbedarf. Du kannst dir also ganz allein überlegen, ob du das machen willst.» Irgendwie störte Juliane diese Beschreibung von Johanns Haus, obwohl es stimmte, dass es einen Anstrich und noch weitere Erneuerungen vertragen könnte.

«Falls wir es nicht wollen, gibt es hier in der Gegend Interessenten, hat er gesagt», berichtete Juliane weiter, «aber es würde ihm gefallen ...», sie versuchte, sich an Johanns Wortwahl zu erinnern,

«… wenn es auf ‹unserer Seite› der Familie bleibt.» Sie runzelte die Stirn. «Gibt es denn noch eine andere Seite der Familie?»

«Sein Vater hat ein zweites Mal geheiratet …» Der Rest ging in dem Geknister unter, das wieder den Empfang störte.

«Was hast du gerade gesagt?», fragte Juliane. «Ich kann dich kaum verstehen.»

«Dass ich glaube, sie hatten kein besonders gutes Verhältnis», drang die Stimme ihrer Mutter nun wieder klar an Julianes Ohr. Ebenso wie das Gähnen, das sie unterdrückte.

«Lass uns Schluss machen, Mama, ich rufe dich aus Berlin wieder an.» Danach versuchte sie noch, Christian zu erreichen, bekam aber keine Verbindung.

«Sollen wir einen Strandspaziergang machen, bevor du fährst?», fragte Johann am nächsten Morgen. Juliane nickte. Als sie den steilen Pfad zum Wasser hinuntergingen, streiften steife Gräser mit lautem Schaben an ihren Hosenbeinen entlang. Auf dem festen, beinahe weißen Sand des schmalen Strandes lagen Treibholzstücke und Tang; ein Saum aus kleinen Muscheln und Steinen markierte die Wasserlinie, an der träge die Wellen schwappten.

Johann blickte über die See. Bis zum Horizont unterbrachen nur wenige hellere Streifen die dunklen Wolkenbänder. «Die Sonne kommt heute nicht mehr raus, gibt schlechtes Wetter.»

Juliane hatte die Hände in die Jackentaschen gesteckt und hielt ihr Gesicht in den Wind. «Aber am Meer hat man auch bei schlechtem Wetter immer das Gefühl von Weite und Freiheit.»

«Mit dem Gefühl von Weite und Freiheit war es zu meiner Zeit hier nicht besonders weit her», stellte Johann nüchtern fest.

«Daran habe ich gar nicht gedacht. Man sieht ja auch nichts mehr von dieser Zeit.»

«Woanders schon», sagte Johann, «aber an diesem Küstenabschnitt hat es keine Zäune oder Mauern gegeben. Trotzdem war das hier zu DDR-Zeiten ein ‹Schutzstreifen›.» Er verzog spöttisch den Mund. «Schwimmen war in der Uferzone erlaubt, Zelten, Campen und so weiter verboten, und eine Genehmigung zum Segeln gab es nur mit Zustimmung der Staatssicherheit. Hatten Angst, dass ihnen zu viele Bürger abhandenkommen.»

Juliane schaute am Ufer entlang. Überall nur Strand und ein paar Möwen, die zwischen dem Treibgut herumpickten. Nirgendwo eine Menschenseele. «Ich kann mir überhaupt nicht vorstellen, wie man so eine Küste überwachen will.»

«Das ging schon», sagte Johann. «Die Grenzbrigade war sehr mobil und sehr aktiv.»

«Haben denn viele versucht, über die Ostsee wegzukommen?»

«In dieser Gegend weiß ich von keinem. Zu weit östlich. Die meisten haben es wohl an der Grenze zur Bundesrepublik bei Travemünde riskiert. Aber man hat vieles nicht erfahren. Hinterher wurde von mehr als fünfeinhalbtausend Fluchtversuchen über die Ostsee geredet, von denen keine tausend geglückt sind.»

«Und die anderen?»

Er wandte sich zum Wasser. «Flucht abgebrochen, schlechtes Wetter, Verhaftung … und immer mal wieder wurde eine Wasserleiche angespült.»

Juliane sah ihn bestürzt an.

«So etwas kann einem wieder einfallen», fuhr er fort, «wenn man jetzt von einem anderen Meer liest, an dessen Strände Wasserleichen gespült werden.»

Nach diesen Erklärungen erschien Juliane ihre Bemerkung über Weite und Freiheit am Meer peinlich und naiv. «Und du?», fragte sie. «Wolltest du nie weg?»

«Nein.» Er drehte sich wieder zu ihr um. «Ich hatte hier alles. Vor allem das Haus und den Garten. Früher habe ich mehr Gemüse angebaut und Hühner gehalten. Es gab in der DDR so eine Art Tauschhandel unter manchen Nachbarn. Heute gebe ich dir ein paar Eier, morgen schleifst du mir die verzogene Tür ab, das hat häufig sehr gut geklappt.» Er blieb kurz vor dem Abhang stehen, den sie nun wieder hinaufmussten. «Ich verstehe jeden, der gegangen ist, aber für mich war dieses Fleckchen hier mein glücklicher Winkel.»

Sein glücklicher Winkel. Das klang seltsam aus der Zeit gefallen und zugleich äußerst selbstbewusst. Juliane überlegte, ob sie auch einen Ort hatte, den sie so nennen könnte. Aber da war nichts.

«Möchtest du was aus dem Garten mitnehmen?», fragte Johann, als sie beim Haus waren. «Du kannst Salat und Zucchini haben und was sonst jetzt reif ist. Erdbeeren gibt es auch.»

«Wirklich?», fragte Juliane. «Fehlt dir das denn dann nicht?»

Johann lächelte. «Mir fehlt hier gar nichts.» Er deutete auf den Korb, der vor der Terrassentür stand. «Da liegt ein Messer drin. Ich suche dir inzwischen eine Tüte oder so was. Ein Kräuterbeet gibt es übrigens auch.»

Bald darauf stellte Johann die kleine Kiste, die er ihr für das Gemüse gegeben hatte, vor den Beifahrersitz in den Fußraum.

«Vielen Dank für alles», sagte Juliane, «ich melde mich.» Ihr wurde bewusst, dass sie in zwei oder drei Stunden wieder in Berlin sein würde. Und am Abend würde sie sich vermutlich wieder durch die Stellenanzeigen scrollen. Phantastische Aussichten.

Johann betrachtete sie nachdenklich. «Du kannst jederzeit wiederkommen, wenn dir danach ist», sagte er dann. «Das Zimmer oben ist frei.»

Das Wetter wurde tatsächlich schlechter, und als Juliane auf der Autobahn war, setzte leichter Regen ein. Während der Fahrt ließ sie sich Johanns Angebot durch den Kopf gehen. Das Haus lag schön, aber einsam. Von Berlin war es zu weit entfernt, um mal eben «kurz» vorbeizukommen. Dass Christian Lust hätte, sich für so ein Objekt zu engagieren, war auch nicht zu erwarten; davon abgesehen, dass er noch weniger Zeit haben würde als jetzt schon, wenn er mit seinem Start-up auf dem Markt war. Außerdem hatte ihre Mutter wahrscheinlich recht, und später wären kostspielige Renovierungsarbeiten nötig.

Als sie in Berlin angekommen war, hatte sich der würzige, frische Duft der Kräuter, die mit dem Gemüse in der Kiste lagen, im gesamten Wagen ausgebreitet. Juliane atmete tief ein. Sie würde aus den Sachen ein Überraschungs-Abendessen kochen.

Um acht Uhr war Juliane mit den Vorbereitungen fertig. Der Tisch war gedeckt, sie hatte sogar ein Tischtuch aufgelegt und eine Kerze angezündet, auch wenn sie schon ziemlich weit heruntergebrannt war. Sie hielt ihre Nase in den köstlichen Duft, der von dem Gemüse aufstieg. Gleich würde Christian kommen. Sie freute sich schon auf sein Gesicht. Und das war ja noch nicht alles.

Wie aufs Stichwort hörte sie den Schlüssel in der Tür. «Hallo!», rief Christian.

Juliane ging ihm in den Flur entgegen und umarmte ihn. «Warte mal, meine Tasche», sagte er und schob Juliane ein Stück weg, um die Umhängetasche von der Schulter zu nehmen.

Als er die Küche betrat und den schön gedeckten Tisch sah, riss er die Augen auf. «Ich hab schon …», setzte er an.

Juliane war wieder zum Herd gegangen und hatte ihn nicht gehört. «Solltest dich mal sehen!», sagte sie und lachte. «Aber du hast recht, es gibt die beste Gemüsepfanne aller Zeiten! Der Reis ist auch fertig.» Sie stellte die Pfanne auf den Tisch und füllte Reis in eine Schüssel. Christian wirkte müde. «Hattest du einen anstrengenden Tag?»

«Was? Nein, ging so.»

Beim Essen erzählte Juliane von ihrem Besuch bei Johann, während sich Christian meistenteils auf kommentierende Brummtöne beschränkte. «Sein Garten sieht genau aus wie die Cover von diesen

Landlust-Heften», erklärte Juliane. «Die sollten mal ihren Location-Scout bei ihm vorbeischicken. Sogar den *wirklich* alten, grau verwitterten Holztisch im Garten gibt es, auf dem sich eine Handvoll frisch gepflückter Erdbeeren oder Bohnen so super ausnimmt.»

Nach dem Essen blieben sie noch bei ihrem Wein am Tisch sitzen. «Aber jetzt kommt die größte Überraschung!», verkündete Juliane und legte eine dramatische Pause ein. «Ich habe eine Lösung für deine Unternehmensfinanzierung gefunden!» Sie strahlte ihn an. «Was sagst du dazu?»

Christian zog verständnislos die Augenbrauen zusammen. «Was meinst du damit?» Nachdem Juliane ihren Plan mit der Hypothek erklärt hatte, schwieg er einen Moment. Begeisterung sieht anders aus, dachte Juliane.

«Es ist wirklich lieb von dir, dass du dir diese Gedanken machst», sagte Christian schließlich, «aber das ist nicht nötig.» Er trank einen Schluck Wein. «Mein Vater greift mir unter die Arme. Mit einem Darlehensvertrag. Deswegen waren wir gestern bei seinem Finanzberater.» Also deshalb hatte sein Vater ein Jackett getragen, als sie Christian abholen wollte. «Er hat darauf bestanden, die Sache noch mal ausführlich durchzusprechen und den Schriftsatz aufsetzen zu lassen, damit wir keinen Fehler machen. Und danach sind wir zusammen zu seiner Bank gefahren.»

«Aber warum ...» – Julianes Euphorie fiel in sich zusammen – «... warum hast du mir nichts davon gesagt? Das ist doch seit Monaten dein Hauptthema.»

Christian zuckte mit den Schultern. «Bei meinem Vater weiß man eben nie. Es hätte genauso gut sein können, dass ich zu ihm komme und er es sich wieder anders überlegt hat.»

Einen Moment lang herrschte Stille in der Küche. Juliane schaute in die Kerzenflamme, die im Luftzug flackerte. «Na ja, ist doch toll», sagte sie dann. «Jetzt bist du diese Sorge los.»

«Ja», kam es von Christian.

«Du scheinst dich aber nicht besonders zu freuen.» Er sah mit dem abwesenden Blick von Menschen auf den Tisch, die mit ihren Gedanken woanders sind. Wahrscheinlich war es nicht sein Traum gewesen, seinen Vater um ein Darlehen zu bitten. Als er nicht antwortete, wollte Juliane aufstehen, um den Tisch abzuräumen.

«Warte mal.» Christian sah sie an. «Ich …», er strich sich mit Daumen und Zeigefinger übers Kinn, «ich weiß, das ist jetzt kein guter Moment, und ich wollte auch nicht, dass es so kommt, aber ich», er atmete tief ein, «ich hab jemanden kennengelernt.»

Juliane erstarrte auf ihrem Stuhl. Die Gegenstände vor ihr schienen einen Augenblick lang merkwürdig scharf konturiert. Die Gabel, die in einem Rest Olivenöl lag, der sich ein paar Millimeter weit an den gebogenen Zinken emporschmiegte. Die winzige schwarz verkohlte Krümmung des Kerzendochts, um den die weiße Tropfenform der Flamme einen hingehauchten, regenbogenfarbenen Saum bildete. Nur vier Worte, aber sie sagten alles.

«Ich wollte schon länger mit dir darüber reden, aber ich … hab mich davor gedrückt», drang Christians Stimme an ihr Ohr.

Ohne die Situation noch ganz verstanden zu haben, fragte Juliane reflexartig: «Wie lange?»

«Was?»

«Wie lange wolltest du es mir schon sagen?» Sie sah ihn an.

Christian wand sich. «Also seit …», aber dann sprach er nicht weiter.

Juliane sprang auf und stand einen Moment lang einfach nur da. Dann lehnte sie sich an die Arbeitsfläche. «Heißt das, du hast sie nicht gerade erst kennengelernt, sondern du kanntest sie schon, als ich noch gar nicht hierhergezogen war?»

«Ja. Aber», kam es heftig von Christian, «da war noch nichts. Wir haben nur zusammen gearbeitet.»

«Also hat sie was mit eurem Start-up zu tun.»

Christian schob seinen Stuhl zurück. «Sie macht den Onlineauftritt und richtet den Webshop ein.» Er begann, in der Küche herumzulaufen.

«Wie war das noch, von wegen Arbeit und Privatleben?»

«Ich hab doch gesagt, ich wollte nicht, dass es so kommt.» Hilflos zuckte er mit den Schultern.

«Wir wollten zusammenbleiben, deswegen bin ich doch nur nach Berlin gezogen.» Julianes Stimme klang zittrig.

«Es ist», er schien nicht zu wissen, wie er sich ausdrücken sollte, «es ist etwas ganz anderes als mit uns.»

Juliane dachte an die ständigen Termine und Besprechungen, die Christian in der letzten Zeit gehabt hatte. Wie viele davon hatte er mit dieser Frau verbracht? Auch in der Wohnung hatten mehrere Teamsitzungen stattgefunden. «Sag mal», sie richtete sich höher auf, «war sie bei den Besprechungen hier dabei? In der Wohnung, meine ich?»

«Es war nicht so, wie du denkst, zu der Zeit gehörte sie einfach nur zum Team.» Die Kerze flackerte, als Christian weiter auf und ab lief.

«Das heißt also, dass ich womöglich sogar den Pizzakarton dieser Frau zum Müll getragen habe, mit der es anscheinend keine Probleme gibt, wenn Arbeit und Privatleben nicht getrennt werden!»

«Bitte, lass das doch, ich weiß, dass das ein blöder Spruch war.» Er drehte mit einer heftigen Bewegung zu ihr um, und in dem Luftstrom, den er dabei erzeugte, verlosch die Flamme. «Können wir nicht vernünftig reden?»

«Vernünftig?», rief Juliane. «Bei dir bricht die große Liebe aus, aber ich soll vernünftig sein, wenn du mit mir Schluss machst? Da passt doch was nicht zusammen, oder?»

«Ja.» Christian seufzte. «Du hast recht.»

Je klarer Juliane wurde, was das alles bedeutete, desto mehr regte sie sich auf. «Ich gebe meine Wohnung auf und ziehe mit dir zusammen, obwohl ich Berlin nicht gerade toll finde, damit du mir ein paar Monate später erklärst, du hast eine andere! Da musst du doch schon vorher geahnt haben, dass dir nicht mehr so viel an uns liegt, sonst hätte das gar nicht passieren können!»

«Manchmal läuft es eben nicht so, wie man denkt.»

«Hast du eigentlich eine Ahnung, wie bescheuert ich mich gerade fühle?», fragte Juliane. «Und gestern Abend?», fuhr sie aufgebracht fort. «War sie gestern Abend hier?»

«Nein.»

«Und du warst auch nicht hier, oder?»

Er sah sie an. «Nein.»

II
1926

«Hier ist Ihr Platz», sagte die Erzieherin, «Ihnen gegenüber sitzt Mademoiselle Roseanne Arnaud.» Sie hob die Stimme, um von den übrigen Schülerinnen im Speisesaal gehört zu werden. «Meine Damen, das ist unsere neue Mitschülerin, Mademoiselle Marianne Lenzen.»

Mademoiselle Roseanne begnügte sich mit einem Nicken, als sich Marianne setzte. Überhaupt wirkte sie sehr ernst. Sie hatte glattes dunkelbraunes Haar, ein regelmäßiges Gesicht mit einer kräftigen, geraden Nase und volle, ideal geschwungene Lippen. Am auffälligsten aber waren die großen, etwas weit auseinanderstehenden braunen Augen unter der hohen Stirn, deren Blick sich jetzt auf ihren Teller senkte.

Marianne sah sich um. Der Speisesaal war weitläufig. Auf den Tischen, an denen etwa vierzig Internatsschülerinnen saßen, lagen weiße Tischdecken, und durch die hohen Fenster flutete das Licht herein. Wie im ganzen Saal war auch am anderen Ende ihres Tisches eine rege Unterhaltung im Gange. Mariannes Französisch war ausgesprochen mäßig, aber sie verstand genug von dem Gespräch, um zu wissen, dass die gezierten Gesten und das Gekicher nur allzu gut dazu passten.

«Hier bin ich also gelandet, selber schuld», murmelte sie auf Deutsch. Ihr Gegenüber sah sie schweigend an. Marianne dachte an das große Haus in der Bayernallee in Berlin und ihr freies Leben dort. Stattdessen musste sie sich nun ein Zimmer mit drei anderen

Mädchen aus diesem Hühnervolk teilen, und einen Reitstall gab es auch nicht. Lustlos nahm sie die Gabel und stocherte auf ihrem Teller herum.

«Mademoiselle Marianne», erklang die Stimme der Erzieherin neben ihr, «wir benutzen das Besteck für die jeweiligen Gänge so, wie es in der Reihenfolge von außen nach innen ausgelegt ist.» Vom anderen Ende des Tisches wurden verstohlene Blicke herübergeworfen.

«Das weiß ich», sagte Marianne. Aber sie hatte nicht aufgepasst, weil sie an ihre Ritte durch den Grunewald gedacht hatte.

«Das freut mich», gab die Erzieherin zurück und setzte ihren Weg durch den Saal fort.

Marianne verdrehte die Augen und nahm die andere Gabel. Das Essen war gut, etwas anderes wäre in dieser kostspieligen Institution auch undenkbar gewesen. Der erste Gang hatte in einer klaren Gemüsesuppe bestanden, als zweiten gab es Tafelspitz mit gedämpften Kartoffeln. Sie sah zum Fenster hinaus. Das Internat stand auf einer Anhöhe über dem Genfer See, und das Sonnenlicht flirrte über dem Wasser. Dann spürte sie, dass Roseanne sie ansah. Als sie ihr den Kopf zuwandte, ließ Roseanne ihren Blick seitlich über Mariannes Schulter wandern. Die Erzieherin war wieder in ihre Nähe gekommen. Marianne setzte sich aufrechter hin, und die Erzieherin ging kommentarlos vorbei.

«Warum selber schuld?», fragte Roseanne.

«Du kannst also sprechen», sagte Marianne.

Roseanne sah sie nur auffordernd an.

«Weil mir mein Vater die Entscheidung überlassen hat», gab Marianne zurück.

«Er hat dich selbst entscheiden lassen, ob du ins Internat gehst?», fragte Roseanne ungläubig.

Marianne legte ihr Besteck auf den Teller. Gabel und Messer parallel auf zwanzig nach vier, versteht sich. «Na ja», sagte sie, «Schule war bisher nicht gerade blendend bei mir. Ich war lieber draußen und so.» Sie warf einen Blick zum Fenster. «Nach meinem letzten Zeugnis hat er gesagt, ich kann mir aussuchen, ob wir wieder eine Hauslehrerin nehmen» – so wie sie das Gesicht verzog, besaß sie mit Hauslehrerinnen einschlägige Erfahrungen – «oder ob ich für die letzten Schuljahre in ein gutes Internat gehe und meine Wissenslücken fülle. Weil Bildung wichtig sei und weil ich selbst bestimmen könne, ob ich später imstande sein wolle, eigene, durchdachte Entscheidungen zu treffen, oder ob ich andere für mich denken lassen wolle.» So hatte er sich ausgedrückt.

«Mein Vater ist ziemlich liberal eingestellt», fügte sie auf Roseannes erstaunten Blick hinzu, «und nach seiner Argumentation konnte ich ja gar nicht anders, als hier was lernen zu wollen.» Sie setzte ein klägliches Grinsen auf. «Ich hasse es, wenn er an meine Vernunft appelliert!»

Stirnrunzelnd nahm sie die Dessertgabel und stach auf ihre Nachspeise ein. «Aber Klavierunterricht muss ich nicht nehmen», fügte sie kriegerisch hinzu, dieses Mal mit einem Gesichtsausdruck, der darauf hinwies, dass sie mit dem Klavierspiel noch viel einschlägigere Erfahrungen gemacht hatte.

Sie wartete auf eine Bemerkung. Und als von Roseanne nichts kam, fuhr sie mit ihrer Erzählung fort. «Meine kleine Schwester Ruth lernt es mit Begeisterung. Das hat sie von unserer Mutter. Die hatte richtige Verehrer, die zu uns nach Hause kamen, um sie spielen zu hören.» In dem großen Empfangszimmer zu Hause stand ein schwarz glänzender Konzertflügel, an dem ihre Mutter musiziert hatte. Ab und zu hatte sich ihr Vater danebengestellt, um die Noten umzublättern, aber das war eigentlich nicht nötig gewesen, denn ihre Mutter hatte sämtliche Stücke auswendig gekonnt.

«Hatte?»

Manchmal war Marianne nicht sicher, ob solche frühen Erinnerungen an ihre Mutter überhaupt echt waren oder vielmehr aus Erzählungen von anderen oder von den wenigen Fotografien stammten, die es von ihr gab. Nur bei einer Erinnerung täuschte sie sich bestimmt nicht. Ihre Mutter hatte auf einem Stuhl gesessen und Marianne, die vor ihr stand, eine Schleife ins Haar gebunden, die aus demselben blau-weiß gestreiften Stoff genäht war wie ihr Kleid. Noch jetzt konnte Marianne die zärtliche Bewegung in sich wachrufen, mit der ihre Mutter ihr die Locken von der Schläfe nach hinten gestrichen hatte. Sie sah Roseanne an. «Meine Mutter ist bei Ruths Geburt gestorben.»

Nach dem Essen bot Roseanne an, Marianne herumzuführen, damit sie das Internat kennenlernte. In dem villenartigen Hauptbau befanden sich der Speisesaal, ein Musiksalon und die Schlafzimmer. Die Unterrichtsräume waren in einem prächtigen Anbau untergebracht. Als sie durch den Garten gingen, erzählte Marianne gestikulierend von den Zumutungen des Mädchenlyzeums, das sie in Berlin besucht hatte. Die vernichtenden Marianne-ist-mit-den-Gedanken-nicht-bei-der-Sache-Kommentare neben dem «Ungenügend» in Betragen. Während sie ihre todlangweiligen Klassenkameradinnen von damals nachahmte, wie sie mit stolzgeschwellter Brust ihre hochgelobten Eigener-Herd-ist-Goldes-wert-Stickbordüren mit nach Hause nahmen, kamen sie an einer offenen Rosenlaube vorbei, in der eine Mitschülerin am Tisch saß und einen Brief schrieb. Sie blickte auf, als Roseanne vor der Laube in lautes Gelächter ausbrach. Wahrscheinlich ging der Briefeschreiberin durch den Kopf, dass sie Roseanne noch nie so hatte lachen hören.

Roseanne war in diesem recht fortschrittlichen Internat, in dem die jungen Damen auf eine Ehe in gehobenen Kreisen, aber auch auf ein mögliches Studium vorbereitet wurden, eine Einzelgängerin. Sie blieb einsilbig, wenn die anderen begeistert neue Kleider vorführten oder mit geröteten Wangen von den Söhnen befreundeter Familien erzählten, mit denen sie beim Opernbesuch ein paar

Worte gewechselt oder unter den Augen ihrer Mütter eine Partie Croquet gespielt hatten.

Doch es herrschte Verständnis dafür, dass Roseanne in diesem Schwarm lebensbejahender Mädchen an der Schwelle des Erwachsenenalters wie ein Fremdkörper wirkte. Sie hatte in ihrer Kindheit Schreckliches erlebt, und das musste die Erklärung sein. Alle wussten von jenem Karfreitag im Kriegsjahr 1918, an dem Roseanne mit ihrer Mutter und ihrem Bruder im Wintergarten ihres Hauses war, als das Gebäude einen Volltreffer des Paris-Geschützes abbekam. Diese furchterregende Waffe besaß eine Reichweite von hundertdreißig Kilometern. Aus heiterem Himmel und fern der Front gingen die schweren Sprenggranaten nieder. Und die Deutschen benutzten dieses Geschütz nicht, um den Frontverlauf zu ihren Gunsten zu verändern, sondern nur, um die Zivilbevölkerung in Angst und Schrecken zu versetzen.

Der Einsturz des Hauses riss den hohen Wintergarten aus Glas und Eisen mit. In ohrenbetäubendem Lärm lösten sich die festen Konturen auf, die Eisenträger knickten, und die Fensterscheiben barsten. Roseanne wurde verschüttet, ihr Bruder aus dem Gebäude geschleudert. Und ihr Bruder war es auch, der sich von einer Frau in der Menge losriss, die fassungslos vor der lodernden Ruine stand. Charles verschwand in der mörderischen Wolke aus Rauch und Staub und tauchte nicht wieder auf. Während die Alarmglocke hörbar wurde, mit der sich ein Löschwagen näherte, sahen sich die Nachbarn mit traurigem Kopfschütteln an. Doch sie hatten Charles zu früh aufgegeben, denn gleich darauf zeichnete sich eine Gestalt in dem Qualm ab, die etwas voranhievte. Ein beherzter Mann sprang vor, nahm Roseanne auf die Arme und zog sich eilig zurück, während hinter ihm die Decke des Salons einbrach, an den der Wintergarten angegrenzt hatte. Erst die Feuerwehrmänner konnten Charles befreien, dessen linkes Bein unter einem abgestürzten Deckenbalken des Salons eingeklemmt worden war.

Ihre Mutter wurde erst später gefunden. Die explosionsartig auseinanderjagenden Scherben der großen Fensterscheiben waren als schartige Sternenzacken zu Geschossen geworden. Eines davon hatte sich tief in ihre Brust gebohrt. Um die Stelle, an der die Scherbe eingedrungen war, lag ein feuchter rötlicher Hof, während ihr Kleid und ihr gesamter übriger Körper mit weißem Staub überzogen war, auch ihr Gesicht, ihr Haar und ihre offenen Augen. Sie sah aus wie eine der griechischen Marmorstatuen aus der Antikensammlung des Louvre.

Charles hinkte seitdem, und Roseanne zog sich in sich selbst zurück.

«Sie ist schwermütig geworden, kein Wunder», tuschelte ihre Tante Marthe ihren Freundinnen beim Tee zu, «das wächst sich hoffentlich aus. Ein Glück, dass sie noch das Bankvermögen haben.»

Das Bankvermögen ihres Vaters, der 1916 bei Verdun gefallen war, gab es noch, ebenso wie sein Handelsunternehmen, das von einem Treuhänder geführt worden war, bis Charles seine Ausbildung beendet hatte. Alles andere aber hatten die Geschwister beim Untergang der elterlichen Villa verloren. Kaum ein Erinnerungsstück hatte gerettet werden können.

«Wir beide reisen mit leichtem Gepäck, Rose», hatte Charles einmal zu ihr gesagt, bevor er zu einem Wareneinkauf aufgebrochen war.

Niemand verstand, warum sich Roseanne nach all ihrer Zurückgezogenheit ausgerechnet mit Marianne anfreundete. Mit der Deutschen. Die Deutschen hatten Frankreich schließlich den Krieg erklärt, der Roseannes Eltern das Leben gekostet hatte. Dieser Krieg war seit beinahe acht Jahren beendet, aber in vielen Köpfen war er noch lange nicht vorbei. Doch an so etwas dachten Roseanne und Marianne nicht. Stattdessen wurden sie so unzertrennlich, dass sie im Internat bald nur noch «Mariannerose» hießen.

Als für Marianne die ersten Internatsferien bevorstanden, konnte sie ihre Abreise kaum erwarten. Roseanne dagegen wurde immer stiller. «Ist es so schlimm bei deiner Tante?», fragte Marianne.

«Sie hat mir schon geschrieben, wie wundervoll das wieder wird.» Roseanne verzog das Gesicht. «Meine Cousine hat nämlich lauter reizende Freundinnen ‹aus unseren Kreisen›, und sie werden sich zum Tee treffen und Gesellschaftsspiele machen. Oder einen Ausflug in den Botanischen Garten.» Sie zuckte mit den Schultern. «Ich bleibe hier», verkündete sie dann, «und Tante Marthe schreibe ich, dass ich viel in Englisch aufzuholen habe und die Ferien dazu nutzen will.»

«Aber das stimmt doch überhaupt nicht!» Roseanne war ein Genie, was Sprachen anging. In Englisch war sie Klassenbeste und ihr Deutsch perfekt und akzentfrei. Außerdem hatte sie angefangen, mit Marianne französisch zu sprechen, damit sie in ihren jeweiligen Muttersprachen auf ein gleiches Niveau kamen.

«Weißt du, was?», sagte Marianne. «Du fährst in den Ferien einfach mit zu mir.»

Roseanne sah sie an. «Musst du da nicht erst deinen Vater fragen?»

«Mach ich, aber ich wette, er hat nichts dagegen.»

In den folgenden Jahren fuhr Roseanne mehrere Male in den Ferien mit zu Marianne nach Berlin und in das Sommerhaus, das Mariannes Vater an der Ostsee gebaut hatte. Teegesellschaften veranstalteten sie keine, und auch den Botanischen Garten besuchten sie kein einziges Mal. Stattdessen gingen sie schwimmen, Roseanne lernte reiten, und Hermann, ein junger Architekt aus dem Architekturbüro von Mariannes Vater, nahm sie zu *Die verschwundene Frau* und *Metropolis* ins Kino oder zu Spritztouren in den Grunewald mit. Die Stelle bei Mariannes Vater war Hermanns erster Posten nach dem Studium, und er hatte sich in kurzer Zeit einen Ruf als ehrgeiziger, zuverlässiger Mitarbeiter erworben.

«Dein Verehrer legt sich wirklich krumm», sagte Roseanne, als sie einmal vom Wannsee zurückgekommen waren und die Mäntel auszogen.

«Mein Verehrer», versuchte Marianne, die Bemerkung spöttisch abzutun, obwohl sie Hermanns Blicke bemerkt und sich geschmeichelt gefühlt hatte. Er besaß eine legere, angenehme Art und war mit seiner sportlichen Figur und dem gutgeschnittenen Gesicht mit den blauen Augen darüber hinaus sehr attraktiv. In dem Ausflugslokal am Wannsee hatte sich mehr als eine Frau unauffällig nach ihm umgedreht. «Oder deiner.»

«Von wegen» – Roseanne hängte ihren Mantel über einen Bügel in der Garderobe – «das sieht doch ein Blinder. Oder glaubst du, er will sich nur bei deinem Vater beliebt machen?»

«Nein!» Marianne wusste nicht, warum sie Hermann verteidigte. Er hatte immerhin noch nie etwas Direktes zu ihr gesagt.

Auch im letzten Internatsjahr 1929 verbrachten sie in den Sommerferien einige Wochen in Berlin. Erneut war es Hermann, der anbot, sie in seiner Horch-Limousine zu einem Ausflug mitzunehmen.

Es ging zu einer der beliebten Flugschauen auf dem Tempelhofer Feld, bei der Hermann die Vorführung Ernst Udets sehen wollte. Dieser Pilot war schon zu Lebzeiten Legende. Im letzten Krieg war er als Jagdflieger bewundert worden. Einer dieser Ritter der Lüfte, für die auch dem Feind gegenüber ein Ehrenkodex galt, wie es hieß. Nach Kriegsende hatte seine Popularität womöglich noch zugenommen, denn er gründete seine eigene Werbefirma, flog atemberaubende Kunstflüge und hatte in einem Kinofilm den Retter aus der Luft gespielt.

Tausende Zuschauer jubelten bei seinen Manövern, von denen eines riskanter war als das andere. Als er schließlich seinen Doppeldecker im bodennahen Flug schräg legte und mit einem Haken, der unter der Tragflächenspitze angebracht war, ein Taschentuch vom Boden aufnahm, kannte die Begeisterung keine Grenzen mehr.

Für Marianne und Roseanne jedoch wurde die nächste Vorführung zur Hauptattraktion. Die Kunstflugfiguren enthielten das ganze Programm und als Besonderheit einen Looping nach vorn. Wie gebannt verfolgten sie die Schau. Figuren im Gleitflug, über die Tragflächen in die Rücklage kippen, trudeln, bis es aussah, als müsse das Flugzeug unweigerlich auf dem Boden zerschellen.

Applaus brandete auf, als die offene Maschine schließlich auf dem Boden ausrollte und eine Frau aus dem Sitz stieg. Thea Rasche, deren Name groß auf den Plakaten der Flugschau stand, winkte lachend in alle Richtungen und gesellte sich zu ihren Kameraden, um die nächste Nummer vom Boden aus mitzuverfolgen. Sie war nicht die einzige Frau, die sich in dieser Männerdomäne behauptete. Bei der Luft Hansa flog sogar eine Frau als Copilotin, und es gab eigene Damen-Kunstflugwettbewerbe. Überhaupt entwickelte sich die Fliegerei rasant, und die Zeitungen waren voll mit Meldungen über Flugwettbewerbe, Streckenrekorde und Erstflüge. Immer zahlreichere Flugpost-, Luftfracht- und Passagierfluglinien wurden eröffnet. Die ganze Welt rückte näher zusammen. Was früher in unerreichbarer Ferne lag, schien nun mühelos erreichbar.

Als sie nach der Flugschau quer durch Berlin zurück nach Westend fuhren, vertieften sich Roseanne und Hermann in ein Gespräch über den letzten Kinofilm, den sie gemeinsam gesehen hatten. Die Rennfahrerin Clärenore Stinnes schilderte darin ihre abenteuerliche Weltumrundung mit einem Auto. Marianne dagegen dachte an Thea Rasche und das freiheitliche Gefühl, das sie ausgestrahlt hatte, als sie aus ihrem Flugzeug gestiegen und zu ihren Fliegerkameraden gegangen war, die sie mit lautem Beifall empfingen.

«Unglaublich, was dieses Fräulein Stinnes geschafft hat», sagte Hermann.

«Aber nur mit Dynamit und Waffen im Gepäck», bemerkte Roseanne.

«Das Dynamit hat sie gebraucht, um sich diese Passage über die Anden freizusprengen.» Hermann bog in die Bayernallee ein.

«Trotzdem mussten Dutzende von Leuten aus der Gegend dort den Wagen zentimeterweise über den Geröllhang ziehen. Die haben nicht gerade begeistert ausgesehen, oder? Was meinst du, Marianne?» Roseanne drehte sich zum Rücksitz um, als keine Antwort kam. Marianne sah aus, als würde sie mit offenen Augen schlafen. «Was ist? Träumst du?»

Marianne brauchte einen Moment, um sich von den Bildern in ihrem Kopf zu lösen, die sie im Flug über den Eiffelturm und die Pyramiden geführt hatten oder über die Sahara, wo die Sanddünen angeblich aussahen wie ein wogendes gelbes Meer.

«Eins sage ich Ihnen, Hermann» – sie waren am Fürstenplatz an der Bayernallee angekommen, wo Mariannes Elternhaus etwas zurückversetzt von der Straße in einem parkartigen Garten stand –, «wenn wir Ostern aus dem Internat sind, lernen Roseanne und ich als Erstes Autofahren.» Sie sah Roseanne an, die begeistert nickte. «Und dann lernen wir fliegen!»

Hermann lachte, ging um den Wagen herum und öffnete ihnen die Tür zum Aussteigen. Er war stets so höflich und zuvorkommend, und er würde die beiden auch dieses Mal bis zum Haus begleiten, um sie wohlbehalten abzuliefern.

Als sie sich verabschiedeten und sich Roseanne schon umgedreht hatte, um hineinzugehen, hielt er Mariannes Hand einen Moment länger fest als notwendig. «Und wann, Fräulein Marianne», fragte er und sah sie direkt an, «werden Sie wieder nach Berlin kommen?» Der Wind blies ihm eine blonde Haarsträhne in die Stirn.

«Warum?», fragte Marianne zurück, während sie versuchte, nicht zu erröten. «Wollen Sie uns etwa das Autofahren beibringen, damit wir die Prüfung bestehen?»

«Wenn Ihr Herr Vater und Fräulein Roseannes Vormund keine Einwände haben», sagte er, ohne ihre Hand loszulassen, «mit dem größten Vergnügen.»

Ihr Herr Vater hatte keine Einwände und auch Charles nicht. Hermann wurde in dieser Zeit ein häufiger Gast in der Bayernallee, nicht nur wegen des Fahrunterrichts, den er Marianne und Roseanne in seinem Wagen gab. «Er wird so langsam zur rechten Hand deines Vaters», bemerkte Roseanne einmal nach dem Abendessen. Wie schon häufiger hatte sich Mariannes Vater mit Hermann ins Arbeitszimmer zurückgezogen, wo sie sich über Planzeichnungen beugten und Entwürfe besprachen.

«Stimmt», sagte Marianne. «Sie kommen sehr gut miteinander aus, und Vater vertraut ihm. Sonst würde er uns nicht so viel mit ihm ausgehen lassen. Also kann uns gar nichts Besseres passieren.»

Roseanne sah zu der geschlossenen Tür des Arbeitszimmers hinüber, sagte jedoch nichts weiter.

Die Prüfung für den Autoführerschein bestand in nicht viel mehr als ein paar lächerlich einfachen mündlichen Fragen und darin, dass die «jungen Damen» auf einem leeren Platz auf und ab fuhren. Der Prüfer öffnete ihnen mit einer Verbeugung den Wagenschlag und reichte ihnen beim Ein- und Aussteigen die Hand.

Nicht so einfach war es mit dem Flugschein. Allerorten versuchte man, ihnen dieses Vorhaben auszureden, und erklärte, es sei eine Illusion, damit als Frau seinen Lebensunterhalt verdienen zu können, weil die Fluggesellschaften keine «Damen» einstellten und bei allen anderen Aufträgen oder den sehr gewinnbringenden Flugschauen erhebliche Konkurrenz durch erfahrene, männliche Piloten herrsche. Gelegentlich hörten sie auch, Frauen seien schon aufgrund ihrer Konstitution nicht zum Fliegen geeignet und zudem würde die Fliegerei ihre «natürliche Bestimmung als Frau» beeinträchtigen.

Auch Mariannes Vater musste sich zahlreiche Vorhaltungen anhören, weil er seine Erlaubnis zu diesem gefährlichen Unsinn geben wollte.

«Ich stehe gerade auf der Wetterseite», erklärte er einmal beim Abendessen mit seinen Töchtern. «Heute hat man mir dreimal mehr oder weniger direkt erklärt, ich sei geistig umnachtet.» Mariannes vierzehnjährige Schwester Ruth starrte ihn erschrocken an. Er drehte sich zu der Haushälterin um, die gerade die Suppenterrine aus dem Esszimmer trug. «Nicht wahr, Henriette?»

Sie warf ihm einen finsteren Blick zu und ging, vor sich hinmurmelnd, zur Küche.

«Vielleicht sollte ich es noch einmal überdenken», sagte er seufzend.

«Nein!» Marianne sprang auf.

Er musterte seine Tochter, die mit blitzenden Augen vor ihm stand. «Hedda hat mich gefragt, ob es sein kann, dass ich aus dir den Sohn machen will, den ich nicht gehabt habe», sagte er. Hedda war Hertha Krautasch, die zum Freundeskreis von Mariannes Mutter gehört hatte.

«Wie kann sie dich so etwas fragen?» Marianne wusste nicht, ob sie sich mehr über Hedda oder über ihren Vater aufregen sollte, der sich offenbar von solch einer Äußerung beeinflussen ließ.

«Ich sagte ja – mehr oder weniger direkt.» Er blickte über den Tisch zu Ruth, in deren Augen Tränen schillerten. «Was ist denn, mein Herzchen?»

Ihre Lippen bebten. «Bist du … bist du wirklich geistig …»

Ihr Vater lachte auf. «Das will ich nicht hoffen!», rief er. «Komm mal her.»

Die zierliche Ruth kam um den Tisch und schmiegte sich in seine Armbeuge. Die Schwestern liebten sich innig, waren aber unterschiedlich wie Tag und Nacht. Ruths Schönschreibheft war eine Augenweide. Anders als bei Marianne übergaben ihr Klassenkameradinnen mit Vorliebe ihre Poesiealben, um sie mit einem gestochen feinen Hab-Sonne-im-Herzen-Gedicht nebst zart gemalter Blumendekoration zurückzuerhalten. Ruth brachte stets nur beste Schulnoten nach Hause, übte bis zur absoluten Fehlerlosigkeit, was ihr die Klavierlehrerin aufgab, die schon von einer Konzertkarriere ihrer Elevin träumte, und sie war von einem ausgeprägten Bedürfnis nach Sicherheit und vertrauten Gewohnheiten beherrscht. Wenn man sie häuslich nennen konnte, war Marianne das Gegenteil. Sie wollte Neues erleben, war entschlossen und risikofreudig.

«Und, kann es sein?», fragte ihr Vater nun und kam damit wieder auf Hedda zurück. Er meinte diese Frage ernst, und Marianne ließ sich auf ihren Stuhl zurücksinken, um nachzudenken, bevor sie antwortete.

«Du hast überhaupt nicht versucht, aus mir einen Sohn zu machen», sagte sie schließlich. «Du hast mir nur die Freiheit gelassen, meinen Vorlieben und vielleicht meinen ... Stärken zu folgen.»

Ihr Vater sah sie aufmerksam an.

«Und das hätte genauso gut eine Vorliebe dafür sein können, mit Puppen zu spielen oder Handarbeiten zu machen.» In ihrem Kopf tauchte ein Bild von den fleckigen, verzogenen Stickmustertüchern mit den unregelmäßigen Stichen und den vielen Knoten im Garn auf, die sie in der Volksschule angefertigt hatte. «Na ja oder so ähnlich», ließ sie mit etwas weniger Verve folgen.

«Dass du mit Puppen hättest spielen können wie andere Mädchen, ist wahrhaftig eine große Herausforderung für meine Phantasie», warf ihr Vater ein, ohne die Miene zu verziehen. «Die anderen Mädchen haben nämlich ihre Puppen im Puppenwägelchen mit spitzenverzierten Kissen herumgefahren und nicht auf eine Holzplanke gesetzt, damit sie die Havel hinunter auf große Fahrt gehen.»

«Oh wirklich, das war nur ein Beispiel, und das weißt du genau!»

Beschwörend beugte sich Marianne vor. «Ich will den Flugschein machen und hinterher damit Geld verdienen. Und wenn es nicht klappt, werde ich etwas anderes finden.»

Ihr Vater lächelte. Marianne war im Internat sehr erwachsen geworden und hatte sich dennoch nicht an das gängige Bild junger Frauen angepasst. Das war seine größte Befürchtung gewesen, als er sie dorthin geschickt hatte. Dass sie ihren Freiheitsdrang und ihre Unbeschwertheit verlieren würde, die sie schon als Kind ausgezeichnet hatten. Es war ihm bewusst, wie sehr er seine beiden Töchter verwöhnte, aber auch, wie schnell sich in diesen unruhigen Zeiten alles ändern konnte. Das war der eigentliche Grund, aus dem er all ihre Talente förderte und nichts auf die Fragen Heddas gab, die trotz der umwälzenden Geschehnisse, die der Krieg und seine Folgen mit sich gebracht hatten, an ihren althergebrachten Vorstellungen festhielt.

Er warf einen Blick auf das Porträt seiner Frau, das zwischen zwei Fenstern an der Stirnseite des Raumes hing. Es gelang ihm auch nach vierzehn Jahren nicht, das Bild anzusehen, ohne an den Moment in diesem elenden Schützengraben vor Verdun zu denken, in dem er die Nachricht von ihrem Tod erhalten hatte. Luise war aus dem gleichen großbürgerlichen Milieu gekommen wie Hedda, und doch konnte er sich nicht vorstellen, dass sie ihren Töchtern vorgelebt hätte, sie sollten sich den Kaiser zurückwünschen und ihr neues Wahlrecht nicht ausüben oder sich zumindest von einem Mann sagen lassen, was sie wählen sollten. Dafür war einfach zu vieles geschehen, was ihre ganze Welt aus den Angeln gehoben hatte.

Denn nach dem Kriegsende 1918 und dem Friedensvertrag von Versailles war keine Ruhe eingekehrt. Stattdessen hatte eine unvorstellbare Geldentwertung eingesetzt. In kürzester Zeit waren über Generationen durch Fleiß und Sparsamkeit aufgebaute Vermögen und Unternehmen vernichtet worden. Er dachte an den angesehenen Strumpffabrikanten Loburger und seine Gattin, denen sie vor dem Krieg so oft in der Oper oder bei anderen gesellschaftlichen Anlässen begegnet waren. Danach hatte er sie nur noch ein einziges Mal gesehen – in der Schlange vor einer Armenküche am Spittelmarkt, zusammen mit ihren Kindern. Er schloss für einen Moment die Augen. Solche Schicksale hatte es millionenfach gegeben.

Ende 1923 hatte eine Straßenbahnkarte fünfzig Milliarden Mark gekostet, für ein einziges Brot musste waschkorbweise Geld zum Bäcker getragen werden, und der Wechselkurs zum Dollar stand bei eins zu 4,2 Billionen. Auch er selbst hatte mehr als die Hälfte seines Vermögens verloren und trotzdem zu den Glücklichen gehört, weil er vor dem Krieg Baugrundstücke und Devisen gekauft hatte.

Schließlich hatte es eine Währungsreform gegeben, die wieder Stabilität und wirtschaftlichen Aufschwung brachte, aber das Misstrauen und die Verunsicherung gegenüber der staatlichen Finanzpolitik waren geblieben. Loburgers Frau, die keine Ausbildung hatte, arbeitete inzwischen in einer Wäscherei, und ob der völlig gebrochene Loburger selbst jemals dazu imstande sein würde, etwas gegen sein unverschuldetes Leben in Armut zu tun, war fraglich.

Nachdenklich ließ er sich auf seinem Stuhl zurücksinken. Genauso hätte es auch ihn treffen können und damit seine Töchter. Und deshalb wollte er, dass Marianne und Ruth etwas aus sich machten. Es gab schließlich keine Garantie, dass sich solche Krisen nicht wiederholten. Die beiden sollten imstande sein, ihr Leben in die eigene Hand zu nehmen. Der Aufschwung und die mit ihm einhergehenden gesellschaftlichen Veränderungen hatten auch für Frauen neue Möglichkeiten gebracht. Überall zeigten sich Beispiele für Reformwillen und Aufbruch, auch in seinem eigenen Tätigkeitsfeld. Heddas Einstellung war überholt.

«Papa, hörst du mir noch zu?»

«Wenn es mit dem Fliegen nicht klappt, willst du also Handarbeitslehrerin werden», sagte er und wiegte bedenklich den Kopf.

Marianne musste lachen. «Dann werde ich Lehrerin für Sport!» Sie wusste nicht, woher dieser Gedanke gekommen war, aber das wäre sogar eine Möglichkeit. «Oder für Französisch!», setzte sie triumphierend hinzu, denn mit Roseanne waren ihre Sprachkenntnisse exzellent geworden. «Aber dazu wird es nicht kommen, weil ich als Fliegerin mein Geld verdienen werde.»

Als sie im Spätjahr 1930 die dreimonatige Ausbildung auf dem Flugplatz Berlin-Staaken anfingen, kam der Winter, und es war eiskalt. Mariannes Vater und Hermann begleiteten sie zu ihrem ersten Schulungstag und beäugten mit unbehaglicher Miene die Gegebenheiten. Der theoretische Unterricht fand in einem zugigen Schuppen statt, der praktische mit Übungsmaschinen, die deutliche Altersspuren aufwiesen. Außer Marianne und Roseanne waren noch acht weitere Flugschüler da, von denen einer aus China und ein anderer aus Amerika kam. Die Männer rückten ein wenig von dem Ofen im Schuppen weg, damit sich Marianne und Roseanne aufwärmen konnten.

Angefangen wurde, wie der Fluglehrer Peter Heinze bekannt gab, mit einer Klemm KL 20. Sie hatte zwanzig PS, zwei Zylinder und zwei offene, hintereinanderliegende Sitze, sodass Schultern und Kopf über die Bordwand ragten, wo sie nur von einer bescheidenen Windschutzscheibe gegen den Luftzug geschützt wurden. Hermann ließ seinen Blick auf der Maschine ruhen, die ihm auffällig klein und zerbrechlich erschien. Eine Holzkonstruktion mit Stoffbespannung. Marianne dagegen erschien ihm in dem Fliegerdress mit der dicken Jacke darüber und der Fliegerkappe beinahe fremd.

«Wollen Sie das wirklich machen?»

Marianne sah Hermann an. Er hatte die Hände in die Manteltaschen gebohrt und die Augenbrauen zusammengezogen.

«Sind Sie auf einmal zu der Fraktion übergewechselt, die findet, dass Frauen ungeeignet fürs Fliegen sind?», fragte sie streitlustig.

«Nein, ich … es ist nur …» Er wand sich. «Es ist gefährlich, und ich will nicht, dass Ihnen etwas zustößt.»

Sie schloss den Druckknopf am Kinnriemen ihrer Fliegerkappe. «Das weiß ich doch», sagte sie, «aber mir passiert schon nichts.»

Sie sah zu Boden, damit er ihr Lächeln nicht sah. Er machte sich Sorgen um sie und torpedierte ihr Vorhaben trotzdem nicht mit Gegenargumenten. Das konnte man durchaus als Rarität in der Männerwelt betrachten. Sie trat einen Schritt von ihm weg. «Das Einzige, was einen nervös machen kann», sagte sie dann laut in Roseannes Richtung, die mit Heinze und Mariannes Vater zusammenstand, «ist, wenn hier ein Angsthase rumsteht, der einen ablenkt, oder?»

Roseanne nickte verhalten. Nicht zum ersten Mal hatte Hermann eine von Mariannes schnoddrigen Bemerkungen einstecken müssen, aber das schien ihm nichts auszumachen. Und Marianne, auch wenn sie es sich bisher vielleicht nicht einmal selbst eingestand, hatte sich verliebt. Roseanne war froh, dass dieser Zustand bei ihrer Freundin keine Begleiterscheinungen wie rührselige Gefühlsausbrüche oder die Verwandlung in ein sanftmütiges Frauchen mit sich brachte.

«Papa!», rief Marianne quer über den Platz. «Hast du mit diesem Hasenfuß nicht dringend irgendwelche Häuser zu bauen?»

Ein paar Wochen später stand Ruth, die zum Zuschauen gekommen war, bibbernd neben ihrer Schwester an der Tür des Flughafenschuppens. Gerade war Roseanne zu ihrem ersten Alleinflug ohne Fluglehrer gestartet, und langsam kam das Flugzeug außer Sicht. «Das ist doch kein Wetter für so was.» Ruth zog die Schultern hoch, sodass sie sich zusätzlich zu der Pelzmütze, die sie trug, bis zum Kinn in den Schutz des breiten Pelzkragens zurückziehen konnte, mit dem ihr Mantel besetzt war.

«Wieso? Heute ist doch gutes Wetter», sagte Marianne bestens gelaunt. «Nur kalt, sonst nichts. Es geht nämlich auch kalt und Wind, und es geht kalt und Wind und Nieselregen.»

«Und es geht kalt und Wind und Nieselregen und ein schlecht gelaunter Heinze!», rief einer der anderen Flugschüler, der in dem Schuppen am Ofen stand. «Haben Sie das schon gesehen?»

Als sich die beiden zu ihm umdrehten, kam er mit einer Zeitung an und hielt sie ihnen unter die Nase. «Schauen Sie mal, Marga von Etzdorf mit Charles Lindbergh in Japan. Guten Tag übrigens», fügte er an Ruth gewandt hinzu, «Franz Baumschläger.»

Wer Marga von Etzdorf war, wusste Ruth unvermeidlicherweise, denn Marianne hatte sich, seit sie den Flugschein machte, in so etwas Ähnliches wie einen wandelnden Nachrichtenmelder zu den Ereignissen des Flugsports verwandelt. Zurzeit war von Etzdorf in Tokio, nachdem sie als erste Frau allein nach Japan geflogen war.

«Was ist denn mit ihrem Gesicht?», fragte Ruth. Auf dem Zeitungsfoto war die untere Gesichtshälfte Marga von Etzdorfs erkennbar dunkler als die obere, was noch dadurch verstärkt wurde, dass sie breit lachend ihre strahlend weißen Zähne zeigte.

«Kommt von ihrem Flugzeug», erklärte Franz. «Die Fliegerbrillen und die Kappen, die bis über die Stirn reichen, kennen Sie ja von Ihrer Schwester.»

Ruth nickte.

«Ja, und von Etzdorf hat ein offenes Flugzeug, ohne Kabinenverdeck», erklärte Franz weiter, «da brät man auch schon mal in der Sonne, und wegen der Kappe und der Fliegerbrille wird nur die untere Gesichtshälfte braun.»

Ruth betrachtete das Bild und musste an eine Eule denken. «Schön ist das aber nicht, oder?», sagte sie, doch die beiden anderen lachten bloß.

Eine Stunde später setzte Roseanne unter den Blicken des Fluglehrers und der übrigen Flugschüler zur Landung an. «Gar nicht so schlecht, junge Frau», sagte Heinze, was bei ihm beinahe schon als überschwängliches Lob gelten konnte. «Und? Wie war's das erste Mal allein dort oben?»

Roseanne, deren Gesicht gleichmäßig blass war, wie Ruth beruhigt feststellte, als sie sich die Fliegerbrille auf die Stirn schob, dachte einen Moment nach. «Ich bin zwar nur bis über Zehdenick in der Uckermark gekommen, Monsieur Heinze», sie schaute zum Himmel hinauf, «aber es war die größte Freiheit, die man sich vorstellen kann!»

Anderthalb Jahre später hatte sich das Leben von Marianne und Roseanne vollkommen verändert.

Mit dem Flugschein in der Tasche suchten sie nach Arbeit. Und das war anfänglich tatsächlich mühsam, denn die Aufträge auf dem freien Markt waren umkämpft, die Vorurteile gegen Frauen hartnäckig und die Kosten für Flugzeugmiete, Flugbenzin und Stellplätze beträchtlich. Als Erstes führten sie im Frühjahr 1932 einzelne Warentransporte durch und flogen Geschäftsleute von Berlin nach München oder von Frankfurt nach Paris. Wo sie auch hinkamen, schlugen ihnen von Skepsis über Ablehnung bis zu Bewunderung die unterschiedlichsten Reaktionen entgegen.

«Weißt du, was?», sagte Roseanne, als sie ein höchst konservativ wirkender Herr mit Lobreden über Frauen im Flugsport erstaunt hatte. «Ab jetzt raten wir, in welche Kategorie sie gehören, bevor wir mit ihnen gesprochen haben. Kategorie A sind diejenigen, die nur darauf schauen, was jemand kann.»

«A können wir dann aber fast nie vergeben, das ist die absolute Minderheit», sagte Marianne.

«Denen in der zweiten Kategorie verschlägt es erst mal die Sprache, aber dann lassen sie sich von den Tatsachen überzeugen», fuhr

Roseanne fort, ohne sich aus dem Konzept bringen zu lassen. «Und Kategorie C ist eben Kategorie C. Das sind die Starrsinnigen, die komme, was wolle bei ihrer Ablehnung bleiben.»

Im Sommer erfuhr Marianne auf dem Flugplatz von Swinemünde, dass Ersatz für einen Reklameflieger gesucht wurde, der über den Ostseebädern eingesetzt werden sollte. Der Auftraggeber gehörte wahrscheinlich zur Kategorie C, aber es gelang ihm nicht, kurzfristig einen männlichen Piloten aufzutreiben, und so konnten schließlich Roseanne und Marianne den Vertrag unterschreiben.

Nachdem sie drei Wochen zweimal täglich zwei Stunden mit einem Werbe-Schleppbanner über die Kaiserbäder auf Usedom und Rügen geflogen waren, begann Roseanne zu stöhnen. «Ich kenne jetzt langsam jeden Stein da unten persönlich.»

Doch auch wenn sie die Strecke mit der Zeit langweilte – sie hatten Flugstunden und Erfahrung gesammelt. Und nicht schlecht verdient, sodass Marianne für eine Klemm KL 31 anzahlte, einen kleinen, viersitzigen Sportflieger mit geschlossenem Cockpit, Stahlrohrrumpf und 160 PS. Wie sämtliche Maschinen dieser Klasse besaß er keinen Funk, aber von Kraftstoffanzeige über Borduhr und Kompass mit künstlichem Horizont bis zum Doppelsteuer war alles vorhanden. Zu Transportzwecken konnten sogar die Flügel angeklappt werden, aber weder Roseanne noch Marianne hatten vor, die Maschine auch nur einen Meter nicht in der Luft voranzubewegen.

Um die Flüge noch lukrativer zu machen, hatte Roseanne eine Fotoausrüstung gekauft, mit der sie unterwegs Luftaufnahmen für Postkarten machen wollte. Der Verkauf war zunächst auf Kommissionsbasis in den Hotels an der Ostsee geplant, von wo aus viele Badegäste Urlaubskarten verschickten. «Aber ich bin sicher, dass so etwas auch in Paris oder Berlin funktioniert», sagte Roseanne, als sie vor dem neuen Flugzeug standen.

«Die Schrift ist gut geworden, oder?», sagte Marianne.

Sie hatten die Maschine nach den Zugvögeln benannt, die genau wie sie selbst Sommergäste an der Ostsee waren. Auf dem Rumpf stand in geschwungenen Buchstaben *Mauersegler*.

In der zweiten Sommerhälfte bekamen sie einen weiteren Auftrag für Werbeflüge von einer Zigarrenfabrik in der Nähe von Baden-Baden und quartierten sich in einem kleinen Kurhotel ein. Nach all den Unkenrufen, was die Verdienstmöglichkeiten für Frauen in der Fliegerei anging, lief es nun recht gut. Und sogar für den Rückflug von Roseannes Geburtstagsfeier Mitte Juli in Paris hatten sie noch einen Transportauftrag eingeheimst.

Der Chauffeur stellte den Wagen neben der langgestreckten Werkshalle ab. Über dem angrenzenden Rübenacker schraubte sich eine laut zwitschernde Lerche in die Höhe. Auf der anderen Seite der Halle hatte er den Flugplatz vor sich. Eine planierte Wiese, die von rot-weiß bemalten Kästen begrenzt wurde. Es war kaum etwas los.

«Tag auch», sagte er, nachdem er einen Mechaniker entdeckt hatte, der rechts vor der Halle an der geöffneten Motorklappe eines Tiefdeckers stand. Der Mann drehte sich mit einer verdreckten Zündkerze in der Hand zu ihm um.

«Ist der Flieger aus Paris schon da?», fragte der Chauffeur.

«Noch nicht.» Mit einem kritischen Blick zum Himmel, als könne er dort die Uhrzeit oder irgendwelche Geheiminformationen ablesen, fügte der Mechaniker hinzu: «Muss aber gleich eintrudeln.»

Der Chauffeur nahm kurz seine Mütze ab, um sich an diesem ungewöhnlich warmen Sommertag den Schweiß von der Stirn zu wischen.

«Sollen wohl die Lieferung abholen, was?», fuhr der Mechaniker fort, während er mit einem ölverschmierten Lappen hingebungsvoll an der Zündkerze herumpolierte.

Marianne warf einen Blick auf die Borduhr. Sie lagen gut in der Zeit. Es zahlte sich aus, dass sie so früh aufgebrochen waren, und das Wetter hätte nicht besser mitspielen können. Keine Bewölkung, gute Sicht und kaum Wind. Unter ihnen zogen Felder und Dörfchen und das breite, glitzernde Band des Rheins entlang. Bis nach Baden-Baden würden sie keine halbe Stunde mehr brauchen.

Am Tag zuvor hatten sie bis mittags geschlafen und anschließend bei Roseanne in Paris aufgeräumt, weil nach der Feier zu ihrem einundzwanzigsten Geburtstag noch überall Flaschen und Geschirr herumstanden.

Roseannes Tante Marthe hatte, als sie bei der Feier zum Gratulieren vorbeigekommen war, missbilligend den Kopf geschüttelt, so wie sie über nahezu alles missbilligend den Kopf schüttelte, was mit Roseanne zu tun hatte. Schon die Tatsache, dass ihre Nichte allein gewohnt hatte, noch bevor sie volljährig gewesen war, gefiel ihr nicht. Hatte sie ihr nicht angeboten, sie in ihrem Haus aufzunehmen, als sie aus dem Internat in der Schweiz gekommen war, damit sie in geordneten, behüteten Verhältnissen lebte, bis sie heiratete? Mit diesem Vorschlag hatte sie jedoch einen geradezu entsetzten Blick und die hastige Bemerkung ihrer Nichte ausgelöst, sie werde nach dem Internat zu Charles ziehen.

Roseannes Bruder war durch seine Berufstätigkeit allerdings häufig nicht in Paris, wie jedermann wusste. Sie wohnte also eher mehr als weniger allein. Charles war einfach viel zu weich, gab seiner Schwester in allem nach, und woher sollte ein so unerfahrener Mann auch wissen, was sich für eine junge Dame schickte? Doch Marthe hatte ihn nicht umstimmen können, und er war nun einmal Roseannes Vormund, seit er während ihrer Internatszeit selbst volljährig geworden war.

Und nun sah man, was dabei herauskam. Roseanne, die genauso schön war wie einst ihre Mutter, entstellte sich inzwischen mit einem Herrenhaarschnitt, mit dem sie aussah wie ein Mann, trug mit Vorliebe Hosen und ging in zweifelhafter Begleitung aus. Diese Geburtstagsfeier passte genau ins Bild. Keine schön gedeckte Tafel, stattdessen standen Essen und Getränke überall herum, und von den Gästen stammte niemand aus irgendeiner Familie, die Marthe kannte, «aus unseren Kreisen», wie sie gerne sagte. Und diese Deutsche war natürlich auch dabei. Roseanne verpfuschte sich mit ihrem unweiblichen und moralisch fragwürdigen Lebenswandel ihre Zukunft – und Marthe konnte nicht das Geringste dagegen tun.

«Deine Tante glaubt, ich habe einen schlechten Einfluss auf dich.» Marianne wusste, dass Roseanne ihre Anspielung auf Marthes bis zur Unhöflichkeit knappen Worten ihr gegenüber sofort verstehen würde. Dieses gegenseitige Verständnis hatte beinahe vom ersten Moment an zwischen ihnen geherrscht.

Vier Minuten nach elf, und der Flughafen kam in Sicht. Marianne spähte zum Landeplatz hinunter. Der gelbe Windsack hing schlaff an der Stange auf dem Werksgebäude. «Da steht schon der Chauffeur bei Wegner vor der Halle», erklärte sie. «Klappt ja alles wie am Schnürchen. Und Wegner hat uns bestimmt unsere Thermoskanne mit Tee gemacht.» Sie hatten Wegner, den Mechaniker, der an diesem kleinen Flugplatz noch viele andere Aufgaben erfüllte, bei ihren Reklameflügen über Baden-Baden und Umgebung gut kennengelernt. Er war ein Mann mit Humor und gehörte eindeutig zur Kategorie A.

«Der Chauffeur», fuhr Marianne fort, «ich sage, Kategorie C. Und du?»

Roseanne verzog abwägend die Lippen. «Eher B. Wenn sich der Herr des Hauses solche Spleens leistet, ist er vermutlich einiges gewöhnt.»

«Wir müssten mal eine Strichliste anfangen», sagte Marianne. «Ich habe den Eindruck, dass es in letzter Zeit immer mehr C-Vertreter werden.»

Die Maschine ging in den Landeanflug, setzte auf und rollte aus. Marianne und Roseanne klappten die verglasten Cockpitflügel nach vorn weg und sprangen von den Tragflächen auf den Boden.

Von der Halle kamen ihnen der Chauffeur und Wegner entgegen.

Marianne nahm die Fliegerbrille ab, öffnete den Druckknopf am Kinnriemen der eng um den Kopf anliegenden Lederkappe und wollte sie sich vom Kopf ziehen.

«Nein, warte», sagte Roseanne leise. «Vielleicht hat Wegner noch nichts gesagt.» Der Monteur machte sich gern mal einen Spaß.

Mit langen Schritten stapften sie um das Flugzeug herum nach vorn. Der weite Fliegeroverall, der um die Mitte von einem Ledergürtel zusammengehalten war, machte sie beinahe zu geschlechtslosen Wesen, und ohnehin rechneten im Normalfall alle damit, dass nur ein Mann darin stecken konnte. Zwar berichtete die Presse ausführlich über besondere Leistungen von fliegenden Frauen, sodass langsam ein Bewusstsein dafür entstand, dass es sie überhaupt gab, und gerade war die fünfundzwanzigjährige Elly Beinhorn von ihrem zweiten Fernflug zurückgekehrt, der sie bis nach Australien geführt hatte. Trotzdem waren Frauen als Pilotinnen weiterhin eine Seltenheit.

«Guten Tag, die Herren», sagte der Chauffeur nun auch, als er bei ihnen angekommen war, «Sie kommen aus Paris, nicht wahr?»

Roseanne nickte.

«Guten Fluch gehabt?», ulkte Wegner.

«Ja, herrlich.» Marianne stürzte sich in eine Wortkaskade: «Die Sicht war ausgezeichnet. Allerdings sieht von dort oben sogar das Straßburger Münster aus wie Spielzeug. Waren Sie einmal in Straßburg? Großartige Stadt. Allerdings, irgendwie fehlt doch der zweite Turm an der Kathedrale, finden Sie nicht?» Sie sah den Chauffeur erwartungsvoll an. Doch der wirkte nur verwirrt, nachdem er ihre helle Stimme gehört hatte.

Suchend blickte er Richtung Flugzeugkanzel. «Ich müsste mit dem Flugzeugführer sprechen. Ist er auf der anderen Seite ausgestiegen? Er hat eine Lieferung, die ich abholen soll.»

«Auf der anderen Seite? Nicht, dass ich wüsste.» Marianne gab sich ratlos und zog die Fliegerkappe vom Kopf, sodass ihre dunkelbraunen, kinnlang geschnittenen Locken aufsprangen. Sie drehte sich zu Roseanne um. «Hast du noch jemanden aussteigen sehen?»

«Nein, beim besten Willen nicht.»

«In diesem Fall», sagte Marianne, «müssen Sie mit uns vorliebnehmen, fürchte ich.»

In der Miene des Chauffeurs dämmerte die Erkenntnis. Wegner lachte. «Menschenskind, endlich begriffen? Die Damen brauchen keinen Flugzeugführer! Das erledigen sie selber.»

«Das ist ...», begann der Chauffeur und unterbrach sich, weil er offenbar nicht recht wusste, was er sagen sollte.

«Schön, aber selten, oder?», fragte Wegner herausfordernd.

«... ungewöhnlich.» Der Chauffeur fand diese beiden Damen entschieden zu jung, um die Verantwortung für ein Fluggerät zu übernehmen, und überhaupt sollte das Fliegen für Frauen dazu führen, dass sie sich vermännlichten, hatte er gehört. Aber er wollte sich auf keine Diskussion einlassen. Stattdessen zog er einen Auftragsbeleg aus seiner Uniformjacke. «Also sind Sie M. Lenzen und R. Arnaud?», erkundigte er sich, den Blick auf das Papier gesenkt.

«Höchstpersönlich.» Marianne lachte. «Nehmen Sie uns den Spaß nicht krumm. Die Kisten sind im Flieger. Die Auftragspapiere haben wir selbstverständlich auch.»

«Fritz, wo bleibst du denn?», rief Wegner seinem Lehrling entgegen, der mit einer Sackkarre herankam. «Die Kisten ausladen und in seinen Wagen bringen», er deutete auf den Chauffeur, «sonst wird die feierliche Gesellschaft heute Abend ein Reinfall.»

«Ich müsste die Lieferung allerdings noch prüfen, bevor ich Sie bezahle.» Der Chauffeur hegte offenbar die schlimmsten Befürchtungen.

«Das machen wir in der Halle», sagte Roseanne. «Ist alles in Stroh gepackt, da ist nichts zu Bruch gegangen.»

«Französischer Schampus fürs Fest. Nobel geht die Welt zugrunde», kommentierte Wegner, als der Chauffeur mit Fritz verschwunden war, um die Champagnerkisten in den Wagen zu laden.

«Für uns ist es gut. War eine Gelegenheit, was zu verdienen», sagte Marianne.

«Und für Sie ist es auch gut», ergänzte Roseanne.

Wegner sah sie fragend an, während er sich die schmutzigen Finger an einem noch schmutzigeren Lappen abrieb.

«Als die Lieferanten mit den Kisten zum Flugplatz in Paris gekommen sind», erklärte Roseanne, «haben sie uns eine Extraflasche aufgedrängt.» Sie bückte sich nach ihrer Tasche. «Wahrscheinlich sollen wir damit Kunden werben, weil wir hier doch bestimmt Verbindungen haben.» Sie hob die Flasche hoch. «Und ich finde, die beste Verbindung, die wir hier haben, sind Sie, Monsieur Wegner!»

Gegen sieben Uhr klopfte Marianne im Hotel an Roseannes Zimmertür, um sie zum Abendessen abzuholen. «Bist du bald durch, damit ich es lesen kann?», fragte sie. Roseanne lag mit Antoine de Saint-Exupérys Roman *Südkurier* auf dem Bett.

«Ja, nur noch zwanzig Seiten» – Roseanne schwang die Füße auf den Boden –, «aber ich warne dich, es kommt mir so vor, als würde es nicht gut ausgehen.»

«Ist doch nur ein Roman.» Marianne wartete, während Roseanne ihre Schuhe anzog. «Und wie gefällt er dir? Abgesehen davon, dass er vielleicht nicht gut ausgeht?»

«Man merkt an vielen Einzelheiten, dass Exupéry selbst fliegt.» Sie griff nach ihrer Handtasche. «Aber gleichzeitig ist sein Stil ganz poetisch, und hinter jedem Bild könnte noch eine andere Aussage versteckt sein. Das gefällt mir.» Roseanne schloss ihre Tür ab, und sie gingen nach unten.

«Noch eine Woche», sagte Marianne, als sie beim Essen saßen, «dann ist es vorbei mit diesem Auftrag.»

«Macht doch nichts, Baden-Baden von oben kennen wir inzwischen auch auswendig. Außerdem», Roseanne legte ihr Besteck ab, «könnten wir mal weiter weg fliegen.»

«Wenn wir schon alle möglichen Flugwettbewerbe gewonnen hätten, wäre es einfacher, solche Aufträge zu bekommen», wandte Marianne ein, «wir sind einfach zu unbekannt.»

«Noch», gab Roseanne zurück.

Der Kellner kam und räumte die Teller ab. «Haben die Damen noch einen Wunsch?», fragte er.

«Wir trinken noch einen Tee im Salon, oder, Roseanne?» Der Salon mit seiner bequemen Einrichtung war bei vielen Hotelgästen abends ein bevorzugter Aufenthaltsort. Manche Herren zogen sich in einen Sessel zurück und vertieften sich in die Abendzeitung, doch die meisten Gäste plauderten lieber bei einem Glas Wein und gaben sich dem Sehen-und-Gesehen-Werden hin.

Roseanne setzte sich in eine Sofaecke, schlug die Beine übereinander und steckte eine Zigarette in die Zigarettenspitze. Noch bevor sie ihr Feuerzeug herausholen konnte, war ein aufmerksamer Herr aufgetaucht und gab ihr Feuer. Roseanne bedankte sich mit einem gnädigen Nicken und ließ sich auf dem Sofa zurücksinken. Inzwischen wurden sie nicht mehr so unverhohlen angestarrt wie zu Beginn, als Roseannes Angewohnheit, in der Öffentlichkeit zu rauchen, die Blicke von Männern und Frauen angezogen hatten. Die meisten anderen Gäste wussten inzwischen, dass sie das Flugzeug mit der Reklame flogen, das vermutlich alle schon gesehen hatten. Und wenn neue Hotelgäste kamen, erfuhren sie es schnell von den anderen.

Marianne, die an diesem Abend ein schmales cremefarbenes

Sommerkleid mit tiefer Taille trug, schenkte den Tee ein und ließ sich in dem Sessel neben dem Sofa nieder. «Was hat dein Bruder geschrieben?», fragte sie. Bei ihrer Rückkehr am Nachmittag hatte ein Brief von ihm an der Rezeption gelegen. Marianne kannte Charles bisher nur von flüchtigen Begegnungen, alles andere wusste sie aus Roseannes Erzählungen, denen zufolge er geradezu das Ideal eines Bruders verkörperte.

Roseanne schnalzte missbilligend mit der Zunge. «Diese Prinzessin macht ihm das Leben schwer. Ständig hat sie etwas an ihm auszusetzen.»

«Diese Prinzessin» war Catherine, und Catherine war Charles' Verlobte. Nach allem, was Marianne von Roseanne darüber hörte, war Catherine die kapriziöseste und anspruchsvollste Person auf Gottes weitem Erdboden. Doch möglicherweise beeinflusste die Geschwisterliebe ihr Urteil ein wenig. «Ist sie wirklich so schlimm?», fragte sie.

«Charles möchte liebend gern einen Handelsposten in Westafrika aufbauen.» Roseanne drückte ihre Zigarette aus. «Als er Catherine davon erzählt hat, ist sie augenblicklich in Ohnmacht gefallen.» Sie hob eine Augenbraue. «Aber sie hat natürlich dafür gesorgt, dass sie auf eine weiche Chaiselongue sinkt. Nach erfolgreicher Wirkung dieses Auftritts hat sie sich blitzartig wieder erholt, und zwar so sehr, dass sie Charles eine Szene mit Geschrei und Tränen bieten konnte, in der von ihrem zarten Teint unter der Tropensonne, ihrer zu erwartenden geistigen Verarmung in der Kulturwüste, den einsamen Tagen ihrer Mutter und Visionen ihrer ungeborenen Kinder, die in Palmhütten ohne fließend warm Wasser aufgezogen werden müssen, alles vorkam.»

Marianne lachte. «Das hat er dir also alles geschrieben?»

«Das ist gar nicht notwendig, das weiß ich auch so!» Roseanne grinste, weil Marianne sie durchschaut hatte, wurde dann aber wieder ernst. «Du solltest sie kennenlernen, dann würdest du mich verstehen. Charles soll ihr in Paris ein standesgemäßes Leben mit allem Pipapo bieten. Etwas anderes kommt für sie nicht in Frage.»

Marianne trank einen Schluck Tee. «Aber warum hat er sich denn mit ihr verlobt, wenn sie so anders denkt als er?»

«Weil», Roseanne nahm eine Zigarette aus ihrem Etui, «sie es darauf angelegt hat.» Marianne wartete darauf, dass sie weitersprach. «Sie war das anschmiegsamste, sanfteste Kätzchen, das du dir vorstellen kannst, als er sie kennenlernte. Immerzu Charles hier und Charles da. Es war nicht zum Aushalten.» Sie steckte die Zigarette in die Zigarettenspitze. «Charles ist eine sehr gute Partie, seit er die Nachfolge unseres Vaters angetreten hat», fügte sie hinzu, «und er würde einer Frau niemals die Demütigung zufügen, ein Eheversprechen zu lösen, das er ihr gegeben hat.»

Marianne lehnte sich in ihrem Sessel zurück. All das klang, als sei Charles in eine Falle gegangen, aus der er sich nicht mehr befreien konnte. «Übertreibst du nicht ein bisschen?», fragte sie.

Roseanne ließ ihren Blick durch den Raum wandern, bevor sie eine kleine Grimasse schnitt. «Kann sein. Aber auch wenn ich meine Übertreibung abziehe, glaube ich, dass er mit ihr unglücklich wird, wenn er es nicht schon ist.» Nachdenklich hielt sie inne. «Er ist zu nachgiebig. Mit einer Frau, die sich so stark durchsetzt, kann er sich nicht entfalten.»

Marianne wusste nicht, was sie dazu sagen sollte. Sie dachte an Hermann, der sie bei all ihren Vorhaben unterstützte, auch wenn sie ungewöhnlich für eine Frau waren. Er hatte ihr und Roseanne das Autofahren beigebracht und nur gelacht, als sie zu Beginn in Schlangenlinien gefahren waren und so heftig auf die Bremse getreten hatten, dass alle Insassen in seinem Horch nach vorn geschleudert wurden. Sie hatten Varietéaufführungen in der Scala gesehen, in Straßencafés gesessen und in engen Nachtlokalen Charleston getanzt. Und er hatte ihr einen Fliegerschal aus dicht gewebter, weißer Seide geschenkt, obwohl es ihn beunruhigte, wenn sie in die

Maschine stieg. Ein warmes Gefühl stieg in ihr auf. So etwas, wie es Charles jetzt erlebte, würde ihr nicht passieren.

«Fräulein Lenzen?» Der Hotelpage stand neben ihr. Marianne sah ihn an. «Ein Ferngespräch für Sie, in der Eingangshalle, Kabine drei.»

Fragend schaute Roseanne ihr entgegen, als sie zu ihrem Tisch im Salon zurückkam.

«Das war mein Vater.» Mariannes Wangen waren gerötet. «Hermann war heute Abend bei ihm.» Sie setzte sich. «Stell dir vor, er hat bei meinem Vater um meine Hand angehalten!» Sie hatte die Stimme gesenkt und klang trotzdem aufgeregt.

Einen Augenblick musterte Roseanne ihre Freundin mit undefinierbarer Miene. «Nachdem wir Wegner die zusätzliche Flasche Champagner gegeben haben», sagte sie dann gelassen, «müssen wir uns jetzt wohl eine neue bestellen.»

Drei Monate später stand Marianne an einem zugigen Oktobertag mit Hermann in der offenen Halle des Swinemünder Flugplatzes. Sie kamen von Mariannes Antrittsbesuch bei Hermanns Verwandten in Stettin und warteten auf Roseanne, die einen Doppeldecker Flamingo ins Winterquartier flog.

«Da ist Charles», sagte Marianne, als ein Auto neben der Halle anhielt. Roseannes Bruder hatte einen Geschäftstermin in Rostock so gelegt, dass er sie zu Mariannes Hochzeit begleiten und Roseanne anschließend in seinem Wagen nach Paris mitnehmen konnte.

«Charles!», rief Marianne und winkte. Er nahm seinen Mantel vom Beifahrersitz, schlug die Autotür zu und strich sich das Haar zurück, das genauso tiefbraun war wie das seiner Schwester. Sein eleganter Anzug saß locker um seine überschlanke Gestalt, und der Wind zupfte an seinen Hosenbeinen, als er auf sie zuging.

«Er hinkt, oder?», fragte Hermann, doch da war Marianne schon aus der Halle, um Charles entgegenzugehen.

Der Wind wirbelte ihre Locken durcheinander, als sie voreinander stehen blieben. Charles öffnete den Mund, um etwas zu sagen, dann schloss er ihn wieder. Stirnrunzelnd beugte er sich zu ihr, um sie mit einem Wangenkuss zu begrüßen. Marianne war irritiert. Er machte beinahe den Eindruck, als würde er sie nicht wiedererkennen. Aber das war unmöglich, selbst wenn sie sich nur selten gesehen hatten. Er betrachtete sie mit einem undefinierbaren Blick, bei dem ihr ein bisschen seltsam zumute wurde. Der Moment dehnte sich aus.

«Guten Tag, Marianne», sagte Charles nach einer viel zu langen Pause.

«Kommen Sie, wir gehen in die Halle.» Marianne drehte sich um. «Hatten Sie eine gute Fahrt?», erkundigte sie sich und fuhr, als sie die Halle betraten, gleich fort: «Hermann, das ist Charles.»

Die beiden gaben sich zur Begrüßung die Hand und wechselten dabei einen taxierenden Männerblick.

«Nach Rostock hat es geregnet, sonst war die Fahrt gut.» Charles sprach recht gut Deutsch, wenn auch nicht so flüssig und akzentfrei wie Roseanne.

«Ist eben Herbstwetter», kam es von Hermann. Nach einer kurzen Stille erkundigte er sich höflich: «War Ihr Termin in Rostock ein Erfolg?»

«Das weiß ich noch nicht. Es war nur ein erstes Gespräch zu Schiffsbeiladungen. Meinen Glückwunsch übrigens zu Ihrer bevorstehenden Eheschließung.»

Das quittierte Hermann mit einem Nicken. Danach stellte sich erneut eine Pause ein.

Was für ein steifer Austausch, dachte Marianne.

«Sie sind im internationalen Handel mit Stoffen tätig, wenn ich recht weiß?», sagte Hermann.

«Wir loten gerade mit unserem holländischen Firmenpartner aus, ob wir eine Handelszentrale in Westafrika eröffnen sollen.

Das wäre natürlich eine reizvolle Aufgabe.» Charles richtete seinen Blick über die Landepiste. Dahinter zog sich nach einem gepflügten Feld, das beinahe schwarz wirkte, ein Nadelwald entlang. «Aber es ist noch nichts entschieden.»

Marianne fiel Roseannes Beschreibung von dem Auftritt Prinzessin Catherines ein. «Ich gehe mal raus, Ausschau halten», verkündete sie.

Auf der planierten Erde der Landepiste standen noch die Pfützen vom Regen der letzten Nacht, und auch jetzt zogen wieder Wolken auf. Dieser ungemütliche, kühle Oktobertag eignete sich gut für einen Überführungsflug ins Winterquartier. Da fiel der Abschied vom Fliegen für ein paar Monate viel leichter als bei Sonnenschein.

«Kein schönes Wetter zum Fliegen», sagte Charles, der zu ihr getreten war. Er hatte sich den Mantel um die Schultern gehängt und sah zum Himmel hinauf.

«Ach, das geht schon. Außerdem friert sie nicht, sie ist nämlich warm eingepackt. Daran haben Sie doch gerade gedacht, oder?» Sie hatte die Hände in die Jackentaschen gesteckt und sah ihn herausfordernd an.

Charles lächelte. «Also können Sie meine Gedanken lesen.»

«Das war nicht schwer!», sagte Marianne, obwohl klar war, dass sie von dieser speziellen Besorgnis nur über Roseanne erfahren haben konnte.

«Und Sie haben bestimmt schon dafür gesorgt, dass in der Halle ein Thermoskanne mit Tee bereitsteht», hielt Charles dagegen.

«Da … könnten Sie recht haben.»

Ein anderer Mann hätte sich geärgert, wenn er wüsste, dass seine Schwester mit ihrer Freundin über ihn redet. Aber bei diesem Geplänkel mit Charles hatte sich sofort ein freundschaftlicher und vertrauter Ton eingestellt. Marianne schien es, als würde sie mit Charles an ein kurz zuvor unterbrochenes Gespräch anknüpfen.

Das musste daran liegen, dass er Roseannes Bruder war. Die gleichen Gene.

«Seltsam, oder? Dass wir uns siezen», sagte er. «Roseanne hat mir nämlich schon so viel von Ihnen erzählt, dass es mir vorkommt, als würde ich Sie sehr gut kennen.»

Und umgekehrt ebenso, dachte Marianne.

«Aber auch wieder nicht seltsam», fuhr er fort, «denn das hält man schließlich ‹in unseren Kreisen› für angemessen, nicht wahr?» Als Marianne zu ihm herumfuhr, musste er lachen. «Marthe ist auch meine Tante, und dieser Ausdruck ist bei Roseanne und mir so etwas wie ein geflügeltes Wort.»

«Und was hat sie Ihnen alles von mir erzählt?», fragte Marianne gutgelaunt.

«Oh, ganz schreckliche Dinge», neckte er sie. Dann musste er seinen Mantel an den Schultern festhalten, als die nächste Böe kam. «Im Großen und Ganzen sind es immer Variationen des gleichen Themas: Marianne ist einfallsreich und schön und die beste Freundin, die man auf der Welt haben kann.» Er ahmte einen Geiger beim seelenvollen Spiel nach. «Und ich muss sagen, das kann ich jetzt sehr gut nachvollziehen.»

Einen Augenblick lang wusste Marianne nicht, wie sie auf dieses unerwartete Kompliment reagieren sollte, aber Charles wirkte, als habe er nur eine einfache Feststellung getroffen. Wieder betrachtete er sie mit diesem undefinierbaren Blick. Ihr wurde ein wenig flau, als er sie mit diesem Ausdruck ansah, in dem ein fremder Horizont aufzublitzen schien. Doch da wandte er sich schon ab, um den Windsack auf der Halle zu mustern. Sie schüttelte den Kopf. Diese mit Aufregungen und Eindrücken vollgestopfte Zeit vor ihrer Hochzeit brachte sie langsam wirklich vollkommen durcheinander.

«Ich habe natürlich auch einiges Schreckliche über Sie gehört», sagte sie, «was sich im Großen und Ganzen so zusammenfassen lässt: Sie sind der beste Bruder, den man auf der Welt und weit darüber hinaus haben kann.»

«Soso. Allerdings bin ich auch der einzige Bruder, mit dem Roseanne irgendwelche Erfahrungen aufzuweisen hat», er wiegte mit gespieltem Ernst den Kopf, «und das könnte diesem Lob betrüblicherweise ein wenig den Glanz rauben.»

«Da ich ganz und gar brüderlos bin», gab Marianne grinsend zurück, «können Sie von mir leider nichts darüber erfahren, ob Ihre Bescheidenheit hier fehl am Platz ist oder nicht.»

Sie schaute zu der Halle. Hermann unterhielt sich mit zwei Mechanikern an dem offenen Tor und hob die Hand, als er ihren Blick bemerkte. «Ich frage mich, ob man es ‹in unseren Kreisen›», sagte sie zu Charles, «von besten Freundinnen und besten Brüdern, die man auf der Welt haben kann, auch für angemessen hält, sich zu siezen.»

Wenig später kam der Doppeldecker in Sicht. Marianne schwenkte beide Arme zur Begrüßung, und Roseanne winkte zurück. Dann drosselte sie die Geschwindigkeit und ging tiefer, bevor sie in den Gleitflug wechselte. Der Flamingo setzte auf und rollte an ihnen vorbei. Sie ist zu schnell, dachte Marianne, während sie Roseanne nachschaute, die das Flugzeug auf der Landepiste ausrollen ließ. Dann lenkte sie den Flamingo in eine Rechtskurve, um nicht von dem planierten Areal auf das Feld dahinter zu geraten. Doch sie hatte sich verschätzt und geriet mit einem Rad auf die weiche Erde des Feldes. In Sekunden wurde der Doppeldecker herumgerissen, das Heck stieg in die Höhe, und die Schraube war kurz davor, sich in die Erde zu drehen.

Marianne schrie auf. Einen Augenblick lang blieb der Doppeldecker auf der Spitze stehen wie eine Balletttänzerin, dann kippte er um und landete mit einem lauten Krachen rücklings auf den oberen Tragflächen.

In diesem Moment war Marianne schon losgerannt, und obwohl sie schnell war, wurde sie von Charles überholt. Sein Mantel war ihm von der Schulter geglitten und lag in einer Pfütze auf der Landepiste. «Rose!», schrie er. Der Flugzeugmotor war inzwischen erstorben, sodass sein Ruf über den gesamten Platz gellte. Von der Halle aus liefen die zwei Monteure und Hermann los.

Marianne sah Roseanne kopfüber im Gurt aus ihrem Sitz hängen. Dann war Charles bei ihr unter dem umgedrehten Flugzeugrumpf.

«Hilf mir mal und halt mich fest», sagte sie mit einem schwachen Lächeln. «Sonst stoße ich mir noch den Kopf, wenn ich den Gurt aufmache.» Sie stemmte sich mit einer Hand an der oberen Tragfläche ab und öffnete mit der anderen den Gurt, während Charles sie an den Schultern festhielt. Langsam kroch sie unter dem Flugzeugrumpf heraus, richtete sich auf und zog sich die Fliegerkappe vom Kopf. Offenbar war ihr gegen alle Wahrscheinlichkeit nichts passiert.

Marianne spürte, wie sich ihr Herzschlag beruhigte. Sie legte Roseanne die Hand auf den Arm. «Vielen Dank auch für diese unterhaltsame Darbietung.» Sie schaute Charles an. «Der Tag heute war bisher ziemlich eintönig. Das findest du doch auch, oder?»

«Du hättest tot sein können!», rief Charles, ohne auf Mariannes schnoddriges Gewitzel einzugehen.

«Ja, hätte ich, aber stattdessen stehe ich hier – bezaubernd wie am ersten Tag.» Roseanne warf den Kopf zurück und lachte, leuchtend vor Schönheit und Lebensfreude, ein Liebling der Götter.

Charles hakte ihr den Ellbogen um den Nacken und zog sie an sich. «Nun ja, nicht gerade wie am ersten Tag», sagte er zärtlich, während ihm der Schreck noch im Gesicht stand. «Du sollst ein ausgesprochen hässliches Neugeborenes gewesen sein, hat Papa einmal gesagt. Mit einem knallroten Schrumpelgesichtchen.»

«Besser so als umgekehrt!» Roseanne gab sich unerschütterlich, doch ihr war klar, dass sie gerade mehr Glück als Verstand gehabt hatte, das sah ihr Marianne an. Hermann, der inzwischen mit den

Monteuren bei dem Doppeldecker angekommen war, schüttelte nur den Kopf.

«Der Propeller und die oberen Tragflügel sind hinüber», sagte einer der Monteure, nachdem er das Flugzeug in Augenschein genommen hatte. «Wenn sonst nichts ist, sind Sie mit einem blauen Auge davongekommen.»

Während sie vom Flugfeld zu den Autos gingen, kamen ihnen zwei Halbwüchsige auf Fahrrädern entgegen. Als sie auf ihrer Höhe waren, bremsten sie scharf ab, weil sie das Flugzeug auf dem Rollfeld liegen sahen. Einer der beiden nahm seine Kappe ab und kratzte sich an der Stirn, während er zu der auf dem Rücken liegenden Maschine hinüberstarrte, deren Fahrwerksbeine in die Höhe ragten.

«Oha, Damenlandung», sagte er.

Eine Sekunde später hielt er sich die Wange. Hermann, der ihm mit der Bemerkung «Oha, Herrenlandung» eine Backpfeife verpasst hatte, drehte sich beim Weitergehen nicht einmal um.

Marianne und Hermann blieben bei dem Horch stehen, während Roseanne und Charles in ihr Auto stiegen. «Wir sehen uns dann in der Bayernallee!», rief ihnen Marianne zu. «Und fahr vorsichtig, Charles, nicht dass mir Klagen kommen.»

«Duzt ihr euch jetzt?», fragte Hermann und legte ihr den Arm um die Schultern.

III

Du hast uns heute Nacht einen ganz schönen Schreck eingejagt, Julchen», sagte ihr Vater, als er in die Küche kam. Er setzte sich zu ihr an den Tisch und strich ihr über die Hand, bevor er sich einen Kaffee einschenkte.

«Ich weiß, Paps, tut mir leid. Ich dachte, ich kann mich reinschleichen, ohne dass ihr es mitbekommt.»

Ihre Eltern waren bei dem Geräusch des Schlüssels in der Haustür aufgewacht und wahrscheinlich knapp an einem Herzinfarkt vorbeigeschrammt. Dann aber hatte Julianes Vater mit merklicher Erleichterung festgestellt, dass kein Einbrecher, sondern nur seine Tochter ins Haus gekommen war, und die beiden hatten sich eine halbe Stunde lang mit ihr ins Wohnzimmer gesetzt und mitfühlende Laute von sich gegeben, während Juliane mit tränenerstickter Stimme von Christian und seiner neuen Freundin erzählte. Sogar Julianes Mutter, die von Anfang an gegen den Umzug nach Berlin ohne berufliche Perspektive gewesen war, hatte sich jeden kritischen Kommentar gespart. Inzwischen überlegte Juliane, ob es eine gute Idee gewesen war, einfach ein paar Sachen zusammenzusuchen und zu ihren Eltern zu fahren. Sie spielte mit dem Henkel ihrer Tasse. Ihr war schon ganz schlecht von dem ganzen Kaffee, den sie getrunken hatte.

«Na ja», sagte ihr Vater, «irgendwie ist es ja auch ein gutes Zeichen, dass du in so einer Situation zu uns kommst, mmh?» Er lächelte sie aufmunternd an.

Jemand anderen, zu dem ich hätte gehen können, gibt es schließlich nicht, dachte Juliane. Nach Christians Eröffnung hatte sie es nicht ertragen, in der Wohnung zu bleiben – seiner Wohnung. Aber dann war ihr niemand eingefallen, bei dem sie einfach so auftauchen konnte. Das hatte alles noch schlimmer gemacht, denn obwohl sie unheimlich wütend auf Christian war, flüsterte eine Stimme in ihrem Hinterkopf, dass sie ihm jedenfalls dafür nicht die Schuld geben konnte.

Auf der nächtlichen Autofahrt zu ihren Eltern hatte sie genügend Zeit gehabt, bei lautstarker Musik darüber nachzudenken, warum sie eigentlich keine richtigen Freunde mehr hatte. Es war ein langsamer Prozess gewesen, der mit dem Dauerstress bei der Arbeit eingesetzt hatte, durch den sie sich abends lieber in ihrer Wohnung einkuschelte, als sich zu verabreden. Im gleichen Zeitraum waren viele ihrer Freunde aus Göttingen weggezogen, andere waren Eltern geworden, sodass ihr Alltag kaum noch zusammenpasste, und nachdem sie Christian kennengelernt hatte, war sie ohnehin die meisten Wochenenden bei ihm in Berlin gewesen.

«Ach Paps», sagte sie in demselben Moment, in dem ihre Mutter in die Küche kam.

«Oh, gedeckter Frühstückstisch!» Sie musterte Juliane. «Hast du überhaupt geschlafen?»

«Geht so.» Nach dem nächtlichen Gespräch mit ihren Eltern hatte sie sich in ihr altes Zimmer ins Bett gelegt und eine Ewigkeit an die Decke gestarrt. Dann war sie eingeschlafen, aber schon mit dem Hellwerden wieder aufgewacht.

«Wir machen jetzt Seniorensport», verkündete ihr Vater und rief mit diesem Wort ein protestierendes Einatmen bei Julianes Mutter hervor. «Nachher sind wir zu einer Runde um den See in Riddagshausen verabredet. Möchtest du mitkommen?»

«Nein danke, Paps.» Juliane legte den halb aufgegessenen Toast hin und schob ihren Teller weg.

Ihre Mutter schob ihr den Teller wieder hin. «Iss mal was», sagte sie und fuhr gleich darauf fort, «hast du nicht hier noch Schulfreundinnen von früher, die du mal anrufen könntest? Wie hieß die eine? Angelika?»

«Von denen rufe ich ganz bestimmt keine an, um ihnen die Ohren vollzuheulen, nachdem wir jahrelang keinen Kontakt hatten.» Juliane lächelte schwach. «Macht euch keine Sorgen. Ich kann sehr gut hier allein bleiben.»

Ihre Mutter öffnete den Mund, um etwas zu sagen, sparte sich dann aber eine Bemerkung. Sie gehörte zu den Menschen, deren Allheilmittel Aktivität, wenn nicht sogar Aktionismus war und die sich nicht vorstellen konnten, dass so etwas für anders geartete Charaktere Zusatzstress bedeutete.

«Wir sind um eins wieder zurück», sagte ihr Vater. «Kochst du uns was?»

Juliane durchschaute sofort, was ihr Vater mit dieser Bitte bezweckte. «Jetzt musst du aber auch noch das komplizierteste Gericht vorschlagen, das dir einfällt, Paps», sagte sie, «damit ich auch wirklich voll beschäftigt bin und keine Trübsal blasen kann.»

Ihre Mutter unterdrückte ein Grinsen, aber ihr Vater bewahrte ernste Miene. «Also», sagte er nach einer kurzen Überlegungspause, «das mit dem komplizierten Gericht ist mir jetzt zu kompliziert. Wir machen es andersrum: keine Spaghetti mit Tomatensoße, kein Rührei mit Bratkartoffeln und alles, was ich nicht gerne esse, auch nicht.» Bevor Juliane etwas dagegen einwenden konnte, fügte er hinzu: «Schon gar keinen Spargel.» Er stand auf. «Okay?»

«Okay.»

Zwei Stunden später war sie mit den Einkäufen auf dem Heimweg.

«Hey», rief eine Frau hinter ihr, als sie gerade am Café Richter vorbeikam, das es schon in ihrer Kindheit gegeben hatte. Weil sie nicht gemeint sein konnte, reagierte Juliane nicht. «Hey, Jule!»

Sie drehte sich um. Die rotblonde Lockenmähne reichte nicht mehr bis zur Taille, war aber auch als lebhafter Bob unverkennbar.

«Mensch, wir haben uns ja ewig nicht gesehen», sagte Dani, die sie inzwischen eingeholt hatte. Julianes Klassenkameradin aus dem Gymnasium strahlte noch immer dieselbe Energie aus wie früher, als sie mit ihrem Volleyballverein bis in die Oberliga aufgestiegen war und bei Partys wilden Freestyle getanzt hatte.

«Ja», sagte Juliane lahm, «ich bin nicht mehr oft hier.»

«Lass uns einen Kaffee trinken», Dani sah auf die Uhr, «ich hab noch eine halbe Stunde.»

Juliane hätte sich lieber wieder ins Haus ihrer Eltern verkrochen. Sie war nicht in der Stimmung für ein Und-was-machst-du-jetzt-so?-Gespräch. «Ich weiß nicht, ich muss noch das Mittagessen machen.»

«Ach komm.» Dani zog Juliane in das plüschige Café und ließ sich auf die rotsamtene Bank einer Sitznische fallen.

«Wieso bist du denn selbst überhaupt hier?», fragte Juliane, als sie ihren Milchkaffee vor sich hatten. «Du wolltest doch Meeresbiologin werden und das Great Barrier Reef retten.»

Dani löffelte sich den Milchschaum in den Mund. «Tja, stattdessen sitze ich jetzt als Teilzeit-Schreibkraft hier in einem Anwaltsbüro», erklärte sie. Dann sah sie Juliane direkt an. «Ich hab das Studium zwar angefangen, aber dann», sie malte mit dem Kaffeelöffel Achten in die Luft, «schwanger geworden, Freund weg, kein Geld. Das volle Programm.»

«Das», Juliane wusste nicht recht, was sie sagen sollte, «tut mir leid.»

Dani begann zu lachen. «Mir nicht! Sonst hätte ich ja Lili nicht. Sie ist seit Jahren das Beste in meinem Leben.»

Juliane dachte daran, wie Dani schon weit vor dem Abitur zur Uni gegangen war, um sich über die Zulassungsvoraussetzungen zu informieren. Dani hatte genau gewusst, was sie wollte. «Macht es dir denn überhaupt nichts aus, dass du deine ganzen Pläne aufgeben musstest? Das muss doch schwer gewesen sein.»

«Am Anfang war es wirklich ziemlich schwierig.» Dani zog theatralisch die Mundwinkel nach unten. «Ich musste mein Leben total umorganisieren, Job suchen, Anträge stellen. Du kannst dir nicht vorstellen, mit was für einem Ämterscheiß man es als alleinerziehende Mutter zu tun hat.» Sie hob den Blick. «Oder doch?»

Juliane schüttelte den Kopf.

«Aber inzwischen klappt es ganz gut, und wenn Lili groß genug ist, mache ich das Studium fertig», fuhr Dani fort. «Vielleicht rette ich das Great Barrier Reef also doch noch.» Sie wirkte völlig entspannt.

Juliane wappnete sich für die Und-was-machst-du-jetzt-so?-Frage.

«Und du?», kam es wie erwartet. «Schicke Wohnung, toller Job und ein Freund, der all deine Wege mit taubenetzten Rosenblütenblättern bestreut?»

Juliane brachte ein Lächeln zustande, aber dann begannen ihre Augen zu brennen, und sie blinzelte die aufsteigenden Tränen weg.

«Oje», sagte Dani. «Falsche Frage, was?»

Juliane fuhr mit dem Daumen am Rand ihrer Milchkaffeeschale entlang. «Na ja», sagte sie, «bei mir gibt's zurzeit weder eine Wohnung noch einen Job oder Freund, und von toll und schick kann man erst recht nicht reden.» Bilder von ihrem letzten Abendessen mit Christian und der nächtlichen Fahrt auf der einsamen Autobahn drängten sich in ihren Kopf.

«Ist wohl eine neuere Entwicklung.» Dani strich ihr mitfühlend über den Oberarm.

Julianes Vater lehnte sich auf dem Stuhl zurück. «Das war jetzt genau richtig.» Er blickte auf die Reste von Lachs, Spinat und Salzkartoffeln. «Ich muss gleich zum Zahnarzt, wer weiß, wie lange ich danach nichts essen darf.»

Als sich ihr Vater zum Gehen fertig machte, räumte Juliane den Tisch ab, und ihre Mutter fing an, die Töpfe zu spülen. «Ich hatte eigentlich nicht den Eindruck, dass er jemand ist, der sich so einfach eine andere anlacht, aber ich habe ihn ja auch nur zweimal gesehen.» Es war klar, dass sie von Christian sprach.

Klirrend landeten die Gabeln im Besteckkorb. «Ich auch nicht. Er hätte sich wenigstens zuerst von mir trennen können, bevor er was mit ihr anfängt.» Juliane blinzelte, und eine Träne landete in der Geschirrspülmaschine. «Stattdessen musste er die Nacht mit ihr verbringen, während ich bei Johann war.»

Ihre Mutter warf ihr einen missbilligenden Blick zu, als sie mit lautem Geklapper die guten Porzellanteller einräumte.

«Und ich Idiotin hatte sogar vor, eine Hypothek auf Johanns Haus aufzunehmen, damit Christian endlich das Kapital für sein Start-up zusammen hat, dabei hatte er schon mit seinem Vater über ein Darlehen gesprochen, ohne mir ein Wort davon zu sagen.» Genervt drehte sie sich um und ging zum Tisch, um die Gläser einzusammeln.

Ihre Mutter erstarrte mit dem Spülschwamm in der Hand. «Du hast *was* gemacht?», fragte sie.

«Ich hab gar nichts gemacht.» Schlagartig fühlte sich Juliane in der Defensive. «Ich hab nur darüber nachgedacht, dass ich eine Hypothek auf das Haus aufnehmen oder mit dem Haus als Sicherheit einen Kredit aufnehmen könnte, nachdem du dich nicht dafür interessierst.»

«Aber Johann wohnt doch dort.»

«Daran hätte sich auch nichts geändert! Die Gegend dort ist begehrt, also kann man bei so was bestimmt Bedingungen stellen.»

«Und was sagt Johann dazu?»

«Ich hab nicht mit ihm darüber gesprochen. Diese Möglichkeit ist mir erst auf der Rückfahrt nach Berlin eingefallen.» In Julianes Kopf blitzte der Gedanke auf, dass sie keine vierundzwanzig Stunden zuvor im Auto nach Berlin gesessen hatte. Dabei kam es ihr viel länger vor. «Ich hab einfach gedacht, das löst eine Menge Probleme, ohne dass es neue schafft.»

Ihre Mutter stellte mit einer heftigen Bewegung einen Topfdeckel auf das Ablaufgitter. «Manchmal verstehe ich dich wirklich nicht», sagte sie. «Selbst wenn das Haus schon auf dich überschrieben wäre und du über sämtliche Verpflichtungen informiert wärst, die vielleicht nach Johanns Tod noch auf dich zukommen – das ist ein unfassbar naiver Einfall.» Sie begann, die Kartoffelschüssel zu spülen. «Was wäre gewesen, wenn Christian mit seinem Start-up scheitert? Das tun schließlich zwei Drittel dieser Neugründungen. Dann wäre das Geld weg gewesen, und ihr hättet noch schlechter dagestanden als jetzt. Mal abgesehen davon, dass du erst seit ein paar Monaten mit ihm zusammengewohnt hast und nicht wissen konntest, ob das überhaupt auf Dauer klappt. Und das hat es nun ja auch nicht.»

Kopfschüttelnd schwenkte sie die Schüssel aus und stellte sie auf den Ablauf. «Aber das Schlimmste», fuhr sie fort, während sie sich die Hände abtrocknete, «ist, dass du einem alten Menschen das eigene Dach über dem Kopf verpfänden wolltest.» Sie klang sehr scharf.

«Aber …» – Juliane erstarrte, dann ließ sie sich auf einen Küchenstuhl sinken – «… das wollte ich doch gar nicht», flüsterte sie mit erstickter Stimme. Sie sah Johann auf seinem Stuhl unter dem Baum vor sich, so verwachsen mit diesem Flecken Erde, als sei er selbst ein Baum aus dem Garten.

Wortlos nahm ihre Mutter die Küchenrolle von der Arbeitsfläche. Während sie sich zu Juliane setzte, riss sie ein Blatt ab und reichte es ihr. «Du warst aber drauf und dran, oder?» Sie hörte sich nicht mehr ganz so streng an.

Juliane putzte sich die Nase und schwieg.

«Du warst doch früher nicht so.» Ihre Mutter legte ihr die Hand auf den Arm. «Seit du nicht mehr an der Schule bist, triffst du deine Entscheidungen einfach aus dem Bauch heraus. Du gibst deine Wohnung auf, der Umzug nach Berlin ist auch so eine Sache, genau wie ohne Alternative deine Stelle zu kündigen.»

Juliane fuhr auf. Sie wollte nicht schon wieder über den Job als Lehrerin reden, doch ihre Mutter sprach bereits weiter.

«Glaubst du wirklich, es würde eine Bank interessieren, ob in dem Haus, das du beliehen hast, ein alter Mann wohnt, wenn du die Zahlungsfristen nicht einhalten kannst?» Ihr Griff auf Julianes Arm verstärkte sich kurz. «Überleg doch mal, was das heißt! So etwas geht überhaupt nicht. Mal abgesehen davon, dass er dir bestimmt keine Zustimmung dafür gegeben hätte.» Sie sah Juliane an. «Wie konntest du bloß auf so eine Idee kommen?»

«Ich hab eben nur die Lösung unserer Probleme gesehen und nicht weiter nachgedacht», murmelte Juliane verlegen. Genauso wie du in deiner Illusion von einer Beziehung gelebt hast, ohne zu erkennen, dass es sie schon gar nicht mehr gab, schoss es ihr durch den Kopf.

In der folgenden Stille waren überlaut die Tropfen zu hören, die aus dem Wasserhahn in das leere Spülbecken fielen. Julianes Mutter stand auf und drehte den Hahn richtig zu.

«Was ist das eigentlich für ein Haus, Mama?», fragte Juliane. «Irgendwie dachte ich, es wäre eine DDR-Datsche, aber dann hat Johann erzählt, dass es aus den zwanziger Jahren stammt.»

«Weiter nichts?»

«Eigentlich nur, dass es seiner Mutter gehört hat.»

«Gebaut hat es ihr Vater, also mein Großvater. Er war Architekt und hatte ein Riesenvermögen gemacht.» Julianes Mutter zuckte mit den Schultern. «Dieses Sommerhaus an der Ostsee war für ihn wahrscheinlich bloß eine Spielerei. Gewohnt haben sie in einer Villa in Berlin, da hätte dieses Landhäuschen mehrfach reingepasst.»

«Sie haben in Berlin gewohnt? Großmutter auch?»

«Ja, die beiden Schwestern, wenn sie nicht im Internat waren, und ihr Vater und was weiß ich wie viele Hausmädchen und Köchinnen, und ein Gartenhaus für den Chauffeur und den Gärtner gab es auch noch.»

«Und die Mutter?»

«Die war früh gestorben.»

«Davon hast du mir nie was erzählt», sagte Juliane. «Nicht mal, als ich nach Berlin gezogen bin.»

«Das war doch alles vor meiner Zeit.» Die Stimme ihrer Mutter klang unwillig. «Schnee von gestern. Und das Haus in Berlin ist bei einem Luftangriff im Zweiten Weltkrieg zerstört worden. Da waren die Schwestern aber längst verheiratet und ausgezogen.»

«Und wo hat es gestanden?»

«In einem Villenviertel beim Olympiastadion.» Als Juliane sie weiter fragend ansah, fügte sie hinzu: «Als wir in den Westen gegangen sind, war ich erst fünf, und ich kann mich sogar aus dieser Zeit nur an weniges erinnern. Und meine Eltern haben nur wenig über die Vergangenheit gesprochen. Zu viele schlechte Erlebnisse. Wie soll ich da etwas über die Jahre vor dem Zweiten Weltkrieg wissen?»

Juliane spürte, dass ihre Mutter dieses Thema nicht mochte, trotzdem fragte sie. «Ihr seid aber nicht aus Berlin gekommen, sondern aus Zinnowitz, oder?»

«Ja, das weißt du doch.» Julianes Mutter setzte sich wieder an den Tisch. «Mein Vater stammte aus Zinnowitz, und sie haben nach ihrer Heirat dort gewohnt und auch, als er aus der Kriegsgefangenschaft zurück war.» Sie hielt kurz inne. «Wenn man es genau nimmt, sind wir doch aus Berlin gekommen, weil meine Eltern zuerst mit mir ins Notaufnahmelager Marienfelde in Berlin sind und wir von dort in den Westen ausgeflogen wurden. Da gab es so einen Verteilungsschlüssel für uns Ostflüchtlinge.» Sie lächelte schief. «So sind wir in Braunschweig gelandet … und geblieben.»

«Wärt ihr denn lieber woandershin gegangen?»

«Wir mussten dankbar sein, überhaupt ein Dach über dem Kopf zu haben. Mein Vater war ja nach dem Krieg und allem anderen praktisch arbeitsunfähig, ein kranker Mann. Deswegen ist er ja auch so früh gestorben, und meine Mutter musste mich allein durchbringen.» Sie klang bitter. «Normalerweise hätte sie das Leben einer großbürgerlichen Ehefrau geführt. Mit regem Gesellschaftsleben, Hausmädchen und einer Mitgliedschaft im Wohltätigkeitsverein.»

«Das kann ich mir überhaupt nicht vorstellen.» Juliane hatte ihre Großmutter zwar nur als Kind gekannt, wusste aber, dass sie als Zimmermädchen in einem Hotel angefangen und sich bis zur Hausdame hochgearbeitet hatte.

«Wie auch, du hast sie ja nur erlebt, nachdem ihr die Zeiten schon längst einen Strich durch die Rechnung gemacht hatten.»

Zinnowitz ist gar nicht so weit von Greifswald, dachte Juliane. Dann sagte sie: «Hatte Opa in Zinnowitz noch Verwandte?»

«Sein einziger Bruder ist im Krieg geblieben. Also gab es drüben nur noch Johann, und der war ein ziemlicher Eigenbrötler.»

«Und deine Eltern sind nie mit dir zusammen hingefahren? In die DDR, meine ich.»

«Wie stellst du dir das vor? Sie hatten illegal das Land verlassen, da konnte man nicht so einfach wieder zu Besuch einreisen.» Sie richtete ihren Blick zum Fenster, ohne hinauszusehen. «Aber Mutter wollte ohnehin nie mehr einen Fuß in die DDR setzen, und das hat sie auch nicht. Sie hat dieses Land gehasst. Und ich war hier zu Hause.» Der letzte Satz hatte sehr entschieden geklungen.

«Aber du und Paps seid doch ein paar Jahre vor dem Mauerfall mal mit mir zu Johann gefahren.»

«Ja, als Mutter gestorben war. Wir fanden das richtig. Johann hatte ja keine Reisegenehmigung zur Beerdigung seiner Tante bekommen.» Sie lachte höhnisch. «Hatten wohl Angst, dass er im Westen bleibt.» Juliane fiel der glückliche Winkel ein, von dem Johann gesprochen hatte, während ihre Mutter fortfuhr. «Aber ein engerer Kontakt hat sich daraus nicht entwickelt.»

«Hast du bei dieser Fahrt irgendetwas wiedererkannt? Von deiner Zeit als Kind?»

Der Blick ihrer Mutter schien sich nach innen zu richten. «Ich hatte ein seltsames Gefühl», sagte sie schließlich, «als wir in dem Sommerhaus waren. Es war irgendwie bedrohlich.»

«Was meinst du damit?», fragte Juliane, damit sie weitererzählte. Sie konnte sich nicht entsinnen, dass ihre Mutter, die sich immer so pragmatisch gab, schon einmal so mit ihr gesprochen hatte.

«Ich kann nicht genau sagen, warum.» Sie dachte nach, schüttelte dann aber nur leicht den Kopf.

«Und sonst hast du dich an nichts erinnert?»

«Als wir auf der Rückfahrt einen Abstecher nach Zinnowitz gemacht haben, hatte ich so einen Eindruck von diffuser Bekanntheit. Ich hatte ja dort meine ersten Lebensjahre verbracht. Vielleicht waren es manche Straßenzüge im Ort oder einfach der Geruch der Ostsee oder das Licht am Meer.» Sie unterbrach sich erneut. «Aber das Haus meines Vaters war irgendwann in der DDR-Zeit abgerissen worden. Da war also nichts, was eine Erinnerung hätte wachrufen können, nur eine ...», sie suchte einen Moment nach dem richtigen Wort, «... Leerstelle.»

Juliane hatte den Atem angehalten, während ihre Mutter nachdachte. «Ach, Mama», sagte sie schließlich, «das klingt unheimlich traurig.»

Nach dem Abendessen saß Juliane noch mit ihren Eltern im Wohnzimmer. Im Fernsehen lief eine Rateshow.

«Hast du dir überlegt, was du zu Johanns Angebot sagen wirst, Julchen?», fragte ihr Vater.

Jetzt erzählt sie ihm bestimmt gleich von meinem moralischen

Totalschaden und meiner Naivität, dachte Juliane. Doch ihre Mutter schwieg. «Ich ... nein. Hab ich nicht. Ich muss noch genauer darüber nachdenken, was das bedeuten würde.»

«Sehr vernünftig», sagte ihr Vater und warf einen Blick zu ihrer Mutter hinüber, «findest du nicht, Inge?»

«Allerdings, das finde ich auch», bemerkte sie trocken.

«Düsseldorf, du Hirni!», rief ihr Vater plötzlich Richtung Fernseher. «Wieso drückst du Stuttgart? ‹Das Kfz-Kennzeichen welcher Stadt findet man nicht als Symbol eines chemischen Elements?› Schon mal was von Schwefel gehört?» Fassungslos über so viel Unkenntnis in einem seiner Fachgebiete, schüttelte er den Kopf. «Wenn du willst, sprechen wir es durch», fuhr er dann nahtlos an Juliane gewandt fort und hob die Weinflasche, um nachzuschenken.

«Für mich nicht, Paps. Und danke für das Angebot. Aber heute nicht mehr, ich gehe schlafen, bin total erledigt.»

Als sie ihr altes Zimmer betrat, fanden ihre Finger in einer tausendfach ausgeführten Bewegung genau die Mitte des Lichtschalters neben der Tür. Sie knipste auch die Leselampe an, ging zum Fenster, um den Vorhang zuzuziehen, und wieder zurück zur Tür, um das Deckenlicht auszuschalten. Auch dieser Rundgang war alte Gewohnheit. Ein vertrautes Muster von früher.

Sie setzte sich auf die Bettcouch, gegen die ihr früheres Jugendbett ausgetauscht worden war, und begann, auf dem Handy Patience zu spielen. Das hatte sie sich eigentlich abgewöhnen wollen, weil sie in ihrer Krisenzeit als Lehrerin halbe Nächte damit zugebracht hatte. Immer noch ein Spiel und noch ein Spiel, und dann war es plötzlich kurz vor zwei. Diese Patiencen hatten trotz des Suchtfaktors eine seltsam beruhigende Wirkung. Sie waren wie eine erholsame Auszeit, vielleicht, weil man sich vollständig darauf konzentrieren musste und nicht über Probleme grübeln konnte. Juliane ließ das Handy sinken. Oder waren sie eine Flucht?

Als sie kurz davor war, die dritte Patience bis auf die letzte Karte aufzulösen, klingelte das Handy. Christian. Unschlüssig betrachtete sie das Display ... «Hallo?»

«Juliane! Ich hab heute schon zwei Mal versucht, dich anzurufen.»

«Ja, hab's gesehen.» Allerdings hatte sie keine Lust gehabt, mit ihm zu reden.

Christian wartete ab, doch Juliane schwieg. «Du hast nicht gesagt, wo du hingehst. Alles in Ordnung mit dir?», fragte er.

Sie verdrehte die Augen. «Perfekt.»

Er seufzte. «Ich weiß, dass es eine total blöde Situation ist, aber ich kann doch nichts für meine Gefühle.»

«Du hast uns überhaupt keine Chance gegeben, Christian, sonst hättest du ab dem Moment, in dem sich deine ‹Gefühle›» – bei ihr klang es, als hätte sie *Hormone* gesagt – «melden, diese Frau nicht mehr getroffen und stattdessen was für uns geplant, damit wir wieder näher zueinanderkommen. Es jedenfalls versucht.» Wieder ging ihr durch den Kopf, dass sie nicht das Geringste von Christians Veränderung mitbekommen hatte, doch sie sagte nur: «Oder rufst du etwa an, um mir zu sagen, dass sich deine ... ‹Gefühle› wieder umgekehrt haben?»

«Ich ... nein. Ich wollte einfach wissen, wo du bist. Ich hab mir Sorgen gemacht.»

«Oh, Sorgen!» Juliane wusste, wie unmöglich sie sich anhörte. Verlassene Frau, gepresste Stimme. Vielleicht war ja ein Job als Synchronsprecherin für winselnde Schoßtiere drin. Sie ließ den Kopf an die Rückenlehne der Bettcouch sinken. An der Zimmerdecke zeichnete sich eine helle, runde Form ab, von der Strahlen auszugehen schienen, wie bei einer Bilderbuch-Sonne. Es war das Lichtmuster, das durch den Lampenschirm nach oben fiel. Irgendwie hatte sie gehofft, Christian hätte es sich anders überlegt.

«Echt, es tut mir leid, dass es so gekommen ist, wirklich.»

«Ja», gab Juliane nur zurück. Sie vertraute ihrer Stimme nicht ganz.

«Und wo bist du? Das hast du mir immer noch nicht gesagt.»

In meinem Kinderzimmer, dachte Juliane, zu Mama und Papa gelaufen, um mich auszuheulen. Auf keinen Fall würde sie ihm das erzählen. «Das kann dir doch egal sein», sagte sie aggressiv, «du hast mich schließlich verlassen.»

Er seufzte. «Ich weiß, ich hab die Arschkarte … Ich kann einfach bloß immer wiederholen, dass es mir leidtut.» Nach einer kurzen Pause fügte er an: «Oder kann ich irgendwas für dich tun?»

Nein, lag es Juliane schon auf der Zunge. Aber dann sagte sie: «Ja, kannst du. Auf meiner Kommode steht doch die kleine Holzdose. Da drin ist ein Zettel mit meiner Handy-PIN. Die kannst du mir vorlesen.» Juliane hörte nichts. War Christian schon ins Schlafzimmer gegangen? «Hallo?»

«Ja.»

«Kannst du mir bitte diesen Gefallen tun? Ich mach doch immer die Zahlendreher bei der PIN und ich will kein Problem kriegen, wenn mir jetzt mal das Handy ausgeht.»

«Ja … aber nicht gleich.»

«Ist es wirklich zu viel verlangt, dass du mal eben rübergehst …» Noch bevor sie den Satz zu Ende gesprochen hatte, wurde ihr klar, was er gemeint hatte. «Du bist nicht zu Hause, oder?»

Er schwieg.

«Wolltest du eigentlich nur von mir wissen, wo ich bin, damit ihr mir nicht versehentlich in der Wohnung begegnet?»

«Nein! Ich habe mir Sorgen gemacht, schließlich war die gesamte letzte Zeit nicht einfach für dich, nach deiner Kündigung und so weiter.»

«Danke für den Hinweis.» Sie lachte auf. «Hört sie eigentlich gerade mit? Bei deiner fürsorglichen Nachfrage?»

«Wenn ich mich nicht gemeldet hätte, wäre ich das Egoistenschwein, aber wenn ich mich melde, passt es auch nicht. Ich kann es im Moment anscheinend nur falsch machen.»

«Ja, ganz genau.»

Sie drückte das Gespräch weg. Um sich nicht ihrem Gedankenkarussell auszuliefern, fing sie wieder an, Patience zu spielen. Nach zwei Versuchen gab sie es auf. Die Vorstellung davon, wie Christian jetzt mit seiner Neuen über das Telefonat redete, war zu stark. Wahrscheinlich regte er sich darüber auf, dass sie so bissig war, obwohl er versuchte, sich okay zu verhalten. Sie waren schließlich keine Teenager mehr. Oder sie tat ihm einfach leid – und seiner Neuen womöglich auch. Dieser Gedanke war so grässlich, dass Juliane aufsprang.

Sie trat ans Fenster und hielt den Vorhang ein Stückchen zur Seite. «Und selber tust du dir auch leid», murmelte sie vor sich hin. In einem amerikanischen Film würde sich die Heldin jetzt an ihrem Punchingball austoben. Aber dafür war Juliane nicht der Typ.

Sie starrte nach draußen. Die Straßenlaterne in Höhe der Garageneinfahrt hatte sich angeschaltet. Weit und breit war keine Menschenseele zu sehen. Das einzig erkennbare Lebewesen war ein Nachtfalter, der als kleiner weißer Schemen sinnlos im Lichtkreis der Straßenlaterne herumflatterte.

Sie dachte an ihr Treffen mit Dani. Es hatte gutgetan, mit ihr zu reden, obwohl sie zuerst keine Lust darauf gehabt hatte. Aber dann war kein steifes Gespräch daraus geworden, sondern ein unkomplizierter Anschluss an ihre Freundschaft von früher, in der sie so viel gemeinsam unternommen hatten. Sie waren eine kleine Clique gewesen, ständig auf Konzerten, und immer war irgendwo eine Party. Im Rückblick kam es Juliane vor, als hätte sie nie mehr so viel gelacht wie in dieser Zeit. Wo ist eigentlich meine Begeisterungsfähigkeit von damals geblieben?, ging es ihr durch den Kopf. Dani hat sie behalten, dabei ist ihr Leben viel schwieriger als meins.

Seufzend ließ sie den Vorhang los und drehte sich zum Zimmer um. Zwischen Tür und Schrank stapelten sich Umzugskartons. An der Wand darüber hatte früher ein Poster von den Spice Girls gehangen. Schon als es bei ihrem Auszug in den Müll gewandert war, hatte sie nicht mehr verstanden, was ihr an dieser Band einmal so großartig erschienen war. Sie repräsentierte, wie dieses gesamte Zimmer, eine Lebensphase, die weit hinter ihr lag. Und trotzdem standen ihre Umzugskartons jetzt hier, weil ihre Sachen nicht alle in Christians Wohnung gepasst hatten. Zusätzlich hatte sie ein paar Möbel im Garagenanbau ihrer Eltern untergestellt. In zwei der Kartons lag ihr Unterrichtsmaterial für die Schule. Und wahrscheinlich stehen hier bald auch noch meine Sachen aus Christians Wohnung, dachte sie und fragte sich, wann und wo sie diese Kartons wieder auspacken würde. In nächster Zeit wohl nicht. Je länger sie hinsah, desto deprimierender fand sie den Anblick. Er schien ihre gesamte Situation zu spiegeln: *Gescheitert auf der ganzen Linie.*

Als Juliane nachmittags eintraf, blieb sie einen Moment unschlüssig an ihrem Auto stehen. Sie hatte es in Braunschweig nicht mehr ausgehalten. Alles schien besser, als in ihrem Jugendzimmer herumzuhocken, und Johann hatte schließlich gesagt, sie könne jederzeit wiederkommen. In Berlin hatte sie an der Wohnungstür geklingelt und erleichtert aufgeatmet, als Christian nicht da gewesen war. Sie hatte eine Reisetasche gepackt und war weitergefahren.

Auf dem Holztisch im Garten standen zwei Becher. Ein Stück entfernt auf dem Rasen schlief ein Mann in einem Klappliegestuhl aus Holz und gestreiftem Segeltuch. Neben ihm lag eine Zeitung, die mit einem Stein beschwert war. Juliane ging langsamer. Der Mann war schlank, hatte sandbraunes Haar und trug ein kariertes Hemd zu olivgrünen Cargohosen. Juliane schätzte ihn auf Mitte oder Ende dreißig. Dass er viel draußen war, sah man an seinem schon jetzt im Juni gebräunten Gesicht. Sie drehte sich zum Haus um. Die Terrassentür stand offen, und über dem relingartigen

Geländer im ersten Stock hing ein Badehandtuch. Wenn das sein Handtuch war, hatte er womöglich schon in der Ostsee gebadet. Juliane überlief ein Schauder. Johann war nirgends zu entdecken.

«Du bist Juliane, oder? Die selten gesehene Westverwandtschaft.»

Sie zuckte zusammen. Hatte nicht bemerkt, dass er die Augen geöffnet hatte, während ihr Blick auf das Handtuch gerichtet war. Sein Ton klang nicht gerade freundlich.

«Ja. Und wer bist du?» Warum hatte er das mit der Westverwandtschaft so gesagt? Es hatte wie ein Angriff geklungen. Plötzlich fühlte sie sich wie ein Eindringling. Er stand auf. War beinahe einen Kopf größer als sie. Das passierte Juliane mit ihren eins fünfundsiebzig selten.

«Mattes», sagte er und taxierte sie mit ruhigem Blick. Seine Augen waren grünbraun, mit einem dunkleren braunen Rand um die Iris.

«Ist Johann nicht da?», fragte sie.

«Doch, er ist noch da. Nur im Moment nicht hier.»

Juliane wusste nicht, was sie von diesem seltsamen Dialog halten sollte, bei dem sie sich nicht besonders wohlfühlte. Sie steckte die Hände in die Jackentaschen.

«Er hat mich eingeladen», sagte sie, «weißt du, wann er zurück ist?»

Mattes zuckte mit den Schultern. «Bald, glaube ich. Er ist am Wasser. Komm mit.» Er bückte sich nach der Zeitung und warf den Stein an den Rand des Rasens. Dann drehte er sich um und ging ins Haus. Juliane folgte ihm. Während er mit langen Schritten das Wohnzimmer durchquerte, rollte er die Zeitung zusammen und schleuderte sie mit einer geübten Bewegung in den Korb neben dem Kamin, dann nahm er mit einem Schritt die Treppenstufen zu der Estrade und verschwand in die Küche.

Juliane widerstand dem Drang, ihm hinterherzuhetzen. Als sie in die Küche kam, lehnte er an der Spüle. «Also», sagte er, «willst du was trinken oder essen? Es gibt Tee, Kaffee, Saft, Brot, Käse und so weiter.»

Das Angebot hörte sich überhaupt nicht nett oder gastfreundlich an. «Danke, ich komm schon allein klar.» Sie wusste nicht, was sie von diesem Empfang halten sollte. Johann hatte ihr nichts von diesem Mattes erzählt, obwohl er sich mit der größten Selbstverständlichkeit im Haus bewegte. Sie dachte an die Jacke, die in dem anderen Zimmer auf dem Bett gelegen hatte. «Wohnst du hier?»

Er drückte sich mit den Händen von der Spüle ab und ging zur Küchentür. «Gelegentlich. Was dagegen?»

«Nein! Wieso denn? Warum sagst du das überhaupt?»

Er blieb stehen und sah sie an, als wäre er drauf und dran, ihre Frage zu beantworten. Doch dann zuckte er nur mit den Schultern.

«Bist du auch mit ihm verwandt?», fragte sie. Johann hatte ja von «unserer Seite der Familie» gesprochen, und im Westen gab es außer Juliane und ihren Eltern keine Verwandten.

«Nein, bin ich nicht.» So wie er sich anhörte, schien er Johanns Ostverwandtschaft ebenso wenig zu mögen wie die Westverwandtschaft. Vielleicht mochte er aber auch einfach überhaupt niemanden, solche Leute sollte es ja geben.

«Ich bringe meine Sachen nach oben», sagte sie, um von ihm wegzukommen. «Herzlichen Glückwunsch, Frau Bergmann», murmelte sie auf dem Weg zum Auto vor sich hin, «Sie haben wieder einmal das ganz große Los gezogen.»

Die beiden Wandschränke, die sie zuerst öffnete, waren voll. Im ersten war Kleidung. Im zweiten standen Bücher im Regalteil, dazu alte Ordner, Spielzeug, Kartons und Kästchen voller Stifte und altem Krimskrams. In dem Schrank ganz rechts aber war viel Platz, so viel, dass Juliane wenig später vor den geöffneten Flügeln der Schranktüren stand und sich wunderte, wie der Inhalt ihrer großen, vollgestopften Reisetasche nach so wenig aussehen konnte.

Als sie ein paar T-Shirts auf das mittlere Regalbrett legte, sprang rechts plötzlich das Querbrett der Holzverkleidung auf. Sie zuckte zurück, dachte im ersten Moment, sie hätte etwas kaputt gemacht. Doch als sie das Brettchen wieder an seinen Platz schieben wollte, stellte sie fest, dass es wie ein längliches, nur zehn Zentimeter hohes Türchen an einem Scharnier hing. Neugierig spähte sie in den kleinen, ebenfalls mit Holz ausgekleideten Hohlraum dahinter. Leer. Sie drückte das Türchen zu. Es sprang noch zweimal wieder auf, bevor es endlich in seiner Position blieb.

Sie verstaute gerade ihre Tasche im unteren Teil des Schrankes, als es klopfte und Mattes die Tür öffnete.

«Kannst du Johann sagen, dass ich noch mal weg bin?», fragte er. «Ich komme später wieder. Oder morgen.» Er sah auf sie herab, wie sie vor dem Schrank hockte.

Juliane stand auf. «Klar, mach ich.» Ohne ein weiteres Wort zog er sich zurück. Dann hörte sie ihn die Treppe hinunterlaufen und die Eingangstür zufallen. Hastig ging sie zum Fenster des Vorraums und sah Mattes im Garagenschuppen verschwinden. Gleich darauf schob er mit einem Helm auf dem Kopf ein Motorrad ins Freie. Bevor er losfuhr, drehte er sich noch einmal um. Hastig wich Juliane zurück.

Nachdem sie in der Küche einen Saft getrunken hatte, machte sie sich auf den Weg zum Strand. Die Bäume in dem schmalen, lichten Waldstück hatten graue Stämme, die sich gerade nach oben reckten und erst weit oben Laub trugen, sodass sich Juliane zwischen ihnen fühlte wie in einem säulengetragenen Raum. Von der Abbruchkante der Küstenlinie wehte ihr der Wind entgegen. Sie schaute zum Strand hinunter, aber Johann war nirgends zu sehen.

Am Wasser angekommen, wo es sich auf dem feuchten, festen Sand leichter laufen ließ, sah sie sich erneut nach Johann um. Auf der linken Seite war niemand, aber rechts entdeckte sie weit weg einen Spaziergänger. Eine Böe wehte ihre Jacke hoch, und sie zog den

Reißverschluss zu, bevor sie auf ihn zuging. Eine dunkel gekleidete Gestalt, die aus der Entfernung an diesem menschenleeren Strand auf sie zukam, an dem es vor hundert Jahren vielleicht ganz genauso ausgesehen hatte wie jetzt.

Nach ein paar Dutzend Schritten war sie sicher, dass es Johann war. Noch hatte es keinen Sinn, etwas zu rufen, der Wind hätte ihr die Worte von den Lippen gerissen, also hob sie nur die Hand und winkte. Beim Näherkommen hob sich seine hagere Gestalt immer deutlicher von dem weißen Strand ab. Es sah beinahe aus, als wäre einer der schlanken Bäume vom Klippenrand heruntergestiegen. Sogar das störrische Haar passte zu den windgebeugten Kronen der alten Buchen. War es möglich, dass ein Mensch sichtbar von der Landschaft geprägt wurde, in der er lebte? Oder dass er sich an sie anpasste, so wie bei manchen Herrchen und Frauchen unübersehbare Ähnlichkeiten mit ihren Hunden entstanden? Johann jedenfalls schien in diese Ostseelandschaft eingeschrieben, oder vielleicht hatte sich auch die Landschaft in ihn eingeschrieben. Als sie voreinander standen, sah er sie mit einem leichten Lächeln an.

Auch wenn das mit der Ähnlichkeit von Landschaften und Menschen purer Unsinn war, seine Augen passten zu dieser Gegend. Graublaue Ostseehimmelaugen.

Gemeinsam machten sie sich auf den Rückweg.

«Hat dir Mattes gesagt, wo ich bin?»

«Ja.» Juliane bückte sich nach einem Stein, musterte ihn einen Moment, aber dann war er doch nicht schön genug zum Behalten, und sie warf ihn ins Meer. «Er ist noch mal weg. Ich soll dir ausrichten, dass er vielleicht erst morgen wiederkommt.»

Johann nickte nur. Anscheinend konnte Mattes bei ihm ein und aus gehen, wie er wollte, doch Juliane hatte das unbehagliche Gefühl, dass Mattes ihretwegen weggefahren war. Sie bückte sich nach einem weiteren Stein und ließ auch ihn nach kurzer Musterung im Wasser verschwinden.

«Suchst du einen Hühnergott?», fragte Johann.

«Einen Hühnergott? Was soll das denn sein?» Juliane lachte, weil sie sofort ein Huhn mit einer goldenen Krone und einem Hermelinumhang vor sich sah, das von einem Holzthron herab hochmütig auf die pickende Hennenschar blickte.

Johann ließ den Blick über die Steine wandern, die vor ihnen auf dem Strand lagen, schien aber nicht zu finden, was er suchte. «Das ist ein Stein mit einem Loch», erklärte er. «Früher haben die Leute geglaubt, es würde die Hühner schützen, wenn sie den Stein im Stall aufhängen, und ganz allgemein wurde er auch als Schutzamulett angesehen.»

«Die Leute haben geglaubt, dass es den Fuchs beeindruckt, wenn da ein Stein hängt?»

«Das ist durchaus vorstellbar. Schließlich», er blieb stehen, als Juliane den nächsten Stein aufhob und wegwarf, «gelten diese Lochsteine bis heute als Glücksbringer und werden sehr gern von den Touristen mit nach Hause genommen.» Er blickte über den Strand, und die Lachfalten um seine Augen vertieften sich. «Man könnte beinahe auf den Gedanken kommen, dass die Zulieferer der Souvenirshops ein bisschen mit der Bohrmaschine nachhelfen. Kein Hühnergott in Sicht?»

Juliane schüttelte den Kopf, und sie gingen weiter. «Also werden die Leute dazu gebracht, an etwas zu glauben, was gar nicht stimmt», sagte sie, während sie den nächsten Stein prüfte. Dieses Mal darauf, ob er ein Loch hatte. «Ist das nicht Betrug?»

«Möglicherweise.» Johann schaute übers Wasser, der Wind trieb Wolken vor sich her. «Ob so etwas immer schlecht ist, weiß ich aber nicht. Vielleicht ist es manchmal einfacher, oder es macht jemanden glücklicher, wenn man ihn etwas glauben lässt, was nicht stimmt.»

Juliane musste an Christian denken.

Gegen Abend fing es an zu regnen. «Wir können die Reste von gestern essen», schlug Johann vor. «Nudelauflauf. Den hat Mattes gemacht.»

«Gar nicht schlecht, der Auflauf», sagte Juliane, als sie am Tisch saßen. «Wer ist Mattes eigentlich?»

«Er hat zu einer Studentengruppe gehört, als ich noch in Greifswald unterrichtet habe. Inzwischen arbeitet er für die Naturschutzbehörde, aber er ist häufig bei mir, wenn er Feldforschung macht.»

«Noch ein Anarchologe.» Juliane ließ die Gabel sinken.

Johann lachte. «Arachnologe.» Er lehnte sich zurück. «Aber das ist er nicht, er konzentriert sich mehr auf die Entomologie. Das ist Insektenkunde. Außerdem forscht er zu Asseln.»

«Asseln!» Sie schüttelte sich.

Bevor sie nach dem Essen hinaufging, blieb Juliane vor dem Foto über der Kommode stehen. «Sind das deine Mutter und meine Großmutter?»

«Nein. Das sind meine Mutter und ihre Freundin Roseanne.»

«Sie scheinen sich sehr gut verstanden zu haben.» Juliane betrachtete die vergnügt blitzenden Augen und die Haarschnitte, die sie noch heute tragen könnten. «Und sie wirken unheimlich modern.»

«Oh, sie waren sogar sehr modern für ihre Zeit. Führerschein, Pilotenschein, was du willst.»

«Wirklich?» Als Juliane genauer hinsah, erkannte sie in der Konstruktion hinter den Frauen den Übergang einer Tragfläche zum Flugzeugrumpf. «Und welche ist deine Mutter?»

Johann deutete auf die Frau mit dem Bob. «Du schläfst übrigens in ihrem ehemaligen Zimmer.»

«Kann es sein, dass es dort im Schrank ein Geheimfach gibt?», fragte Juliane.

«So geheim ist es offenbar nicht, wenn es jeder findet, der auch nur den Schrank aufmacht.» Er lachte. «Der Federmechanismus funktioniert nicht mehr richtig.» Er sah das Foto an. «Ihr Vater hat es einbauen lassen. War so eine Spielerei für seine Töchter.»

Als Juliane vor ihrem Zimmer stand, warf sie einen Blick auf die gegenüberliegende Tür. Die Begegnung mit Mattes hatte ein ungutes Gefühl hinterlassen. Vielleicht konnte sie deshalb später nicht einschlafen. Auf der Suche nach etwas zu lesen öffnete sie den Wandschrank mit den Büchern. Mit schräg gelegtem Kopf sah sie sich die Titel an. Marga von Etzdorf *Kiek in die Welt*, Elly Beinhorn *Ein Mädchen fliegt um die Welt*, Antoine de Saint-Exupéry *Nachtflug*. Sämtliche Bücher hatten mit der Fliegerei zu tun.

Auf einen verblassten roten Buchrücken war unter dem Titel *20 hrs. 40 min. Our Flight in the Friendship* ein runder Fotoausschnitt aufgedruckt. Er zeigte das Porträt einer Frau mit Fliegerkappe. Juliane wollte das Buch herausziehen, doch es steckte unter einem großformatigen Sammelalbum fest, das quer über den Büchern lag. Sie klemmte sich das Album unter den Arm, sodass sie das Buch aus dem Regal nehmen konnte. Es stammte von 1928 und enthielt den Bericht der ersten Frau, die als Passagierin in einem Nonstop-Flug den Atlantik überquert hatte. Und es war sogar eine nummerierte Sonderausgabe mit dem Autogramm der Autorin: *Amelia Earhart*. Auf der ersten Seite steckte eine winzige amerikanische Flagge unter einem transparenten Plastikfeld. Juliane fuhr mit dem Finger über den vergilbten Kunststoff. Darunter stand, es sei eine der Flaggen, die «Miss Earhart» bei dem Flug in der *Friendship* mitgenommen habe. *Friendship*, der Flugzeugname, war von einer luftigen Bleistiftlinie eingekreist, die sich verlängerte und zu einer Wolke wie auf einem Kinderbild wurde. In der Wolke stand mit schwungvollen Buchstaben *Mariannerose*.

Sie stellte das Buch zurück und setzte sich mit dem Sammelalbum an den Tisch. Die Bindung knarrte widerspenstig, als sie die steifen grauen Kartonseiten umblätterte, auf die Bilder aus Zeitschriften, Flugsportkarikaturen und Zeitungsartikel geklebt waren. An manchen Stellen war der Leim ausgetrocknet und die Ausschnitte lösten sich, an anderen hatte er dunkle Flecken auf dem dünnen Zeitungspapier gebildet.

Alles drehte sich ums Fliegen. Rekordmeldungen von Überlandflügen, Charles Lindberghs Alleinflug über den Atlantik im Jahr 1927, Segelflugmeisterschaften in der Rhön. Sämtliche Ausschnitte schienen aus den zwanziger und dreißiger Jahren zu stammen, und in fast allen ging es um Frauen. Eines der Bilder zeigte drei untergehakte Pilotinnen in Fliegermontur vor einer Propellermaschine, auf einem anderen saß eine größere Frauengruppe neben einem Segelflugzeug auf einer Wiese.

«Fliegerin Beinhorn überfällig», lautete die Überschrift eines Artikels. Mit etwas Mühe las Juliane in der altmodischen Fraktur-Druckschrift, dass die Pilotin 1931 bei einem Afrikaflug verschollen war, doch als sie umblätterte, fanden sich weitere Meldungen: «Elly wiedergefunden!» Und: «Rekordfliegerin Elly Beinhorn zurück in Tempelhof!» Eine lachende, sehr junge Frau stand in einem schmutzigen Fliegerdress, einen riesenhaften Blumenstrauß in den Händen, auf der Tragfläche eines Kleinflugzeugs, das von einer dichten Menschenmenge umlagert wurde. Die Pilotin war nach ihrer Notlandung in der Sahara von Angehörigen des Songhai-Volkes entdeckt worden und hatte sich mit ihrer Hilfe fünfzig Kilometer bis nach Timbuktu durchgeschlagen.

Das war dieselbe Frau, von der mehrere Bücher im Schrank standen. Erstaunt blätterte Juliane weiter. Sie hatte keine Ahnung gehabt, dass es in dieser Zeit überhaupt Frauen mit Flugschein gegeben hatte, und einige schienen richtig berühmt gewesen zu sein.

«Hanna Reitsch flog neuen Weltrekord», las sie weiter.

Allerdings war dieses Leben auch reichlich gefährlich gewesen, viele Artikel berichteten von Bruchlandungen und Abstürzen. Eine weitere Fliegerin, Marga von Etzdorf, hatte 1933 beim Landeanflug in Aleppo einen tödlichen Crash hingelegt. Und auch die Schlagzeile «Wird Amelia Earhart gerettet?» verhieß nichts Gutes. Die gefeierte amerikanische Pilotin hatte 1937 bei ihrem Rekordflug um die Welt über dem Pazifik niedergehen müssen. Eine riesige Suchaktion war gestartet worden. «Noch hoffen wir …», endete der Artikel. Juliane blätterte weiter und fand einen Ausschnitt vom Januar 1939 mit der Überschrift: «Schlussstrich unter ein Leben». Die Pilotin war anderthalb Jahre nach der erfolglosen Suche für tot erklärt worden.

Die Sachen mussten von Johanns Mutter stammen, und sie vermittelten eine andere Facette ihrer Zeit, die bestimmt war von politischen Krisen und dem Nationalsozialismus. Aus der Sammlung mit Büchern und Zeitungsausschnitten zum Flugsport sprach dieselbe Begeisterung für rasante, lebensverändernde Entwicklungen, wie es sie jetzt für neue Anwendungsbereiche des Internets oder die jüngsten Smartphone-Apps gab.

Als Juliane den Band mit den Zeitungsausschnitten wieder über die Bücher schob, sah sie hinter einer alten Spielzeugwindmühle ein Fotoalbum. Sie stellte die Windmühle zur Seite und legte mit etwas schlechtem Gewissen das Fotoalbum auf den Tisch. Es war bestimmt in Ordnung, sich ein Buch zum Lesen auszuleihen, aber seine Nase ungefragt in persönliche Sachen zu stecken, war etwas anderes.

Die Fotos hatten gezackte oder glatte weiße Ränder und waren mit Fotoecken auf schwarzen Kartonseiten befestigt. «Unsere geliebte Henriette» stand mit weißer Schrift bei einer der ersten Aufnahmen. Sie zeigte eine mütterlich wirkende Frau mit weißer Schürze neben einer Kaffeetafel in einem Garten. Sie war auch auf einem Foto zu sehen, das mit «Papas Fünfundfünfzigster» bezeichnet war. Auf dem Gruppenbild erkannte Juliane neben einem weißhaarigen Mann Johanns Mutter. An ihrer Seite blickte schüchtern eine Halbwüchsige in die Kamera. Ob das ihre Großmutter war?

Mit vielen Bildern konnte Juliane nichts anfangen. Auf einem musterte ein Mann im Anzug eine Beule in dem aufwendig geschwungenen Kotflügel einer eleganten Limousine. «Fahrunterricht!», lautete die Beschriftung. Nach einigen Aufnahmen aus dem Sommerhaus folgte: «Ruth und Bernhard gehen in die Oper.»

Die Namen ihrer Großeltern. Juliane sah genauer hin. Es war die inzwischen erwachsen gewordene Halbwüchsige von dem Gruppenbild. Auf dieser Aufnahme schritt sie in einem prachtvollen Kleid die Eingangstreppe einer Villa hinunter. Sie hatte sich bei einem Mann im Smoking eingehängt, und beide schienen beinahe zu leuchten in ihrer Vorfreude auf den Opernabend.

Mein Großvater, dachte Juliane. Doch sie konnte nichts mit dem Foto verbinden. Sie wusste im Grunde nur, dass er krank und früh gestorben war, und sie hatte nie darüber nachgedacht, dass er auch ein Leben davor gehabt haben musste. Auch die heitere, gelöst wirkende junge Frau konnte sie nicht mit ihren Kindheitserinnerungen an die Großmutter in Einklang bringen, von der immer etwas Strenges, Unnahbares ausgegangen war.

Auf einer der nächsten Doppelseiten war eine Liste mit den Teilnehmerinnen eines Damen-Streckenflugwettbewerbs im Ostseeraum eingeklebt. Die Namen «Marianne Lenzen» und «Roseanne Arnaud» waren unterstrichen. Das waren Johanns Mutter und ihre Freundin. Rechts davon fand sich ein kleinerer Abzug des Fotos, das über der Kommode hing. Daneben stand: «Das war ein Klacks!»

Eine der letzten Aufnahmen, bevor nur noch leere Seiten kamen, zeigte wieder den Garten. An dem Kaffeetisch saßen Ruth und Bernhard mit Ruths Vater. Vor einer blühenden Rabatte schlief auf einer ausgebreiteten Decke ein Kind. Ein Idyll in Schwarzweiß aus einer Zeit, die unendlich lange vergangen schien.

Juliane fuhr zusammen, als plötzlich jemand auf der Treppe zu hören war. Die Schritte waren sehr schnell, wahrscheinlich Mattes. Eilig räumte sie das Album zurück. Sie wollte lieber keinen herablassenden Blick von ihm riskieren, weil er mitbekam, dass sie in Johanns Privatsachen herumschnüffelte. Noch während sie vor dem Schrank stand, wurde ihr bewusst, wie lächerlich sie sich verhielt. Ihre Zimmertür war geschlossen. Weder würde Mattes so spätabends einfach hereinplatzen, noch ging es ihn überhaupt etwas an, was sie tat.

In der oberen Bücherreihe stand eine Ausgabe von *Der kleine Prinz*. Juliane hatte dieses Buch als Kind selbst gelesen, aber halb vergessen, und da etwas Besseres nicht da zu sein schien, nahm sie es mit ins Bett. Auf der ersten Seite stand in blauer Schreibschrift: «Für Johann».

Beim Lesen fiel ihr auf, wie melancholisch die Erzählung war. Eigentlich war es trotz der Bilderbuchzeichnungen, die Saint-Exupéry selbst gemalt hatte, und obwohl er sich direkt an seine junge Leserschaft wandte, kein Kinderbuch. Es ging um Leute, die ihr Leben sinnlos vergeudeten, um unglückliche Liebe und ums Sterben. Einige berühmte Stellen waren in dem Blau der Widmung angestrichen. «Kinder müssen mit großen Leuten viel Nachsicht haben», oder: «Es wird aussehen, als wäre ich tot, und das wird nicht wahr sein.» Und natürlich: «Man sieht nur mit dem Herzen gut. Das Wesentliche ist für die Augen unsichtbar.» An dieses Zitat erinnerte sich Juliane selbst noch von früher. Als sie an die Stelle kam, an der die Rose, in die sich der kleine Prinz verliebt hatte, anfing, ihn herumzuschikanieren, fiel Juliane wieder ein, wie sehr die Rose sie als Kind genervt hatte. Außerdem hatte sie überhaupt nicht verstanden, warum der kleine Prinz unbedingt zu dieser Ziege zurückwollte und dafür seinen neuen Freund verließ.

Am nächsten Morgen saßen Johann und Mattes beim Frühstück am Gartentisch, als Juliane nach unten kam.

«In der Küche ist noch Kaffee», sagte Johann, «alles andere haben wir schon hier.»

Die beiden unterhielten sich über die offenbar phänomenalen Fähigkeiten einer Käferart, von der Juliane noch nie gehört hatte.

«Warst du schon mal auf Rügen?», fragte Johann, als sie bei ihrem zweiten Becher Kaffee langsam richtig wach wurde.

«Nein.»

«Mattes fährt heute rüber, um sich anzusehen, wie der Adlerhorst beim Naturerbezentrum geworden ist.» Mattes runzelte die Stirn, anscheinend ahnte er, was gleich folgen würde. «Du könntest sie mitnehmen. Oder?»

Die Frage war an Mattes gerichtet, der schweigend nickte. Für Juliane war es unübersehbar, dass er keine Lust auf ihre Begleitung hatte. Und sie hatte genauso wenig Lust auf seine unfreundliche Art. «Ach, ich weiß nicht», sagte sie.

«Sie muss was von der Welt sehen, findest du nicht?», scherzte Johann. Wieder konnte Mattes nur nicken.

«Aber dann komm du auch mit», bat Juliane, während Mattes schon aufstand und ins Haus ging.

Als über ihnen lautes *Srii, Srii* ertönte, legte sie den Kopf zurück. «Schau mal, Schwalben», sagte sie zu Johann und versuchte gleichzeitig, den rasanten Flugmanövern des Vogelschwarms hoch über ihnen zu folgen.

«Das sind keine Schwalben. Die würdest du von hier unten gar nicht hören.» Mit zusammengekniffenen Augen blickte Johann nach oben. «Das sind Mauersegler. Die kommen im Sommer zum Brüten hierher.»

Der sogenannte Adlerhorst war der hoch über den Baumkronen gelegene Aussichtspunkt eines Baumwipfelpfades bei Binz. «Ziemlich spektakulär», sagte Mattes, als sie über die Boddenlandschaft Rügens und Hunderte Kilometer weiter hinaus über die See schauten. Die Küstenformen und die zahlreichen, tief eingeschnittenen Buchten und Lagunen der Insel waren ganz genau zu erkennen. «Das sieht beinahe aus wie ein Spitzendeckchen.» Juliane folgte mit ihrem Blick den Formen der vielen Halbinselchen in einem der Inlandsseen.

«Und genauso empfindlich ist das natürliche Gleichgewicht am Übergang zwischen Land und Meer», erklärte Johann.

«Was ist das dort?» Sie deutete auf eine ganze Reihe gleichförmiger Gebäude, die an einem Strand in der Nähe über den Wald ragten.

«Da zeigt sich eine unschöne Seite der Geschichte.» Johann sah einen Moment zu den Häusern hinüber, dann drehte er sich um und machte sich auf den spiralig gewundenen Weg nach unten.

Juliane sah Mattes fragend an.

Er schien zu überlegen, ob er etwas sagen sollte, dann erklärte er widerstrebend: «Wir waren mal mit den Studenten im Nationalpark Jasmund», er deutete nach Norden, «da hat er sich auch zurückgezogen, als sie anfingen, darüber zu reden. Hätten wir heute Morgen vor der Fahrt gewusst, dass man es von hier oben sehen kann, wäre er vielleicht gar nicht mitgekommen.»

«Also verbindet Johann etwas mit diesem Bau.»

Mattes nickte.

«Aber was ist es denn?»

«Der Koloss von Prora.» Nachdem er sich einmal auf das Gespräch eingelassen hatte, konnte er keinen Rückzieher mehr machen. «Den haben die Nazis errichtet, um dort Zehntausende linientreue Feriengäste unterzubringen. ‹Hitlers Bettenburg› heißt das Ungetüm bei manchen Leuten. Damals hat allerdings nie jemand darin Urlaub gemacht. Sind nicht fertig geworden, bevor der Krieg ausbrach, und später wurde das Ganze militärisch genutzt. War bis zum Mauerfall Sperrgebiet.»

«Aber was hat das mit Johann zu tun?»

Mattes zuckte mit den Schultern. «Vielleicht irgendeine alte Sache.»

Juliane schaute zu dem Gebäudeverbund hinüber. «Und was ist jetzt mit diesem Koloss von Prora?»

«Jetzt kommen die Urlauber doch noch. Die Blöcke werden zu Hotels und Eigentumswohnungen für diejenigen umgebaut, die sich ein Feriendomizil am Meer leisten können.»

«Vielleicht befürchtet Johann, dass so eine große Anlage mit so vielen Menschen Auswirkungen auf das ökologische Gleichgewicht haben könnte», überlegte Juliane laut.

Damit waren sie bei Mattes' Fachgebiet angekommen, und er entspannte sich. «Solche Dimensionen haben immer Auswirkungen auf Umwelt und Natur. Das ist der Fluch der Beliebtheit. Wir haben auf Rügen und Hiddensee inzwischen jährlich über sechs Millionen Übernachtungen. Was das für Trinkwasser, Abwasser oder die Umweltverschmutzung bedeutet, kann sich jeder selbst ausmalen.»

Juliane sah Johann nach. «Eigentlich kann das doch nicht der Grund sein, aus dem er nicht über diesen Bau sprechen will, oder? Sogar im Gegenteil.»

Als sie wieder unten angekommen waren, fragte sie nicht bei Johann nach, was er mit der «unschönen Seite der Geschichte» gemeint hatte. Es war zu offensichtlich gewesen, dass er nicht auf das Thema eingehen wollte. Auf der Rückfahrt blieb er einsilbig, und Juliane sah ohnehin die meiste Zeit nur zum Fenster hinaus.

«Was ist das für ein Technikmuseum?», erkundigte sie sich, als sie hinter Greifswald an einem Hinweisschild vorbeifuhren, das ihr nicht zu der bäuerlichen Landschaft zu passen schien, in der sich Wäldchen mit Ackerflächen, Seen und kleinen Ortschaften abwechselten. Sie wartete auf eine Antwort von Johann, stattdessen sagte Mattes nach einem Moment: «Auf Usedom befanden sich im

Dritten Reich ein Testgelände der Luftwaffe und die größte Raketenforschungsstelle Europas.»

Davon hatte Juliane noch nie gehört. Sie hatte diese Region immer nur als Urlaubsgebiet wahrgenommen.

Nach dem Abendessen zog sie sich in ihr Zimmer zurück. Sie aktivierte die Hotspotfunktion ihres Handys und schaltete den Laptop an. Das hätte Johanns technikbegeisterter Mutter bestimmt gefallen.

Die Seiten bauten sich nicht gerade schnell auf, aber die Verbindung war stabil. Planlos klickte sie sich durch die Stellenanzeigen. «Verkaufsberaterin», «Empfangskraft», «Quereinstieg zum Kundenbetreuer im Nahverkehr». Sie wusste, dass sie sich ein Profil erstellen musste, um gezielt zu suchen, aber genau darin lag das Problem. Sie hätte sich ein Profil ausdenken müssen, ohne zu wissen, was darin stehen sollte, denn wenn sie ihre tatsächliche Ausbildung und Arbeitserfahrung eingab, kam stets das Gleiche heraus: «Lehrerin».

Statt weiter zu suchen, gab sie «Prora» ein. Mit zahlreichen Einzelheiten wurden die Entwicklung und Nutzung des Gebäudekomplexes beschrieben, doch für Johanns Abneigung fand sie keine Erklärung. Stattdessen fiel ihr der Name Hanna Reitsch auf, den sie aus dem Sammelalbum seiner Mutter kannte, und sie recherchierte weiter. Die Pilotin hatte genau dort, wo jetzt das Technikmuseum auf Usedom war, als Testpilotin des NS-Regimes sämtliche Flugzeugtypen vom Sturzkampfbomber bis zur bemannten Gleitbombe Probe geflogen. Eine Frau, der es gelungen war, sich in einer Männerdomäne durchzusetzen.

Auf vielen Bildern war Reitsch hochdekoriert mit den Größen der Nazi-Regierung zu sehen, und noch in den letzten Kriegstagen war sie zu Hitler nach Berlin geflogen. Wie war es wohl gewesen, im Bombenhagel die Stadt zu überqueren oder im Führerbunker mit den Goebbels-Kindern «Morgen früh, wenn Gott will, wirst du wieder geweckt» zu singen, während über ihren Köpfen die Einschläge krachten? Den ewigen Schlaf allerdings brachten nicht die feindlichen Bomben – oder Gott – über die Kinder, sondern ihre Eltern, die sie alle sechs womöglich sogar eigenhändig vergifteten.

Als Hanna Reitsch aus Berlin zurückkam, hatten sich auch ihre Eltern zusammen mit vier weiteren Familienmitgliedern umgebracht, um der Rache der Sieger zu entkommen. Juliane musste an Marga von Etzdorf denken. Hatten all diese Frauen so dramatische Geschichten?

Sie holte das Sammelalbum zurück an den Tisch. Zu Marga von Etzdorf, die laut dem alten Zeitungsbericht beim Landeanflug in Aleppo umgekommen war, fand sie im Internet ein Foto von der Beerdigung auf dem Berliner Invalidenfriedhof, auf dem es von NS-Uniformträgern nur so wimmelte. Die Pilotin war nur fünfundzwanzig Jahre alt geworden, aber das Bild sah nach einem richtigen Staatsbegräbnis aus.

Ihr Tod beim Absturz allerdings war eine Legende, die damals von offizieller Seite verbreitet worden war. In Wirklichkeit war sie nicht in ihrem Flugzeug gestorben, sondern hatte sich im Flughafengebäude mit ihrer deutschen Schmeisser-Maschinenpistole erschossen. Es gab selbst nach all der Zeit keine eindeutige Erklärung dafür. War es Scham darüber, dass sie schon wieder eine Bruchlandung hingelegt hatte, ein falscher Ehrbegriff oder die Angst, ihre Karriere als Fliegerin nicht mehr fortsetzen zu können? Wie Juliane es nach mehreren Artikeln sah, spielte in diesem Ursachenbündel noch etwas anderes eine Hauptrolle: Von Etzdorf hatte auf diesem Flug in Zusammenarbeit mit der Rüstungswirtschaft den Versailler Vertrag verletzt und anscheinend versuchen wollen, gegen Beteiligung illegale Waffengeschäfte einzufädeln. Nach der Bruchlandung in Aleppo war klar, dass die französischen Kolonialbeamten dort sowohl das verbotene Filmmaterial als auch die illegale Waffe samt Katalogen, Gebrauchsanweisung und Preislisten in ihrer Maschine entdecken würden. Hat sie sich lieber umgebracht, als sich verhaften zu lassen?

Die eine fliegt für den Führer, die andere lässt sich mit der Waffenindustrie ein, während Elly Beinhorn ihre großen Erfolge im Sportflug vor dem Kriegsausbruch gefeiert hatte. Danach hatte sie noch einige Überführungsflüge übernommen, dann aber für den Rest der NS-Zeit das Fliegen aufgegeben. Viele weitere Sportfliegerinnen der zwanziger Jahre tauchten später nicht mehr als Pilotinnen auf. Beate Köstlin, verheiratete Uhse – grinsend nahm Juliane zur Kenntnis, dass es sich um die Beate Uhse mit den Sexshops handelte –, hatte dagegen bis Kriegsende für die Luftwaffe gearbeitet und war in letzter Sekunde mit Sohn und Kindermädchen vor der Roten Armee davongeflogen.

Keine der Frauen war leicht einzuordnen, schon gar nicht die Flugingenieurin Melitta Schiller. Sie hatte nicht nur als Frau und trotz ihres jüdischen Vaters eine unglaubliche Karriere in einem Männerberuf gemacht und für das Militär Sturzflugvisiere und Nachtsteuergeräte entwickelt, sondern war auch mit einem Bruder des Hitler-Attentäters Claus Schenk Graf von Stauffenberg verheiratet gewesen. Sie musste gewusst haben, dass sie zwischen allen Stühlen saß! Wie hatte sie das ausgehalten?

Und Johanns Mutter? Wozu hatte sie sich damals entschieden? Aufhören? Mitmachen?

Juliane gab ihren Mädchennamen in die Suchmaske ein. Nur zufällige Namensgleichheiten, sonst kein Treffer. Sie probierte es mit der Kombination aus dem Vornamen und Johanns Familiennamen. Wieder kein Treffer, was natürlich nichts sagte. Aus der Vor-Internet-Zeit fand man schließlich nur Informationen, die irgendwer ins Netz gestellt hatte. Also brachte vielleicht eine allgemeinere Suche etwas. «Pilotin zwanziger dreißiger Jahre». Sie war so versunken in ihre Recherche, dass sie zusammenschrak, als ihr Handy klingelte.

«Schon die großartigen neuen Perspektiven gesichtet in deiner Provinzklausur?» Dani.

«Am besten wäre eine Gehirnwäsche», sagte Juliane, «ich glaube, es sind noch nie so händeringend Lehrerinnen gesucht worden.»

«Also keine Idee», stellte Dani gut gelaunt fest, «wird schon noch.»

Sie hörte sich so positiv an, dass Juliane ihr einfach glauben wollte. «Vielleicht nehme ich das alles auch zu schwer», sagte sie und versuchte, die Gedanken an die Frauen abzuschütteln, von denen sie gerade gelesen hatte und die in viel schwierigeren Situationen gesteckt hatten.

Dani schwieg einen Moment. «Weißt du», sagte sie dann, «von mir denken immer alle, dass ich es schon hinkriegen werde. Weil ich so ein Spaßvogel bin. Es nehme, wie es kommt, und etwas daraus mache. Und irgendwo stimmt das auch.» Sie unterbrach sich kurz. «Aber was meine Umgebung nicht sieht, ist, dass mir das nicht einfach so zufliegt. Ich muss was dafür tun. Und das tue ich, weil ich selbst entscheiden will, auch auf die Gefahr hin, dass ich mich irre. Und wenn es so ist, treffe ich eine neue Entscheidung, obwohl ich damit auch wieder falschliegen kann.»

Juliane wurde bewusst, dass auch sie selbst Dani immer als einen Menschen gesehen hatte, der sein Leben so oder so auf die Reihe bekommt. *Und ich selbst habe alles laufen lassen, weil es irgendwie okay war, bis ich mich in diese Sackgasse manövriert hatte.* «Du warst doch früher nicht so», hatte ihre Mutter gesagt, und auch wenn sie es sich nicht gern eingestand, war daran etwas Wahres. Sie hatte sich von sich selbst entfernt. Aber ihr fehlte die Leichtigkeit, um zurückzufinden. Stattdessen fühlte sie sich, als wäre sie in einen Sumpf geraten, und sie ärgerte sich über sich selbst, weil sie sich nicht daraus befreien konnte.

«Hallo? Bist du noch dran?», tönte Danis Stimme aus dem Hörer.

«Ja. Ich … tut mir leid, ich gehöre ja auch zu dieser ‹Umgebung›, von der du gerade geredet hast.»

«Nein, nicht so ganz. Du hast nach dem Great Barrier Reef gefragt. Hattest nicht vergessen, dass ich mal ganz naiv davon geträumt habe, dieses Ökosystem zu schützen. Das war toll, und es hat mir einen Anstoß gegeben.»

«Was für einen Anstoß?»

«Ich hatte ja gesagt, dass ich irgendwann das Studium fertig machen wollte, wenn Lili groß genug ist. Aber warum irgendwann und nicht jetzt gleich?» Sie legte eine effektvolle Pause ein. «Ich hab mich gestern für ein Fernstudium eingeschrieben, dafür ist Lili garantiert groß genug, man sitzt ja bloß daheim am Schreibtisch.»

«Das ist großartig.»

Dani lachte. «Und wenn es hinterher nicht das Barrier Reef wird, finde ich bestimmt was anderes, gibt schließlich genügend Natur zu retten auf diesem Planeten.»

«Scheint ja eine richtige Naturschützerschwemme zu geben.»

«Wieso?»

«Wir waren heute auf Rügen. Mattes hat mir einen Vortrag über die Folgen des Massentourismus gehalten.»

«Wer ist Mattes?»

«Ein ehemaliger Student von Johann. Ich hab dir doch gesagt, dass er Biologe war. Und Johann hat beim Frühstück vorgeschlagen, dass Mattes mich nach Rügen mitnimmt.»

«Also wohnt er mit euch zusammen.»

«Nicht richtig, aber er ist oft hier.»

«Davon hast du mir gar nichts erzählt.»

«Das ist auch überflüssig. Er ist ein richtig fieser Typ.» Dani wartete ab, und Juliane fuhr fort: «Als ich ihm das erste Mal begegnet bin, hat er sich total herablassend benommen. Und seitdem ist es nicht viel besser geworden.»

«Was hat er denn gegen dich?»

«Keine Ahnung. Ich hab ihm nichts getan.»

«Ignorieren!», lautete Danis Rat. «Und wie war's heute sonst so?»

Darauf erzählte ihr Juliane von Johanns Mutter und der Internetrecherche, die sie zu den Pilotinnen gemacht hatte. «Es ist wirklich unglaublich, was diese Frauen in den zwanziger und frühen dreißiger Jahren alles gemacht haben.»

«Ja, die Goldenen Zwanziger. Tanz auf dem Vulkan im Charleston-Kleid und das alles.»

«Bis der Vulkan ausgebrochen ist.»

«Und was hast du über Johanns Mutter gefunden?»

«Gar nichts.»

«Kannst du dir denn vorstellen, dass sie sich für die Nazis engagiert hat?», fragte Dani.

«Keine Ahnung. Ich weiß ja kaum was über sie. Nicht mal, wie lang sie gelebt hat. Aber so, wie ich es bisher verstanden habe, wurde es für die Pilotinnen nach 1933 insgesamt schwierig, und nach dem Kriegsausbruch hatten sie nur noch eine Wahl: Wer weiterfliegen wollte, konnte das ausschließlich im Auftrag der Nazis tun.»

IV
1933

Marianne legte den Schlüsselbund in die Schale an der Garderobe. Neben dem Schirmständer lehnten zwei hohe Papphülsen an der Wand. Kaufmann hatte wieder Planzeichnungen gebracht. Er war der beste und vielseitigste Entwurfszeichner im Architekturbüro ihres Vaters. Marianne wusste, dass ihn Hermann häufig mit Planzeichnungen beauftragte, die er mit seinen eigenen Initialen abzeichnete. Hermanns Entwürfe und Aufrisse sahen sogar für Marianne nicht gut aus. Seine Begabung lag viel mehr in der praktischen Durchführung, zudem war er durch seine einnehmende Art bestens vernetzt, was sich in neuen Aufträgen auszahlte.

Marianne sah sich einen Augenblick lang im Spiegel in die Augen. Dann drehte sie sich weg und rief: «Hermann! Ich bin's!»

Sie waren inzwischen ein Dreivierteljahr verheiratet und lebten in einem Gründerzeitbau in Berlin-Weißensee. Marianne durchquerte die Diele und ging zu Hermann, der im Wohnzimmer saß und Radio hörte. Eine übermäßig aufgeregte Stimme verkündete unglaubliche Teilnehmerzahlen vom letzten Reichsparteitag, um sich gleich darauf in eine Tirade über das verbrecherische internationale Finanzkapital zu stürzen.

«Guten Abend», sie umarmte ihn von hinten und schmiegte ihre Wange an seine, «irgendwas hat mit den Lieferpapieren nicht gestimmt, also musste ich eine Ewigkeit am Flugplatz warten, bis das aufgeklärt war.»

Hermann stellte den Apparat ab und umfasste ihren Arm. «Das Abendessen müssen wir uns noch mal aufwärmen», sagte er. «Elsbeth hat es auf dem Herd stehen lassen.» Elsbeth war ihre Haushälterin.

«Oh, du hättest doch nicht auf mich warten müssen!» Marianne knöpfte ihre Jacke auf, um sie in die Garderobe zu hängen. «Es hätte gut sein können, dass ich noch später zurückkomme.»

«Allerdings.» Er stand auf und zog sie an sich. «Aber ich esse nun einmal gern mit meiner Frau zu Abend, sofern sie vorhanden ist.»

Marianne lachte. «Ich bin doch vorhanden, nur nicht immer da!», sagte sie. «Und jetzt lass mich los, sonst ist deine Frau zu müde, um das Essen aufzuwärmen.» Während sie in die Küche verschwand, setzte sich Hermann wieder ans Radio. Inzwischen lief ein klassisches Konzert.

Nach dem Abendessen ließ sich Marianne in einen der Wohnzimmersessel fallen. «Möchtest du auch einen?», fragte Hermann und hob eine Cognacflasche an. Anscheinend war sie mit den Gedanken woanders, denn sie antwortete nicht gleich. «Marianne?»

Sie hob kurz den Blick. «Nein. Nein, danke.» Hermann ging mit seinem Glas zu ihr hinüber und setzte sich aufs Sofa. «Und in der gesamten nächsten Zeit auch nicht», sagte Marianne knapp, verstummte wieder und begann, mit dem Zeigefinger Kreise auf die Sessellehne zu malen.

«Ist was?», fragte Hermann.

Sie stoppte ihren Zeigefinger. Dann hob sie ihn zusammen mit Daumen und Mittelfinger. «In ungefähr einem halben Jahr sind wir zu dritt.»

«Was?» Hermann fuhr so heftig auf, dass er sich verschluckte. Der Cognac in seinem Glas kreiste gefährlich hoch an den Rand. «Aber das ist ja …», rief er und unterbrach sich, als er Marianne ansah, die mit undefinierbarem Gesichtsausdruck dasaß, «… großartig», beendete er den Satz automatisch. Als sie nichts sagte, rückte er auf dem Sofa vor und legte ihr die Hand aufs Knie. «Freust du dich denn nicht?»

«Doch, natürlich.» Ein flüchtiges Lächeln erschien auf ihrem Gesicht.

Er musterte sie einen Moment lang schweigend. «Es ist, weil du jetzt nicht mehr fliegen kannst, oder?»

Sie runzelte die Stirn. «Weshalb kann ich jetzt nicht mehr fliegen?»

«Du kannst nicht fliegen, wenn du Mutter wirst.»

«Ja, wenn ich Mutter werde, wahrscheinlich nicht, aber wenn ich Mutter bin, kann ich es wieder.»

«Aber ... eine Mutter muss bei ihrem Kind sein, und ein Kind braucht seine Mutter bei sich.»

«Hermann», sagte Marianne leicht ungehalten, «es geht nicht ums Fliegen. Ich werde auch dann nicht ständig fort sein, genauso wenig wie jetzt. Davon abgesehen, verdiene ich damit mein Geld.»

«Du musst doch kein Geld verdienen, ich habe ein gutes Einkommen.»

«Ich *muss* ohnehin kein Geld verdienen», sagte Marianne, und Hermann wusste, dass sie auf das nicht eben kleine Vermögen anspielte, das sie mit in die Ehe gebracht hatte, «aber ich *will* es. Wollte es schon immer.»

Hermann nickte. «Ja, ich weiß.» Er dachte an das Gespräch mit Mariannes Vater, als er bei ihm um ihre Hand angehalten hatte. Er hatte versprechen müssen, Marianne nicht «die Flügel zu stutzen».

«Also fliegst du erst einmal nicht mehr, bis das Kind da ist», sagte er.

Marianne entspannte sich. «Ja.» Hermann wirkte erleichtert. Sie fasste nach seiner Hand. «Was wäre dir lieber? Ein Mädchen oder ein Junge?»

«Erst ein Junge, dann ein Mädchen ... oder umgekehrt.» Er zog sie zu sich aufs Sofa, versenkte sein Gesicht in ihrer Halsbeuge und küsste ihren Schulteransatz.

«Roseanne wird die Patentante», sagte Marianne nach einer Weile.

«Sie hat es also schon vor mir gewusst», brummte Hermann.

«Ich wollte eben lieber zuerst mit meiner Freundin reden, als ich angefangen habe, mir gewisse Gedanken zu machen. Auch wenn keine Monatsblutung mehr kommt, ist in der ersten Phase noch nichts sicher, und es kann außerdem auch andere Gründe haben.»

Hermann setzte sich etwas aufrechter hin. Diese Art Frauenthemen waren ihm unangenehm.

«Wenn es nicht um das Fliegen gegangen ist», sagte er, um das Thema zu wechseln, «warum warst du dann vorhin so einsilbig, als du mir erzählt hast, dass wir ein Kind bekommen?»

Marianne hob das Kinn in Richtung des Radioapparates. «Du hast es doch wieder mal gehört. Diese Hetzerei. Ich finde die Stimmung in unserem Land immer beunruhigender.»

«Ja, sie reißen die Klappe auf. Aber die Republik hatte schließlich vollkommen versagt! Überschuldung, Instabilität, Bankenkrise, Massenarbeitslosigkeit, auf nichts davon hatte die Politik eine Antwort außer einer Notverordnung nach der anderen.» Er sah sie ermunternd an. «Da ist es vielleicht ganz gut, dass jetzt eine starke Partei an der Regierung ist, die etwas bewegen kann und will.»

«Aber muss man dazu die Bürgerrechte einschränken und die Verfassung außer Kraft setzen?»

«Sie sind demokratisch gewählt. Außerdem sind das doch nur vorläufige Maßnahmen, bis die Stabilität wiederhergestellt ist.»

«Mit dieser Wahl ist unser Land endgültig diesen grölenden Barbaren und Schlägern ausgeliefert worden. Jetzt können sie das alles auch noch mit staatlicher Legitimation tun.»

«Das sind doch nicht alles Barbaren und Schläger. In so einer Bewegung gibt es immer radikale Elemente, aber die werden sie noch in den Griff bekommen, wenn sie sich nicht von selbst totlaufen.»

«Glaubst du? Seit Hitler dran ist, haben sie schließlich auch nicht nur die Klappe aufgerissen. Sie verbrennen Bücher, foltern politische Gegner und bringen die Juden mit Boykotten und Gesetzen um ihre Rechte. Eine stattliche Bilanz für ein paar Monate Regierungsverantwortung, findest du nicht?»

«Das wird sich wieder ändern, sie stehen schließlich erst am Anfang.»

«Ich weiß nicht», sagte Marianne, «hast du gesehen, dass Elsbeths jüngerer Bruder im Braunhemd herumstolziert?»

«Er will einfach irgendwo dazugehören, das kann man doch verstehen, so lange, wie er arbeitslos und ohne Aussicht auf eine geregelte Zukunft war. Aber im Grunde ist er ein lieber Junge, findest du nicht?»

Marianne schwieg einen Moment. Sie hatte wieder angefangen, Kreise auf den Polsterbezug zu malen. «Wer weiß, was uns noch alles erwartet.»

«Du denkst wieder an den Abend im Reimann, oder?»

Marianne nickte. Es war schon eine Weile her. Sie hatten am Kurfürstendamm vor dem Café Reimann ein Glas Wein getrunken, als ein Schlägertrupp der SA, «Deutschland erwache!» grölend, das bei Juden beliebte Café überfiel. Ihr Tischnachbar war aufgesprungen, um seine Frau zu schützen, und er war als Erster von einem Hieb mit dem Totschläger getroffen worden. Das Blut aus seiner Platzwunde war bis auf Mariannes Arm gespritzt, und sie hatte fassungslos auf die Tropfen gestarrt, die über ihren Arm herabliefen. Dann hatte Hermann ihre Hand gepackt, während hinter ihnen mit lautem Klirren die Schaufensterscheibe eingeschlagen wurde, und sie waren in die nächstbeste Seitenstraße geflüchtet.

Solche Vorfälle häuften sich, aber Marianne hatte den Schrecken nur an diesem Abend so hautnah miterlebt. Er war für sie zum

Symbol für die Verrohung und die Spaltung der Gesellschaft geworden, die schon lange vor dieser unseligen Wahl vom März 1933 eingesetzt hatte.

Hermann legte ihr den Arm um die Schultern. «Lass uns heute nicht die ganze Zeit über Politik reden.» Er strahlte sie an. «Stell dir vor, wir bekommen ein Kind!»

Marianne versuchte ein Lächeln, aber es glückte ihr nicht so recht. «Das ist es ja», sagte sie, «wir bekommen ein Kind, aber was sind das für Zeiten, in denen es aufwachsen wird?»

«Es wird gut aufwachsen, dafür werden wir beide sorgen. Und wir sollten bei alldem nicht vergessen, dass es uns sehr gut geht.» Hermann trank seinen Cognac aus. «Dafür muss man dankbar sein.»

«Und? Wie hat er es aufgenommen?», fragte Roseanne am nächsten Tag, als es dem Fräulein vom Amt nach mehreren Versuchen gelungen war, das Telefongespräch nach Paris durchzustellen.

«Er hat sich an seinem Cognac verschluckt, aber sonst hat er es heil überstanden», sagte Marianne trocken. «Und die Gedanken, die ich mir wegen der Zeiten mache, in die unser Kind hineingeboren wird, fand er übertrieben.» Sie unterbrach sich einen Moment lang. «Hoffentlich hat er recht. Abgesehen davon hatte er vor allem die Befürchtung, dass ich während der Schwangerschaft weiterfliege.»

Roseanne lachte. «Dafür hat er vielleicht eigene Gründe, aber wir haben ja schon besprochen, dass du mit dem dicken Bauch, den du demnächst haben wirst, nicht nach Aufträgen suchst.» Marianne sah an sich herunter. Bis jetzt war kaum etwas zu sehen. «Man würde dich für verrückt erklären», fuhr Roseanne fort, «und so etwas ist eindeutig schlecht fürs Geschäft.»

Marianne spielte mit dem Telefonkabel. Es fiel ihr schwer, die Rolle als Mutter, die sie bald haben würde, mit dem Menschen in Einklang zu bringen, der sie bisher gewesen war.

«Was hat eigentlich Ruth dazu gesagt?», drang Roseannes Stimme in ihr Ohr. «Kann sie überhaupt noch an etwas anderes denken als an ihren Bernhard?»

Im Jahr zuvor waren sie mit Mariannes Vater vom Sommerhaus zu einem Konzert ins Seebad Heringsdorf gefahren, wo er einem Kunden begegnete, der dort in der Sommerfrische war. Bernhards Familie aus Zinnowitz hatte zum Bekanntenkreis dieses Kunden gehört. Als ihr Bernhard vorgestellt worden war, hatte Ruth nach einem kurzen Blick den Kopf tief gesenkt, um ihr Erröten zu verbergen, während Bernhard nicht wusste, wo er mit sich hinsollte. Nach dem Konzert hatte er beim Spaziergang auf der Seepromenade stotternd mit Ruth Konversation betrieben und war ab und zu mit einem schüchternen Lächeln und einer kleinen Bemerkung beglückt worden.

«Bei uns nennt man so was *coup de foudre*», hatte Roseanne leise zu Marianne gesagt und auf Bernhard gedeutet, der zunehmend unruhiger wurde, weil er offenbar nicht wusste, wie er für ein Wiedersehen sorgen konnte, ohne die Anstandsregeln zu verletzen. Ohne lange zu überlegen, hatte Marianne gerufen: «Bernhard, wir sind noch zwei Wochen drüben im Sommerhaus. Kommen Sie uns doch einmal besuchen!» Niemals würde sie Ruths halb erschrockenen, halb dankbaren Blick vergessen.

«Ach, Ruth ist einfach ein Schatz», beantwortete sie jetzt Roseannes Frage. «Sie wollte als Erstes wissen, ob ich noch weiter fliegen kann, obwohl sie selber nichts dafür übrighat … einfach weil sie weiß, wie viel mir daran liegt.» Sie blies hörbar den Atem aus. «Aber jetzt muss ich erst mal auf dem Boden bleiben … oder auf dem Teppich, wie es so schön heißt.» Sie sah auf den Boden. Der streng geometrisch gemusterte Teppich in Blau und Grau bildete ein Geviert auf dem Fischgrätparkett und ließ am Rand nur wenig freien Raum.

«Das klingt ja beinahe nach Gefängnis», sagte Roseanne erheitert. «Ich werde dich besuchen kommen, und dann bestellen wir die Schneiderin, damit sie dir ein paar hübsche Zeltkleider macht», das quittierte Marianne mit einer Grimasse, die Roseanne natürlich nicht sehen konnte, «und wenn du deinem Teppich mal adieu sagen willst, fahren wir in euer Sommerhaus.»

«Oh ja, das machen wir!», rief Marianne. *Dann kann Hermann wieder nicht mit seiner Frau zu Abend essen.* Sie stand auf, um zum Fenster hinauszusehen, aber die Schnur des Telefons war zu kurz. Schulterzuckend ließ sie sich wieder in dem Sessel nieder. «Weißt du», sagte sie mit veränderter Stimme, «ich fühle mich jetzt manchmal irgendwie seltsam. Nicht, dass mir morgens schlecht wird oder so, und ich freue mich wirklich auf das Kind, aber das Ganze ist einerseits ... unwirklich, und andererseits hat es trotzdem ganz konkrete Folgen.» Sie unterbrach sich kurz. «Ich weiß nicht, wie das alles wird», fügte sie hinzu, weil ihr nicht einfiel, wie sie sich besser ausdrücken sollte.

«Es wird anders», stellte Roseanne fest. «Und vielleicht hast du Angst, dass dir deine Freiheit abhandenkommen könnte.»

«Wieso könnte? Ich kann das ganze restliche Jahr nicht mehr fliegen. Eine Ewigkeit!»

«Ach was, Ewigkeit! Kaum dreht man sich um, schon ist wieder ein Jahr vorbei. Und vielleicht hast du später ja selbst keine Lust mehr auf die Fliegerei, sondern willst Hausmütterchen spielen.»

Mariannes Protest ging in Roseannes Gelächter unter.

Marianne schüttelte den Kopf, als ihr dieses Telefonat wieder einfiel. Roseanne hatte recht gehabt. Kaum hatte sie sich umgedreht, war ein Jahr vorbei gewesen und dann noch eins, und nun war auch das Jahr 1936 schon beinahe halb vorbei. Die ersten anderthalb Jahre nach Johanns Geburt war sie zu Hause geblieben, aber inzwischen flog sie dann und wann wieder.

Sie stand im Schlafzimmer vor dem offenen Schrank und schob

den Verschluss der kurzen Perlenkette zu, deren Schimmer ideal zu ihrer cremefarbenen Seidenbluse passte. Dabei überlegte sie, ob sie lieber den braunen Gürtel und das braune Schoßjackett zu ihrer langen, hellen Schlaghose anziehen sollte oder den blauen Gürtel und das blaue Jackett mit den weißen Paspeln.

«Mama!» Johann hatte an der Tür Aufstellung genommen.

«Oh! Die Luftpost!», rief Marianne und trat von dem Schrank weg zum Bett, während Johann schon auf sie zurannte, um in ihre Arme zu springen. Sie fing ihn auf und ließ sich von seinem Schwung rücklings aufs Bett werfen. «Das war wohl der Expressdienst! Kostet das Zuschlag?», sagte sie mit künstlich tiefer Stimme, während Johann quietschend vor Vergnügen von ihr herunterrollte. Das war sein neues Lieblingsspiel.

«Noch mal!»

Bei der zweiten Runde hielt Marianne ihn fest, als sie sich auf das Bett fallen ließ. «Ein Wertpaket!», rief sie und gab ihm einen schallenden Kuss auf die Wange. «Das gebe ich nicht mehr her.» Johann strampelte juchzend in ihren Armen, als sie sich mit ihm über das Bett kugelte. Doch dann wurde er von ihr weggezogen.

«Schluss jetzt!», sagte Hermann und stellte Johann so unsanft auf den Boden, dass er hinfiel und zu weinen begann. Marianne setzte sich auf und strich sich das Haar aus dem Gesicht.

«Was machst du denn?», fragte sie Hermann. Sie wollte Johann aufheben.

«Lass ihn», sagte Hermann, «er muss auch einmal lernen, sich allein zu beruhigen. Er ist schließlich ein Junge und kein Mädchen.» Er sah auf Johann hinab. «Wie soll er sich sonst später im Leben durchsetzen?»

Von solchen Ansichten hielt Marianne nichts. Sie ging neben Johann in die Hocke, schlang die Arme um ihn, und er schmiegte seine tränenfeuchte Wange an ihren Hals. Hermann schüttelte den Kopf. «Wie du aussiehst», sagte er. «Wir müssen gleich los.» Er musterte Mariannes Bluse, die aus dem Hosenbund gerutscht war, und das wilde Durcheinander ihres Haares. «Ich dachte, du hast dich schon umgezogen.»

Sie stand mit Johann auf dem Arm auf. «Ich bin schon beinahe ganz fertig, oder?», sagte sie zu Johann, und er nickte schniefend.

«Willst du wirklich so zu Horcher gehen?», fragte Hermann.

Marianne stöhnte. Wieder einmal herrschte ein gereizter Ton. Und es war nicht das erste Mal, dass Hermann ihre Kleidung kritisierte. Inzwischen gab er auch nicht mehr vor, sie einfach nur in einem Lieblingskleid sehen zu wollen, das er selbst ausgesucht und ihr geschenkt hatte. Manchmal tat ihm Marianne den Gefallen, um des lieben Friedens willen, und vielleicht hätte sie es auch an diesem Tag getan, wenn er nicht so grob mit Johann umgegangen wäre.

«Ich trage schon immer gerne Hosen, wie du weißt», sagte sie, «und es gibt keinen Grund, das nicht zu tun, wenn uns mein Vater bei Horcher zum Essen einlädt.» Otto Horchers Edelrestaurant in der Martin-Luther-Straße war eines der besten in der Stadt. Die Besuche dort wurden häufig zusätzlich unterhaltsam, weil gegenüber das Varietétheater Scala lag, aus dem viele extrovertierte Bühnenstars samt Gefolge zum Essen herüberkamen.

«Meine Mutter hat in ihrem ganzen Leben keine Hosen getragen», gab er zurück, «es wäre ihr niemals eingefallen, wie ein Mann aufzutreten.»

«Ich bin nicht deine Mutter und möchte auch nicht wie sie sein», ärgerlich drehte sie sich von ihm weg, «und ich trete nicht wie ein Mann auf, sondern ich trete wie ich auf.»

«Ja, du!» Mit einer heftigen Bewegung rückte er seinen Krawattenknoten zurecht. «Aber du bist jetzt auch Ehefrau und Mutter und solltest ein dementsprechendes Bild abgeben.»

Marianne wollte sich auf keinen weiteren Streit einlassen und trat wieder vor den Schrank. «Also, Johann», sie zupfte an den Ärmeln der Jacketts, die auf ihren Bügeln hingen, «was meinst du? Das braune oder das blaue mit den Paspeln?» Johann löste seine Hand vom Ausschnitt ihrer Seidenbluse, an den er sich mit festem Griff geklammert hatte, und zog an dem blauen Jackettärmel.

«Bravo!», rief Marianne, und Johann lächelte wieder. «Dein Sohn hat einen exzellenten Geschmack», sagte sie zu Hermann.

Doch er ging nicht auf das Friedensangebot ein. «Ich hoffe, du bist dann bald so weit», bemerkte er nur und verließ den Raum.

Fünf Minuten später war Marianne zum Gehen fertig. «Wir sind um neun Uhr wieder da», sagte sie zu Elsbeth, die auf Johann aufpassen würde.

Als sie in der Martin-Luther-Straße ankamen, stellte Mariannes Vater gerade seinen Wagen ab.

«Wo ist denn dein Angebeteter?», fragte Marianne, als Ruth allein ausstieg. Sie mochte den sanftmütigen Bernhard inzwischen sehr. Die Verlobung der beiden im Januar war keine Überraschung gewesen, aber das hatte die Freude darüber nicht gemindert.

«Er musste in Zinnowitz bleiben, hat eine Praxisvertretung.»

«Oh, das ist ja schauderhaft. Ich weiß gar nicht, wie du ein ganzes langes Abendessen überstehen sollst, wenn dir niemand schmachtende Blicke zuwirft», Marianne klimperte übertrieben mit den Wimpern, «und zur Unterhaltung nur unsere öde Gesellschaft. Schlimm, findest du nicht auch, Papa?»

Ruth musste lachen.

«Unter diesen Umständen ist es kein Wunder, dass meine jüngere Tochter nichts sehnlicher will, als uns loszuwerden und in die Provinz zu ziehen», sagte ihr Vater und küsste Marianne zur Begrüßung auf die Wange.

«Wenn ihr weiter so schrecklich seid, freue ich mich am Ende wirklich noch, von euch wegzukommen», sagte Ruth, aber man merkte ihr an, dass das Gegenteil der Fall war.

«Du siehst einfach umwerfend aus, mein Ruthchen», stellte Marianne fest, «oder, Hermann?»

Ruths elegantes Kostüm war auf Taille gearbeitet, und ihr seidiges, goldbraunes Haar unter einem Hütchen aufgesteckt, das von einer Hutnadel mit einer Perle festgehalten wurde. Sie gab eine außerordentlich attraktive, damenhafte Erscheinung ab.

«Allerdings.» Sein Blick wanderte über Mariannes Hose.

«Ich sehe es schon vor mir», verkündete Marianne, «du wirst die großartigste Hausfrau und Gesellschaftsdame an der ganzen Ostseeküste. Und dann gibt es von Zinnowitz bis Heringsdorf keinen glückseligeren Mann als deinen Bernhard.»

«Willst du nicht mal mit deinen Witzen aufhören?»

Marianne hängte sich bei Ruth ein. «Ganz im Vertrauen», flüsterte sie geheimnistuerisch und warf einen misstrauischen Blick über die Schulter, bevor sie ihr ins Ohr raunte: «Das war kein Witz.»

Wieder musste Ruth lachen.

Sie betraten das Restaurant, und sofort eilte ihnen ein Kellner entgegen. Bei Horcher gab es mehr oder weniger für jeden Tisch einen eigenen Kellner und für jede Dame ein Bänkchen, auf dem sie ihre Handtasche abstellen konnte.

Als sie bei der Hauptspeise waren, entstand Bewegung an der Eingangstür. Eine Männergruppe betrat das Restaurant, darunter ein Militär. «Ein Hoch auf die Rheinlandbefreiung!», rief er beim Hereinkommen in das Lokal hinein. Die Besetzung des entmilitarisierten Rheinlandes durch die Wehrmacht im März 1936 war ein klarer Verstoß gegen den Versailler Vertrag gewesen, doch sie hatte bei den europäischen Nachbarn keine besonderen Reaktionen hervorgerufen. «Hoch! Hoch!», schallte es durch das Lokal, wobei die meisten Gäste begeistert die Gläser hoben.

Ein Kellner empfing die Männergruppe mit einer Verbeugung und führte sie zu ihrem Tisch. Als sie bei ihnen vorbeikamen, stand

Hermann hastig auf. «Hallo, Kutscher», grüßte ihn einer der Männer aus der Gruppe und blieb stehen, «wusste gar nicht, dass Sie hier verkehren.»

«Guten Abend, Häberlein», sagte Hermann, «ein Essen im Familienkreis.» Ein anderer Mann aus der Gruppe war bei der kurzen Begrüßung ebenfalls stehen geblieben. Hermann warf ihm einen Seitenblick zu.

«Na dann, weiterhin guten Appetit die Herrschaften, meine Damen», sagte Häberlein mit einem Nicken zu der Tischrunde. Dann folgte er den anderen Männern zu einem eingedeckten Tisch auf der gegenüberliegenden Seite des Restaurants.

«Wer war das?», erkundigte sich Marianne mit gesenkter Stimme.

«Häberlein? Den kenne ich aus Architektenkreisen.»

«Und der andere? Der auch noch stehen geblieben ist? Der mit der Kinderstirn?»

Hermann zuckte leicht zusammen.

«Das ist Hitlers Lieblingsgroßbaumeister», sagte Mariannes Vater, «der wird ganz Berlin umkrempeln. Einen Vorgeschmack kann man schon mal in Nürnberg auf dem Parteitagsgelände bekommen.» Seine Abneigung war nicht zu überhören.

«Und was stimmt daran nicht?», widersprach Hermann. «Diese Aufmarschfelder für Zehntausende Menschen und diese gewaltigen Tribünen haben schließlich eine kolossale Wirkung.»

«Das trifft es genau. Anscheinend hält sich Herr Hitler für Ramses und Kaiser Augustus in Personalunion.»

«Ach wo. Diese monumentalen Dimensionen werden doch nur beim Repräsentationsbau verlangt.»

«Damit sich jeder Bürger wie eine Laus fühlt, die vor lauter Ehrfurcht zittert.» Mariannes Vater zuckte unwillig mit den Schultern.

Hermann lachte. «Du vergisst, dass in der Wirtschaft auf technische Moderne und im Siedlungsbau auf Regionalismus gesetzt wird. All das zusammen ergibt mehr Vielfalt, als wir früher in der Architektur hatten! Eigentlich ist es nur mit dem internationalen Stil vorbei, den du gebaut hast.»

«Den du auch gebaut hast», erwiderte Mariannes Vater.

«Ja.» Hermann wand sich. «Aber hast du mitbekommen, wie diese weißen Würfelbauten mit Flachdächern jetzt genannt werden?» Als keine Antwort kam, beantwortete er seine Frage selbst: «Sie sagen ‹Araberdorf› dazu, und das ist nicht nett gemeint.»

«Ich habe davon gehört», gab Mariannes Vater kühl zurück.

Hermann wandte sich an Ruth. «Das Sommerhaus an der Ostsee hat dir doch auch nie gefallen, oder? War dir zu ungemütlich mit der offenen Raumgestaltung und den vielen Fenstertüren.»

Ruth schwieg einen Moment. Es berührte sie unangenehm, dass Hermann versuchte, sie in einer Stildebatte unter Architekten gegen ihren Vater einzunehmen. «Das stimmt», sagte sie, «aber auch wenn ich einen anderen Geschmack habe, verstehe ich die Idee von Luft und Licht, die dahintersteht. Und ich finde nicht, dass es daran etwas auszusetzen gibt.» Sie heftete ihren Blick auf Hermann. Zwischen ihren Augenbrauen hatte sich eine kleine Falte gebildet.

«Das passt eben einfach nicht mehr in die heutige Zeit», stellte Hermann fest, «jetzt ist ein nationaler Stil gefordert.»

«Und eine echte deutsche Seele kann sich offenbar nur unter einem Spitzdach zu Hause fühlen», spottete sein Schwiegervater. «Und zwar mit wenigstens fünfunddreißig Grad Neigungswinkel, so war es doch bei der Ausschreibung für die neue Siedlung in Stuttgart. Lächerlich, so was!»

Es war nicht das erste Gespräch über ihr gemeinsames Berufsfeld, das sie beim Essen führten, aber in der letzten Zeit schwang dabei ein anderer Ton mit.

«Vielleicht ist der Privatbau ohnehin nicht die Zukunft für Architekten wie uns», sagte Hermann. «Kürzlich hat Häberlein angedeutet, dass große Staatsprojekte geplant sind, an denen man sich beteiligen könnte.» Er hob das Kinn in Richtung des Tisches, an dem Häberlein und die anderen Männer saßen. «Und er hat gute Verbindungen.»

«Ja, sieht ganz danach aus.» Mariannes Vater wirkte nicht beeindruckt. «Aber ich will mich nicht von irgendeinem Bürokraten bei der Genehmigungsbehörde daraufhin überprüfen lassen, ob ich gegen die ‹deutsche Baukultur› verstoße oder über die ‹anständige Baugesinnung› verfüge, die sie per Gesetz vorgeschrieben haben.»

«Ohne diese Genehmigungen kannst du nicht arbeiten.»

«Das, was ich jetzt noch bauen dürfte, will ich vielleicht gar nicht. Außerdem, mein lieber Hermann, muss ich ja nicht hier im Lande tätig sein.» Bevor Hermann etwas dazu sagen konnte, ergänzte er spöttisch: «Es soll noch Weltgegenden geben, in denen ein Flachdach keine nationale Identitätskrise auslöst.» Er lachte, aber Marianne wusste, dass er es ernst meinte. Hatten die Geschäftsreisen, die ihr Vater in letzter Zeit nach Belgien unternommen hatte, etwas mit neuen Aufträgen zu tun?

«Aber», begann Hermann und unterbrach sich kurz, «was wird dann mit dem Büro?»

«Das ist jetzt nicht meine größte Sorge», antwortete Mariannes Vater. «Und auf jeden Fall muss Kaufmann weg. Sander ist schon vor einem Jahr zu seiner Schwester nach Paris.» Sander war sein zweiter jüdischer Mitarbeiter gewesen und hatte wie so viele andere das Land verlassen, als die Repressalien kein Ende nahmen.

«Es ist ein Risiko für Kaufmann und seine Familie, wenn er gegen das Verbot weiterbeschäftigt wird.» Mariannes Vater warf Hermann einen Blick zu. «Auch wenn es inoffiziell geschieht.»

Marianne wurde bewusst, dass ihr Vater Kaufmanns Planzeichnungen sofort erkannte, auch wenn Hermanns Initialen darauf standen und er nie ein Wort darüber verloren hatte.

«Es ist schwer, Ersatz zu finden», erwiderte Hermann, «und ohne meine Aufträge hätte er überhaupt keine Arbeit mehr.»

«Ohne deine Aufträge wäre er wahrscheinlich schon in einem anderen Land.»

«Dein Vater erkennt die Zeichen der Zeit nicht», sagte Hermann auf der Rückfahrt.

«Weil er keine Lust hat, sich vorzuschreiben zu lassen, welche Dächer er auf die Häuser baut?»

«Weil er nicht verstanden hat, dass man mit diesem individualistischen Ansatz heutzutage nicht mehr weiterkommt.»

«Soll das heißen, er soll einfach mit dem Strom schwimmen?»

Hermann schwieg, und das erschien Marianne so gut wie eine Bestätigung.

«Mein Vater hat das, was du ‹internationalen Stil› nennst, nicht gebaut, weil es gerade Mode war, sondern weil es seiner Überzeugung entsprochen hat», sagte sie, «und noch immer entspricht.»

«Dann hat er hier beruflich keine Zukunft mehr.»

Zu Hause angekommen, ging Marianne in Johanns Zimmer. «Danke, Elsbeth.» Sie senkte die Stimme, als sie im Licht der Nachttischlampe sah, dass Johann schlief. «Mein Mann begleitet Sie nach Hause, er hat den Mantel gleich anbehalten.»

Elsbeth stand von dem Stuhl auf, den sie sich an Johanns Bett gestellt hatte. Sie wohnte nicht weit entfernt, und Hermann hielt es für seine Pflicht, dafür zu sorgen, dass sie abends nicht allein nach Hause ging, wenn sie auf Johann aufgepasst hatte.

Marianne drehte sich noch einmal zu ihrem Sohn um, bevor sie das Zimmer verließ. Er hatte die Augen aufgeschlagen. «Du schläfst ja gar nicht.» Sie kehrte zu ihm zurück und setzte sich auf die Bettkante. Als die Wohnungstür hinter Hermann und Elsbeth zuklappte, wanderte Johanns Blick unruhig Richtung Flur.

«Ist sie zu streng?» Statt einer Antwort schob Johann seine Hand unter der Decke heraus und schob sie in die seiner Mutter. Elsbeth hielt sehr viel von Disziplin und Folgsamkeit, viel mehr, als einem

Kind nach Mariannes Meinung guttat. Deshalb versuchte sie, es so selten wie möglich dazu kommen zu lassen, dass Elsbeth Johann hüten musste. Doch ganz vermeiden ließ es sich nicht. Jemand anderen konnte sie kaum nehmen, weil es sich so eingebürgert hatte und Hermann große Stücke auf Elsbeth hielt. Und es stimmte ja auch, dass sie den Haushalt perfekt in Schuss hielt, eine begeisterte Köchin war und immer bereit, ein paar Stunden mehr zu arbeiten. Während Marianne darüber nachdachte, ob das Leben automatisch komplizierter wurde, wenn man eine Familie gründete, lockerte sich Johanns Griff. Nun war er wirklich eingeschlafen.

Zwei Jahre später fragte sich Marianne auf dem Weg zum Flughafen Staaken wieder einmal, wo die Zeit geblieben war. Johann war inzwischen vier Jahre alt und beinahe schon ein großer Junge, auch wenn er seine Zartheit behalten hatte. Sie waren auf dem Weg, um Roseanne abzuholen, die mit dem Mauersegler einen Geschäftsmann nach Paris gebracht hatte.

«Ist dir nicht zu warm?», fragte Marianne Richtung Rückbank. Dort saß Johann mit dem Schal und der fellgefütterten Fliegermütze, die Roseanne bestimmt eigens für ihn hatte anfertigen lassen. Sie verwöhnte ihn mit Geschenken und war eine begeisterte Patentante. Johann schüttelte entschlossen den Kopf, obwohl es an diesem Julitag beinahe fünfundzwanzig Grad waren. Neben ihm saß Herr Joko, ein brauner Plüschaffe mit schwarzen Knopfaugen und überlangen Armen und Beinen. Er war ebenfalls ein Geschenk Roseannes, und Johann hatte ihn vom ersten Moment an zu seinem besten Freund und ständigen Begleiter erklärt.

Als sie ankamen, war das Flugzeug schon in Sicht, und Johann hopste aufgeregt am Rand des Flugfeldes herum. «Tante Rooo! Tante Rooo!», schrie er, als sie ihn ganz bestimmt noch nicht hören konnte. Marianne hielt ihn am Kragen fest, damit er nicht loslief, bevor die Maschine ausgerollt war. Dann aber rannte er zu dem

Flugzeug, und Roseanne hatte kaum Zeit, über die Tragfläche abzusteigen und sich die Tasche über die Schulter zu hängen, da war er schon bei ihr. Sie hob ihn hoch und ging Marianne entgegen. «Hier, das hab ich mitten auf dem Rollfeld gefunden», sagte sie. «Kommt dir das bekannt vor? Es ruft immer ‹Tante Roo!›»

Johann strahlte über das ganze Gesicht.

«Hast du Lust, auf dem Rückweg in der Bayernallee vorbeizufahren?», fragte Marianne. «Ruth hat uns zum Kaffeetrinken eingeladen. Es müssen nämlich ein bis zwei der achtunddreißig Kuchen vorgekostet werden, die es bei ihrer Hochzeit in der entbehrungsreichen Zeit zwischen Mittagessen und Abendessen geben wird.»

Roseanne ging vor Johann in die Hocke, und kraulte seinen Bauch. «Passt hier etwa ein Stück Kuchen rein?»

«Nein!», rief Johann kichernd.

«Was? Nein? Kein bisschen Platz da drin? Da muss ich ja alles alleine essen.»

«Nein! Doch!» Johann versuchte, ihre Hand festzuhalten. «Nicht kitzeln!», japste er.

In der Bayernallee angekommen, klingelte Marianne drei Mal kurz hintereinander, bevor sie aufschloss. Das war ihr Familienzeichen, damit im Haus klar war, dass niemand zur Tür kommen musste. «Wo seid ihr?», rief sie, während Johann mit ausgebreiteten Armen und ein Motorengeräusch imitierend durch den Eingangsflur rannte. «Arbeitszimmer!», hörten sie die Stimme von Mariannes Vater. Als sie den Raum betraten, kam er ihnen von der Sitzecke entgegen, wo er sich mit Ruth und Bernhard unterhalten hatte. Auf dem niedrigen Tischchen lagen Papiere. «Ah, Roseanne, schön, Sie zu sehen», sagte er und reichte ihr mit einer leichten Verbeugung die Hand. «Hatten Sie einen guten Flug?»

«Flugflugflug», rief Johann, bevor er wieder das Motorenbrummen nachahmte und die beiden mit seinen ausgebreiteten Tragflächenarmen umkreiste.

«Du kannst in den Garten fliegen, Johann, und beim Kaffeetisch landen», sagte sein Großvater. «Wir kommen zu Fuß nach.»

«Habt ihr schon einen nächsten Auftrag?», fragte Bernhard, als sie am Tisch saßen. Ruth zog Johann die Fliegerkappe vom Kopf und strich ihm die verschwitzten Haarsträhnen aus der Stirn.

Marianne schüttelte den Kopf. «Es wird immer schwerer», sagte sie, «inzwischen sind beinahe alle Privatpiloten Mitglied in einer NS-Organisation. Die haben im ganzen Land Maschinen stehen und schnappen uns die Arbeit weg.»

«Auf den Flugplätzen hier sieht es jetzt beinahe aus wie beim Militär», sagte Roseanne. «Heute waren wieder alle in Uniform. Sogar die Flugschüler.»

«Dafür ist Heinze ja nicht gerade der richtige Typ.» Mariannes Vater lachte bei der Erinnerung an den leutseligen Fluglehrer, bei dem manchmal die Flugstunden verspätet begonnen hatten, weil er die am Flugfeld versammelten Kinder zu Gratis-Rundflügen einlud.

«Heinze ist schon seit einem Jahr nicht mehr dort. Wurde von einem auf den anderen Tag abgesetzt. Denen hat seine Nase nicht gepasst. Jetzt hat irgendein Obersturmführer seinen Posten, ein ziemlich scharfer Hund. Der wird garantiert niemals aus Spaß kleine Kinder herumfliegen.»

Kurz war nur das Klirren der Gabeln auf dem Porzellan zu hören. Johann sah bei dem unvermittelten Schweigen von seinem Teller auf.

«In dieser Hinsicht kannst du froh sein, dass du in Zinnowitz wohnst», bemerkte Roseanne an Bernhard gewandt.

Er schüttelte den Kopf. «Bei uns hat einiges womöglich nur früher stattgefunden als hier. Manche Ostseebäder haben sich nämlich schon vor dieser Regierung damit übertrumpft, sämtliche Gäste zu verdrängen, die ihnen nicht arisch genug waren. Besonders Juden. ‹*Und wer da naht vom Stamm Manasse, ist nicht begehrt, dem sei's verwehrt. Wir mögen keine fremde Rasse! Fern bleibt der Itz von Zinnowitz*›», sang er leise.

«Das ist ja ekelhaft», sagte Roseanne.

«In den Hotels wurden ihnen keine Zimmer mehr vermietet, es gab Juden-unerwünscht-Schilder am Strand und gewalttätige Übergriffe», fuhr Bernhard fort, «und das Ergebnis ist, dass man an der Ostsee heute keinen einzigen jüdischen Badegast mehr sieht. Sie sind alle weg. Wenn diese Entwicklung an der Ostsee einfach nur früher stattgefunden hat als im übrigen Deutschland, wird mir angst und bange.» Darauf folgte neues Schweigen.

«Ich suche jetzt mehr in Frankreich nach Aufträgen», nahm Roseanne das Gespräch wieder auf. «Und es kann sein», sie richtete ihren Blick auf Marianne und wartete, bis sie sich eine Gabel voll von der Mokkatorte nach dem unschlagbaren Rezept von Henriettes Schwägerin in den Mund geschoben hatte, bevor sie den Satz beendete, «dass wir ein paar gute Strecken bekommen.»

Marianne riss die Augen auf, konnte aber nicht sprechen, weil sie zuerst den Bissen hinunterschlucken musste.

«Hört sich ja vielversprechend an», kam es stattdessen von ihrem Vater, der sich bemühte, nicht zu lächeln.

«Das war Absicht!», rief Marianne, als sie wieder etwas sagen konnte. «Los, erzähl schon.»

«Also», Roseanne nahm eine Zigarette aus dem Etui und ließ sich in aller Ruhe von Bernhard Feuer geben, «es könnte sein, dass Charles mit seiner Firma bald ein paar Aufträge hat. Auch richtig große. Beziehungsweise», sie zog an ihrer Zigarette und blies träumerisch den Rauch aus, «richtig weite.» Dann unterbrach sie sich erneut.

«Roseanne! Das ist Folter!»

«Dann will ich mal nicht so sein.» Roseanne streifte Asche ab. «Zunächst geht es darum, Stoffmuster, beziehungsweise Stoffe, deren Verkäuflichkeit geprüft werden soll, von dem holländischen

Hersteller zu neuen Handelsposten zu fliegen. Und wenn das läuft, wird vielleicht ein regelmäßiger Warentransport daraus.»

Ein Glücksgefühl überströmte Marianne wie ein Hauch von ihrer alten Freiheit.

«Dann kommt ihr ja doch noch um die Welt», sagte Ruth, «das wolltet ihr doch von Anfang an.»

Nach dem Kaffee ging Marianne mit Roseanne eine Runde durch den Garten. «Um welche Handelsposten geht es denn?», fragte sie.

«Erst mal um Westafrika, aber zuvor müssen die Stoffe ausgesucht werden, und natürlich hat Charles vor Ort auch noch einiges zu klären. Es kann also noch eine ganze Weile dauern, bis wir ins Spiel kommen.»

«Aber was ist mit Prinzessin Catherine?», fragte Marianne. «Kann sie sich jetzt doch vorstellen, dort hinzugehen?»

«Im Gegenteil», kam es trocken von Roseanne. «‹Drum prüfe, wer sich ewig bindet, ob er nicht noch was Bessres findet.›»

Marianne überkam ein seltsames Gefühl. «Er hat eine neue Verlobte?»

«Warum sagst du das?», fragte Roseanne. «Du musst doch wissen, dass er sich keine neue Verlobte suchen würde.» Sie blieb stehen und sah Marianne direkt an. «Oder nicht?»

Konnte es sein, dass Marianne damals auf dem Flugplatz von Swinemünde wirklich nicht mitbekommen hatte, was in Charles vorgegangen war? Ich habe es ihm sofort angesehen, dachte Roseanne, er musste kein Wort sagen. Und das hätte er vielleicht ohnehin nicht, wo Marianne praktisch schon vor dem Altar stand.

«Ich weiß nicht, was du meinst.» Marianne bemühte sich um einen leichten Ton.

Roseanne musterte sie noch einen Moment länger. «Wie du willst», sagte sie dann, «reden wir nicht darüber. Vielleicht ist es einfacher so.»

Marianne senkte den Blick auf ihre Fußspitzen. Der ordentlich angelegte Gartenweg war mit feinem hellbraunem Kies ausgestreut. An seinem Rand streckten sich wie verlangende Tentakel die sattgrünen Halme des angrenzenden Rasens über das trockene Hellbraun. Der Rasen würde bald gemäht werden, sonst würde er irgendwann den Weg überwuchern. Sie ging weiter. «Also war es umgekehrt, und Catherine hat die Verlobung aufgelöst», sagte sie.

«Charles war ihr schließlich doch ein zu unsicherer Kandidat», kam es spöttisch von Roseanne, «vor allem, nachdem sie bei einem Aperitif in Paris einem Herrn vorgestellt wurde, der in der höheren Finanzverwaltung tätig ist. Er ist etwas älter, und das bringt in seinem Fall den unschätzbaren Vorteil mit sich, dass er ausschließlich an der weiteren Ersteigung seiner Karriereleiter interessiert ist und weder im Hinblick auf seinen Beruf noch auf seinen Wohnort verwegene Ideen pflegt.»

«Du scheinst ja richtig froh zu sein über die Auflösung dieser Verlobung.»

«Und da bin ich nicht die Einzige!», erklärte Roseanne temperamentvoll. Dann fügte sie ruhiger hinzu: «Ich bin tatsächlich froh darüber. Die beiden wären unglücklich miteinander geworden, so unterschiedliche Vorstellungen, wie sie vom Leben haben. Jetzt hat immerhin Catherine eine Chance, es mit jemandem zu versuchen, der zu ihr passt.» Sie waren an eine Kehre des Gartenwegs gekommen und schauten zu dem Kaffeetisch hinüber. Henriette hatte daneben eine Decke auf den Rasen gelegt, auf der Johann schlief, während sich die drei anderen am Tisch unterhielten.

«Wieso ist eigentlich Hermann nicht dabei?», fragte Roseanne, während sie ein Foto von der Gruppe am Tisch machte. «Heute ist doch Sonntag.»

«Ist übers Wochenende nach Prora gefahren, das ist bei Binz auf Rügen. Dort in der Nähe läuft ein Bauvorhaben, über das er schon erste Aufträge bekommen hat. Ein Staatsprojekt.»

Roseanne zündete sich eine Zigarette an. «Was ist das denn für ein Staatsprojekt?»

«Ein Seebad auf Rügen.»

«Oho, gleich ein ganzes Seebad.»

«Genau genommen ist es eine viereinhalb Kilometer lange Hotelanlage.»

«Klingt ja beinahe so gemütlich wie eine Kaserne.»

Marianne verzog das Gesicht. «Schön finde ich es nicht, nach dem, was Hermann erzählt hat. Aber alle zehntausend Zimmer mit Meerblick, hat er gesagt. Wenn sie fertig sind, soll dort die arbeitende Bevölkerung mit dem staatlichen Reisedienst Ferien machen.»

«Aber nur die arische arbeitende Bevölkerung, nehme ich an.» Marianne ersparte sich die Bestätigung. Etwas anderes war nach vier Jahren NS-Regierung undenkbar. «Vielleicht gehen sie dann ja auch im Gleichschritt zum Badestrand.» Spielerisch hob Roseanne beim Gehen die Füße mit gestrecktem Bein, um einen Stechschritt anzudeuten. «Was sagt denn dein Vater dazu, wenn Hermann solche Aufträge hat?»

Marianne seufzte. «Zu mir nicht viel. Aber ich kann mir nicht vorstellen, dass es ihm gefällt.» Sie sah zu dem Kaffeetisch hinüber, auf den sie nun langsam wieder zugingen. «Er spricht mehr mit Ruth und Bernhard darüber, glaube ich. Wahrscheinlich will er mich nicht in einen Solidaritätskonflikt bringen.»

«Bist du nicht sowieso schon in einem?»

Sie ist mit ihren Gedanken einen Schritt weiter als ich, dachte Marianne. «Vielleicht ist das ja das ganz normale Eheleben», sagte sie jedoch, «man kann schließlich nicht für immer so verliebt sein wie am ersten Tag, und man muss auch nicht immer einer Meinung sein, oder?»

«So was zu erwarten wäre weltfremd», stimmte ihr Roseanne zu, «aber in grundlegenden Dingen sind gemeinsame Überzeugungen unabdingbar. Anders kann ich mir so ein enges Zusammenleben nicht vorstellen, auch wenn ich nicht verheiratet bin.» Sie unterbrach sich kurz. «Zankt ihr euch immer noch so viel, wie du letztes Mal erzählt hast?»

«Über Kleinigkeiten und die Arbeit und … die Politik.» Marianne kickte ein Steinchen weg. «Es ist wie ein ständiges Tauziehen, dabei will ich das gar nicht.»

Roseanne legte ihr den Arm um die Schultern. «Ich bin immer für dich da.» Marianne nickte. «Was das andere Thema angeht» – Roseanne warf einen Seitenblick auf Marianne, bevor sie weitersprach –, «ich glaube schon, dass man für immer so verliebt sein kann wie am ersten Tag.» Sie trat ihre Zigarette auf dem Boden aus. «Grässlich romantische Vorstellung, was?»

Marianne war ihr dankbar für diese Möglichkeit, aus einem Gespräch auszusteigen, bei dem etwas mitschwang, was sie nicht benennen wollte. «Ja, grässlich», gab sie mit einem kleinen Lachen zurück.

Ruth und Bernhard legten ihre Hochzeit auf den 12. Oktober 1938. Roseanne kam schon ein paar Tage früher wieder nach Berlin. Nach der Hochzeitsfeier würden sie und Marianne nach Holland fliegen. Dort hatten sie gemeinsam mit Charles einen Termin in der Stoff-Fabrik, um die Beiladekapazitäten im Mauersegler durchzusprechen. Anschließend würde Charles nach Saint-Louis vorausreisen, während Roseanne in Paris und Marianne in Berlin die langwierigen Vorbereitungen für den Fernflug trafen. *Und dann,* die Vorfreude ließ Mariannes Glieder kribbeln, *fliegen wir den halben Globus hinunter.*

Die Hochzeit wurde ein großartiges Fest. Mit farbigen Bändern umwundene Blumengirlanden schmückten die Türumrahmungen des Saales, die Tische waren mit Blüten bestreut, und die Stimmung unter den Gästen war gelöst und heiter.

«Ich glaube, die beiden bekommen kaum etwas von dem Ganzen

mit. Wir könnten ebenso gut im Kohlenkeller feiern», sagte Marianne, als sie mit ihrem Vater einen Walzer tanzte. «Sieh mal, wie sie sich anstrahlen, davor verblasst alles andere.»

«Es ist beinahe wie früher.» Marianne wusste nicht genau, woran ihr Vater bei dieser Bemerkung dachte. Vielleicht an die glücklichen Zeiten, die er mit ihrer Mutter erlebt hatte. Sie warf einen Blick zur Balkontür, bei der Hermann mit einem Gästepaar aus Ruths Bekanntschaft stand. So wie er gestikulierte, ging es wieder einmal um Politik. «Jedenfalls beinahe», sagte sie.

Ihr Vater sah bei der nächsten Drehung, wohin Marianne geschaut hatte.

«Entschuldige, Papa, das hätte ich nicht sagen sollen, es ist nämlich wirklich der schönste Tag seit langem.»

«Allerdings.» Mit einer entschlossenen Drehung führte er sie im Walzerschritt auf die andere Seite des Saales.

Am nächsten Morgen beim Frühstück in Weißensee konnte Marianne kaum die Augen offen halten. Roseanne dagegen wirkte so frisch, als sei sie nicht erst um zwei Uhr morgens schlafen gegangen.

«Und was für ein Geschenk wünschst du dir aus Holland?» Johann stand neben Roseanne am Tisch, und sie hatte den Arm um ihn gelegt. «Ein Paar schöne gelbe Holzgaloschen?» Mit den Fingerspitzen der freien Hand fasste sie seine Nasenspitze und wackelte daran. «Die haben vorne auch so eine naseweise Spitze. Glaubst du, sie sind mit dir verwandt?»

Hermann hob die Augenbrauen bei diesem Unfug, und Johann verstand kein bisschen, was sie meinte, aber er hing trotzdem völlig hingerissen an ihren Lippen.

«Oder soll es lieber eine Windmühle sein?» Sie ließ die Arme kreisen.

«Ja!», schrie er begeistert.

«Die sind aber ziemlich groß», gab Marianne mit ernster Stimme zu bedenken.

«Mmh, da müssen wir mal überlegen.» Roseanne sah Johann mit gerunzelter Stirn an und lächelte gleich wieder. «Wir stellen die Mühle einfach in Potsdam am Schloss Sanssouci neben die andere! Dann hat die auch mal Gesellschaft. Und ihr zieht in das Schloss ein. *Sanssouci,* das heißt sorgenfrei. Ist das nicht großartig?»

Johann nickte freudig, und Roseanne wandte sich an Hermann. «Was sagst du dazu? Möchtest du nicht in Schloss Sanssouci einziehen? Auf den Spuren eures großen Friedrichs und unseres großen Voltaires wandeln?» Ihr Tonfall hatte sich verändert, sie klang beinahe herablassend. «Allerdings scheinen französische Denker hier zurzeit nicht so hoch im Kurs zu stehen wie bei Friedrich dem Zweiten, oder?»

Marianne warf ihr einen Blick zu, doch Roseanne fuhr mit ihrer Stichelei fort. «Soll das Schloss eigentlich umbenannt werden? Wie ich gehört habe, gilt Französisch manch einem hier jetzt als Sprache der Dekadenz. Ein französischer Schlossname bei solch einem wichtigen Gebäude. Untragbar, oder? Dazu müsstest du als Architekt doch etwas sagen können.»

Sie trank einen Schluck Kaffee.

«Und dann auch noch Sanssouci, *sorgenfrei.* Das passt ja nun wirklich nicht zu dem *deutschen Wesen,* das gerade so hochgehalten wird.» Sie lächelte Hermann an, doch er gab sich, als sei ihre Provokation nur eine Fortsetzung der Späße gewesen, die sie mit Johann getrieben hatte.

«Wenn ihr Johann weiter so dummes Zeug erzählt, kann er bald nicht mehr zwischen Sinn und Unsinn unterscheiden», sagte er nur.

«Da mache ich mir bei Johann überhaupt keine Sorgen», erwiderte Roseanne. Nach einer winzigen Pause fügte sie hinzu: «Oder, Johann? Hat es Sinn, jetzt ein Stück Schokolade zu essen, oder ist das Unsinn?»

Hermann schien eine scharfe Bemerkung auf der Zunge zu haben, doch dann stand er abrupt auf und verabschiedete sich zur Arbeit.

«Du musst wirklich froh sein, endlich wieder mal wegzukommen.» Roseanne zog den Mauersegler hoch. «Das ist ja nicht zum Aushalten bei dir zu Hause.» Sie warf Marianne einen Blick zu. «Pardon. Aber Hermann … er ist hart geworden.»

«Ich hoffe, dass es wieder besser wird, wenn er sich keine Sorgen mehr um seine Karriere macht», sagte Marianne. «Anscheinend ist es ein ziemliches Hauen und Stechen.»

Der Himmel war bedeckt, aber es regnete nicht, als sie nach gut vier Stunden auf dem holländischen Flughafen von Welschap eintrafen. Charles holte sie ab, und Roseanne hängte sich bei ihm ein, sobald sie von der Tragfläche gesprungen war.

«Es ist lange her», sagte er zu Marianne. Er war noch hagerer geworden, aber dieser Eindruck konnte auch mit seiner tiefen Sonnenbräune zu tun haben.

Unter seinem intensiven Blick fühlte sie sich plötzlich an den Tag auf dem Swinemünder Flugplatz zurückversetzt. Sie lächelte ihn an. «Es freut mich, dich wiederzusehen, Charles.» Dieser Satz war meist nur eine Floskel, aber nicht in diesem Moment.

Charles deutete auf einen Wagen vor dem Flugfeld. «Ich bringe euch ins Hotel, der Termin heute Nachmittag ist um drei Uhr.»

«Ich habe übrigens in Saint-Louis einen Altertumswissenschaftler kennengelernt», sagte er, als sie in dem Hotelzimmer standen, das er für Marianne und Roseanne reserviert hatte. Aus seinem Ton wurde klar, dass er ihnen nicht grundlos von dieser Bekanntschaft erzählte. «Monsieur Garnier. Er schlägt jedes Jahr an einem anderen Ort in der Wüste sein Forschungscamp auf, um nach Siedlungsspuren entlang der alten Karawanenrouten zu suchen.» Als er so weit gekommen war, klopfte es an der Tür, und der Hotelpage brachte Gebäck und Getränke, die Charles bestellt hatte.

«Und?», fragte Marianne gespannt, als das Tablett auf dem Tisch stand und der Page mit einem Trinkgeld wieder hinausgegangen war.

«Monsieur Garnier ist ein seriöser und darüber hinaus sehr liebenswürdiger Wissenschaftler», erklärte Charles, als sei das die vordringlichste Information.

«Charles!», rief Roseanne.

«Und er hat seit Jahren eine heimliche Leidenschaft», er trank einen Schluck Tee, «und das ist Al Ghaba.» Er sah sie beide an, als müsse alle Welt wissen, was Al Ghaba war. Marianne lächelte unwillkürlich. Charles zögerte eine Mitteilung hinaus, von der er ahnte, dass sie seiner Schwester und wohl auch ihr gefallen würde.

Als Roseanne ein Zierkissen als Wurfgeschoss vom Sofa nahm, fügte er eilig hinzu: «Al Ghaba ist die Hauptstadt eines untergegangenen Reiches, die Garnier für sein Leben gern entdecken würde. Und er ist in seinem Wüstencamp, wenn ihr in Saint-Louis ankommt.»

Roseanne und Marianne hingen an seinen Lippen.

«Er würde ein paar Flüge über aussichtsreiche Al Ghaba-Standorte finanzieren, um von euch Luftaufnahmen machen zu lassen, die er für seinen Forschungsaufenthalt im nächsten Jahr auswerten kann.» Charles drehte sich zum Fenster um und gab vor, unbeteiligt hinauszusehen. «Ich könnte von Saint-Louis aus in das Camp vorausfahren und euch schon mal ein Zelt aufstellen.» Er wandte sich zu ihnen um. «Falls ihr den Auftrag wollt.»

Mit blitzenden Augen rief Roseanne: «Wollen wir diesen Auftrag, Marianne?» Darauf war keine Antwort nötig.

Bis zu ihrem Termin in der Fabrik hatten sie noch etwas Zeit, und so breitete Marianne eine Landkarte auf dem Tisch aus.

«Hier.» Roseanne tippte auf einen Ort etwas landeinwärts in

Französisch-Marokko. «*Marrakesch.* Wie das klingt! Nach langen Gewändern und Schlangenbeschwörern und gefliesten Innenhöfen mit einem kühlen Brunnen.»

Charles beugte sich über die Karte.

«Aber das wäre ein Umweg!», erklärte Roseanne. Sie hatten eine Linie an der westafrikanischen Küste entlanggezogen und mit Punkten die Etappen markiert.

«Wenn wir Gibraltar hinter uns haben, kommen Rabat, Casablanca und Agadir, dann ein paar kleinere Wüstenflugplätze, und schon sind wir bei deinem Handelskontor in Saint-Louis.» Ihr Zeigefinger stoppte an der Küste Senegals, das zu Französisch-Westafrika gehörte.

«Der reinste Sonntagsspaziergang. Am liebsten würde ich mitfliegen.» Roseannes Begeisterung rief einen zärtlichen Ausdruck in sein Gesicht.

«Von wegen.» Sie nahm seine Krawatte und ruckte ein paarmal leicht daran. «Du steigst in ein paar Tagen in eine Maschine der Air France oder in Marseille auf ein gemütliches Schiff, während wir in Paris und Berlin ein paar Unendlichkeiten lang auf Ämtern herumsitzen werden, um uns bei tausend Bürokraten tausend Stempel abzuholen.»

«Wolltest du nicht schon lange einmal in aller Ruhe *Krieg und Frieden* lesen? Die ganzen eintausendsechshundertvierundzwanzig Seiten?» Er brachte sich hinter dem Vorhang in Sicherheit, als sie mit dem Zierkissen nach ihm warf. «Nächstes Mal ist es der Tolstoi! Mit hartem Einband!» Roseanne griff nach einem weiteren Kissen.

«Friede!» Charles streckte den Arm hinter dem Vorhang heraus und wedelte mit seinem Taschentuch. «Marianne! Ich brauche Unterstützung, hier liegt ein schwerer Fall von Klassikerverschmähung vor.»

Marianne wusste nicht, wann sie sich das letzte Mal so unbeschwert gefühlt hatte. Sie alberten herum, ungezwungen und fröhlich, und niemand lauerte darauf, eine kritische Bemerkung anbringen zu können.

Der Fabrikdirektor war ein rotblonder Hüne mit hellblauen Augen. Er trug einen konservativen schwarzen Anzug zu einer Weste mit lebhaftem Muster in Dunkelrot, Blau und Grün, das sich in dem Einstecktuch seiner Brusttasche wiederholte. «Das sind also Ihre Piloten, Mijnheer Arnaud», sagte er, als sie von der Sekretärin in sein Büro geführt worden waren. Er verbeugte sich knapp vor Marianne und Roseanne. «Angenehm. Vermeulen.»

Kategorie B, dachte Marianne.

«Nun», er nahm einige Papiere von seinem Schreibtisch, «zu Ihren Fragen bezüglich der Beiladung.» Dann stürzte er sich in einen Vortrag über Faserqualitäten, Webdichten und Stoffbeschichtungen und begann hinterher, die Gewichtsklassen der Stoffballen aufzuzählen. «Bei uns meist etwa zwanzig bis dreißig Kilogramm», erläuterte er, «das hängt natürlich von der Länge der aufgewickelten Stoffbahn ab.»

Roseanne nickte pflichtschuldig. Mit diesen Informationen würden sie ausrechnen, wie die Fracht im Flugzeug verteilt werden musste, damit es weder in Schrägflug gezogen noch überladen wurde.

«Welche Maße haben die Ballen denn?» Marianne hatte eine Skizze mit den Abmessungen des Flugzeuginnenraums auf den Tisch gelegt.

Vermeulen stand auf, ging um den Schreibtisch herum und öffnete die Tür eines breiten Schranks. «Hier sehen Sie einige Muster. Die Stoffbahnen kommen mit einem Meter fünfzig Breite aus der Fertigung, dann werden sie einmal der Länge nach gefaltet und um einen längsrechteckigen Karton gewickelt.» Er bemerkte den ausdruckslosen Blick in Mariannes Gesicht, die sich auf ihrem Stuhl zu ihm umgedreht hatte. «Ja. Nun. Das ist wohl mehr für die Schneider interessant. Die Ballen sind also etwa fünfundsiebzig Zentimeter breit. Natürlich werden sie nicht so ausgeliefert, wie sie hier liegen, sondern einzeln in Kartonpapier eingeschlagen und verschnürt.» Aus dem Schrank leuchteten übereinandergelegte Stoffballen in klaren, strahlenden Farben heraus.

«Das ist …», begann Roseanne, die neben ihn getreten war.

«Sehr bunt», unterbrach er sie schulterzuckend, «ich weiß.» Das hatte er wohl schon oft gehört. «Bei uns ist damit kein Geschäft zu machen, zu grell für den hiesigen Geschmack, aber auf dem afrikanischen Kontinent verkaufen sie sich gut.» Roseanne strich mit der Hand über einen Ballen. Vermeulen nahm ihn heraus, legte ihn auf einen langen Präsentationstisch und zog mit einem kräftigen Ruck am losen Ende der Stoffbahn, sodass sich der Ballen einige Male hüpfend um sich selbst drehte und ein wogendes Muster aus Blau und Gelb über den Tisch floss.

«Wie lauter Wellen, die an den Strand laufen.» Roseanne verfolgte eine kurvige blaue Linie mit dem Zeigefinger.

Überrascht sah Vermeulen sie an. «Nun», er zögerte, «mir gefällt diese Farbenpracht auch. Und es ist sehr schön anzusehen, was die Schneider dort daraus machen. Eine ganz eigene Mode, muss ich sagen.»

Eine halbe Stunde später war die Beiladung geklärt. Vermeulen hatte eine Flasche Portwein und Gläser bringen lassen, während die Papiere fertig gemacht wurden, um auf dieses erste von hoffentlich zahlreichen weiteren Geschäften anzustoßen.

«Können wir uns nachher im Hotel treffen?» Roseanne stand an dem Präsentationstisch und ließ ihre Hand über den Stoff mit dem Wellenmuster gleiten. «Ich muss nämlich noch eine Windmühle kaufen.»

Vermeulen runzelte die Stirn bei dieser rätselhaften Bemerkung, lächelte dann ein wenig enttäuscht und öffnete ihr die Tür.

«Es war mir eine große Freude, Sie kennenzulernen», sagte er mit einer Verbeugung, «und gute Reise, wenn es so weit ist.»

Als Charles und Marianne auf die Straße traten, war noch einmal die Sonne herausgekommen und hatte den grauen Oktobertag in Glanz getaucht.

«Wir könnten zu Fuß gehen», sagte Charles, «es gibt einen Weg am Fluss entlang.»

Sie sprachen noch eine Weile über den Flug und Roseannes Freude über die bunten Stoffe, mit der sie Mijnheer Vermeulen bezaubert hatte, dann gingen sie schweigend weiter. An diesem Wochentag waren nur sehr wenige Spaziergänger unterwegs. Gemächlich strömte der schmale Fluss unter Weiden und Ahornbäumen dahin, und es war kaum etwas anderes zu hören als das Fließen des Wassers und das Knirschen ihrer Schritte auf dem Sandweg. Marianne hatte den Eindruck, die friedliche Stimmung geradezu einatmen zu können. Zugleich war ihr sehr bewusst, wie dicht Charles neben ihr ging. Ich war eigentlich noch nie mit ihm allein, dachte sie. Bei den wenigen Gelegenheiten, zu denen sie sich gesehen hatten, waren immer andere dabei gewesen.

Bis auf diesen Moment am Flugplatz von Swinemünde. Als nach der ersten Begrüßung sofort dieser vertraute Ton zwischen ihnen geherrscht hatte. Die gleiche Nähe, die nun diesen schweigsamen Spaziergang zu begleiten schien. Damals war ihr unter Charles' intensivem Blick flau geworden, und sie hatte diese Empfindung ihrem allgemeinen Gefühlsüberschwang so kurz vor der Hochzeit zugeschrieben.

Aber vielleicht, ging es ihr jetzt durch den Kopf, habe ich auch unwillkürlich einen Bogen darum gemacht. Ohnehin war sie zu jung gewesen, um zu erkennen, was in diesen wenigen Momenten vor sich ging. Denn auch wenn es ihr nicht bewusst gewesen war – Charles hatte sie nicht einfach nur durchdringend angesehen, sondern auch fordernd, begehrend, und darauf hatte ihr Körper unvermittelt ein Echo gegeben, auf das sie nicht gehört hatte, das sie nicht einmal verstanden hatte. Eine unwillkürliche Reaktion, die einen heftigen Gegensatz zu der über Jahre langsam erfolgten Annäherung an Hermann bildete, die dabei gewesen war, in eine zuverlässige Ehe zu münden, in der sie ihre Freiheit behalten würde.

Marianne fragte sich, wie sich diese vielleicht dreißig Sekunden nach beinahe sechs Jahren mit solcher Kraft zurückmelden konnten.

Vor ihnen verengte sich der Flusslauf bei einer Biegung nach rechts, die von einer Brücke überspannt wurde. «Dort müssen wir rüber», sagte Charles. Das Wasser strömte an der Engstelle schneller, rauschte mit weißem Schaum über dicke Steine im Flussbett.

Auf der Brücke blieben sie unter den ausladenden Zweigen einer herbstlich gelb gefärbten Weide stehen. Die Blätter, die schon herabgefallen waren, bildeten einen goldenen Teppich unter ihren Füßen. «Ein herrlicher Anblick», sagte Marianne, als sie über das glitzernde Wasser schauten. Sie stützte sich auf das Geländer, Charles tat in demselben Moment das Gleiche, und so lag mit einem Mal seine Hand auf ihrer.

Ein Stromstoß schien ihren Arm hinaufzulaufen und breitete sich kribbelnd über ihre Schultern, ihren Rücken und überallhin aus. Marianne erstarrte. Ich sollte meine Hand wegziehen, dachte sie. Doch sie konnte es nicht, wollte es nicht. Und Charles offenbar ebenso wenig. Ihre Hände waren wie aneinandergeschweißt von der Energie, die zwischen ihnen floss. Vor ihnen schimmerte der Fluss im Sonnenlicht und verlor sich mäandernd in der flachen Landschaft. Dann ließ ein Windzug die herabhängenden Zweige des Weidenbaums schwingen, sodass sie mitten in dem sonnendurchwirkten Flirren der länglichen, goldgelben Blätter standen.

Ohne ein einziges Wort versenkten sie sich in einen langen, immer leidenschaftlicheren Kuss. Marianne schob jeden Gedanken beiseite, erlaubte sich vollkommene Hingabe an den Moment. Als Charles seinen Daumen über ihren Hals gleiten ließ, spürte sie jedes einzelne der mikroskopisch feinen Härchen auf ihrer Haut, und das rauschende Blut in ihren Ohren verband sich mit dem Rauschen des Flusses und dem Goldgeflitter des Weidenlaubs zu einer alles durchpulsenden Empfindung, die sie beinahe von den Füßen hob.

«An diesem Flughafen vor Roseannes Bruchlandung», sagte Charles ein wenig später. Er hatte ihr den Arm um die Schultern gelegt, und sie schauten wieder über den Fluss hinaus.

«Ja.» Es war nicht nötig, dass er genauer erklärte, woran er dachte.

«Ich kannte dich bis dahin nur als Roseannes Internatsfreundin, aber als ich dich dort wiedergesehen habe, warst du … verwandelt. Und ich wusste in diesem Augenblick, dass es für mich niemals eine andere Frau geben wird.»

Es klang so einfach. Keine Zweifel, nur Gewissheit.

«Aber ich war zu diesem Zeitpunkt verlobt und hätte das Heiratsversprechen nicht gebrochen, und du warst auf dem Weg zu deiner Hochzeit.» Mit dem Blick folgte er einem rot gefärbten Ahornblatt, das auf dem Wasser tanzte.

«Das ist Jahre her.» Marianne war bewusst, dass sie Ausflüchte machte, und sie wusste, dass er es wusste. Aber sie musste es sagen.

«Es tut mir leid.» Er verstärkte den Griff um ihre Schulter. «Ich hätte dir das nicht sagen sollen, und vor allem hätte ich nicht …»

«Nein, Charles.» Sie hatte etwas Falsches getan, und doch hatte es sich richtig angefühlt. Das letzte flirrende Licht hüllte sie ein wie ein golddurchwirkter Mantel. «Es war ein verzauberter Moment.» Sie suchte nach dem roten Ahornblatt. Doch es war von der Strömung davongetragen worden.

Eine Weile hörten sie dem Glucksen des Wassers zu. «Du weißt, dass du Unsinn geredet hast, oder?», sagte Marianne dann. «Es gibt eine andere Frau für dich, wahrscheinlich sogar Dutzende, die mit dir glücklich wären, so wundervoll, wie du bist.» Sie lachte ein bisschen.

«Glaubst du, dass eine Frau mit mir glücklich sein könnte, wenn ich mit ihr nicht glücklich wäre?»

«Es gibt viele Arten des Glücks … oder der Zufriedenheit.»

«Ja, die gibt es.» Marianne verlor ein wenig das Gleichgewicht, als er den Arm von ihrer Schulter nahm. Er stützte sich mit beiden Händen auf das Geländer und schaute auf das schäumende Wasser hinab. «Du musst zurückgehen», stellte er fest.

Sie brauchte einen Augenblick, um zu begreifen, wie leicht er es ihr damit machte, und deshalb fielen ihr die nächsten Worte noch schwerer. Aber sie trug Verantwortung für eine Ehe, für eine Familie, für einen Sohn, der seine Mutter und seinen Vater brauchte. «Ja. Mein Leben ist in Berlin.»

Charles nickte. Der Wind spielte mit einer Locke, die in seine Stirn hing. Marianne betrachtete seinen ausdrucksvollen Mund. Die geschwungene Oberlippe. Das blasse Rot mit den kaum sichtbaren Fältchen der breiteren Unterlippe. Die Lippen, die über ihren Hals gestreift waren. Entschlossen sah sie woandershin.

«Ich muss das hier vergessen, Charles», sagte sie, «wir müssen es vergessen.»

«Das ist unmöglich.» Er starrte auf den Fluss, über den sich nach dem strahlenden Herbstlicht dunstiges, pastellenes Abendrot senkte.

«Du musst mir etwas versprechen.»

Widerstrebend wandte er sich ihr zu.

«Versprich, dass du mir in Zukunft wie früher begegnest. Wie der Freundin deiner Schwester, nicht wie …»

«… der Frau meines Lebens.» Er hob die Hand, um sie ihr auf den Arm zu legen. Dann ließ er sie wieder sinken, ohne Marianne berührt zu haben.

«Sonst werden wir uns nicht wiedersehen», ihre Worte waren nur noch ein Hauch, «es wäre zu schwer.»

Charles schwieg.

«Versprichst du mir das?», fragte Marianne.

Sie las ihm die Bestätigung am Gesicht ab. «Es gibt viele Arten des Glücks», sagte er schließlich.

Am nächsten Mittwoch kam Marianne nachmittags wieder in Berlin an. An der Mittelstrebe des verglasten Cockpits schaukelte ein kleiner Holzvogel an einer Schnur. Roseanne hatte ihn zusammen mit einer Spielzeug-Windmühle für Johann in Holland gekauft und an die Mittelstrebe gebunden, bevor sie mit Charles nach Paris losgefahren war. Die einfache Schnitzerei mit den ausgebreiteten Schwingen mochte eine Möwe, einen Raben oder irgendeine andere Vogelart im Flug darstellen, aber Roseanne bestand darauf, dass es sich nur um einen Mauersegler handeln konnte.

Auf dem Flug hatte sich Marianne ein letztes Mal gestattet, an die Brücke über den Fluss zu denken. Sie rief sich den Moment vor Augen, in dem sie mit Charles wie in einer goldenen Kugel auf dem Blätterteppich unter den herbstgelben Weidenruten gestanden hatte, dann drängte sie den Gedanken weit weg. Ihre Entscheidung war richtig. Sie hatte sich fest versprochen, ihre Familie und Johanns Zuhause nicht aufs Spiel zu setzen.

Als sie aus der Maschine stieg, sah sie eine Gruppe an der Halle des Flughafens stehen. Erst auf den zweiten Blick erkannte sie, dass es Hermann, Bernhard und Ruth mit Johann an der Hand waren. Es kam zwar vor, dass sie abgeholt wurde, doch das war selten, und nun waren sie gleich zu viert. Zudem hatte Marianne angenommen, Ruth und Bernhard wären in Zinnowitz. Obwohl sie schon über das Rollfeld ging, rührte sich noch einen Moment lang keiner der anderen, als wollten sie irgendetwas hinauszögern.

Mit einem unguten Gefühl umschloss Marianne den Schulterriemen ihrer Tasche fester und verlangsamte unwillkürlich den Schritt. Die anderen gingen inzwischen auf sie zu. Als sie voreinander stehen blieben, schillerten Tränen in Ruths Augen. «Papa», sagte sie nur und schmiegte sich an Mariannes Schulter.

Auf dem Weg zur Bayernallee erzählte Ruth, was geschehen war. Nachdem ihr Vater morgens nicht zum Frühstück heruntergekommen war, hatte Henriette nach ihm gesehen und ihn leblos in seinem Schlafzimmer gefunden. Der Arzt hatte nichts mehr für ihn tun können.

«Herzinfarkt», murmelte Ruth.

Henriette kam mit verweinten Augen an die Tür und schloss Marianne fest in die Arme, wie sie es nicht mehr getan hatte, seit Marianne verheiratet und damit eine «Dame» geworden war.

«Wo ist er?», fragte Marianne.

«Wir haben das kleine Wohnzimmer umgeräumt», sagte Ruth.

Ohne ihre Jacke auszuziehen, ging Marianne ins kleine Wohnzimmer, das hauptsächlich früher von ihrer Mutter benutzt worden war, wenn sie ihre Freundinnen zum Tee eingeladen hatte. Die Vorhänge waren zugezogen, und das Licht im Raum kam von Kerzen, die auf hohen Ständern um das Kopfende des Tisches gruppiert waren, auf dem man ihren Vater aufgebahrt hatte.

Der Kerzenschein fiel über das bleiche Gesicht mit dem weißen Haar, den schwarzen Anzug, in den er eingekleidet worden war, und die zum Gebet gefalteten Hände. Marianne trat an den Sarg und hielt sich an seinem Rand fest. Hatte ihr Vater jemals im Leben auf diese Art die Hände gefaltet? Diese Handhaltung wirkte fremd, ebenso wie sein Gesicht mit den eingefallenen Wangen, der zu spitzen Nase und dem ausdruckslosen Mund, das nichts mehr von der Energie und der Freundlichkeit zu erkennen gab, die ihn ausgezeichnet hatten. Nur die Falten um seine Augen und auf seiner Stirn schienen noch etwas von seinem Wesen auszudrücken, eingeprägt von ungezählten Reaktionen seines Mienenspiels auf das, was ihn umgeben hatte.

Es war unbegreiflich, dass dieser Tote ihr Vater sein sollte, unbegreiflich, dass ihr Vater dieser Tote sein sollte. Ein unbekanntes Gefühl der Leere breitete sich in Marianne aus. Nach einem Moment trat Ruth zu ihr und nahm ihre Hand. Obwohl Marianne den Leichnam vor sich hatte, machte ihr erst diese körperliche Berührung tatsächlich bewusst, dass ihr Vater für immer gegangen war. Eine der Tränen, die von ihren Wangen rollten, zerplatzte auf dem Rand des Sarges, und Marianne spürte winzige Tröpfchen auf ihre Hand spritzen.

Wortlos räumte Henriette das Abendessen ab, das sie kaum angerührt hatten. «Ich bringe Ihnen einen Tee ins Wohnzimmer», sagte sie, während aus dem Arbeitszimmer das Läuten des Telefons zu hören war. Die Nachricht verbreitete sich schnell.

«Könnten Sie Johann in meinem alten Zimmer zu Bett bringen?», fragte Marianne und stand auf, um ans Telefon zu gehen.

«Wir werden die nächsten Tage hier bleiben», sagte Ruth, als sie beim Tee saßen.

«Danke», sagte Marianne. «Es gibt sicher viel zu regeln.» Ihr gingen Fragen durch den Kopf, die jetzt zu beantworten waren, die Organisation all dessen, was nun zu tun war.

Ruth ließ sich mit ihrer Teetasse neben Bernhard auf dem Sofa zurücksinken. «Es ist schon alles geregelt», sagte sie.

Hermann schüttelte den Kopf. «Weißt du, Ruth», er beugte sich etwas vor, als hätte sie die Situation nicht richtig verstanden, «wir müssen uns jetzt um vieles kümmern. Die Anzeige in der Zeitung, die Bestattung, wie es in dem Büro weitergehen soll und … ob euer Vater weitergehende Bestimmungen getroffen hat.»

«Wie gesagt», Ruth stellte ihre Tasse ab, «es ist alles geregelt. Papa hat dieses Frühjahr sämtliche Vorbereitungen getroffen.»

«Vorbereitungen?» Davon hatte Marianne nichts gewusst. «Aber warum? War er krank?» Hatte er mit Ruth über eine Krankheit, vielleicht eine Herzschwäche gesprochen, die er ihr verschwiegen hatte?

«Überhaupt nicht», sagte Ruth. «Er war überhaupt nicht krank, und sein Tod ist für seinen Arzt genauso überraschend gekommen wie für uns alle.» Sie unterbrach sich kurz, suchte nach den richtigen Worten. «Aber er hat gesagt, er wollte seiner Verantwortung nachkommen, weil man nie weiß, was morgen ist. Und damit hatte er ganz recht, wie wir sehen.» Sie zog ihr Taschentuch aus dem Ärmel und tupfte sich die Augen ab. «Jedenfalls», fuhr sie fort, als sie wieder sprechen konnte, «wollte er uns möglichst wenig aufbürden, wenn es so weit ist. Der Anwalt wird dafür sorgen, dass alles Notwendige in Gang gesetzt wird.»

Trotz ihrer Trauer klang ihre Stimme fest. Marianne dachte an die unsichere Heranwachsende von einst. Das war Ruth schon lange nicht mehr, sondern eine kluge, der Realität zugewandte Frau und eine Tochter, die sich mit ihrem Vater übers Sterben unterhalten hatte.

Bernhard legte Ruth den Arm um die Schultern. «Es steht sogar fest, welche Todesanzeige in welche Zeitung kommt und wer zu der Beerdigung eingeladen wird.» Den Zusatz «beziehungsweise wer nicht» sparte er sich. Sein Schwiegervater hatte sich von früheren Weggefährten, die jetzt das Parteiabzeichen am Revers trugen, keine heuchlerischen letzten Grüße ins Grab nachrufen lassen wollen. Er hob das Kinn Richtung Tür. «Drüben im Arbeitszimmer ist ein vollständiger Satz Unterlagen, ein zweiter liegt bei Jäger.» Jäger war der Anwalt ihres Vaters. «Euer Vater hat alles mit mir durchgesprochen. Ich habe ja ein paar Semester Jura studiert, bevor ich zur Medizin gewechselt bin», er lächelte flüchtig, «und er hat mich als Testamentsvollstrecker eingesetzt.»

Hermann, der in dem Sessel neben Marianne saß, schlug die Beine anders übereinander. Diese Mitteilung gefiel ihm nicht. Er war wohl der Meinung, als älterer Schwiegersohn größere Rechte auf diese Verantwortung zu haben.

«Warum hat er uns nichts davon gesagt, wenn er es mit euch besprochen hat?», fragte Marianne, bevor Hermann etwas sagen konnte.

«Was mich angeht», sagte Ruth leichthin, «lag es wahrscheinlich einfach daran, dass ich noch hier gewohnt habe, als er sich mit diesem Thema auseinandergesetzt hat. Und Bernhards Rolle», sie errötete leicht, «nun ja, vielleicht wollte Papa für so etwas wie einen Ausgleich sorgen, nachdem Hermann wahrscheinlich mit dem Architekturbüro mehr oder weniger sein Lebenswerk übernimmt.» Die Situation war ihr sichtlich unangenehm, aber ihre Erklärung war bei Hermann angekommen, und er entspannte sich in seinem Sessel.

«Ich bleibe heute Nacht hier», sagte Marianne zu Hermann, nachdem eine Zeitlang Stille geherrscht hatte, «ich möchte mich zu ihm setzen.»

«Hatte Papa noch einen anderen Grund für diese Regelung?», fragte Marianne später, als sie mit Ruth bei ihrem Vater saß.

«Warum fragst du das?»

Marianne dachte darüber nach, ob sie ihre Vermutung aussprechen sollte, doch dann entschied sie sich dagegen. Ihre Gedanken waren noch zu unfertig, um sie mit jemandem zu teilen. «Einfach so. Oder vielleicht kratzt es mich, dass ich nichts davon wusste.»

«Dazu besteht nicht der geringste Grund.» Das Kerzenlicht ließ Ruths Gesicht weich und jung wirken. «Ich kann dir haarklein erzählen, wie die Gespräche mit Papa verlaufen sind, wenn du das willst.» Sie sah Marianne mit ernster Miene an.

«Ja, vielleicht, aber nicht heute Nacht.» Marianne betrachtete ihren Vater oder zumindest die Hülle, die ihn beherbergt hatte. Die

Haut seines Gesichts wirkte inzwischen trotz der Falten seltsam glatt und sein Mund mehr in die Breite gezogen.

«Glaubst du eigentlich daran, dass er jetzt mit Mama zusammen ist?», fragte sie nach einer ganzen Weile.

«Etwas anderes haben wir nicht gelernt», gab Ruth zurück, deren Blick ebenfalls auf ihrem Vater ruhte. «Und du?»

«Ich weiß nicht. Es ist ein schöner Gedanke.» Sie sprach nicht weiter. *Im Himmel.* Waren ihre Eltern jetzt im Himmel und sahen auf sie herab? Aber wo sollte dieser Himmel sein? Sie dachte an ihre Flüge, die sie weit nach oben in die Richtung dessen getragen hatten, was landläufig als der Himmel galt. Sie hatte dort oben nichts gesehen, was auf ein Leben im Jenseits verwies, aber sie hatte unglaubliche, ergreifende Schönheit erlebt. Silbrig glitzernde Flüsse, Wolkentürme im Morgenrot, Vogelschwärme in mäandernden Linien auf dem Weg in den Süden oder den Norden, die wie von einer unbekannten Macht gelenkt wirkten, von einem Rhythmus, in dem alles auf der Welt ineinanderzugreifen zu schien. Auch wenn sie keine Erklärung dafür hatte, konnte sie sich trotz all ihres technischen Wissens und ihrer Bildung nicht vorstellen, dass diese großartige Schöpfung nur ein Zufallsprodukt der Natur sein sollte.

V

Zwei Wochen später fuhr Juliane zum Geburtstag ihrer Mutter nach Braunschweig. Johann hatte abgewinkt, als sie ihn mitnehmen wollte.

«Ich muss sagen, mein Julchen», ihr Vater hielt sie bei der Begrüßung an den Oberarmen von sich, «du siehst so gut aus wie schon lange nicht mehr.» Er drehte sich zu ihrer Mutter um. «Schau mal, was aus unserer Stubenpflanze geworden ist!»

«Herzlichen Glückwunsch zum Geburtstag, Mama», sagte Juliane und reichte ihr den Blumenstrauß, den sie nach Johanns Aufforderung im Garten gepflückt hatte. «Und von Johann auch alles Gute.»

«Danke.» Ihre Mutter musterte sie, und Juliane machte sich auf eine Bemerkung zu ihrem arbeitsfreien Lotterleben gefasst, doch dann sagte sie nur: «Du siehst wirklich gut aus.»

«Es ist noch Kaffee in der Maschine», Julianes Vater hob das Kinn Richtung Küche, «willst du eine Tasse?» Sie nickte. «Für eins habe ich einen Tisch im Löwenstein bestellt. Danach gehen wir eine Runde spazieren, und wenn wir dann völlig entkräftet sind, essen wir ein Stück Kuchen im Schäfers Ruh. Was sagst du dazu?» Bevor Juliane seine Frage beantworten konnte, redete er schon weiter über den selbst gemachten Apfelstrudel, den sie dort hatten. Er war einfach bester Laune und freute sich auf den Familientag.

«Vielleicht dauert ihr das zu lange», sagte ihre Mutter. «Willst du heute wieder zurückfahren?»

«Nein, ich bleibe hier. Hab mich für den Abend mit Dani verabredet. Die aus der Schule, wisst ihr?»

«Welche war noch mal Dani?», wollte ihr Vater wissen.

«Die mit den Locken wie ein Rauschgoldengel.» Juliane lachte, so treffend hatte ihre Mutter Danis Haarpracht beschrieben. «Hat sie die noch?»

«Nein, schon lange nicht mehr.» Ihr fiel ein, dass sie mit Dani noch keinen Treffpunkt ausgemacht hatte.

«Du musst zu mir kommen», sagte Dani gleich darauf am Telefon, «ich muss heute babysitten.» Aus dem Hintergrund ertönte ein empörter Protestruf.

«Und was machst du den ganzen Tag an der Ostsee?» Es war klar gewesen, dass ihre Mutter so etwas früher oder später fragen würde.

«Schwimmen gehen. Die Gegend besichtigen. Unkraut jäten.»

«Unkraut jäten!», rief ihr Vater. «Inge, das muss ein Zaubergarten sein.»

Juliane zog ein Gesicht. Aber sie konnte sich selber gut daran erinnern, dass sie sich früher mit Händen und Füßen geweigert hatte, in dem kleinen Vorgarten mitzuhelfen. «Was ist eigentlich aus Johanns Mutter geworden?», fragte sie.

«Wie kommst du denn jetzt darauf?»

«Na ja, in dem Zimmer, in dem ich schlafe, hab ich Sachen von ihr im Schrank gesehen, als ich was zu lesen gesucht habe.»

Ihre Mutter sah sie an, als wäre sie kurz davor, sie zu rügen.

«Da waren auch Fotos. Sogar welche von Oma und Opa.» Sie nahm ihr Smartphone. «Schaut mal, hab ich abfotografiert.» Sie hielt ihrer Mutter das Bild von dem Aufbruch zum Opernbesuch hin. «Kennst du das? Sie sehen richtig glücklich aus.»

Ihre Mutter beugte sich mit dem Smartphone ein wenig zum Fenster und sah sich das festlich gekleidete, heitere Paar eine ganze Weile an. «Nein», sagte sie schließlich, «das kannte ich nicht.»

«Ich leite es dir weiter oder lasse einen Abzug machen, wenn du willst.» Auf das Gesicht ihrer Mutter trat ein merkwürdig unentschlossener Ausdruck.

«Ja, mach einen Abzug für uns», sagte ihr Vater, der sich das Smartphone hatte weitergeben lassen.

«Johanns Mutter war Pilotin», lenkte Juliane das Gespräch wieder zurück. «Eine von diesen unglaublich fortschrittlichen Frauen damals. Ich habe im Internet ein paar Artikel darüber gelesen. Total interessant. Deswegen will ich jetzt natürlich mehr über sie wissen.» Dabei beließ sie es. Sie scheute sich vor der Frage, wie sich Johanns Mutter in der NS-Zeit verhalten hatte. Und Johann selbst hatte sie natürlich auch nicht danach gefragt, davon abgesehen, dass er dadurch wahrscheinlich auf ihr neugieriges Herumgestöbere gekommen wäre.

«Ich glaube, sie ist jung gestorben, sonst wäre Johann ja nicht bei Mutter aufgewachsen.»

«Er ist bei Oma aufgewachsen?»

«Die meiste Zeit jedenfalls.»

«Was war denn mit seinem Vater?»

«Die Ehe war anscheinend eine Katastrophe. Mutter hatte kein gutes Wort für ihn übrig. ‹Er ist schuld an dem, was passiert ist›, hat sie einmal gesagt.»

«Schuld woran?»

«Das habe ich auch gefragt, aber sie wollte nicht antworten. Meinte, sie hätte jetzt wahrhaftig andere Sorgen. Und die hatte sie auch. Gerade war ja Vater gestorben.» Sie schaute zu dem Sideboard neben dem Fernseher, auf dem ein paar gerahmte Fotoporträts standen.

Julianes Großmutter hatte auch als ältere Frau sehr gut ausgesehen. Trotz des strengen Zugs um ihren Mund. Ihr Großvater dagegen bot einen geradezu erschreckenden Anblick. Als Kind hatte sich Juliane vor diesem Bild beinahe gefürchtet. Ihr Großvater wirkte greisenhaft und verbraucht, obwohl er nur dreiundfünfzig Jahre alt geworden war. Aus dem weißen Hemd, das er zu der schwarzen Anzugjacke trug, ragte ein magerer, faltiger Hals empor. Unter seinem Gesicht mit den tief in den Höhlen liegenden Augen und den eingefallenen Wangen ahnte man die Formen seines Schädels wie einen Totenkopf. Eine Wirkung, die durch das mit Pomade eng zurückgekämmte Haar noch betont wurde. Aber vor allem sah er mit einem düsteren Nicht-Blick in die Kamera, zurückgezogen in sein eigenes, inneres Dämonenreich.

«Nach seinem Tod hat sie noch mehr in dem Hotel gearbeitet», sagte Julianes Mutter, «manchmal zwei volle Schichten hintereinander.»

«Warst du da noch in der Schule?»

«Nein, ich hatte schon mit der Lehre angefangen. Mutter wollte unbedingt, dass ich so schnell wie möglich berufstätig werde.» Sie sah einen Moment lang schweigend vor sich hin.

Hat sie damals von etwas ganz anderem geträumt?, ging es Juliane durch den Kopf. Dann fragte sie: «Damit du selbständig bist, wenn ihr auch noch etwas passiert?»

«Das sicher auch. Wir hatten hier ja niemanden außer uns, keine weitere Familie oder andere verlässliche Beziehungen. Aber das war es nicht allein. Sie hatte noch ein anderes Credo. ‹Wir haben es nicht nötig, uns etwas schenken zu lassen, Inge.›»

Frappiert sah Juliane ihre Mutter an. Ihre Stimme hatte bei diesem Satz nicht verstellt, sondern wirklich so geklungen, als spräche eine andere Frau aus ihr.

«Sie war eine sehr stolze Person», erklärte Julianes Vater, der bisher geschwiegen hatte. «Wollte niemandem etwas schuldig bleiben. Das war teilweise beinahe ein bisschen wahnhaft, oder, Inge?» Dazu schien Julianes Mutter nichts sagen zu wollen, aber sie stritt es auch nicht ab. «Und was ihre Marotte mit dem Bargeld angeht …»

«Wir hatten ja kaum etwas, vor allem in den ersten Jahren», erklärte ihre Mutter, «was sie verdiente, reichte gerade so. Trotzdem hat sie versucht, einen Notgroschen anzulegen. Hat ab und zu hundert Mark zusammengekratzt.» Ihr Blick wanderte erneut zu dem Foto auf dem Sideboard. «Aber zu Banken hatte sie kein Vertrauen, dort hat sie nur die laufenden Überweisungen abgewickelt. Das andere Geld hat sie zu Vater gebracht.»

«Aber war Opa da nicht schon …», begann Juliane, bevor sie begriff, was ihre Mutter gemeint hatte, und leiser hinzusetzte: «… gestorben?»

«Auf dem Grab steht doch eine Pflanzschale, Julchen.» Juliane sah ihren Vater an. Diese Schale wurde mehrere Male im Jahr mit neuen Pflanzen bestückt.

«Deine Großmutter hatte sich aus dem Boden eines Putzeimers eine passende Scheibe zurechtgeschnitten und damit einen doppelten Boden in der Unterschale hergestellt.»

«Das ist …» Juliane wusste nicht, wie sie reagieren sollte. Es war irgendwo eine lustige Vorstellung, dass ihre Großmutter Hundertmarkscheine auf den Friedhof getragen hatte, aber gleichzeitig war es überhaupt nicht lustig. Wie absolut musste ein Mensch von Misstrauen gegen die gesellschaftlichen Institutionen beherrscht werden, um so etwas zu tun?

«Der etwas besondere Sparstrumpf», sagte Julianes Vater, und die Lachfältchen um seine Augen vertieften sich ein wenig. «Ich selbst wurde erst über zwei Jahre nach unserer Heirat ins Vertrauen gezogen. Ab dann sind wir manchmal zusammen hin, wenn es wieder so weit war. Und ich habe Schmiere gestanden.» Er lachte laut auf. «Das waren eigentlich immer sehr schöne Nachmittage, oder, Inge?»

Doch die schien weniger zum Lachen aufgelegt. «Ich bin bloß froh, dass es nie jemand gestohlen hat.»

Juliane schüttelte den Kopf. «Nehmt ihr mich gerade auf den Arm?»

«Wieso? Du warst doch ein paarmal selbst dabei. Kannst du dich denn gar nicht erinnern?»

«Da war sie noch zu klein», sagte Julianes Mutter.

«Nicht zu klein, um unter dem Efeu einen Regenwurm auszugraben und beinahe aufzuessen.»

«Paps!», rief Juliane angewidert.

«Was denn? Du kannst dich doch an nichts erinnern. Anders als der arme Regenwurm. Der war bestimmt fürs Leben traumatisiert.» Er sprang auf und ging zur Tür. «So, meine Damen, ich denke, wir sollten langsam los.»

Das Essen im Löwenstein war köstlich. Der Wirt, dem Julianes Vater von dem Anlass erzählt hatte, kam mit einer Sektflasche und Gläsern an den Tisch und ließ ihre Mutter so laut hochleben, dass ihr die anderen Gäste quer durch das Lokal Glückwünsche zuriefen. Wie immer, wenn sie im Mittelpunkt stand, zog Julianes Mutter die Schultern nach vorn und lächelte verlegen.

Bei dem Spaziergang und in Schäfers Ruh, einem wundervoll gelegenen, über hundert Jahre alten Ausflugslokal, erzählten Julianes Eltern von ihrer nächsten Reise. Sie würden wieder mit ihren alten Freunden unterwegs sein, einem Ehepaar und einem Witwer, und Juliane beneidete sie beinahe, als ihr Vater beschwingt von den Schönheiten berichtete, die am Lago Maggiore auf sie warteten. Ihre Mutter warf nur hier und da eine Bemerkung ein, aber sie fühlte sich erkennbar wohl. Meine Eltern sind ein harmonisches Paar, ging es Juliane durch den Kopf, trotz all ihrer Verschiedenheit. Darüber hatte sie noch nie nachgedacht. Wahrscheinlich, weil es, selbst wenn es Streit zwischen den beiden gab, noch nie einen Anlass gegeben hatte, diese Gemeinsamkeit anzuzweifeln.

Ihr lebhafter, oft zu Scherzen aufgelegter Vater hatte auch eine andere Seite, und er sorgte mit seiner Zuverlässigkeit und seiner menschlichen Einsicht wie mit einem Unterstrom für das Gefühl von Bindung und Sicherheit. «Deine Mutter hat mich vor meiner Wildheit gerettet», hatte er Juliane einmal gesagt und dabei ganz und gar nicht so ausgesehen, als würde er spaßen, «sonst wäre ich wahrscheinlich an den ganzen Drogen draufgegangen, die ich mir reingezogen habe.» Es hatte geklungen, als hätte er niemals zu dem Menschen werden können, der er jetzt war, wenn er ihrer geerdeten und manchmal auch sehr grundsätzlich argumentierenden Mutter nicht begegnet wäre.

Als sie wieder zu Hause waren, erklärte ihr Vater, dass er sich für ein halbes Stündchen hinlegen würde. Juliane setzte sich mit ihrer Mutter ins Wohnzimmer und musste wieder an ihre Großmutter denken, die ihre mühsam abgeknapsten Ersparnisse auf den Friedhof getragen hatte. Und an ihre Schwester, Johanns Mutter, von der sie immer noch nicht viel mehr wusste.

«Gibt es eigentlich noch Unterlagen von Oma?», fragte sie.

«Diese alten Geschichten lassen dir keine Ruhe, seit du bei Johann bist, oder?»

«Ich bin ja nur zufällig darauf gestoßen. Aber dabei ist mir aufgefallen, dass ich eigentlich von früher nichts über unsere Familie weiß.» Juliane zog die Beine unter sich aufs Sofa. «Hab ja auch nie danach gefragt.»

Ihre Mutter nickte.

«Es ist dort an der Ostsee so … anders», fuhr Juliane fort, «und ich kann die Verbindung nicht herstellen, obwohl du mir gesagt hast, dass du selbst als Kind dort gelebt hast und auch in dem Sommerhaus warst.»

«Und warum findest du das jetzt so wichtig?»

«Ich weiß eigentlich nicht, ob es wichtig ist. Es ist mehr so was wie Neugier oder», sie versuchte sich beim Sprechen über ihre Motive klarzuwerden, «oder so was wie einen Anker in die Vergangenheit werfen. Aber klar», schwächte sie sofort darauf mit einem Blick auf ihre Mutter ab, «vielleicht ist es auch nur eine Reaktion darauf, dass ich zurzeit nicht weiß, wie es mit mir weitergehen soll.» Sie wartete auf eine der herben Bemerkungen, die ihre Mutter so gern von sich gab.

Doch stattdessen kam die Frage: «Warst du auch in Zinnowitz?»

«Ja. Es ist sehr hübsch dort mit den renovierten alten Häusern, fast ein bisschen zu herausgeputzt.» Zu spät fiel Juliane ein, dass sie das vielleicht besser nicht gesagt hätte. Ihre Mutter hatte ja erzählt, dass ihr Elternhaus in der DDR-Zeit abgerissen worden war, doch daran schien sie gerade nicht zu denken.

«Immerhin», sagte sie nur. Dann erinnerte sie sich an Julianes Frage. «Auf dem Speicher ist ein Karton mit Sachen von Oma. Ich fürchte aber, es sind nicht viel mehr als ihre Lohnabrechnungen.»

Juliane bremste sich, sonst wäre sie sofort losgelaufen. Stattdessen fragte sie ruhig: «Kann ich mal nachsehen?»

«Ja, mach nur.» Ihre Mutter stand auf, weil das Telefon klingelte. Auf dem Weg die Treppe hinauf hörte Juliane, wie sie sich für einen Glückwunsch zum Geburtstag bedankte.

Im Speicher musste sie einen Moment warten, bis die Energiesparlampe der ersten Generation, die wie durch ein Wunder immer noch hielt, endlich ihre funzelige Leuchtkraft entwickelte. Der Raum dort oben war nur in der Mitte unter dem Dachfirst hoch genug zum Stehen, und dort erstreckte sich ein vollgestelltes Regal über die gesamte Länge des Speichers. Juliane las die Beschriftungen auf den Schachteln und Kartons, für die sie plötzlich sehr dankbar war, obwohl sie früher mit Vorliebe darüber gespottet hatte, dass ihre Mutter Etiketten für den Speicher und den Keller schrieb. Sie hatte sich dafür sogar ein Buchstabenlineal und einen Spezialstift von Rotring zugelegt, wie sie ihn an ihrem Arbeitsplatz benutzte. Mit der Hand an dem Regal entlanggleitend, ging Juliane bis zum Giebel, entdeckte aber keine passende Beschriftung, nur so etwas wie WEIHNACHTSBELEUCHTUNG und SKIANZUEGE. Dann stand da eine riesige Verpackung in Bonbonfarben. Sie brauchte keine Beschriftung, weil das rosa-weiße Prinzessinnenschloss in Originalgröße darauf abgebildet war. Juliane musste lächeln. Wahrscheinlich befand sich auch die Barbie darin, die sie als Kind so geliebt hatte.

Nachdem sie an der anderen Regalseite zurückgegangen war, ging sie unter der Dachschräge in die Hocke, wo Kisten und Kästen weniger systematisch geordnet waren. Und dort fand sie den Karton. Er war nicht beschriftet, aber als Juliane unter eine der Deckklappen lugte, sah sie ein Durcheinander von alten Papieren. Sie schleppte den Karton nach unten.

«Gefunden?» Ihre Mutter sah von dem Buch auf, mit dem sie es sich auf dem Sofa gemütlich gemacht hatte.

«Ja, wenn es dieser hier ist.» Juliane stellte den Karton auf den Couchtisch. Gemeinsam beugten sie sich über den Inhalt.

Ihre Mutter zog einen der vielen, auf Heftstreifen gezogenen Packen heraus. «Ich habe ja gesagt, dass es fast nur Lohnabrechnungen sind. Aus dem Hotel.» Sie blätterte durch die vergilbten DIN-A4-Zettel. Anscheinend waren sie bei der Aushändigung durch Deckblätter, die mit einer perforierten Kante abgerissen werden konnten, vor fremden Blicken geschützt worden. Auch die Deckblätter waren mit abgeheftet worden. Sie legte die Lohnabrechnungen zur Seite und schlug eine Plastikmappe auf. «Das sind die Arbeitsverträge.» Als Erstes kam eine Vereinbarung über Aushilfstätigkeiten. Dann folgte ein Anstellungsvertrag als Zimmermädchen und schließlich einer als Hausdame.

«Hör dir das mal an», sagte Juliane, die ihrer Mutter über die Schulter sah, und las laut vor: «‹Ich bin überaus erfreut, verehrte Frau Leinweber, Sie als langjährige, treue und zuverlässige Mitarbeiterin unseres Hauses mit dem Posten der Hausdame betrauen zu dürfen. Ich bin davon überzeugt, dass Sie auch Ihre neue Stellung mit Ihrem so geschätzten Einsatz tadellos ausfüllen werden.›»

«Ja, der Hotelbesitzer hat große Stücke auf sie gehalten.»

«Kein Wunder, wenn Oma so ein Arbeitstier war, wie du erzählt hast.»

Ihre Mutter ließ die Mappe auf ihren Schoß sinken. «Das war eben ihre Einstellung. Um jeden Preis auf eigenen Füßen stehen und für alle Fälle vorsorgen.»

Um jeden Preis, hallte es in Juliane nach. Hatte dieser Preis darin bestanden, dass ihre Mutter als Kind oder Jugendliche weniger Zuwendung bekam, als sie gebraucht hätte? Und war nicht einiges von diesem strikten Arbeitsethos auf ihre Mutter selbst übergegangen, obwohl sie vermutlich darunter gelitten hatte?

«Hat sie denn wirklich immer nur gearbeitet?»

«Jedenfalls sehr viel. Wir hatten ja kein anderes Einkommen. Und sie musste sich auch noch um mich und Vater kümmern.» Sie hielt einen Moment inne. «Er war vollkommen auf sie angewiesen. Gefühlsmäßig, meine ich», ergänzte sie schnell, als hätte sie etwas Falsches gesagt. «Ich glaube, er hatte ständig Angst, dass ihm dieser letzte Halt, der Mutter für ihn war, auch noch verlorengehen könnte. Wenn sie unerwartet später von der Arbeit nach Hause gekommen ist, war er jedes Mal in Weltuntergangsstimmung.»

Was für ein Druck das gewesen sein muss, dachte Juliane. «Wie hat sie das denn verkraften können?»

Ihre Mutter strich abwesend über die Mappe. «Sie hat ihn geliebt. Auch in seiner Schwäche», sagte sie dann einfach.

«Du warst doch auch noch da», sagte Juliane, «du hättest doch auch ein Halt für ihn sein können.»

«Ja, ich war auch noch da. Aber ich konnte ihn nicht mehr … erreichen.» Ein schmerzlicher Ausdruck glitt über ihr Gesicht, bevor sie weitersprach: «Nach seinem Tod ist sie immerhin ab und zu in ein Kurhotel gefahren. Und einmal war sie in Paris. Wollte die Stadt noch einmal sehen, in der sie als junge Frau gewesen war. Danach hat sie vom Louvre und ihren Spaziergängen an der Seine erzählt und von einem Klavierkonzert, das sie besucht hatte.» Sie legte die

Mappe weg. «Die *Impromptus* von Schubert, anscheinend in einer großartigen Interpretation. Ihr sind beinahe Tränen gekommen, so hinreißend hat sie es gefunden. Es war schön, sie so zu sehen. Endlich einmal losgelöst von ihren Sorgen.»

Juliane holte ein braunes Notizbuch aus dem Karton. Es war mit Listen zu Haushaltsausgaben, Kochrezepten, der Adresse eines Kurzwarengeschäfts und Texteinträgen in schwer leserlicher Schrift vollgeschrieben. Ihre Mutter nahm ein Foto in die Hand.

«Wer ist das denn?», fragte Juliane. Das alte, auf dicken Karton aufgezogene Schwarzweißfoto zeigte eine Dame mit aufgestecktem Haar. Sie stand in halb abgewandter Pose neben einem Blumenständer, auf dem eine Fächerpalme in die Höhe ragte. Den Hintergrund bildete eine Art Bühnenmalerei, die nach einer toskanischen Landschaft aussah. Die Frau trug ein bodenlanges weißes Kleid mit einem eng am Hals anliegenden Spitzenkragen, dessen rundliche Knöpfchen ihre Nackenlinie betonten. Die Finger ihrer linken Hand, die in einem ellenbogenlangen Handschuh steckten, hatte sie um eine lange, unter der Brust einmal geknotete Perlenkette geschlossen, und auf dem unteren Kartonrand stand in goldenen Prägebuchstaben die Adresse eines Berliner Fotografen.

«Das ist deine Urgroßmutter.»

Juliane betrachtete das Bild genauer. Obwohl es gestellt und womöglich vor hundert Jahren aufgenommen worden war, wirkte der direkte Blick aus dem klaren Gesicht immer noch, als wollte er zu einem Gespräch auffordern. «Was für eine tolle Frau.» Zögernd legte Juliane das Foto weg und zupfte an einer rot-weiß-blauen Papierecke, die unter losen Zetteln hervorsah. Damit beförderte sie einen dünnen Stapel Luftpostbriefe hervor, der von einer Schnur zusammengehalten wurde. Die blassgrünen Briefmarken auf dem obersten Umschlag zeigten eine Palmengruppe. «Was ist das, Mama?», fragte sie und drehte den Stapel um. Auf der Rückseite standen der Name *Arnaud* und ein Straßenname in *Saint-Louis*.

«Die sind von Johanns Patentante. Das war immer was, wenn so ein Brief aus Übersee in unserem Braunschweig angekommen ist. Sogar der Briefträger war aufgeregt.» Sie lächelte. «Das war ja sehr exotisch zu dieser Zeit.»

«Ich dachte, es gab nur zwei Schwestern. Oma und Johanns Mutter. Oder kam die Patentante aus der Familie von Johanns Vater?»

«Nein, Johanns Patentante war die beste Freundin von Mutters Schwester. Eine Französin.»

Mariannerose, dachte Juliane. Das hatte in der gezeichneten Wolke unter dem Flugzeugnamen *Friendship* gestanden. «Bei Johann hängt ein Bild von den beiden an der Wand. Da stehen sie vor einem Flugzeug. Er sagt, sie hatten alle beide einen Pilotenschein.» Sie betrachtete die Absenderangabe. «Saint-Louis – hat sie später in Amerika gelebt?»

«Nein, dieses Saint-Louis liegt in Afrika. Johanns Patentante hat wohl versucht, über die Briefe an Mutter auch den Kontakt mit Johann zu halten.»

«Wenn ihr so viel daran gelegen hat, muss sie doch an Johann selbst geschrieben haben.»

«Das mit der Post in Richtung DDR war damals nicht so einfach. Ist ja vieles von der Stasi geöffnet und gelesen worden. Sie haben nach verdächtigen Westkontakten gesucht, nach Geldscheinen oder nach Hinweisen auf eine geplante Republikflucht und so weiter. Briefe aus einer ehemaligen französischen Kolonie oder überhaupt aus dem französischen Ausland wären da besonders aufgefallen, und Mutter oder die Patentante wollten ganz bestimmt nicht, dass die Stasi auf Johann aufmerksam wird.»

«Aber wie haben sie es dann gemacht? Johann Nachrichten zukommen lassen, meine ich.»

«Das weiß ich nicht so genau. Und Mutter hätte es mir auch nicht erzählt. Mir hätte ja irgendwo ein falsches Wort herausrutschen können. Du kannst dir nicht vorstellen, was sie für eine Paranoia hatte, wenn es um die DDR ging.»

Das klingt tatsächlich alles total unwirklich, dachte Juliane.

«Es gab da so eine frühere Nachbarin aus Zinnowitz», fuhr ihre Mutter fort, «die konnte ihre Verwandten im Westen besuchen, weil sie schon pensioniert war. Das haben sie erlaubt. Bei den Alten, die den Staat bloß noch Geld kosten, hätte es sie nämlich weniger gestört, wenn sie im Westen geblieben wären.»

«Und diese Nachbarin hat Nachrichten für Johann mitgenommen? War das nicht gefährlich für sie?»

«Wie gesagt, ich weiß es nicht genau. Aber ich kann mir vorstellen, dass sie eine Art Botin war. Allerdings werden es wohl meistens mündliche Nachrichten gewesen sein, also nichts, was bei einer Grenzkontrolle aufgefallen wäre.»

Eine Rentnerin, die mit heimlichen Botschaften die Grenzkontrolle passieren musste, auch wenn es nur um einen weitergeleiteten Gruß von der Patentante ging, die zufällig im kapitalistischen Ausland lebte. Das schien grotesk. Juliane drehte die Briefe noch einmal in der Hand. Die beste Freundin von Johanns Mutter. Stand vielleicht auch etwas über sie darin?

Unter den Briefen lagen noch mehr zusammengeheftete Lohnabrechnungen und säuberlich mit Datumsangabe abgehakte Gas- und Stromrechnungen. «Oma hat anscheinend jeden Beleg aufgehoben.»

«Ja. Besonders die Lohnabrechnungen waren ihr geradezu heilig.» Julianes Mutter lächelte wenig überzeugend. «Ich habe es nach ihrem Tod nicht übers Herz gebracht, sie wegzutun.»

«Kann ich die Briefe eine Zeitlang mitnehmen?»

«Von mir aus», sagte ihre Mutter schulterzuckend, doch dabei schwang noch etwas anderes mit, was die vertraute Stimmung zerstörte.

«‹Aber du solltest dich vor allem mehr um deine Gegenwart

kümmern, statt dich in diese alten Sachen zu vergraben›, oder?», kam es über Julianes Lippen, bevor sie nachdenken konnte. Dafür erntete sie ein so trauriges Lächeln, dass sie beschämt den Kopf senkte. «Entschuldige, Mama, ich wollte dir nicht weh tun.»

Einen Augenblick lang schien es so, als würde die Unterhaltung in einem Misston enden. Doch dann wurde die Miene ihrer Mutter weicher. «Ich kann eben genauso schwer aus meiner Haut raus wie du», sagte sie.

Als Juliane hinter Dani in die Wohnküche kam, fiel ihr Blick zuerst auf einen Schreibtisch in der Ecke. Aufgeschlagene Lehrbücher und ein Collegeblock mit Notizen lagen vor dem angeschalteten Computer.

«Wieder was lernen, gar nicht so einfach», sagte Dani. Auf dem Sofa fläzte sich ein hochaufgeschossenes, etwa achtjähriges Mädchen und tippte in sein Smartphone. Lili war unverkennbar Danis Tochter. Rotblonde Locken, die vom Kopf abstanden, schlanke Glieder, blaue Augen mit lebhaftem Blick.

«Von Babysitten kann hier aber keine Rede sein», erklärte Juliane, «hallo, Lili.»

«Sag ich doch.» Lili schwang die Beine auf den Boden. «Ich gehe Hausaufgaben machen», verkündete sie und verschwand in ihr Zimmer.

«Sie sieht dir unwahrscheinlich ähnlich. Hat sie überhaupt irgendwas von ihrem Vater?»

«Unterhaltszahlungen», kam es trocken von Dani, «sogar beinahe regelmäßig.» Sie brachte eine Flasche Wein und Gläser und ließ sich auf das Sofa plumpsen. «Setz dich doch.» Sie reichte Juliane ein Glas. «Hast du noch mal was von Christian gehört?»

«Er will wissen, wann ich endlich meine Sachen aus seiner Wohnung abhole.» Er hatte es bei seinem Anruf wesentlich indirekter formuliert, aber nur darum war es gegangen. Obwohl sie nicht mehr zusammen waren, hatte Juliane nach dieser Aufforderung das Gefühl gehabt, noch mehr in der Luft zu hängen als ohnehin schon.

«Na, das ist doch eine super Chance. Jetzt kannst du dir überlegen, ob du irgendwelche Möbel oder sonstige Altlasten wirklich noch in dein nächstes Leben mitnehmen willst.» Dani trank einen Schluck Wein. «Du holst einfach nur ab, woran du wirklich hängst, und lässt Christian aus Gründen der ausgleichenden Gerechtigkeit auf dem Rest sitzen.»

«‹Altlasten›!» Juliane schnappte nach Luft.

«Meine Mutter ist manchmal etwas direkt», erklärte Lili, die wieder hereingekommen war, um ihre vergessene Schultasche zu holen.

«Und meine Tochter ist manchmal etwas altklug», konterte Dani.

«Ja, das stimmt», Lili legte eine Kunstpause ein, «bis auf das ‹alt›», erneutes Innehalten, «und das ‹etwas› natürlich.» Grinsend zog sie ab.

«Sie hat recht.» Dani zeigte eine reuige Miene. «Sorry, wenn ich dich schockiert habe.»

Juliane dachte an die Ikea-Kommode aus hellem Kiefernholz mit den rundlichen Holzknöpfen an den Schubladen, die tatsächlich noch aus ihrer Unizeit stammte. Schön fand sie dieses Möbelstück eigentlich schon lange nicht mehr, es war eben einfach mitgewandert. «So ein kleiner Schock ist manchmal ganz erhellend», sagte sie schließlich.

«Das klingt, als würde dir die Trennung inzwischen nicht mehr so viel ausmachen wie am Anfang.»

Lili hatte wirklich recht. Dani war sehr direkt. «Nein, ich …», begann Juliane automatisch, doch dann unterbrach sie sich. Ihr wurde bewusst, dass sie von Christians Anruf wegen der Möbel auch deshalb so überrumpelt gewesen war, weil sie kaum an ihn gedacht hatte. «Vielleicht war es tatsächlich gut, dass ich an die Ostsee gefahren bin, auch wenn meine Mutter das für eine Flucht vor der Realität hält. Die Welt dort hat einfach überhaupt nichts mit ihm zu tun.»

«Ja, so was kann einem Abstand verschaffen.»

«Bist du denn auch weggegangen?», fragte Juliane. «Ich meine, als du schwanger warst und Lilis Vater dich verlassen hatte und so weiter?»

«Nein, ich konnte nicht weg. Ich war damals total pleite und fertig mit der Welt. Aber als ich endlich die Wohnung gefunden hatte, bin ich auf eine andere Art weggegangen. Hab mich eine Weile komplett hier eingeigelt.» Danis Blick schweifte durch das Zimmer. «Ich wollte nicht mal von meinen Eltern oder meinen Freunden was hören.»

Juliane stellte sich die einsamen Tage vor, die Dani so verbracht hatte und die überhaupt nicht zu dem Bild passten, das sie für ihre «Umgebung» bot. Die unbeschwerte Dani, die eh immer alles auf die Reihe kriegt. «Das muss hart gewesen sein», sagte sie hilflos.

Einen Moment lang wirkte Dani so abwesend, als würden sie ihre Erinnerungen in das Chaos von damals zurückkatapultieren. Aber dann sagte sie: «Obwohl die Schwangerschaft der Grund dafür war, dass ich nichts von dem weitermachen konnte, was ich wollte, war sie es auch, die mich schließlich aus dem emotionalen Loch gezogen hat.» Sie drehte ihr Glas zwischen den Fingern. «Ich habe mich immer mehr auf mein Kind gefreut. Bin mit ihm im Bauch ins Bett gegangen und wieder aufgestanden. Hab mit ihm Gespräche geführt, obwohl es noch gar nicht da war. Und irgendwie hat mich das wieder zur Ruhe gebracht, sodass ich darüber nachdenken konnte, wie ich das schaffen kann.»

«Oh Dani. Und ich heule dir was vor, weil ich meine alte Ikea-Kommode abholen soll.»

«Genau! Schäm dich!», rief Dani belustigt. «Ist doch Quatsch, so was zu vergleichen. Außerdem kann sogar deine alte Ikea-Kommode zum Symbol für gescheiterte Hoffnungen werden, wenn du in Christian den Mann deines Lebens siehst.» Sie schnitt eine Grimasse. «Aber das tust du hoffentlich nicht. Du hast es leichter, wenn du in ihm nur den Mann eines Lebensabschnitts siehst.»

«Wahrscheinlich.» Danach schwieg Juliane einen Moment, bevor sie fragte: «Hast du eigentlich einen?»

«Einen was?»

«Na, einen Mann fürs Leben oder den Lebensabschnitt, je nachdem.»

«Ich treffe jemanden, aber vorerst nur für äußerst kurze Lebensabschnitte», gab Dani zurück, «so was wie Kino, Kochen und andere Kleinigkeiten. Ansonsten halte ich Abstand.»

«Weil du noch nicht weißt, ob er der Richtige ist?»

«Weil ich das im Moment nicht mal wissen will, ehrlich gesagt. Man hat es als Alleinerziehende auch so schon schwer genug. Ich möchte gar nicht daran denken, wie viel Lili früher krank war und wie oft ich von der Arbeit wegbleiben musste. Knapp bei Kasse ist gar kein Ausdruck dafür, wie es bei uns zugegangen ist. Gleichzeitig bin ich in diesem teuflischen Zeitstrudel aus Hausarbeit, Sekretärinnenjob und Kita untergegangen wie in einer Parallelwelt. Ich kam mir vor wie ein Alien. Keine Zeit mehr für meine Freunde, keine Zeit mehr für meine anderen Interessen.» Sie stöhnte bei der Erinnerung. «Und deshalb will ich mir jetzt, wo es Lili und mir besser geht, nicht gleich wieder einen Mann ans Bein binden.» Sie hörte sich an, als wäre das ganz logisch.

«Aber dann wärst du ja nicht mehr alleinerziehend», wandte Juliane ein, «und es könnte auch leichter werden, wenn du fest mit jemandem zusammen bist.»

«Oh ja, das könnte es.» Dani legte eine Pause ein, bevor sie hinzufügte: «Oder auch nicht.»

«*Du* bist ja pragmatisch.»

«Kann sein. Ich bin einfach keine so große Romantikerin», meinte Dani. «Außerdem gibt es seit meiner missglückten Erfahrung mit Hendrik Wörter für mich, die so was wie eine magnetische Wirkung haben. Zum Beispiel *Zusammenwohnen.*»

Juliane sah sie erwartungsvoll an.

«*Zusammenwohnenwäscheberg, Zusammenwohnenkochen*», Juliane begann zu lachen, während Dani fortfuhr, «*Zusammenwohnenabwasch. Zusammenwohnenputzen. Zusammenwohnenklamottenhinterherräumen. NichtmehrzusammenwohnenundsichnichtumsKindkümmern.*»

«Und wie wäre es mit *Zusammenwohnenhalbearbeit?*»

«Ha! Willst du damit sagen, dass Christian bei euch die halbe Hausarbeit gemacht hat? Dann würde ich schon eher verstehen, dass du ihm nachweinst.»

Juliane wollte erwidern, dass sie ja nicht gearbeitet hatte, während sie mit Christian zusammenwohnte. Doch dann wurde ihr bewusst, wie verquer diese Einstellung war. Christian hatte ja auch nicht «gearbeitet», sondern sich voll darauf konzentriert, sein zukünftiges Unternehmen auf die Beine zu stellen. Und die gleiche Zeit hätte sie sich für sich selbst und ihre eigenen Perspektiven nehmen können. Aber das hatte sie nicht getan. Stattdessen hatte sie sich nur alibimäßig durch die Stellenbörsen gescrollt, in Wahrheit vielleicht gar nichts Passendes finden wollen, und sie hatte beinahe automatisch und nicht mal ungern zum größten Teil den Haushalt übernommen. *Zusammenwohneneinkaufen*, dachte sie.

«Mir ist jedenfalls klar», erklärte Dani inzwischen, «dass ich mich für das Fernstudium neben dem Job in der Kanzlei noch mal ziemlich reinhängen muss, wenn ich mehr erreichen will.» Sie warf einen Blick zur Tür und setzte spaßhaft ein leidendes Gesicht auf. «Noch dazu, wo mich mit meiner *etwas altklugen* Tochter noch eine reichlich anstrengende Phase erwartet, wenn sie nach mir kommt.» Sie verdrehte die Augen. «Ich hab keine Ahnung, wie meine Eltern meine Pubertät ausgehalten haben.»

«Vorhin habe ich mit meiner Mutter über meine Oma gesprochen.» Juliane nippte an ihrem Wein. «Die musste auch unheimlich viel arbeiten, um ihre Tochter durchzubringen.»

«Das kann man überhaupt nicht vergleichen. Deine Oma hatte es garantiert viel schwerer als ich. Es ist zwar noch lange nicht alles ideal, aber seitdem hat sich für Frauen viel verbessert. Sozialleistungen, Rentenzeiten, Arbeitsrecht, alles Mögliche. Auch im Eherecht. Wusstest du, dass Vergewaltigung in der Ehe erst seit 1997 strafbar ist? Oder dass Ehemänner bis 1977 offiziell das Recht hatten, ihren Frauen das Geldverdienen zu verbieten?»

Juliane schüttelte den Kopf. «So was weißt du von deiner Arbeit in der Anwaltskanzlei, oder? Aber klar, Lili wäre als uneheliches Kind zu den Zeiten meiner Oma total ausgegrenzt worden. Und du als ledige Mutter auch. Das ist jetzt wirklich anders.»

«Stimmt.» Dani stellte ihr Glas ab, bevor sie weitersprach. «Ich habe mich vor Lili überhaupt nicht mit Frauenrechten beschäftigt. Aber jetzt bin ich echt dankbar für das, was mittlerweile durchgesetzt wurde. Auch wenn noch nicht bei allen Frauen durchgesickert ist, was das tatsächlich bedeutet.»

«Wie meinst du das denn?»

«Die alten Bilder sind eben noch zu mächtig. Der Prinz auf dem weißen Pferd.» Dani begann zu trällern: *«Ich bau dir ein Schloss, so wie im Märchen.»*

«Das passt ja. Ich habe heute auf dem Speicher einen Riesenkarton mit einem Märchenschloss gesehen, das ich früher richtig geliebt habe. Ich habe meine Barbie dort wohnen lassen.»

«Genau diese Bilder meine ich. *Und sie lebten glücklich und zufrieden bis ans Ende ihrer Tage.* Deine Barbie kriegt Mini-Barbies, und Ken sorgt dafür, dass was zu essen auf den Tisch kommt. Aber», Dani zog die Augenbrauen hoch, «wenn sich deine Barbie heute scheiden lassen würde, müsste ihr Ken nur noch eine begrenzte Zeit Unterhalt zahlen. Und wenn Barbie nicht zufällig eine Vollzeitstelle behalten hätte, weil sie sich um die Kinder und den Haushalt kümmern wollte, hätte sie immer noch lauter Nachteile. Rentenmäßig, jobmäßig und so weiter.»

«Weil sie nicht genauso an ihrer Karriere gearbeitet hat wie Ken, meinst du?»

«Genau. Diesen Aspekt der Gleichberechtigung haben so einige Frauen bis heute nicht ganz begriffen. Dafür sehe ich in der Anwaltskanzlei genügend Beispiele. Vielen Frauen wird erst bei ihrer Scheidung so richtig klar, was es für ihre Zukunft bedeutet, dass sie weniger Rentenpunkte haben als ihr Mann oder dass sie den Anschluss auf dem Arbeitsmarkt verpasst haben. Da winkt dann schon die Altersarmut.»

«Es scheitert ja nicht jede Ehe.» Aber noch während Juliane das sagte, wurde ihr bewusst, dass es in ihrem Gespräch nicht darum ging, *ob* eine Ehe scheiterte, sondern um die beruflichen Aussichten und die finanzielle Selbständigkeit von Frauen, *falls* die Partnerschaft scheiterte. «Meine Mutter hat immer gearbeitet und meine Oma auch. Und ich auch.» Sie unterbrach sich. «Na ja, fast immer.»

«Du meinst arbeiten für Geld», stellte Dani fest. «Meine Mutter hat auch immer gearbeitet, aber als Hausfrau mit Kindern, und meine Großmutter sowieso. Ich schätze, wenn meine Oma nur acht Stunden in ein Büro hätte gehen müssen, wäre ihr das richtig erholsam vorgekommen. Stattdessen gab es niemals Feierabend und kein Wochenende. Das war zu ihrer Zeit die Norm. Jedenfalls in Westdeutschland. Im Osten hatten sie ja überall Kinderkrippen, sodass die Frauen einen Vollzeitjob annehmen konnten. Das kriegen sie im vereinten Deutschland bis heute nicht hin. Und das ist einer der Gründe, aus denen Alleinerziehende häufig weiterhin viel schlechter dastehen.»

Juliane dachte an ihre Großmutter, die Arbeit, Haushalt und Kind allein gemanagt hatte, nachdem ihr Mann gestorben war. Ein Sonderfall war sie nicht gewesen, bei den vielen Kriegs- und Nachkriegswitwen, die es damals gegeben hatte.

«Es ist eigentlich ein ziemlich radikaler Wandel, wenn die eigene Mutter und Großmutter in einem ganz anderen Partnerschaftsmodell gelebt haben, so wie bei dir, findest du nicht?»

«Ja, stimmt schon. Das war noch die klassische Hausfrauenehe», Dani betonte das altmodische Wort. «Ich hatte eine Mama, die immer für meine beiden Brüder und mich zu Hause war, und das war großartig für uns. Aber vielleicht hätte sie ganz andere Sachen machen können, sie ist nämlich ziemlich schlau.»

Danach trat eine Pause ein. «Glaubst du, deine Mutter bedauert es, dass sie immer zu Hause geblieben ist?», fragte Juliane.

«Vielleicht hat sie solche Momente, das zeigt sie mir nicht», sagte Dani. «Aber was sie mir zeigt, ist, dass sie es bedauern würde, wenn ich unter meinen Möglichkeiten bliebe.»

«Das ist bei dir ja wirklich nicht zu befürchten, wo du in diesem Anwaltsbüro arbeitest, Lili hast und jetzt auch noch dein Studium weitermachst.»

«Mama hat mir sofort angeboten, die Prüfungsfragen mit mir zu üben, als sie das gehört hat. Vielleicht mache ich das sogar, wenn es mal so weit ist.» Dani lächelte. «Ich weiß gar nicht, wie wir jetzt darauf gekommen sind», sagte sie dann, «eigentlich hatten wir ja davon gesprochen, dass viele Frauen neben ihrer Berufstätigkeit immer noch den Hauptteil der Arbeit zu Hause erledigen und sich mehr um die Kinder kümmern.»

«Aber es ist doch nichts Schlechtes, wenn daheim jemand mehr für die Kinder da ist.»

«Du sagst es: ‹jemand›. Also nicht unbedingt die Frau. Wie viele Paare kennst du, die ihre Aufgaben mit Kindern und Karriere wirklich gleichmäßig unter sich aufteilen, sodass die Frau ihren beruflichen Erfolg mit demselben Einsatz verfolgen kann wie der Mann?»

Juliane dachte eine Weile nach. «Ich habe Bekannte, die sich mit der Elternzeit abgewechselt haben», sagte sie schließlich.

«Wenn das der Normalfall wäre, hättest du aber eben nicht so lange überlegen müssen.»

Ohne dass Dani danach fragte, fielen Juliane wesentlich mehr Beispiele dafür ein, dass Frauen mit Kindern halbtags gearbeitet hatten und nach der Trennung erheblich schlechter gestellt waren.

«Ich bin jedenfalls inzwischen fast froh, dass mich Hendrik schon vor Lilis Geburt verlassen hat», erklärte Dani. «So konnte ich gar nicht erst in die Versuchung kommen, ihn als Versorger anzusehen.»

Was wäre gewesen, wenn ich von Christian ein Kind bekommen hätte? Juliane kam die Hausarbeit in den Sinn, die sie in Berlin so fraglos erledigt hatte.

«Hast du eigentlich zu Hause danach gefragt, was mit Johanns Mutter war?», wechselte Dani unvermittelt das Thema.

«Eher indirekt.»

«Kann ich mir vorstellen.» Dani verstellte die Stimme: «Guten Tag, Mama. Herzlichen Glückwunsch zum Geburtstag. Und ach, was ich noch schnell wissen wollte: Kommen wir eigentlich aus einer Nazi-Familie?»

Unwillkürlich musste Juliane lachen, dann sagte sie: «Ich habe ein paar Unterlagen von meiner Großmutter gefunden, da sind Briefe von Johanns Patentante dabei. Vielleicht steht da was drin.»

«Ist das die Freundin, die auch geflogen ist?»

«Ja. Die beiden hatten anscheinend das Glück, ausgerechnet in den paar Jahren in der Weimarer Republik im passenden Alter zu sein, wo Frauen so was leichter machen konnten.»

«Und davon abgesehen, müssen sie einen Haufen Schotter gehabt haben», stellte Dani nüchtern fest. «Sonst hätten sie nämlich in einer Fabrik oder einer Näherei für ihren Lebensunterhalt schuften müssen.»

Juliane dachte an die Erzählung ihrer Mutter von den beiden verwöhnten Schwestern und an die Fotos, die sie gesehen hatte. Die elegante Urgroßmutter, die großbürgerliche Kaffeetafel in einem wohlangelegten Garten. Das Sommerhaus an der Ostsee. «Ja, die waren ziemlich reich.»

«Was hat deine Mutter sonst noch erzählt?»

«Dass die Ehe von Johanns Mutter katastrophal war und ihr Mann an irgendwas schuld gewesen sein soll. Das hat ihr Oma mal gesagt, aber was sie damit gemeint hat, wollte sie nicht erklären.»

«Mmh. Komisch.»

«Ich krieg das nicht zusammen. Sie war ja anscheinend eine total fortschrittliche Frau und außerdem wohlhabend. Da hätte sie sich doch scheiden lassen können, wenn der Mann so schrecklich war.»

«So einfach war das damals bestimmt nicht. Aber vielleicht hatte deine Oma ja auch einen ganz anderen Grund, aus dem sie nicht über Johanns Mutter reden wollte.»

«Und was für einen?»

«Weißt du jetzt, wie alt seine Mutter geworden ist?», fragte Dani, statt zu antworten.

«Wahrscheinlich jung gestorben, sagt Mama.»

«Aber wenigstens Mitte zwanzig muss sie ja geworden sein, wenn sie verheiratet war und ein Kind hatte.»

Juliane nickte. «Ich habe dir ja erzählt, dass ich im Internet einiges über Pilotinnen gelesen habe, die für das NS-Regime gearbeitet haben. Und einige von ihnen waren auch erst Mitte zwanzig.»

Einen Moment lang herrschte Schweigen, dann setzte Juliane neu an: «Obwohl das jetzt alles schon so lange her ist und ich nichts für die Judenverfolgung oder diesen Krieg mit sechzig Millionen Toten kann, würde ich lieber denken, dass aus meiner Familie niemand daran beteiligt war. Seltsam, oder? Dabei wissen wir doch, dass die Nazis in einer demokratischen Wahl die Mehrheit der Stimmen bekommen haben und hinterher ein Großteil der Deutschen mitgemacht oder tatenlos zugesehen hat.»

Ohne dass eine von ihnen es aussprach, dachten sie an aktuelle gesellschaftliche Entwicklungen.

«Aber was Genaues weißt du immer noch nicht über Johanns Mutter», nahm Dani schließlich das Gespräch wieder auf. «Wenn deine Oma so wenig darüber sagen wollte, aber die katastrophale Ehe erwähnt hat, liegt der Grund, aus dem sie nicht über ihre Schwester sprechen wollte, vielleicht in dieser Ehe.»

«Eine verunglückte Ehe ist doch eigentlich kein Tabu, oder?», sagte Juliane.

«Sie hat ja auch nicht ‹verunglückt› gesagt, sondern ‹katastrophal›.»

Juliane wusste nicht, worauf Dani hinauswollte, und wartete ab.

«Es gibt ja noch andere Tabus.» Dani runzelte nachdenklich die Stirn. «Vielleicht war diese Ehe ja nicht nur katastrophal, sondern eine richtige Hölle. Was ist, wenn sie sich umgebracht hat, weil sie es nicht mehr ausgehalten hat? Wenn es so war, würde das doch erklären, warum deine Oma gesagt hat, ihr Ehemann war schuld, oder?»

VI
1939

Dass die Pläne für den Afrikaflug langsam konkreter wurden, half Marianne über die ersten Monate der Trauer um ihren Vater hinweg. Ständig gab es etwas zu besprechen, die Route zu überdenken, Informationen über Zollbestimmungen einzuholen oder festzustellen, ob wirklich an allen Flugplätzen, die sie ansteuern wollten, stets ein Vorrat an Öl und Benzin bereitgehalten wurde.

Mitte Mai 1939 standen Flugwege und Termine endlich fest, und Marianne konnte anfangen, sich um die notwendigen Papiere zu kümmern.

Sie zählte nicht mit, wie viele Stunden sie bei den unterschiedlichsten Ämtern und Landesvertretungen verbrachte. Inzwischen hätte ich nicht nur *Krieg und Frieden* durch, sondern dazu noch *Auf der Suche nach der verlorenen Zeit*, dachte sie, als sie wieder einmal in einem Behördenflur saß, um einen Stempel abzuholen. Es war rätselhaft mit diesen Stempeln. Sie durften offenbar nur auf gut abgelagerte Papiere gesetzt werden, denn auf jeden einzelnen hatte sie wochenlang warten müssen.

Es war vor einem geplanten Flug schon immer viel Papierkram zu erledigen gewesen, aber seit der gesamte Verwaltungsapparat des Staates nach den Gesichtspunkten der nationalsozialistischen Regierung reformiert worden war, hatte sich der Aufwand verdoppelt. Zudem waren viele der Sachbearbeiter abgelöst worden, die Marianne aus den vergangenen Jahren gekannt hatte, und die neuen zeichneten sich inmitten des Zuständigkeitswirrwarrs nicht immer durch Fachkenntnis oder Entgegenkommen aus.

Anfang August verbrachte sie erneut einen gesamten Vormittag damit, von einem Amt zum nächsten zu laufen. Sie tröstete sich damit, dass dies ihr letzter Gang dieser Art werden würde.

«Das ist also Ihr privates Flugzeug, Frau Kutscher», stellte der Beamte fest, der die Papiere mit den Ergebnissen der vorgeschriebenen Inspektion durchsah. Auch ihn hatte sie nie zuvor gesehen. Er trug Uniform, hatte sich die Haare mit Pomade zurückgekämmt und bedachte sie mit einem eindeutigen Kategorie-C-Blick. *Oder vielleicht sollten wir noch Kategorie D einführen?*

«Ja», sagte sie erschöpft. Das stand schließlich groß und deutlich in den Unterlagen. Nachdem sie über vier Stunden gebraucht hatte, um an die letzten Genehmigungen zu kommen, hatte sie gehofft, der Haken auf der Inspektionsliste, die keinerlei Beanstandungen aufwies, sei nur noch Formsache.

«Sie könnten Ihre Maschine an das NSFK veräußern», sagte er, «es wäre dann unter Umständen denkbar, dass Sie einmal einen Auftrag von dieser Seite bekommen.»

Bei seinem Blick war eindeutig, dass er wusste, wie unwahrscheinlich das war. Das NSFK war das Nationalsozialistische Fliegerkorps, das mittlerweile die Oberhoheit über den gesamten Flugsport innehatte und dabei den Nachwuchs für die Luftwaffe heranzog. Viele private Sportflieger waren unter dem Druck der Gegebenheiten den Schritt des Verkaufs gegangen, nicht zuletzt, um einer drohenden Konfiszierung der Maschine zu Ausbildungszwecken zu entgehen.

«Ich habe darüber nachgedacht», sagte Marianne, «aber die Entscheidung ist noch nicht gefallen.» Ein Verkauf war für sie nie in Frage gekommen, doch die Erfahrung hatte sie gelehrt, dass es in diesen Amtsstuben besser war, ein gewisses Interesse für die Richtlinien vorzutäuschen, die von oben erlassen wurden.

Er sah sie abschätzig an. «Die wichtigste Aufgabe der Frau in unserer Gesellschaft liegt wohl doch in ihrer naturgegebenen Rolle als Ehegefährtin und Mutter, nicht wahr?»

«Haben Sie noch nichts von Hanna Reitsch gehört?» Marianne wusste, dass es unklug war, ihn zu provozieren, aber seine Herablassung war unerträglich. «Sie ist von Göring persönlich zum Flugkapitän ernannt worden.»

Er brach in aufrichtiges Gelächter aus. «Gute Frau», sagte er, nachdem er sich beruhigt hatte, «Sie wollen sich doch nicht ernsthaft mit Hanna Reitsch vergleichen! Das ist eine Ausnahmeerscheinung. Man könnte geradezu glauben, dass sie nur versehentlich als Frau geboren wurde.» Er beugte sich ein wenig vor. «Außerdem hat sie sich ganz allein dem Dienst am Vaterland verschrieben und dafür auf Ehe und Familie verzichtet.» Darauf blätterte er weiter durch die Papiere. «Sie gedenken also», äußerte er missfällig, «ins französische Kolonialreich zu fliegen, mit Stationen in … Holland, Paris, Spanien und einigen Flughäfen der französischen und spanischen Hoheitsgebiete in Westafrika.» Bei dem Wort Westafrika hatten sich seine Augenbrauen merklich gehoben. «Wissen Sie denn nicht, welche Gefahren eine Frau dort erwarten können?»

«Es ist alles sehr gut vorbereitet», antwortete Marianne so geduldig es ihr möglich war, «und die Zoll- und Überfluggenehmigungen liegen vor, soweit sie nicht vor Ort eingeholt werden müssen.»

«Nun, möglicherweise erteilen die Franzosen und Spanier dergleichen Genehmigungen ohne die notwendige Sorgfalt.» Nach diesem Seitenhieb hielt er ein Formular in die Höhe. «Wie ich nämlich sehe, liegt die Unterschrift Ihres Ehemannes nicht vor», er überprüfte die Daten auf den Papieren, bevor er fortfuhr, «und die Unterschrift muss bis zum Zehnten des Monats hier abgestempelt werden, da Ihre Abreise für den Zwölften geplant ist. Andernfalls muss der gesamte Antrag neu gestellt werden.»

Den gesamten Antrag neu stellen? Das würde Wochen dauern,

alle Planungen müssten auf spätere Daten verschoben, sämtliche Genehmigungen neu eingeholt werden. Marianne versuchte, gelassen zu bleiben. «Ich habe bisher immer selbst unterschrieben.»

«Tatsächlich.» So wie er das Wort aussprach, klang es wie eine Drohung aufgrund einer staatsgefährdenden Ordnungswidrigkeit. «Wie Sie sicher wissen», fügte er geringschätzig hinzu, «ist Ihr Ehemann Ihr gesetzlicher Vormund, und er muss Ihnen mit seiner eigenhändigen Unterschrift gestatten, dass Sie diese Flugreise selbständig und unterwegs mit eigenem Unterschriftsrecht durchführen können.»

«Ihr Vorgänger kannte uns und wusste, dass wir das so handhaben.»

«Nun», er setzte ein unangenehmes Lächeln auf, «vielleicht gibt es ja Gründe dafür, dass mein Vorgänger nicht mehr im Amt ist.» Er sah sie bedeutsam an und klopfte dann mit dem Zeigefinger auf das Formular. «Ohne dass Ihr Ehemann dieses Vorhaben abgezeichnet hat, kann ich keinen Stempel darauf setzen. Vorschrift ist Vorschrift.»

Marianne lag eine Erwiderung auf der Zunge, doch dann unterdrückte sie ihren Ärger. Es war aussichtslos, mit diesem Paragraphenreiter eine Diskussion anzufangen, der auf einem Posten saß, auf dem er ihr auch in Zukunft eine Menge Steine in den Weg legen konnte. «Dann werde ich wohl noch einmal wiederkommen müssen.»

«Ja, das werden Sie wohl, sofern Ihr Herr Gatte mit diesem Vorhaben einverstanden ist.» Er selbst, daran gab es nicht den geringsten Zweifel, war auf keinen Fall damit einverstanden, dass eine Frau selbständig eine solche Flugreise unternahm.

Sie war immer noch aufgebracht, als sie wieder zu Hause ankam. Der Freiraum, den sie sich als Pilotinnen erarbeitet hatten, wurde immer weiter eingeschränkt. Die Fliegerei war zwar schon seit jeher von Männern dominiert worden, aber es hatte auch für Frauen Möglichkeiten gegeben, wenn sie hartnäckig genug waren. Inzwischen jedoch wurden sie systematisch mit Gesetzen und Verordnungen ausgegrenzt. So durften Frauen im NSFK nicht Mitglied, sondern nur Fördermitglied werden, und die Verdienstmöglichkeiten von früher waren beinahe vollständig in die Hände von Männern übergegangen.

Als sie die Wohnungstür hinter sich zudrückte, hörte sie Elsbeths erhobene Stimme aus dem Kinderzimmer. «Ich habe dir gesagt, du sollst die Bauklötze in die Kiste räumen, damit hier Ordnung herrscht!» Johann legte mit den Bauklötzen gern große Straßen und möglichst hohe Türme als Häuser an, um die man herumwandern musste, wenn man sein Zimmer betrat. «Und ich habe dir angekündigt, was passiert, wenn du nicht folgsam bist», ertönte wieder Elsbeths Stimme. Darauf folgte ein Geräusch, das nur bedeuten konnte, dass Elsbeth die Türme umgeworfen und die Straßen zur Seite geschoben hatte. Und dann ein klatschender Schlag.

In diesem Moment stand Marianne schon an der Tür des Kinderzimmers. Johann hielt sich die Wange, umgeben von den chaotisch auf dem Boden verstreuten Bauklötzen. «Johann, ich komme gleich zu dir», sagte sie, während Elsbeth zu ihr herumfuhr. «Und, Elsbeth, bitte folgen Sie mir in die Küche.»

In der Küche lagen Kartoffeln, ein Weißkohl und ein in Metzgerpapier eingeschlagenes Päckchen auf dem Tisch. Flüchtig dachte Marianne daran, dass es an diesem Tag Krautwickel geben sollte. Hermann hatte beim Frühstück gesagt, dass er sich schon darauf freue.

«Wie können Sie es wagen?», fragte Marianne erbost, als Elsbeth hinter ihr hereingekommen war.

«Ich hatte ihm befohlen, die Klötze wegzuräumen, seine ‹Stadt›», gab Elsbeth zurück. «Er muss Gehorsam lernen.» Sie klang sehr selbstbewusst und sah Marianne direkt an. Natürlich wusste sie, dass Hermann nichts von Mariannes nachgiebiger Erziehung hielt. «Das hat er nicht getan. Und eine Ohrfeige hat noch keinem ungehorsamen Kind geschadet.»

Angesichts dieser streitlustigen Haltung war Marianne einen Moment sprachlos. «Wenn Sie einmal Kinder haben, Elsbeth», sagte sie dann ruhig, «können Sie diese Frage handhaben, wie Sie es für richtig halten.» Sie erwiderte den Blick aus Elsbeths blauen Augen. «Aber ich gestatte Ihnen nicht, Hand an meinen Sohn zu legen. Habe ich mich verständlich ausgedrückt?» Sie hatte den Eindruck, als würde so etwas wie ein Lächeln um Elsbeths Lippen spielen, doch nachdem sie ihrem Blick noch einige Momente standgehalten hatte, wandte sie sich ab.

«Ja, Frau Kutscher.»

«Sollte etwas in dieser Art noch einmal vorkommen, werde ich meinen Mann veranlassen, Ihnen zu kündigen.» Marianne hasste es, sich auf Hermann zu berufen, doch nach den Erlebnissen dieses Vormittags und so, wie sie Elsbeth kannte, war es viel aussichtsreicher, mit der Entlassung durch den offiziellen Haushaltsvorstand zu drohen.

Elsbeth schien eine Erwiderung auf den Lippen zu liegen, doch dann sagte sie nur erneut: «Ja, Frau Kutscher.»

«Sie können jetzt gehen», sagte Marianne, «ich brauche Sie heute nicht mehr.» Sie drehte sich zur Tür um.

«Aber», Elsbeth sah zu dem Küchentisch, auf den sie die Zutaten für das Essen gelegt hatte, «ich muss noch kochen. Sie wissen doch, wie gern Ihr Mann meine Krautwickel isst.»

Auch diese letzte Bemerkung war eine Spitze, die zeigte, wie wenig Achtung Elsbeth vor ihr hatte. Marianne blieb an der Küchentür stehen. «Wie ich schon sagte, ich brauche Sie heute nicht mehr», bemerkte sie kühl. «Gehen Sie nach Hause.»

Johann schlief schon, als Hermann abends mit einer der großen Papphülsen von der Arbeit kam. Er hatte inzwischen recht viel bei dem Bau des Seebades in Prora zu tun, der offenbar mit unbeschränkten personellen und finanziellen Mitteln realisiert wurde.

«Kaufmann soll doch keine Zeichnungen mehr für dich machen», sagte Marianne. «Er muss hier weg, das hat schon Vater gesagt.»

«Bleib mir vom Leib mit deiner Meinung zu Dingen, von denen du nichts verstehst.» Mit einer heftigen Bewegung stellte Hermann die Papprolle ab. «Ich brauche ihn noch, bei all der Arbeit, die wir haben. Häberlein hat mir eindeutig zu verstehen gegeben, dass niemand dort behalten wird, der nicht die erwartete Leistung bringt.»

«Aber du weißt, dass Kaufmann in diesem Land nicht mehr arbeiten darf. Diese Sache ist gefährlich für ihn.»

«Du übertreibst maßlos», erwiderte Hermann ungehalten. «Außerdem wird niemand erfahren, dass er es tut. Und überhaupt, es wird ihm schon nichts zustoßen.» Er ließ sie stehen und ging in sein Arbeitszimmer.

Marianne spürte, wie ihre Schultern herabsanken. Inzwischen schienen bei nahezu jedem ihrer Gespräche mit Hermann gegenteilige Meinungen zu herrschen. Sie hatten sich weit voneinander entfernt. Hermann war so eins mit seiner Arbeit und all ihren Begleitumständen, einschließlich der ständigen Versammlungen und Treffen mit begeisterten «Architekten des Reiches», dass er andere Ansichten nicht mehr zuließ.

«Ich weiß nicht», sagte er, als sie beim Essen saßen, «die Krautwickel schmecken nicht wie sonst.»

«Das wird wohl daran liegen, dass ich sie gemacht habe», erklärte Marianne. «Ich habe Elsbeth heute Mittag nach Hause geschickt.»

«Warum? Ging es ihr nicht gut?»

«Sie hat Johann eine Ohrfeige gegeben, weil er nicht aufgeräumt hat.»

Hermann ließ die Gabel sinken. «Du hast Elsbeth wegen solch einer Lappalie nach Hause geschickt?», fragte er ungläubig.

«Du hältst das also für eine Lappalie», stellte Marianne fest, während ihr bewusst wurde, dass sie auch in dieser Frage nicht einer Meinung waren. «Und zunächst einmal habe ich sie nur für heute weggeschickt.»

«Wie kannst du so mit ihr umgehen? Was ist, wenn sie morgen nicht wiederkommt?»

«Ich dulde es nicht, wenn unsere Haushälterin Johann schlägt. Ist das so schwer zu verstehen?»

«Ja. Das ist schwer zu verstehen. Du verziehst Johann ohnehin viel zu sehr. Er ist schon richtig verweichlicht. Und Elsbeth ist ein Goldstück. An ihrer Arbeit im Haushalt gibt es nichts auszusetzen, und sie ist jederzeit bereit einzuspringen, wenn Johann gehütet werden muss, während wir ausgehen oder … du mit dem Flugzeug unterwegs bist. Wir brauchen sie.»

Wieder einmal ließ er es so klingen, als würde Marianne ausschließlich Vergnügungsreisen unternehmen. Das war schon lange vorbei. Sie flog nur noch selten und nur, wenn es einen bezahlten Auftrag gab. Und nun verlangte dieser belämmerte Staatsdiener auch noch Hermanns Unterschrift. Bei der gereizten Stimmung, die schon wieder herrschte, beschloss Marianne, mit diesem Thema auf einen günstigeren Moment zu warten. Warum ist es eigentlich so selbstverständlich, dass du niemals zu Hause bleibst, wenn ich arbeite?, dachte sie. Beinahe hätte sie gelacht, so weit war dieser Gedanke von ihrer Lebensrealität entfernt. «Es gibt genügend andere Haushälterinnen in dieser Stadt», sagte sie stattdessen.

«Ich werde ihr nicht kündigen, falls du das im Sinn haben solltest», sagte Hermann entschieden, «sie ist eine famose Frau, auch wenn du ihre Qualitäten nicht erkennen kannst.»

Danach herrschte Stille. Schließlich stand Hermann wortlos auf und warf einen Blick auf seinen Teller mit dem Krautwickel, den er kaum angerührt hatte. Dann ging er zur Hausbar und schenkte sich einen Cognac ein.

Marianne streckte die Hand aus, um das Geschirr abzuräumen, doch dann verharrte sie in ihrer Bewegung. Sollte doch die grandiose Elsbeth am nächsten Morgen Ordnung schaffen. Wahrscheinlich würde sie Hermann bemitleiden, weil seine Gattin eine so liederliche Hausfrau war, und gleichzeitig würde sie mit Genugtuung registrieren, dass er seinen Krautwickel nicht aufgegessen hatte.

Hermann saß inzwischen mit seinem Cognac in dem Sessel neben dem Radio, aus dem sich wieder einmal eine erregte Hetzrede über vermeintliche Volksverräter und Deutschlands überragenden Leistungswillen in ihr Wohnzimmer ergoss. Es waren immer die gleichen Parolen. Marianne flüchtete an Johanns Bett. Seine kindlichen Wangen waren im Schlaf erhitzt. Wovon träumte er wohl gerade? Von einem Reich mit edlen Rittern, die das Böse besiegten? Sie ließ sich auf dem Stuhl zurücksinken. Wie hatte es mit ihr und Hermann so kommen können? *In grundlegenden Dingen sind gemeinsame Überzeugungen unabdingbar,* ging es ihr durch den Kopf. Das hatte Roseanne im vergangenen Sommer bei ihrem Spaziergang durch den Garten gesagt.

Am nächsten Morgen erschien Elsbeth wie immer zur Arbeit. Sowohl sie als auch Marianne vermieden es, über das Zerwürfnis des vergangenen Tages zu sprechen. Hermann dagegen begrüßte Elsbeth mit besonderer Liebenswürdigkeit, als er zum Frühstück hereinkam.

Einige Tage darauf waren sie zu einem offiziellen Empfang eingeladen, bei dem der Beginn des Hochbaus in Prora gefeiert werden sollte.

«Bitte ziehe ein Kleid an», sagte Hermann, als sie im Schlafzimmer standen, um sich fertig zu machen, «es werden viele Kollegen kommen.»

«Seit wann bestimmen deine Kollegen darüber, wie ich mich anziehen soll?», fragte Marianne. Dieser Schlagabtausch hatte inzwischen beinahe etwas von einem Ritual. *Oder von einem Stellvertreterkrieg.* Die ganze Diskussion war ein Symbol dafür, dass Hermann versuchte, einen anderen Menschen aus ihr zu machen.

«Musst du wirklich bei jeder Gelegenheit mit mir über Selbstverständlichkeiten streiten?», kam es von ihm. «Dieser Abend ist wichtig für mich. Ich will nicht, dass du mit deiner männlichen Kleidung dort unangenehm auffällst.»

«Du meinst also, wir könnten heute Abend einen deiner Kollegen in einer Schlaghose aus Chinaseide antreffen», schoss Marianne reflexartig zurück, obwohl sie noch gar nicht entschieden hatte, was sie tragen wollte.

«Ich bin bald mit meiner Geduld am Ende», sagte Hermann aggressiv, «immerzu stellst du deine Persönlichkeit über alles, obwohl du mich eigentlich unterstützen solltest.» Er schlug dem Hemdkragen hoch, um seinen Schlips zu binden.

Sie hatte schließlich ein Kleid angezogen. Aber so wie der Abend begonnen hatte, ging er weiter. Der Empfang bestand hauptsächlich aus einem steifen Austausch von Floskeln, während im Hintergrund alles dafür getan wurde, um Verbindungen zu knüpfen und mit halbgaren Gerüchten eventuelle Konkurrenten aus dem Feld zu schlagen. Auf den Tischen und an den Wänden flackerten Kerzen in vielarmigen Kandelabern und verliehen dem weitläufigen Raum ein fürstliches Gepränge. Ein Drittel der männlichen Gäste erschien in Parteiuniform und stellte mit zackigen Sprüchen seine Linientreue unter Beweis.

Während Hermann nickend und plaudernd mit ihr von einer Gruppe zur anderen ging, wurde Marianne immer schweigsamer. Die aufgeladene Atmosphäre war ihr unangenehm, wie stets bei solchen Anlässen. Schwadronierende, erfolgsverwöhnte Männer warfen sich in die Brust und berichteten mit überheblichem Herrenlachen, welche Unternehmen oder Villen sie für einen Spottpreis gekauft hatten. Die Besetzung der «Rest-Tschechei» durch die Wehrmacht galt in diesen Kreisen als jüngster Beweis dafür, dass sich Deutschland nun endlich wieder Respekt in der Weltgemeinschaft verschaffte. Während die Männer Reden schwangen, hielten sich die Frauen bescheiden zurück. Offenbar hatten die meisten von ihnen keine eigene Meinung und begnügten sich damit, dem Abend durch ihre schöne Aufmachung weiblichen Glanz zu verleihen.

Als einer von Hermanns Kollegen sah, dass Mariannes Blick auf das Mutterkreuz fiel, das seine Frau am Kleid trug, bemerkte er lautstark: «Ja, das Mutterkreuz in Silber, wir haben vier Jungen und zwei Mädchen.» Er lachte. «Na ja, Mädchen werden auch gebraucht, zu bestimmten Zwecken, nicht wahr, Emma?» Seine Frau errötete. «Und das Mutterkreuz in Gold schaffen wir auch noch, obwohl die Schwangerschaften unmöglich lange dauern.» Er wiegte sich im Bewusstsein seiner Potenz.

«Es ist schön, dass die naturgegebene Rolle der Frau im Nationalsozialismus so anerkannt wird, nicht wahr?», sagte die Frau des stolzen Vaters. «Ab dem siebten Kind übernimmt sogar der Führer persönlich die Patenschaft, was für eine Ehre. Und man bekommt Patengeld.»

Es ist nicht zum Aushalten, dachte Marianne, heute bin ich zum letzten Mal zu so einem Empfang mitgekommen.

Hermanns Kollege war inzwischen dazu übergegangen, von dem Bau der Neuen Reichskanzlei zu berichten, an dem er beteiligt war. «Ein Glanzstück ist natürlich die hundertfünfzig Meter lange Marmorgalerie, die jeder durchqueren muss, der zum Arbeitszimmer des Führers will.»

«Die würde Jesse Owens in sechzehn Sekunden bewältigen, wenn er noch so in Form ist wie bei der Olympiade 36», sagte Marianne, «allerdings könnte bezweifelt werden, dass er Interesse an einer Unterredung mit Herrn Hitler hätte. Vielleicht würde er sogar eher in die entgegengesetzte Richtung laufen.»

Schlagartig herrschte Stille in der Gruppe. Emma verzog die Lippen zu einem unsicheren Lächeln, die anderen aber sahen Marianne mit eisernen Mienen an.

«Woran es dagegen keinerlei Zweifel gibt, ist, dass unser Führer kein Interesse an einer Unterredung mit Herrn Owens hätte», sagte Hermann mit erzwungener Heiterkeit. «Das wäre ja geradezu absurd, oder was meinen Sie?» Er hatte seine Hand um Mariannes Oberarm gelegt und drückte so fest zu, dass sie beinahe zusammenzuckte. Die anderen schienen einen Moment lang nicht zu wissen, wie sie reagieren sollten, doch als Hermann laut zu lachen begann, stimmten sie zögernd ein.

«Was denkst du dir eigentlich?», polterte Hermann los, sobald sie im Auto saßen. «Wie konntest du nur die Reichskanzlei und den Führer mit Jesse Owens in Verbindung bringen? Es ist einfach unerträglich mit dir.»

«Was wirklich unerträglich war», erwiderte Marianne hitzig, «ist diese Selbstbeweihräucherung den ganzen Abend lang. Deutschland über alles. Die Größe der Nation. Die Überlegenheit der sogenannten arischen Rasse. Und dann noch diese Wurfprämie ab dem siebten Kind, als wären Frauen so was wie Zuchtsauen!»

«Halte dich zurück, ja?», sagte Hermann mit Nachdruck. «Wenn eine gesunde Frau mit ihren Kindern für die Zukunft des Volkes sorgt, ist das eine ehrenvolle Aufgabe.»

«Weißt du eigentlich, wie lächerlich du dich anhörst? Oder fühlst du dich womöglich im Nachteil gegenüber deinem Kollegen, der mit seiner Emma schon so zahlreiche Kinder gezeugt hat?»

«Du lenkst vom Thema ab.» Hermann bog derartig abrupt ab, dass Marianne an die Tür geworfen wurde.

«Wenn du meinst.» Sie rieb sich über den Arm. «Es ist nun mal

Tatsache, dass der Schwarzamerikaner Owens bei der Olympiade den Weltrekord im Hundertmeterlauf gewonnen hat, auch wenn Hitler fast die Tränen gekommen sind, als er das mit ansehen musste. In 10,2 Sekunden! Da muss man kein Rechengenie sein, um zu wissen, wie lang er für den Weg zu Hitlers Schreibtisch brauchen würde.» Bevor Hermann etwas dazu sagen konnte, fügte sie hinzu: «Außerdem wurde dadurch bewiesen, dass es keinen germanischen Blondschopf mit oder ohne Ariernachweis gab, der diese Leistung erbringen konnte.»

«Dir fehlt jeder Stolz, Marianne» – es krachte im Getriebe, als er ärgerlich den Gang wechselte –, «wir sind gerade dabei, unser Ansehen in der Welt wieder aufzubauen!»

Wir reden wieder einmal aneinander vorbei. Marianne ließ sich auf ihrem Sitz zurücksinken. «Weißt du, Hermann», sagte sie, «es wäre mir lieber, wenn wir unser Ansehen in der Welt aufbauen könnten, ohne es dafür immerzu nötig zu haben, anderen die Anerkennung zu verweigern.»

Als sie zu Hause angekommen waren, sahen sie Elsbeths Bruder in SS-Uniform in der Nähe der Haustür stehen.

«Möchten Sie mit hinaufkommen, Dietrich?», fragte Hermann.

«Nein, ist schon gut so», erwiderte er und streifte Marianne mit einem Blick.

Während Marianne in der Garderobe ihren Mantel auszog, kam Elsbeth aus Johanns Zimmer. «Er schläft ganz ruhig», sagte sie.

«Ich begleite Sie noch.» Hermann machte einen Schritt zur Tür.

Elsbeth ließ ihren Blick kurz zu Marianne und dann zu Hermann schweifen. «Das ist nicht notwendig, Herr Kutscher, mein Bruder wartet unten.»

«Bist du nun zufrieden?», fragte Hermann, als Elsbeth die Tür hinter sich zugezogen hatte. «Seit du sie wegen dieser lächerlichen Ohrfeige nach Hause geschickt hast, verhält sie sich äußerst distanziert. Es würde mich nicht wundern, wenn sie dabei ist, sich eine andere Stelle zu suchen.»

«Verschone mich mit Elsbeth, ja?», sagte Marianne gereizt, während sie ins Wohnzimmer gingen. «Viel wichtiger ist mir, wie du dich heute Abend verhalten hast.»

«Ich? Ist das wieder einer von deinen verqueren Scherzen?»

«Hermann.» Sie wandte sich ihm zu, obwohl sie ahnte, dass dieser Vorstoß wieder einmal in einem erbitterten Streit enden würde. «Ist dir denn nicht bewusst, welche Kompromisse du gerade eingehst?» Sie hielt einen Moment inne. «Oder sind das gar keine Kompromisse für dich, sondern deine neuen Überzeugungen?» Sie hatte es, ohne nachzudenken, ausgesprochen, doch noch während ihre Worte in der Luft standen, änderte sich ihre Wahrnehmung. Wenn sie es aus diesem Blickwinkel betrachtete, passte vieles zusammen. Die Kämpfe, die sie mit Hermann ausgetragen hatte, die nutzlosen Erklärungen, die sie für sein immer bevormundenderes Verhalten gesucht hatte. «Bist du womöglich selbst in diesen Verein eingetreten?», fragte sie.

«Das ist kein ‹Verein›. Daran sieht man ja, dass du überhaupt nicht ermessen kannst, worum es in unserem Land gerade geht.»

«Und es ist dir gleichgültig, was du dafür alles in Kauf nehmen musst? Dass jeder missliebige oder sozialdemokratische oder jüdische oder sonst wie nicht genehme Architekt aus dem Beruf gedrängt wird, sodass es freie Stellen für jemanden wie dich gibt?»

«Diese Entscheidungen sind von oben getroffen worden, darauf habe ich keinen Einfluss.»

«Aber du trägst sie mit, indem du die Vorteile wahrnimmst, die sich dir dadurch bieten.»

«Die Zeiten sind nun mal so.»

Die Zeiten sind nun mal so. Das sagten inzwischen leider viel zu viele. Marianne starrte auf den Boden. Während all der Konflikte mit Hermann hatte sie sich auf das konzentriert, was sie als ihre

Aufgabe in einer wenn auch schwierigen Ehe betrachtete – und als Mutter von Johann. Und dabei hatte sie die wesentlichen, grundlegenden Überlegungen ausgelassen. *Gemeinsame Überzeugungen sind unabdingbar,* hallte Roseannes Bemerkung in ihr nach.

Hermann hatte seinen Schlips weggelegt und schenkte sich seinen abendlichen Cognac ein. Offenbar war das Gespräch für ihn beendet. Er trank das Glas aus, schenkte sich neu ein und ließ sich auf dem Sofa nieder. Bevor er das Radio anschalten konnte, sagte Marianne: «Du musst noch die Genehmigung dafür unterschreiben, dass ich selbstverantwortlich reisen kann. Das Formular liegt auf dem Tisch. Es gibt einen neuen Sachbearbeiter, und er besteht auf deiner persönlichen Unterschrift.»

Er hob den Blick. In seiner Miene schien so etwas wie Genugtuung darüber zu stehen, dass sie in dieser Frage von ihm abhängig war. Resigniert stellte Marianne fest, dass auch diese Häme zu den Entwicklungen in ihrer Ehe passte.

«Ach so? Darauf besteht er also?» Hermann ließ den Cognac in seinem Glas kreisen. «Ich würde vielmehr meinen, dass ich derjenige bin, der darüber zu entscheiden hat.» Er trank den Cognac aus. «Und ich sage nein. Erst recht nach deinem Auftritt heute Abend.»

«Das ist nicht dein Ernst.» Auch wenn sie sich häufig stritten, hatte Marianne nicht gedacht, dass er so weit gehen würde. «Du hast versprochen, mir meine Freiheit zu lassen!»

«Deine Freiheit!» Er lachte verächtlich. «Du glaubst immer noch, dass du als Tochter aus reichem Hause eine Sonderrolle hast. Die Zeiten haben sich geändert – wie oft muss ich das noch sagen, bevor du es verstehst?» Seine Stimme steigerte sich zu einem Brüllen. «Die Frau gehört ins Haus. Umso mehr, wenn sie Ehefrau und Mutter ist.» Er griff wieder nach der Cognacflasche und schenkte sich nach. «Und ich bin derjenige, der darüber zu bestimmen hat, ob du Geld verdienen oder überhaupt verreisen darfst. Genau wie über vieles andere.»

Das waren die gesetzlichen Bestimmungen. Hermann besaß darüber hinaus die Verfügungsgewalt über das Vermögen, das sie in die Ehe eingebracht hatte, ebenso wie über ihr Einkommen und ihren sonstigen Besitz, zu dem auch das Flugzeug gehörte. Als ihr bewusst wurde, was das bedeuten konnte, stand Marianne einen Moment lang da wie gelähmt. Dann stützte sie sich mit einer Hand auf der Tischplatte ab. «Ich habe diesen Auftrag angenommen und werde ihn erfüllen», erklärte sie entschieden, «und danach müssen wir über unsere Ehe sprechen.» Sie sah ihn herausfordernd an. «Wenn man das noch so nennen kann.»

Es war, als hätte er auf diese Vorlage gewartet. Rot vor Zorn, schnellte er herum. «Ja, ganz recht, unsere Ehe.» Er stürzte den Cognac herunter und stellte das Glas so zornig auf den Tisch, dass es herunterfiel und zerbrach. Dann packte er sie am Arm und riss sie an sich. «Du willst deine *Freiheit* über alles stellen, aber du hast als meine Frau auch *Pflichten* zu erfüllen», zischte er, «eheliche Pflichten. Und die vernachlässigst du sträflich.»

Marianne spürte seinen Trieb, als er sich an sie drückte. Sie stieß ihn weg. Mit einem Schritt war er wieder bei ihr. «Lass mich.»

Ruckartig wich sie vor ihm zurück. Erneut kam er ihr nach und umfasste sie mit beiden Armen. Heftig atmend versuchte sie, sich zu befreien, aber es gelang ihr nicht, sich seinem Griff zu entwinden.

«Lass mich los!», rief sie noch einmal, während er mit den Lippen ihren Mund suchte. «Lass das!»

Er umschloss ihr rechtes Handgelenk und zog es hinter ihrem Rücken nach oben. Schmerz schoss durch ihren Arm. «Warum sollte ich es lassen», sein Atem glitt über ihre bloße Haut, «wenn ich es will?» Er fuhr ihr mit der freien Hand in den Ausschnitt.

«Das wagst du nicht», keuchte sie, als ihr bewusst wurde, was nun kommen würde.

Sie wehrte sich, doch bei jeder Bewegung war es, als würde eine

Messerklinge durch ihren verdrehten Arm gezogen. Er löste seine Hand von ihrer Brust und begann, ihr Kleid hochzuziehen, während er sie rücklings auf das Sofa drängte. «Ich muss hier gar nichts wagen», er löste seinen Gürtel, «das ist mein Recht.» Mit beiden Händen drückte er sie an den Schultern nach unten, schob seine Beine zwischen ihre und spreizte ihre Schenkel auseinander.

Marianne drehte den Kopf von Hermanns verzerrtem Gesicht weg, das nur wenige Zentimeter über ihrem hing, als er mit seinem gesamten Gewicht auf ihr lag. Dann stützte er sich mit der einen Hand an der Sofalehne ab, knetete mit der anderen grob ihre Brust und drang keuchend in sie ein. Mit harten, brutalen Stößen befriedigte er sich an ihrem Körper. Ein Schweißtropfen fiel von seiner Stirn auf ihren Mund, sickerte zwischen ihre Lippen. Bei dem salzigen Geschmack stieg ihr ein Würgereiz in die Kehle. Sie stemmte einen Fuß gegen die Rückenlehne des Sofas, um sich wegzurollen, doch das erregte ihn nur noch mehr. Sie schloss die Augen, bis er sich bei seinem letzten Stoß nicht mehr aus ihr zurückzog, zuckend noch tiefer in sie eindrang und sich mit einem Stöhnen auf sie sinken ließ, als die Spannung aus ihm wich.

Sie wand sich unter seinem erschlafften Gewicht. Schlimmer kann es nicht mehr kommen, schoss es ihr durch den Kopf. Dann fiel ihr Blick über Hermanns Schulter zur Tür. Dort war Johann. Bleich, mit entsetzt aufgerissenen Augen. Neben ihm auf dem Boden schleifte Herr Joko, dessen Arm Johann krampfhaft festhielt. Wie lange hatte er schon dort gestanden?

Hermann stemmte sich hoch und wischte sich die Haare aus der schweißfeuchten Stirn. In demselben Moment, in dem er seine Hose nach oben zog, erklang Johanns wimmerndes: «Mama!»

Hermann wirbelte herum. «Was hast du hier zu suchen?», schrie er. Mit einem Ruck zog er seinen Gürtel zusammen und durchquerte mit langen Schritten den Raum. Erstarrt sah ihn Johann auf sich zukommen, die Augen dunkel vor Angst und Verstörung.

«Ins Bett, und zwar auf der Stelle!», brüllte Hermann, während er zum Schlag ausholte. Er traf so heftig, dass Johann rücklings umfiel und durch den Flur rutschte. Gleich darauf schlug mit einem lauten Knall die Eingangstür hinter Hermann zu. Es klang, als wäre in der Wohnung ein Schuss abgegeben worden.

Marianne strich ihr Kleid nach unten. Ihre Hand traf auf einen feuchten, klebrigen Fleck. Sie zog die Hand zurück, und der Geruch stieg ihr in die Nase. Dieser Geruch.

Aber Johann war wichtiger.

Im Flur sah sie nur Joko als zusammengerutschtes Häufchen an der Wand liegen. Sie hob ihn mit der linken Hand auf und brachte ihn in Johanns Zimmer. «Sieh mal, ich bringe dir deinen Freund», sagte sie zu dem Hügel, den die Bettdecke über Johann bildete, und legte das Äffchen ans Kopfende. Johann schob seinen Kopf unter der Bettdecke heraus, dann griff er nach Jokos Arm und zog ihn zu sich. «Er leistet dir kurz Gesellschaft», sagte Marianne, «ich muss mir nur schnell die Hände waschen, ja?»

Johann starrte sie an. Nach einem sehr langen Moment nickte er zögernd. Wenige Sekunden später stand Marianne im Badezimmer und begann, sich mit heftigen Bewegungen abzuschrubben.

Schon an der Tür spürte sie Johanns verängstigten Blick auf sich, als sie wieder in sein Zimmer kam. Sie setzte sich auf sein Bett, nahm ihn in die Arme und flüsterte ihm tröstliche Laute ins Ohr. Er zitterte am ganzen Körper. Dann rollten die ersten Tränen über seine Wangen, und er hielt sich an ihr fest, als wollte er sie nie mehr loslassen. Er stand unter Schock, und es gab keine Erklärung, mit der ihm Marianne das Verhalten seines Vaters verständlich machen konnte. Hermann hatte Johanns Kinderwelt zerstört. *Das verzeihe ich dir niemals.*

Schließlich fielen Johann die Augen zu, und Marianne setzte sich auf den Stuhl am Bett. Er wälzte sich unruhig herum. Einmal streiften seine Finger über Jokos Plüscharm und schlossen sich reflexhaft darum. Nachdem Johann endlich richtig eingeschlafen war, begann Mariannes mühsam aufrechterhaltene Selbstbeherrschung zu bröckeln. Sie dachte daran, Roseanne anzurufen, aber es war spät, und Roseanne ging beinahe jeden Abend aus.

Wieder sah Marianne Hermanns verzerrtes Gesicht über sich, spürte seinen keuchenden Atem an ihrem Hals, die Brutalität, mit der er seine Begierde an ihr befriedigt hatte. Sie griff sich an den Hals, hatte das Gefühl, als würde ihr die Kehle zugeschnürt. Dann war sie erneut im Bad. Rieb mit dem Seifenlappen an ihrem Schritt, spülte mit Hilfe der Finger Wasser in ihre Scheide, um auch die letzte Spur von Hermanns Samenerguss zu beseitigen. Aber das half nichts. Sie fühlte sich auf eine Art beschmutzt, an der Wasser und Seife nichts ändern konnten.

Mechanisch zog sie die Bettdecke hoch, die von Johanns Schultern gerutscht war, als sie wieder zu ihm kam. Sie setzte sich, hob Joko auf, der aus dem Bett gefallen war, und zwang sich dazu, ruhig nachzudenken.

Es war kaum vorstellbar, dass Hermann derselbe Mensch war wie der zuvorkommende, heitere Mann, den sie einmal geliebt hatte. Der sie respektiert hatte. Mit dem sie in Kellerlokalen Jazz gehört und Charleston getanzt hatte. Das alles schien unendlich lange vergangen. Ein schleichendes Gift hatte sich in ihm ausgebreitet. Der Samen einer Giftpflanze, den er vielleicht schon immer in sich getragen hatte, war von den gesellschaftlichen und politischen Entwicklungen der vergangenen Jahre gedüngt worden. Entwicklungen, die auch Frauen in ihren Rechten beschnitten und in die Enge traditioneller Rollenbilder zurückdrängten. Und so hatte diese Giftpflanze keimen und sich in seinem Körper und seinem Denken ausbreiten können. Zerstörerisch und seinen Charakter bis zur Unkenntlichkeit verformend.

Sie sah Joko auf ihrem Schoß an. «Wo war der Kipppunkt, der

Moment, in dem Hermann von der einen auf die andere Seite gewechselt ist?», fragte sie ihn. Seine Glasaugen schimmerten im Lampenlicht, als würde er ihren Blick erwidern. Ließ sich ein solcher Punkt überhaupt bestimmen?, ging es ihr durch den Kopf. Hatte es den einen Augenblick gegeben, in dem Hermann zum ersten Mal daran gedacht hatte, ihr auch körperlich seinen Willen aufzuzwingen? Marianne hatte keine Antwort darauf. Trotzdem war das Geschehnis dieses Abends nicht aus heiterem Himmel gekommen.

Alles schien plötzlich so klar. Was mit kleinen Auseinandersetzungen und kritischen Bemerkungen zu ihrem Verhalten und ihren Erziehungsmethoden begonnen hatte oder, so lächerlich sie es auch fand, zu ihrer Kleidung, hatte sich in zunehmend aggressiven Streitereien über ihre Ansichten und ihre Aufträge mit dem Mauersegler gesteigert. Er hatte sie nicht mehr so nehmen wollen, wie sie war, hatte aus ihr eine Hausfrau und Mutter machen wollen, wie sie seine Kollegen hatten, eine Ehefrau, die zu ihrem Mann aufblickte und ihm in allem gehorchte. Der Übergriff auf ihren Körper war im Grunde nur die Fortsetzung all dessen mit anderen Mitteln. Denn bei ihren Auseinandersetzungen war es immer um viel mehr gegangen als um den konkreten Anlass. So wie es auch an diesem Abend um viel mehr gegangen war als um sexuelles Verlangen. Es war ein Akt der Unterwerfung gewesen. Eine Machtdemonstration. Er hatte ihr gezeigt, dass er der Stärkere war, und natürlich nicht nur im Hinblick auf körperliche Kraft.

Dieser Abend war der Höhepunkt oder vielmehr der Tiefpunkt einer Ereigniskette in ihrer Ehe. Warum hatte sie nicht früher gesehen oder nicht sehen wollen, wie weit sie sich voneinander entfernt hatten? So weit, dass sie jetzt nicht einmal Trauer empfand, sondern nur Widerwillen und Abscheu.

Und die Abwärtsspirale konnte sich noch weiter drehen. Hermann hatte eine Schwelle überschritten und würde versuchen, sich auch in anderen Bereichen durchzusetzen. Sie dachte an die Unterschrift, die er ihr nicht geben wollte, und daran, dass er als Ehemann das Gesetz auf seiner Seite hatte. Er konnte ihr das Arbeiten verbieten, das Fliegen, das Reisen. Und er konnte sie zu ihren ehelichen Pflichten zwingen, wann immer ihm danach war.

Ein Schauder lief ihr über den Rücken. *Es darf kein Zurück geben.*

Als sie mit ihren Überlegungen bis zu diesem Punkt gekommen war, wurde sie ruhiger. Sie wusste jetzt, worauf sie sich konzentrieren musste. Entschlossen schob sie die Bilder des Abends weg, holte sich etwas zu schreiben und setzte sich wieder an Johanns Bett.

Nachdem sie auf den ersten beiden Seiten des Notizblocks aufgelistet hatte, was alles zu berücksichtigen war, wurde ihr bewusst, dass sie über kaum etwas davon allein entscheiden konnte. Sie war vor dem Gesetz zur Ohnmacht verurteilt. Erbost sprang sie auf und schleuderte den Block auf den Boden. Johann regte sich im Schlaf. Sie wartete einen Moment ab, doch er wachte nicht auf. Dann verließ sie das Zimmer und ging ruhelos in der Wohnung umher. Als sie zum dritten Mal in das Arbeitszimmer kam, fiel ihr Blick auf den Schreibtisch. Sie blieb stehen. Ein Gedanke formte sich.

Die restliche Nacht verbrachte Marianne an Johanns Bett. Irgendwann hörte sie Hermann nach Hause kommen und direkt ins Schlafzimmer gehen. Morgens weckte sie Johann, bevor Elsbeth zur Arbeit erschien, ließ ihn in der Küche frühstücken und schickte ihn in sein Zimmer zurück.

«Bitte bereiten Sie das Frühstück im Wohnzimmer vor, Elsbeth», sagte sie, als die Haushälterin gekommen war, «stellen Sie die Kaffeekanne unter die Wärmehaube. Während des Frühstücks wünschen wir nicht gestört zu werden.» Elsbeth sah sie neugierig an, sparte sich jedoch einen Kommentar.

Als Hermann zum Frühstück kam, saß Marianne vor einer Tasse Kaffee am Tisch. Neben ihrer Tasse lagen das Genehmigungsformular und ein Stift. Wortlos zog Hermann seinen Stuhl nach hinten und setzte sich. Er wartete einen Moment, aber Elsbeth eilte nicht wie üblich diensteifrig nach ihm herein, um ihm den Kaffee einzugießen. Er sah Marianne kurz an, dann schenkte er sich selbst ein und schlug die Zeitung auf, die wie gewohnt neben seinem Teller bereitlag.

«Dir ist sicher klar, dass unsere Ehe mit dem gestrigen Abend für mich beendet ist», sagte Marianne.

Er ließ die Zeitung so weit sinken, dass er sie darüber hinweg ansehen konnten. «Das ist jetzt sehr melodramatisch, Marianne», sagte er und las weiter.

«Ich werde das nicht diskutieren», gab sie zurück. «Bis zu meiner Abreise gehe ich mit Johann zu Ruth, und während ich weg bin, wohnt er bei ihr und Bernhard. Nach meiner Rückkehr sehen wir weiter.»

«Ich habe es wirklich zu weit kommen lassen.» Gereizt legte er die Zeitung weg. «Begreife endlich, dass ich derjenige bin, der hier die Entscheidungen zu treffen hat! Das ist meine Verantwortung und meine Pflicht. Und ich wünsche nicht, dass du diesen Auftrag durchführst oder dass Johann bei deiner Schwester wohnt.»

Er reagierte genauso, wie Marianne geahnt hatte. Sie zwang sich zur Ruhe. «Was du gestern getan hast, ist … ungeheuerlich», sagte sie, «dafür gibt es keine Entschuldigung.»

«Ich brauche auch keine Entschuldigung dafür, dass ich mit meiner Frau … Verkehr habe.»

«So leicht nimmst du es also, wenn du mir Gewalt antust?»

«Wie ich schon sagte, du bist melodramatisch. Wir sind ein *Ehepaar.* Und dass es gestern so gekommen ist, hast du dir durch dein Verhalten selbst zuzuschreiben.»

Obwohl Marianne die halbe Nacht über die Veränderung Hermanns gegrübelt hatte, erschütterte es sie, ihn so reden zu hören.

Oder hatte er doch ein Bewusstsein dafür, dass er Unrecht getan hatte, und schützte sich nun mit diesem herrischen Gerede? *Nein, du wirst keine Entschuldigungen für ihn suchen,* befahl sie sich. Und die Art, auf die Hermann weitersprach, bekräftigte sie nur noch in ihrem Entschluss.

«Du glaubst immer noch, dass du tun und lassen kannst, was du willst», sagte er aufgebracht. «Du bringst mich sogar vor meinen Kollegen in Schwierigkeiten und gefährdest damit meine Stellung! Denkst du, irgendeiner von ihnen würde sich so von seiner Frau auf der Nase herumtanzen lassen? Was glaubst du, was ich alles unternehmen muss, um deinen geschmacklosen Witz über Jesse Owens auszubügeln? Sie müssen ja glauben, dass ich mit einer Defätistin verheiratet bin!»

«Sag doch gleich Volksverräterin», gab Marianne unwillkürlich zurück.

Er sah sie schweigend an. «Und ich untersage dir den Umgang mit deinen französischen *Freunden*», verkündete er dann, «Frankreich ist unser Erbfeind. Dafür ist der Schandvertrag von Versailles nur das jüngste Beispiel. Roseanne und ihr Bruder haben einen schädlichen Einfluss auf dich.»

Marianne konnte nur auflachen.

«Außerdem ist ihr Land ein Wirtschaftskonkurrent, und wenn du von einem französischen Unternehmen Aufträge annimmst, trägst du dazu bei, dass die Position ihres Landes auf dem Weltmarkt gestärkt wird», fuhr Hermann fort, als würde er vor einer Versammlung sprechen, «und damit arbeitest du gegen uns. Ich werde das nicht mehr zulassen. Es ist gegen den politischen Anstand und die nationale Ehre. Aber davon verstehst du nichts, wie du gestern Abend wieder einmal bewiesen hast. Genauso wenig wie dein Vater mit seiner naiven Haltung die neue Zeit verstanden hatte. Vielleicht war es ein Glück, dass er gestorben ist, bevor er sich in Schwierigkeiten gebracht hat.»

Er beugte sich über den Tisch vor. «Ich habe ja gesagt, dass er auf diese Art keine Zukunft mehr hat. Und ich habe recht behalten. Nach seinem Tod war außer den Immobilien und der Firma nicht annähernd so viel da, wie man hätte erwarten können.»

«Was erlaubst du dir!», rief Marianne empört. «Außerdem geht es hier nicht um meinen Vater.» Sie wollte noch mehr dazu sagen, doch dann schluckte sie die Worte hinunter. «Du behauptest gern, dass ich die neue Zeit nicht verstehe», fuhr sie stattdessen fort, bevor er sich wieder seiner Zeitung zuwenden konnte, «aber ich habe sie sehr wohl verstanden. Und du hast recht, die Zeiten haben sich geändert und die Menschen auch … du auch. Du hast mir zum Beispiel das Versprechen gegeben, mich nicht einzuschränken. Das war die Voraussetzung für unsere Ehe.» Bitter fügte sie hinzu: «Aber was dein Wort als Ehrenmann wert ist, hat sich gestern Abend gezeigt. Und nicht zum ersten Mal.»

«Ich warne dich.» Einen Moment glaubte Marianne, er würde aufspringen und sie schlagen. «Wir gehören nicht mehr zusammen», fügte sie hinzu, «und wir werden uns trennen.»

Er ballte die Hand so fest um die Zeitung, dass seine Fingerknöchel weiß hervortraten. Doch dann sagte er nur: «Eine Scheidung kommt nicht in Frage, das würde dem Geschäft schaden.»

Trotz allem schmerzte es Marianne, wie Hermann selbst in dieser Situation seine Interessen im Blick behielt. «Hast du wirklich alles vergessen?», fragte sie. «Das Vertrauen und die Liebe, die wir einmal füreinander hatten?»

Er sah sie mit einem so harten Blick an, dass Marianne auf ihrem Stuhl zurückwich. Nach langen Sekunden wurde ihr heiß vor Scham und Wut bei der Erkenntnis, dass sie mit diesem sinnlosen Appell an seine Gefühle erneut Schwäche gezeigt hatte.

«Also gut», sagte sie, «reden wir auf deine Art weiter. Eine Scheidung würde dem Geschäft schaden, weil du das Büro meines Vaters übernommen hast. Es würde nämlich nicht gut aussehen, wenn du dich von einer ‹Defätistin› trennst und trotzdem das Geschäft behältst, das ihr Vater aufgebaut hat.»

«Glaubst du wirklich, dass du dich in dieser Sache gegen mich durchsetzen könntest?», fragte Hermann, als hätte er ihre letzten Sätze nicht gehört. «Möchtest du dich etwa vor einem Richter darüber beschweren, dass dein Mann sich sein Recht genommen hat?» Er sah sie spöttisch an. «Da wirst du nur ein Lachen ernten. Oder möchtest du anführen, dass dein Mann und gesetzlicher Vormund etwas dagegen hat, wenn du Witze auf Kosten des Führers reißt oder mit dem Erbfeind Geschäfte machst?» Er lehnte sich zurück. «Selbst du musst einsehen, dass jetzt endlich der Moment gekommen ist, in dem du dich nach der Realität richten und deine Stellung als meine Frau akzeptieren musst. Und zwar mit allem, was dazugehört. Ich war bisher sehr nachsichtig, aber nun wirst du lernen müssen, dich anzupassen.»

Warum ihr gerade jetzt das Bild in den Kopf kam, wie Hermann lachend zugestimmt hatte, ihr das Autofahren beizubringen, wusste Marianne nicht. Nun aber schien ein vollkommen Fremder vor ihr zu sitzen. «Ich denke, du hast mich vorhin nicht richtig verstanden», sagte sie. «Meine Entscheidung ist gefallen.»

«Ich möchte dieses Gespräch nicht noch einmal von vorn anfangen.»

«Das werden wir auch nicht.» Marianne dachte an den Moment, in dem sie nachts im Arbeitszimmer stehen geblieben war. Hermann ließ ihr keine andere Möglichkeit, als den Einfall zu nutzen, den sie beim Anblick des Schreibtisches gehabt hatte.

«Ich werde mit Johann zu Ruth gehen, und wenn ich zurück bin, sehen wir weiter, wie ich es gesagt habe.» Hermann atmete erbost ein, doch sie fuhr fort: «Wenn du etwas dagegen unternimmst, werde ich deinen hochgeschätzten Architektenkollegen berichten, dass deine so bewunderten Planzeichnungen aus der Hand von Kaufmann stammen, einem Juden, den du gegen das Verbot damit beauftragst, weil du selbst nicht imstande bist, sie in der geforderten Qualität anzufertigen.»

Mit einem Ruck hob Hermann den Kopf.

«Wie hieß der Verbindungsmann zu der oberen Etage noch?», fragte Marianne. «Häberlein? Aber das lässt sich gewiss leicht herausfinden.»

«Das ... das kannst du nicht tun.»

«Nein? Kann ich nicht? Habe ich schon einmal nicht zu meinem Wort gestanden? Anders als du?», zischte sie. «Und soweit ich weiß, waren Kaufmanns Pläne deine Eintrittskarte für Prora. Du hast einen Juden als Deckmantel benutzt und die Herkunft der Pläne gefälscht, um dort arbeiten zu können. Was werden sie wohl davon halten, wo ihr doch ständig von ‹deutschem Anstand und deutscher Ehre› und der Überlegenheit der arischen Rasse redet?»

«Sprich leise.» Er warf einen Blick zur Tür.

«Und warum? Es ist nun einmal die Wahrheit, oder etwa nicht?»

Ihre Drohung gefährdete nicht nur seinen Auftrag in Prora, sondern seine gesamte berufliche Existenz und seinen Ruf, vielleicht sogar seine Freiheit. Marianne sah ihm an, dass ihm die Konsequenzen bewusst waren. Er hatte sich strafbar gemacht. Nicht allein, indem er sich betrügerisch Vorteile verschafft hatte. Darüber hinaus hatte er, und das wog bei dem erbarmungslosen Judenhass der nationalsozialistischen Gesellschaft viel schwerer, das Berufsverbot eines Juden missachtet und ihn gegen das Gesetz für sich beschäftigt und bezahlt. Diese Geschichte würde sich wie ein Lauffeuer verbreiten.

«Hier», sie schob ihm das Formular und den Stift hin, «unten rechts.» Als er sich nicht rührte, fügte sie hinzu: «Du hast gehört, was ich gesagt habe.»

Er unterschrieb.

Marianne stand auf. «Und jetzt muss ich gehen. Mir wird schlecht, wenn ich dich nur ansehe.»

Als sie in den Flur trat, sah sie gerade noch Elsbeths blonden Kopf hinter der Küchentür zurückweichen. Was hatte sie belauschen können? Marianne drehte sich weg. Das musste sie nicht mehr kümmern.

Wenige Sekunden später war sie im Bad und musste sich übergeben. Sie hatte bei dieser Auseinandersetzung ihren Willen erreicht, doch es war kein Sieg. Es war der Untergang all dessen, was sie sich einmal unter ihrem Leben mit Hermann vorgestellt hatte, und der Beginn einer Zukunft, von der sie keinerlei Vorstellung besaß.

Nachdem Hermann zur Arbeit gegangen war, schickte sie Elsbeth nach Hause und fing an zu packen. Sie sah auf die Uhr. Vor ihrer Abfahrt würde sie sich den vermaledeiten Stempel auf dem Genehmigungsformular abholen. Als sie den zweiten Koffer schloss, klingelte das Telefon. «Ein Gespräch aus Paris», sagte das Fräulein vom Amt und stellte durch.

«Nur noch eine Woche!», rief Roseanne fröhlich.

Marianne dachte daran, wie sehr sie sich auf dieses Abenteuer gefreut hatte. Der Flug nach Afrika, das Forschungscamp in der Wüste. Nun überdeckte ein grauer Schleier die leuchtenden Farben, in denen sie sich all das ausgemalt hatte.

«Was ist los?», sagte Roseanne, und als Marianne ihr erzählte, was geschehen war, flüsterte sie ungläubig: «Wie kannst du nur so ruhig darüber sprechen?»

Marianne dachte an die vergangene Nacht zurück, in der sie noch zwei weitere Male ins Badezimmer gegangen war und sich so verbissen abgeschrubbt hatte, als wäre ein böser Geist in sie gefahren. Sie hatte erst damit aufhören können, als ihre Haut rot war und wie Feuer brannte und sie sich kaum noch selbst berühren konnte. «Willst du, dass ich schreie und weine?», fragte sie leise.

«Das würde ich jedenfalls besser verstehen als diese Gefasstheit.»

Marianne senkte die Stimme noch weiter. «Ich muss an Johann

denken. Er steht unter Schock. Wenn ich mich jetzt gehenlasse, hat er überhaupt keinen Halt mehr.» Es knackte in der Leitung, und sie fragte sich, ob das Fräulein vom Amt mithörte.

«Wieso steht er unter Schock? Du hast ihm doch nicht erzählt, was passiert ist, oder?»

«Nein!» Bevor Marianne mehr dazu sagen konnte, wanderte Johann auf der Suche nach ihr ins Zimmer und schmiegte sich an ihr Bein wie ein viel jüngeres Kind. «Ah, da ist mein Johann», sagte sie mehr, damit Roseanne wusste, dass er hereingekommen war. Sie zog ihn dicht an sich. Sein Körper war hart vor Anspannung. «Ich telefoniere gerade mit Tante Ro», erklärte sie ihm, «möchtest du ihr guten Tag sagen?» Er schüttelte den Kopf. «Gut, dann machst du das ein anderes Mal.»

In der Leitung herrschte einen Moment Stille. «Soll das heißen», drang dann Roseannes Stimme in ihr Ohr, «dass er es gesehen hat?»

Mariannes Schweigen genügte ihr. «Ich verstehe», sagte sie. «Was machst du jetzt?»

«Jetzt setzen wir uns ins Flugzeug und besuchen Tante Ruth, oder, Johann? Nur wir beide.»

Er sah seine Mutter an und nickte ernst.

«Ja, tu das», kam es aus dem Telefonhörer. «Je eher, desto besser. Und ruf mich heute Abend an. Ich warte darauf, ja?»

«Schläft er?», fragte Ruth, als Marianne die Treppe herunterkam. Sie nickte.

«Möchtest du ein Glas Wein?», fragte Bernhard vom Wohnzimmer aus. «Ich denke, wir sollten uns noch einen Moment zusammensetzen.» Es war halb neun, und Marianne hatte Johann nach dem Abendessen schlafen gelegt.

Bernhards Haus in Zinnowitz war eine verspielte kleine Villa, wie sie typisch war für die Ostseebäder. Sie hatte eine weiß gestrichene Veranda und auf jeder Etage Balkons mit Säulen und aufwendigen Holzschnitzereien, die wie Spitze durchbrochen waren. Auf dem Dach saß ein Wetterhahn auf einem Türmchen, und im Erdgeschoss links hatte Bernhard seine Praxis.

«Ja, gern.» Sie ließ sich auf das Sofa fallen. Das Wohnzimmer war in hellen Farben gehalten. Eine bauchige Tischlampe auf der Kommode tauchte die Sofagruppe in ihren warmen Schein. Das Blumenmuster der Möbelbezüge passte zu den bodenlangen zartgelben Vorhängen, die vor den weiß lackierten Kassettenfenstern zur Seite gerafft waren. Zwischen den Fenstern standen ein großer Blumenstrauß und ein gerahmtes Foto ihres Vaters auf einem halbmondförmigen Konsoltischchen. Das alles war ganz und gar nicht Mariannes Geschmack, doch von dem polierten Esstisch auf der anderen Seite des Zimmers bis zu den Landschaftsgemälden und dem Bücherschrank atmete alles Wohlstand, guten Geschmack und Behaglichkeit und auf eine ungreifbare Art auch das Glück des Paares, das hier wohnte. Und dann war da noch der schwarz glänzende Flügel ihrer Mutter, den Ruth aus der Bayernallee mit in die Ehe gebracht hatte.

Bernhard kam mit einer Weinflasche und drei Gläsern ans Sofa. Nach Mariannes Anruf hatte sich Ruth bei der Weitergabe des Geschehnisses ganz gewiss knapp gehalten, trotzdem war Marianne die Situation peinlich. Normalerweise wäre es niemals in Frage gekommen, dass ein intimes Thema aus ihrer Ehe auch nur andeutungsweise bei einem Gespräch mit ihrem Schwager im Raum stand. Für einen Moment hatte sie das unklare Gefühl, selbst diejenige zu sein, die einen Fehler gemacht hatte. Und wenn man Hermann glaubte und den Bestimmungen des Eherechts, die auch noch die innigste, privateste Vereinigung eines Paares per Gesetz regelten, war es ja auch so. Sie ließ ihren Blick über das heitere Blumenmuster des Sofabezugs wandern.

«Ich werde nicht zu ihm zurückgehen», erklärte sie, ohne dass eine Frage gestellt worden war.

«Wir werden Johann bei uns behalten, bis du zurück bist, darauf kannst du dich verlassen.»

Ruth nickte zu Bernhards Worten.

«Ihr könnt nicht einmal ahnen, wie dankbar ich euch bin», sagte Marianne, «ich hätte sonst niemanden gewusst, zu dem ich ihn hätte bringen wollen. Und dann hätte ich den gesamten Auftrag absagen müssen.»

Sie presste die Lippen zusammen. *Den Auftrag.* Wie sie darüber redete! Über diesen Traum von einem Etappenflug bis nach Westafrika. Das größte Abenteuer ihrer bisherigen Laufbahn als Fliegerin war nur noch ein *Auftrag*, auf den sie sich nicht mehr freuen konnte. «Und diese Genugtuung werde ich ihm nicht bieten!», setzte sie heftig hinzu.

Ruth dachte an ihre Jugend, in der ihre große Schwester für sie der Inbegriff einer Art von Unabhängigkeit gewesen war, die sie selbst nie angestrebt hatte. Doch all ihre Stärke und unkonventionellen Entscheidungen hatten Marianne nicht geschützt. Es erschien Ruth wie ein Symbol, dass sie nun zurückgezogen in der Ecke ihres großbürgerlichen Blumensofas saß wie ein Wildvogel in einem Gehege. Sie hätte in diesen Zeiten, in denen es Frauen, die ihre Selbständigkeit liebten, viel schwerer hatten als noch vor zehn Jahren, einen Mann gebraucht, der sie unterstützte. Der in ihrem Interesse dachte. Und handelte.

«Weißt du noch», sagte sie, «dass du uns nach Papas Tod gefragt hast, warum er mit uns über seine testamentarischen Entscheidungen gesprochen hat und nicht mit euch?»

Marianne erinnerte sich ganz genau daran, dass Hermann unwillig die Beine anders übereinandergeschlagen hatte, als Bernhard erklärte, er sei der Testamentsvollstrecker.

«Das hatte wirklich damit zu tun, dass ich noch bei ihm im Haus gewohnt habe», sagte Ruth. «Aber nicht nur.» Sie spielte mit dem Nussknacker aus der Schale mit Walnüssen, die auf dem Tisch stand. «Ich wollte noch ausführlich mit dir darüber sprechen, aber die Gelegenheit hat sich nicht ergeben und ...»

«Ja?», fragte Marianne in ihr plötzliches Schweigen hinein.

«Papa hat diese Regierung verachtet, das weißt du ja», setzte Ruth neu an, um sich gleich wieder zu unterbrechen. Dann gab sie sich einen Ruck. «Und er fand, dass Hermann zu sehr auf ihre Linie überschwenkt. Er hat ihm nicht mehr vertraut. Damit meine ich natürlich nicht», ergänzte sie schnell, «dass er geglaubt hat, Hermann könnte dir so etwas antun, sondern dass er einen gefährlichen Weg einschlägt. Einen Weg der Verblendung, so hat er es ausgedrückt. Einen Weg, der uns alle in den Untergang führen kann.»

Marianne senkte den Kopf. Im Grunde hatte sie gewusst, dass ihr Vater so dachte, hatte sogar Roseanne gegenüber eine Bemerkung dazu gemacht. Aber sie war dieser Überlegung nicht bis zum Ende nachgegangen.

«Darüber konnte er natürlich nicht mit dir sprechen, das verstehst du doch, oder?», fuhr Ruth fort. «Er wollte deine Ehe nicht stören.»

«Bis zu Vaters Tod», sagte Marianne, «hat sich Hermann so gegeben, als müsse er sich den politischen Gegebenheiten anpassen, weil er keine andere Wahl hat. Aber jetzt ... ist er von ihnen überzeugt. Er hat mir beim Frühstück mit Vorliebe Zeitungsmeldungen vorgelesen. Vom Autobahnbau oder gesunkenen Arbeitslosenzahlen. So etwas ist für ihn der Beweis dafür, dass die Regierung unser Land zu neuer Größe führt.»

«Zu neuer Größe», wiederholte Bernhard ätzend. «Gestern haben sie den Geschichtslehrer aus der Schule geholt. Er ist von einem Schüler wegen angeblich staatsfeindlicher Äußerungen bei der Gestapo gemeldet worden. Bevor sie ihn abgeführt haben, wurde seinen Kollegen und Schülern noch reichlich Zeit gelassen, ihr sogenanntes gesundes Volksempfinden an ihm abzureagieren.» Er stieß einen höhnischen Laut aus. «Wenn das unsere neue Größe ist, dann gute Nacht.»

Marianne sah ihn erschrocken an. Sie konnte sich nicht erinnern, wann sie zum letzten Mal jemanden so hatte reden hören. Mehr oder weniger bewusst schienen sie inzwischen alle so zu leben, als wären sie ständig auf der Hut vor Spitzeln. «Ich hätte früher erkennen müssen, worauf Hermanns Veränderungen hinauslaufen», murmelte sie, «aber ich habe es nicht ernst genug genommen oder ... die Augen davor verschlossen.» Sie sank ein wenig zurück. «Das erklärt natürlich, warum Papa lieber mit euch als mit mir gesprochen hat.»

«Marianne», sagte Ruth beschwörend, «du darfst nicht glauben, dass sich seine Gefühle für dich verändert hatten. Und das, was gestern zwischen dir und Hermann geschehen ist, konnte niemand ahnen. Ganz davon abgesehen hat es nichts mit Hermanns politischer Einstellung zu tun.»

«Glaubst du das wirklich?» Marianne dachte an Hermanns hässliche Bemerkungen darüber, dass sie ihre Persönlichkeit über alles stellen und sie nicht mehr in «die neue Zeit» passen würde. Aber in Wahrheit hatte ihn diese «neue Zeit» überhaupt erst zu diesen Ansichten gebracht. «Wenn ich zurück bin», sie klang plötzlich sehr erschöpft, «sehe ich weiter.»

Schweigend trank Bernhard einen Schluck Wein und stellte sein Glas auf den Tisch. Sie wussten alle, wie schwierig es für Marianne nach einer Trennung von Hermann werden würde. An einer Geschiedenen haftete immer ein Makel. Die Stille breitete sich aus, senkte sich lastend auf den heiteren Wohnraum. Bernhard warf Ruth einen Blick zu.

«Das war noch nicht alles, oder?», sagte Marianne.

«Papa war in den letzten Jahren häufig in Belgien, das weißt du ja.» Ruth setzte sich etwas aufrechter hin.

«Um nach Aufträgen zu suchen, weil ihn die neuen Vorschriften hier eingeengt haben.» Dann kam Marianne ein neuer Gedanke. «Oder wollte er das Land verlassen?» Noch während sie den Satz sagte, verletzte es sie, dass ihr Vater auch darüber nicht mit ihr gesprochen hatte.

«Nein, darum ist es nicht gegangen», widersprach Ruth. «Aber er hatte nach seinen Erfahrungen mit der Inflation und der Weltwirtschaftskrise Bedenken, was noch alles auf uns zukommen könnte.» Sie zuckte mit den Schultern. «Zugleich hat er gehofft, dass er sich zu viele Sorgen macht, aber das war eben seine Lebenserfahrung.»

Bernhard sah nicht so aus, als glaubte er, ihr Vater hätte sich zu viele Sorgen gemacht.

«Und warum ist er deswegen nach Belgien gefahren?»

«Er war jedes Mal in Antwerpen», sagte Ruth. «Mit einem Koffer voller Geld.» Auf ihren erwartungsvollen Blick erntete sie von Marianne nur ein ratloses Schulterzucken. Ruth ging zu dem Tischchen mit dem Blumenstrauß, zog die Schublade auf und kehrte zu den beiden anderen zurück. «Eins davon gehört dir.» Sie legte zwei gleiche Säckchen aus mitternachtsblauem Samt neben Bernhards Weinglas.

Marianne sah sie fragend an, dann beugte sie sich vor und nahm ein Säckchen hoch. Es passte in ihre Handfläche, und sein Inhalt war schwer und fühlte sich beinahe flüssig an. Als sie die goldfarbene Kordel aufgezogen hatte, fiel der Samt auseinander, und dann schimmerte ihr auf dem tiefblauen Stoff ein silbriges, in allen Farben irisierendes Häufchen Steine entgegen.

«Ist das … sind das …», begann sie.

«Ja», sagte Ruth, «Diamanten.»

Marianne bewegte die Hand, und einen Moment lang beugten sie sich alle drei vor und betrachteten wie gebannt das atemberaubende Glitzern der Lichtbrechung, das so stark war, dass es zarte Regenbogenreflexe auf ihre Gesichter warf.

«Damit hat euer Vater nach all seinen Erlebnissen mit staatlicher Finanzpolitik versucht, sein Vermögen für euch beide zu schützen.» Bernhard lehnte sich in seinem Sessel zurück. «Wir hätten es dir nach seinem Tod sagen sollen, aber …» Er räusperte sich.

«Er wollte nicht, dass Hermann etwas davon erfährt, weil er die Verfügungsgewalt über dein Vermögen hat», beendete Ruth seinen Satz. «Deshalb hat er auch das Sommerhaus mir überschrieben, obwohl es dir oder später Johann gehören soll.»

«Also hat Papa schon damit gerechnet, dass meine Ehe nicht halten wird.»

«Er wollte vor allem, dass du deine Unabhängigkeit behältst», gab Ruth ausweichend zurück. Als Marianne schwieg, fügte sie hinzu: «Er hat in einem Zwiespalt gesteckt. Du hättest ja auf irgendeine Art reagieren müssen, wenn er dir dazu etwas gesagt hätte. Und das hätte einen Keil in unsere Familie treiben können.»

Mit einem unbehaglichen Gefühl wurde Marianne klar, dass sie nicht genau wusste, wie sie sich dabei verhalten hätte. «Also hat er mir diese Situation erspart. Mich meinen eigenen Weg gehen lassen und trotzdem für mich getan, was er konnte.» Sie lächelte gequält. «So wie es gekommen ist, muss ich ehrlich dankbar dafür sein, dass unser Vater meinem Ehemann misstraut hat.»

Noch während sie den Satz aussprach, klingelte es an der Haustür. Es war viel zu spät für einen unangemeldeten Besuch. Ruth warf Bernhard einen beunruhigten Blick zu.

«Ich gehe schon», sagte er.

Kurz darauf drang aus der Eingangshalle eine gedämpfte Unterhaltung bis zu ihnen, ohne dass die Worte zu verstehen waren. Vielleicht einer von Bernhards Patienten, der einen Rat braucht, dachte Marianne, die einen Moment lang gefürchtet hatte, es könnte Hermann sein. Gleich darauf klappte die Eingangstür.

«Was ist?», fragte Ruth gepresst, als Bernhard wieder hereinkam.

«Es ist nichts, mach dir keine Sorgen.» Er legte ihr die Hand auf die Schulter. Seine fürsorgliche Geste widersprach der veränderten Atmosphäre.

«Marianne», Bernhard setzte sich wieder, «ich denke, es ist besser, wenn du nicht davon überrascht wirst.» Er wartete Ruths bestätigendes Nicken ab, bevor er weitersprach. «Wir werden einen längeren Urlaub machen, sobald du zurück bist. Es ist schon alles vorbereitet. Zuerst Paris und dann noch ein bisschen weiter.» Ruth lächelte angespannt. «Vielleicht Spanien.»

Einen längeren Urlaub. Marianne überlief eine Gänsehaut. Ein paar Sekunden lang schienen ihre Gedanken still zu stehen, dann überschlugen sie sich. Drei Worte, die in diesen Zeiten etwas ganz anderes bedeuten konnten. Ebenso wie ein später Besucher bei Bernhard vielleicht nicht einfach bedeutete, dass ein Patient ein Medikament haben wollte. Sondern dass Bernhard womöglich in etwas Gefährliches verstrickt war. Seine nächsten Worte schienen ihre Überlegungen zu bestätigen.

«Wir können dir keine Einzelheiten zu den Gründen unseres Entschlusses erzählen, aber das ist wohl auch überflüssig, nicht wahr?»

Sie starrte ihn an. Dachte an die vielen Verhaftungen, die es in letzter Zeit gegeben hatte. Dachte an Bernhards Kommentar zu der Festnahme des Geschichtslehrers, der allein schon für eine Anklage als Verräter genügte. Sah, wie Ruth nach seiner Hand griff. «Heißt das», begann sie heiser und wusste dann nicht, wie sie weitersprechen sollte. Ihr Blick wanderte durch das bürgerliche Wohnzimmer, das festgefügte Werte und Beständigkeit ausdrückte. Sie räusperte sich. «Heißt das, dass ihr noch nicht wisst, ob ... wann ihr zurückkommt?»

«Oh, wir hoffen sehr bald», sagte Bernhard mit falscher Fröhlichkeit, «nachdem nun auch immer häufiger internationales Recht verletzt wird, kann sich der braune Spuk sicher nicht mehr lange halten.»

VII

Als Juliane am Mittwoch darauf wieder vor Johanns Haus anhielt, zog der Staub unter den Autoreifen hoch, so trocken war es. Ein heißer, schöner Augusttag, bei dem anscheinend sogar die Natur ein paar Gänge zurückgeschaltet hatte. Jedenfalls kam es Juliane so vor, als sie nach einem Sprung in die Küche mit zwei Saftgläsern zu dem Kirschbaum weiterging. «Johann», sie setzte sich neben ihn und stellte die Gläser zwischen sie beide auf die Bank, «ich bin wieder da.»

Er sah sie freundlich an. «Schön», sagte er nur.

In der Luft hing intensiver Grasgeruch. Die Sense, mit der er den Weg zu der Bank nachgemäht hatte, lehnte noch am Baumstamm. Juliane sog die starken, ein wenig beißenden Aromen der frisch geschnittenen Gräser und Kräuter ein. «Mama und Paps lassen dich herzlich grüßen.»

Sie streifte die Sandalen ab und fuhr mit den Fußsohlen über die Grasstoppeln. «Ich glaube, ich habe dir noch nicht ausführlich genug dafür gedankt, dass ich einfach so hier sein darf», sagte sie. «Es tut gut, alles hinter mir lassen zu können. Wie bei einer Auszeit vom Ich.»

«Ich habe dich gerne da» – er lächelte – «und nicht nur, weil du Rübenblüten und Karottenschmetterlinge machen kannst.» Als Juliane einmal Karotten gezogen hatte, waren ihr die Schmetterlinge eingefallen, die in dem chinesischen Imbiss in Göttingen auf den Rohkostschalen gesessen hatten. Ihre ersten Versuche waren kläglich misslungen und die Schnipsel im Salat gelandet. Also hatte sie im Internet nachgesehen und sich am nächsten Tag mit einem Küchenmesser und einem Brettchen auf einen Stein im Gemüsegarten gesetzt. An diesem Abend hatte es merkwürdig geformtes und viel zu dünnes Karottengemüse gegeben, doch mit der Zeit wurde sie besser.

«Wie war es bei deinen Eltern?»

«Schöner als sonst.» Sie hatte es gesagt, ohne nachzudenken, aber es stimmte. «Wir haben uns ernsthafter unterhalten als gewöhnlich, vor allem Mama und ich.» Johann warf einen Blick über die Schulter, weil Schritte zu hören waren, und gleich darauf stand Mattes bei ihnen.

«Was machen die Käfer?», fragte Johann.

«Sind schon wieder dabei zu verschwinden, denke ich, aber die Leute sind mit den Nerven am Ende.» Er nickte Juliane knapp zu.

«Coccinellae septempunctatae haben im Allgemeinen einen sehr guten Ruf», sagte Johann, «allerdings verderben sie sich den hier an der Küste gerade gründlich.»

Mattes lachte auf. «Den Job als Glückssymbol können sie fürs Erste an den Nagel hängen.»

«Es gab eine Marienkäferplage, während du weg warst», erklärte Johann. «Zehntausende von ihnen sind überall herumgeflogen und herumgekrabbelt. Stellenweise hat es ausgesehen wie ein roter Teppich. Das kommt gelegentlich vor, wenn sie ein besonders gutes Fortpflanzungsjahr erwischen. Ist aber eine völlig harmlose Erscheinung.»

«Ein Glücksteppich», sagte Juliane.

«Das sieht so mancher Cafébetreiber ein bisschen anders, wenn sich keine Urlauber mehr auf seine Terrasse setzen wollen und er kein Geld verdient», kam es von Mattes.

«Sie werden es überstehen.» Johann stand auf. «Ich mache jetzt meinen Strandspaziergang. Wir sehen uns nachher.»

Als er auf dem Weg den Abhang hinunter außer Sicht gekommen war, kitzelte etwas an Julianes bloßem Fuß. Mattes, der sich wortlos Richtung Haus umgedreht hatte, blieb stehen. Eine Spinne. Er hatte das Tier gesehen und beobachtete Julianes Reaktion mit spöttischer Miene. Sie zog ihren Fuß nicht weg. Es war kindisch, aber sie wollte sich vor Mattes keine Blöße geben. Mit angehaltenem Atem starrte sie die Spinne an, die über ihren kleinen Zeh auf ihren Fußrücken krabbelte und dann innehielt, als würde sie überlegen, wohin es jetzt weitergehen sollte.

Und wenn sie plötzlich an meinem Bein hochrennt? Juliane konnte nicht mehr flüchten, jede abrupte Bewegung würde die Spinne vielleicht erst recht dazu bringen, an ihrem Bein hinaufzulaufen. Dann aber spazierte das Tier auf der anderen Seite ihres Fußes wieder hinunter und verschwand im Gras. Juliane zog das Bein an und rieb sich hektisch über den Fuß.

«Du siehst aus wie kurz vor einem Herzinfarkt.» Mattes unternahm nicht einmal den Versuch, sein Grinsen zu verbergen.

«Mach dich nur lustig. Ich wünsche dir viel Vergnügen dabei.»

«Wenn hier jemand Grund hätte, sich zu fürchten, ist es die Spinne. Schließlich war sie es, die gerade von einer zweihundertmal größeren und stärkeren Riesin mit unberechenbaren Absichten angestarrt wurde. Du verhältst dich komplett irrational.»

«Na und?» Sie blitzte ihn an. «Verhältst du dich nie irrational?» Die Sonnenbräune hob das Weiße in ihren Augen hervor, und auf ihrem dunkelbraunen Haar schimmerte ein kastanienroter Glanz. Kriegerisch hielt sie seinem Blick stand. Eine Amazone, die sich vor einer kleinen Spinne fürchtete.

«Nicht, wenn es sich vermeiden lässt», gab er zurück, doch er klang nicht so bissig, wie man es hätte erwarten können.

«Wo wir schon dabei sind», sagte Juliane, die sich immer noch über seine Herablassung ärgerte, «was hast du eigentlich gegen mich?»

«Ich habe nichts gegen dich.»

«Mattes, als ich hier angekommen bin, hast du dich mir gegenüber total feindselig verhalten. Und seitdem bist du eigentlich nur wegen Johann einigermaßen höflich zu mir.»

Er schien widersprechen zu wollen, doch dann zuckte er nur mit den Schultern und wollte zum Haus gehen.

«Bleib da, ich will das jetzt klären», rief Juliane genervt, «du sorgst mit deiner unterschwelligen Abneigung gegen mich für schlechte Stimmung, und ich will nicht, dass Johann darunter zu leiden hat.»

Mattes fuhr herum. «Du willst also nicht, dass Johann zu leiden hat?», fragte er höhnisch. «Bist du etwa nicht plötzlich hier aufgetaucht, nachdem du niemals etwas mit ihm zu tun hattest, und hast dir dabei überlegt, welchen Profit du aus seinem Haus schlagen könntest, weil Johann alt und mit dir verwandt ist?»

Seine Heftigkeit ließ Juliane einen Moment lang verstummen. «Ich bin hier nicht ‹plötzlich aufgetaucht›», fauchte sie dann, «sondern Johann hatte mich darum gebeten zu kommen. Weil er von mir wissen wollte, ob ich mir vorstellen könnte, das Haus zu übernehmen, wenn er mal nicht mehr da ist.» Sie war so aufgebracht, dass sie hinzusetzte: «Und weil wir im Westen ja alle Kapitalistenschweine sind, hast du das mit der selten gesehenen Westverwandtschaft gesagt, als wir uns das erste Mal begegnet sind!»

Er sah sie wütend an, doch nach einem Moment schien seine Energie in sich zusammenzufallen. «Ein paar Monate, bevor du hierhergekommen bist, waren schon mal plötzlich Verwandte von Johann ‹aufgetaucht›», er betonte das letzte Wort auf unschöne Art, «und haben sich hier mit einem widerwärtig gierigen Blick umgesehen. Die hatte er garantiert nicht eingeladen. Danach war er tagelang nicht ansprechbar, schon gar nicht auf diesen Besuch.»

«Bist du Johanns Beschützer, oder was?»

Mattes schien etwas sagen zu wollen, aber dann zuckte er bloß mit den Schultern.

«Was für Verwandte?», fragte Juliane.

«Keine Ahnung, ich habe ja schon erklärt, dass er danach nicht ansprechbar war.»

Juliane dachte daran, dass Johann über «unsere Seite der Familie» gesprochen hatte, als er mit ihr und ihrer Mutter über die Zukunft seines Hauses hatte sprechen wollen. «Das waren vielleicht Kinder aus der zweiten Ehe seines Vaters», sagte sie und überlegte gleichzeitig, ob dieser Besuch der Anlass dafür gewesen war, dass Johann ihre Mutter angerufen hatte. «Was diese Leute gemacht haben, hat überhaupt nichts mit mir zu tun», fuhr sie dann ärgerlich fort, «und was mich angeht, weiß ich noch nicht, ob ich es mir später mal leisten kann oder will, das Haus hier zu übernehmen.»

Darauf veränderte sich Mattes' Blick, aber Juliane wusste, dass das, was sie gesagt hatte, ein geschöntes Bild von ihr abgab. Die Versuchung war groß, es einfach so zu lassen, aber plötzlich hatte sie keine Lust mehr auf Eiertänze und Halbwahrheiten. «Im ersten Moment habe ich wirklich überlegt, ob Johanns Angebot irgendwie meinem Freund … Exfreund etwas nützen könnte.» Damit hatte sie die Sache ausgesprochen, die auch ganz abgesehen von Mattes an ihr nagte, seit sie diese blödsinnige Idee mit der Hypothek gehabt hatte, und es war ihr egal, dass sich Mattes damit in seiner Ablehnung bestätigt fühlen würde. «Auch wenn es bestimmt nicht dazu gekommen wäre», fügte sie mehr für sich selbst hinzu, «weiß ich überhaupt nicht, wie ich auf diesen Gedanken kommen konnte.» Sie begann, mit einem Grashalm zu spielen.

Statt zu gehen, wie es Juliane erwartet hatte, blieb Mattes. Eine ganze Weile lang herrschte Stille. Die Hände in die Hosentaschen gebohrt, wandte er ihr den Rücken zu und starrte Richtung Meer. «Ich bin ziemlich empfindlich, was solche Themen angeht», kam es schließlich von ihm, ohne dass er sich zu ihr umdrehte. «Kann sein, dass ich da überreagiere.»

War das so etwas wie eine Entschuldigung für seine Ruppigkeit gewesen? Juliane überlegte, was sie als Nächstes sagen sollte. «Und warum bist du bei diesem Thema so empfindlich? Ich meine nur … wenn du darüber reden willst.»

Er kickte einen Stein weg, dachte nach, bevor er sich wieder zu ihr umdrehte. «Wir haben früher ganz hier in der Nähe gewohnt. Meine Eltern mit meiner jüngeren Schwester, mir und Großvater», erklärte er. «Ein paar Jahre nach der Wende haben plötzlich Leute bei uns geklingelt, die das Haus wiederhaben wollten, weil es früher ihrer Familie gehört hatte. Alteigentümer aus dem Westen.»

Juliane ahnte, wie diese Geschichte weitergehen würde.

«Der Prozess hat sich ewig hingezogen», fuhr Mattes fort, «und wir wussten die ganze Zeit nicht, ob wir bleiben können oder gehen müssen. Am Schluss mussten wir gehen, und wir haben in der Gegend nichts Vergleichbares gefunden, das wir uns leisten konnten.» Er sah sie an. «Großvater ist ein halbes Jahr später in einem Altersheim gestorben. Er wollte einfach nicht mehr. Hat sich nicht aus dem Bett gerührt und nur noch auf den Tod gewartet.»

Und du hast befürchtet, jetzt könnte Johann so was Ähnliches bevorstehen, dachte Juliane. «Und deine Eltern?»

«Die sind dann mit meiner Schwester nach Leipzig. Hatten dort wieder Arbeit gefunden. Hier waren ihre Betriebe dichtgemacht worden.»

«Was waren das denn für Leute, die euer Haus wiederhaben wollten?»

«Keine von der Sorte, die nur daran gedacht haben, dass sie es nach der Rückübertragung gewinnbringend verkaufen können. Sie sind später selbst wieder eingezogen. Einmal haben sie eine ältere Frau mitgebracht, die hat sich am Zaun festhalten müssen, so hat sie geweint, als sie das Haus wiedergesehen hat.» Er setzte sich auf die Bank und streckte die Beine von sich. «Es waren ganz normale Leute, die in der DDR enteignet worden sind, weil sie sich gegen die Verstaatlichung ihres kleinen Ladens gewehrt haben.»

«Und das Haus war inzwischen zu eurem Zuhause geworden.»

Mattes nickte. «Sie hatten nach der Wiedervereinigung das Recht auf ihrer Seite, aber wir haben das Ganze trotzdem als Unrecht uns gegenüber empfunden.»

Hätte es in dieser Situation überhaupt eine zufriedenstellende Lösung für alle geben können, wenn sich durch die politischen Umstände zwei Familien zu Recht in demselben Haus verwurzelt fühlten?

Juliane hatte den Eindruck, noch nie so viel über Häuser nachgedacht zu haben wie in den letzten Monaten. Über das Märchenschloss von Barbie, das völlig abwegige Träume in kleinen Mädchen erweckte, aber vor über allem Johanns Haus, das Reihenhaus ihrer Eltern, die zerstörte Villa in Berlin oder das Haus ihres Großvaters in Zinnowitz. Jedes einzelne erzählte die Geschichte seiner Zeit und seiner Bewohner. Und diese vier Wände waren viel mehr als ein Dach über dem Kopf. Mattes' Erzählung erinnerte sie in ihrer Bitterkeit an die «Leerstelle», mit der ihre Mutter den Abriss ihres Elternhauses bezeichnet hatte. Sie verbinden damit viel mehr als ich mit meiner Mietwohnung in Göttingen oder Christians Wohnung in Berlin, dachte sie, und trotzdem habe ich mich wie im luftleeren Raum gefühlt, als ich bei ihm ausgezogen bin.

Plötzlich war sie Johann noch viel dankbarer als ohnehin schon, dass er sie so selbstverständlich bei sich aufgenommen hatte.

Zum Abendessen gab es Tiefkühlpizza, Salat und Radieschenmarienkäfer.

«Das muss eine neue Art sein, Mattes», scherzte Johann, «oder hast du so ein Exemplar schon mal gesehen?»

Mattes beugte sich über seinen Teller. «Von der Grundfarbe her erinnert er an Coccinella septempunctata», bekundete er, «aber die Punkte erinnern eher an Calvia decemguttata oder Vibidia duodecimguttata, allerdings stimmt die Anzahl nicht überein.»

«Wir werden das noch genauer überprüfen», Johann spießte einen der Gemüsekäfer auf, um ihn näher zu beäugen, «wenn es eine neue Art ist, könnten wir sie Coccinella Juliana nennen.»

Eine Dreiviertelstunde später ging Juliane mit einem Lächeln in ihr Zimmer. Bei diesem Abendessen zu dritt hatte zum ersten Mal eine gelöste Stimmung geherrscht.

Auf dem Tisch lag der kleine Stapel mit Briefen von Johanns Patentante. Es dauerte eine Weile, bis sich Juliane in die stark nach rechts geneigte Schrift eingelesen hatte.

Liebe Ruth,

welcher Umbruch für Dich. Was Du mir geschrieben hast, ist unfassbar. Wie habt Ihr das alles nur überstehen können?

Wenn überhaupt etwas Gutes daran ist, dann, dass wir uns jetzt schreiben können, ohne all die Schwierigkeiten der vergangenen Jahre, in denen wir kaum etwas voneinander erfahren konnten. Der Krieg und seine Folgen haben uns alle auseinandergerissen, und nun müssen wir mit dem Stückwerk zurechtkommen, das er uns übrig gelassen hat.

Ich musste wieder daran denken, wie wir während der Internatsferien manchmal gemeinsam ein paar Wochen in dem Sommerhaus an der Ostsee verbracht haben. Das erscheint mir nach dem, was seither geschehen ist, als wären uns damals für einen letzten, epochalen Moment noch einmal goldüberglänzte, unschuldige Tage geschenkt worden.

Wie waren wir damals erfüllt von unserer Jugend und unserem Mut für die Zukunft, wie absolut haben wir an uns geglaubt! Nichts und niemand konnte uns schrecken, während sich am Horizont schon die dunklen Wolken zusammenballten. Und es waren ja keine Wolken wie von einem vorüberziehenden Gewittersturm, sondern von Gewalt und Zerstörung, die unser Miteinander und unsere ganze Welt auseinanderkatapultiert haben.

Es gibt so viel Böses, und so böse Menschen.

Am liebsten würde ich glauben, dass Johann deshalb nicht mit Euch gegangen ist, weil er irgendeinen Abglanz von unserer schönen alten Zeit in dem Sommerhaus empfindet. Aber wahrscheinlich ist es viel prosaischer, und er will einfach nur seine Ausbildung zu Ende bringen, was ja vernünftig ist.

Wie anders wäre es für ihn gekommen, wenn Ihr ihn nicht so selbstlos bei Euch aufgenommen hättet! Doch nun ist er erwachsen und trifft seine eigenen Entscheidungen. Aus dem kleinen Johann ist ein Mann geworden, der sich auf seine eigenen Füße stellt. Mehr kann man nicht für ihn erhoffen.

Ich wünsche Dir so sehr, dass Du an dem neuen Ort ein anderes Glück mit Bernhard und Inge findest. Ihr seid noch zusammen und das ist das Wichtigste.

Halte Dich daran fest.

Deine Roseanne

Juliane sah nach dem Datum am Anfang des Briefes. Februar 1954. Er wirkte wie die Antwort auf ein Schreiben, in dem ihre Großmutter berichtet hatte, dass sie in den Westen gegangen waren. Sie zog die anderen Briefe aus den Umschlägen. Kein älteres Datum, und alle Umschläge trugen die Braunschweiger Adresse ihrer Großmutter. Die meisten Schreiben stammten aus den sechziger und siebziger Jahren, oft mit großen Zeitlücken dazwischen.

Enttäuscht ließ Juliane die eng beschriebenen Seiten auf den Tisch sinken. Über Johanns Mutter, die zu dieser Zeit schon lange tot gewesen war, würde sie darin wahrscheinlich nichts erfahren.

An den folgenden Abenden las sie weitere Briefe. Meistens waren es Berichte über den Alltag in Saint-Louis, immer wurden Grüße von einem Charles ausgerichtet, und stets bedankte sich Roseanne für Nachrichten über Johann und erkundigte sich nach Neuigkeiten.

Hast Du Johann den «Kleinen Prinzen» weiterleiten können, den ich für ihn geschickt habe?, stand in einem Brief von 1955.

Juliane dachte an das, was ihre Mutter über den Postverkehr in die DDR gesagt hatte. Ob die alte Zinnowitzer Nachbarin das Buch für Johann aus dem Westen mitgebracht hatte?

Jetzt rückt näher, was schon lange zu erwarten war, hieß es 1959. *Wir haben uns in diesem Land zu Hause gefühlt oder falls Zuhause ein zu großer Begriff ist, dann als Gäste. Nie aber als Kolonisatoren, und doch sind wir es. Sogar die französischen Familien, die seit Generationen hier leben, sind es.*

Ich weiß nicht, was Ihr von den Unabhängigkeitsbewegungen in den afrikanischen Kolonien erfahrt. Die Leute haben recht damit, die Hoheit über ihre eigenen Länder zu beanspruchen, der Umbruch steht bevor, das ist sicher.

Bei uns ist es bisher ruhig verlaufen, aber unsere Zukunft ist trotzdem ungewiss. Nächsten Monat werden wir in die Schweiz gehen, so schwer es auch fällt, und dort die Entwicklungen abwarten.

Wir sind zum Spielball der politischen Verhältnisse geworden.

Die Fortsetzung des Berichts stand in einem Brief von 1962:

Wir konnten in unseren geliebten Senegal zurückkehren. Und bei Euch ist unterdessen eine Mauer gebaut worden ist, die nun wirklich die Teilung des Landes besiegelt.

Im Grunde spiegeln sich in den früheren Kolonien die gleichen Verhältnisse wie im geteilten Deutschland. Die meisten der neuen afrikanischen Staaten haben sich nämlich entweder dem Kommunismus des Ostblocks oder dem Kapitalismus des Westens angeschlossen. Der erste Präsident bei uns im Senegal ist manchem zu franzosenfreundlich, aber er schreibt Gedichte, was mich irgendwie für ihn ein-

nimmt. Außerdem war er im Weltkrieg als französischer Soldat in deutscher Kriegsgefangenschaft. – Es ist doch manchmal seltsam, wie sich die Linien überkreuzen, findest Du nicht?

Charles hat sich wieder etwas erholt, aber der Infekt war langwierig und hat seine Spuren hinterlassen. Wir hoffen dennoch auf das Beste.

Danach folgten nur noch wenige Schreiben. In einem der letzten aus dem Jahr 1981 stand:

Vor vier Tagen musste ich Charles beerdigen. Sein Tod ist völlig unerwartet gekommen, und ich begreife erst langsam, dass er tatsächlich nicht mehr da ist. Zumindest nicht auf die bisherige Art.

Mir gehen jetzt viele Erinnerungen durch den Kopf. An manches denke ich gern, bei anderem fällt mir die alte Weisheit ein, dass man nichts ungeschehen machen kann. Und noch etwas ist mir eingefallen. Außer Dir, Ruth, gibt es nun kaum noch einen Menschen, der mich aus meinem alten Leben vor dem Krieg kannte. Das ist ein wenig, als würde man die Verbindung zu sich selbst verlieren.

Damit hatte Juliane alle Briefe gelesen. In keinem hatte etwas über Johanns Mutter gestanden.

Als sie morgens nach unten ging, blieb sie erneut vor der Kommode stehen und betrachtete das Foto. Es war schwer, diese beiden schönen jungen Frauen mit dem in Übereinstimmung zu bringen, was sie gelesen hatte. In ihren Gesichtern zeigte sich nicht die geringste Vorahnung von dem Verlust ihrer Welt, den Johanns Patentante noch so viele Jahre später betrauert hatte. Und schon gar nicht ließ sich an der Miene seiner Mutter ablesen, ob sie sich das Leben genommen oder zur Nationalsozialistin geworden war.

«Die beiden haben es dir anscheinend angetan.» Johann war von draußen hereingekommen und stellte sich neben sie.

«Irgendwie schon.» Juliane zögerte einen Moment. Noch mehr

als bei ihrer Mutter hatte sie vor Johann Hemmungen, politische Verstrickungen anzusprechen, also sprach sie lieber etwas anderes an. «Mama hat erzählt, dass deine Patentante in Afrika war.»

«Sie hatte dort einen Bruder. Charles», sagte Johann nach kurzem Nachdenken. «Er hat dort einen Handelsposten betrieben.»

«Ist sie auch mal mit dem Flugzeug dorthin?»

«Die beiden sind gemeinsam hingeflogen.» Johann hob das Kinn zu dem Foto.

«Echt?»

Er streifte Juliane mit einem Blick, bevor er zurückgab: «Während sie dort waren, kam ein Telegramm mit der Nachricht, dass meine Mutter von einem Erkundungsflug nicht zurückgekehrt war. Das hat mir Ruth später erzählt.»

Juliane wandte sich ihm erschrocken zu. Seine Miene war undurchdringlich. «Hat man sie gefunden?»

«Nein, man hat sie nie gefunden.»

«War sie denn allein unterwegs?»

Johann nickte.

«Aber das Flugzeug ...», begann Juliane, doch dann erinnerte sie sich an das, was sie im Internet über Antoine de Saint-Exupéry gelesen hatte. Er war 1944 mit seinem Flugzeug über dem Mittelmeer verschollen, und erst im Jahr 1998 hatte sich sein Armband im Netz eines Fischers verfangen. Das war die einzige Spur, die man je von ihm entdeckt hatte.

«Die Maschine blieb verschwunden», sagte Johann.

«Ich ... das tut mir leid.»

«Ist alles lange her.» Er wandte sich um. Nach ein paar Schritten blieb er stehen. «Du wolltest doch heute nach Bansin. Kannst du ein Brot und Butter mitbringen?»

«Klar, mach ich.» Sie verharrte noch einen Moment vor dem Bild, dann ging sie in die Küche und kochte sich Kaffee.

Inzwischen hatte sich ein Rhythmus eingespielt. Juliane half

Johann beim Unkrautzupfen und ging anschließend eine Runde schwimmen, während er auf der Bank unter dem Kirschbaum saß, und abends aßen sie im Garten, auch mit Mattes, wenn er im Haus übernachtete. Es waren träge Sommertage, die vergingen, als gäbe es keine Zeit.

Am späten Vormittag fuhr sie nach Bansin, eine der Städte, die sie noch nicht kannte. Es war ein schönes Seebad mit liebevoll hergerichteten historischen Gebäuden. Auf der Promenade drängten sich die Urlaubsgäste, Familien mit kleinen Kindern, Paare, die ihre Ferien genossen, während andere braun gebrannt mit ihren Rollkoffern schon wieder auf dem Weg zu ihrer Arbeit und ihrem Alltag waren. Bisher hatte sich Juliane bei ihren Ausflügen immer gern in diesem Strom treiben lassen. Doch als sie jetzt auf dieser Promenade zwischen all den Menschen entlangging, machte sich immer stärker eine Empfindung der Unzugehörigkeit in ihr breit. Das Gefühl wurde so übermächtig, dass sie nach einer halben Stunde wieder zurückfuhr.

«Ich bin mir vorgekommen, als wäre ich die Einzige, die nicht weiß, wohin sie gehört und was sie tun soll», sagte sie später am Telefon.

«Diese Leute haben garantiert auch ihre Sorgen, selbst wenn sie im Urlaub sind», erwiderte Dani trocken, und als von Juliane nichts kam, fügte sie hinzu: «Vielleicht hat dir deine Psyche ein Zeichen dafür gegeben, dass du wieder Energie für was Neues hast.»

Juliane dachte an die vergangenen Wochen, in denen sie sich in dieses Leben im Garten und am Strand hatte versenken können wie auf einem anderen Stern. «Ja, bloß was ich jetzt machen könnte, weiß ich immer noch nicht.»

«Ich schätze, du hast die Zeit gebraucht, um dich runterzufahren», sagte Dani. «So was wie Vergangenheitsbewältigung. Keiner belästigt dich mit irgendwelchen Anforderungen, du kannst tun, was du willst, oder einfach nichts tun, ohne dass dich jemand dafür in Frage stellt.» Sie hielt kurz inne. «Könnte es sein, dass du nach diesem Sanatoriumsaufenhalt einen richtigen Tapetenwechsel nötig hast? Lass dir doch mal das Hirn durchpusten, dann kommst du bestimmt auf neue Ideen.»

Juliane musste lachen bei diesen Sprüchen, bei denen alles so leicht klang.

«Wie viel Geld hast du überhaupt noch?»

«Erst mal genug. Ich habe ja gut verdient und im Moment kaum Ausgaben. Also jammere ich auf ziemlich hohem Niveau. Übrigens», sagte sie dann, «weiß ich jetzt, was es mit Johanns Mutter auf sich hatte.»

«Woher?»

«Von Johann. Ich habe ihn nach seiner Patentante gefragt, und da hat er erzählt, dass seine Mutter in Afrika abgestürzt ist, als die beiden dort waren.»

«Darauf hätten wir eigentlich selber kommen können», sagte Dani, «bei all den tödlichen Crashs in dieser Zeit, von denen du erzählt hast. Warte mal ... Hast du die Matheaufgaben gemacht?», hörte Juliane.

«Oh, Mathe! Ich werde sowieso Künstlerin», gab Lili im Hintergrund zurück.

«Aber vorher wirst du Rechenkünstlerin, oder willst du dich später wie ein Schaf von deiner Galerie mit ihren Beteiligungen über den Tisch ziehen lassen?»

Unwilliges Gebrumme.

«Da bin ich wieder», sagte Dani und sprach übergangslos weiter. «Du hast doch erzählt, dass die Briefe dieser Tante aus Saint-Louis im Senegal gekommen sind, oder?»

«Ja.»

«Das ist Weltkulturerbe, habe ich mal gelesen. Falls du dir wirklich das Hirn durchpusten lassen willst, wäre das bestimmt eine gute Adresse.»

Als Juliane am nächsten Morgen aufwachte, lag das Gefühl der Bedrückung, das sie in Bansin erfasst hatte, wie ein Stein auf ihrer Brust. Und das Gewicht hob sich auch nicht, nachdem sie schwimmen gegangen war und den Garten gewässert hatte. Johann nahm ihre Einsilbigkeit mit seinem gewohnten freundlichen Gleichmut hin. Dani hatte recht, hier wurde sie nicht unter Druck gesetzt und nicht in Frage gestellt. Sie könnte wahrscheinlich noch eine Ewigkeit so weitermachen. Juliane schnitt eine Grimasse. Auch wenn es sonst niemand tat, irgendwann hatte der Augenblick kommen müssen, in dem sie sich selbst in Frage stellte.

Gegen Abend stand sie schweigsam mit Mattes in der Küche und würfelte Zucchini, während er in der Tomatensoße rührte, die niemand besser machen konnte als er.

«Keine Gemüsetiere heute?», fragte er.

Sie schüttelte wortlos den Kopf.

«Was hast du denn?»

Mit einer heftigen Bewegung des Messers schob sie die Zucchiniwürfel vom Brett in die Pfanne. «Ich drehe mich im Kreis.» Sie sammelte die Würfel ein, die auf der Herdfläche gelandet waren, und warf sie den anderen hinterher. «Ich bin jetzt seit fast drei Monaten hier und habe immer noch keine Perspektive für meine Zukunft.» Ihre Locken waren ihr halb übers Gesicht gefallen, und sie strich sie unwillig zurück.

Mattes zögerte kurz. «Anscheinend sehen wir das umgekehrt proportional.» Er legte seine Hand auf ihre. «Dir hat es am Anfang besser gefallen, hier zu sein, und mir gefällt es jetzt besser, dass du da bist, als am Anfang.»

Juliane sah auf seine Hand. Sie hatten sich noch nie berührt, auch wenn sich ihr Verhältnis seit dem Gespräch unter dem Kirschbaum vollständig verändert hatte.

Es war mehr als ein gutes Verhältnis geworden, mehr als eine nähere Bekanntschaft mit jemandem, in dessen Gesellschaft man sich wohlfühlt. Sie hatten nichts ausgesprochen, aber Blicke gewechselt, die so gut wie Worte gewesen waren. Und sie hatten diese Phase aus Freude an der Vorfreude in die Länge gezogen. Doch nun war Juliane diese Leichtigkeit verlorengegangen und damit die Klarheit ihrer Gefühle.

Sie hob den Blick zu Mattes. Die Sonne hatte blonde Strähnen in sein Haar gebleicht. Dann lehnte sie für eine Sekunde ihre Stirn an seine Brust, bevor sie sich von ihm zurückzog.

«Mir ist mein eigener Weg noch zu unklar», sagte sie, ohne zu wissen, ob er sie verstehen würde. Es wäre so leicht gewesen, sich fallenzulassen. Und vor ihrem Erlebnis in Bansin hätte sie sich, ohne nachzudenken, an ihn geschmiegt, hätte die wortlose Voraussage erfüllt, die sie sich gemacht hatten. Aber jetzt stimmte daran irgendetwas nicht mehr. Es war, als hätte sie der Spaziergang aus einer künstlichen Blase herausgeholt.

Er zog seine Hand weg. «Das war wohl nicht der richtige Moment.»

Am nächsten Morgen frühstückten sie wieder im Garten. Mattes hatte an der Hecke vor dem Haus Brombeeren gepflückt und in einer Schale auf den Tisch gestellt. Zwischen den schwarzblau glänzenden Früchten kletterte eine Ameise herum wie ein verirrter Bergsteiger.

«Schöner Kratzer, den du da am Arm hast.» Versuchsweise lächelte Juliane ihn an. Sie hatte am Tag zuvor nicht mit zu Abend gegessen, sondern sich in ihr Zimmer zurückgezogen, und sie wusste nicht, was ihre Reaktion in der Küche bei Mattes ausgelöst hatte.

«Immerhin bin ich in keinen Spinnenüberfall geraten», sagte er, um irgendetwas zu antworten. Aber er erwiderte ihr Lächeln.

Sie stellte ihre Tasse ab. «Als ich zu dir gekommen bin», sagte sie zu Johann, «war ich richtig gefesselt von meinen Schwierigkeiten.» Sie spielte mit dem Tassenhenkel. «Aber jetzt habe ich sozusagen meine Freiheit wieder und muss entscheiden, was ich damit anfange. Meine Freundin hat einen ‹richtigen Tapetenwechsel› vorgeschlagen, um auf neue Gedanken zu kommen, und ich glaube, sie könnte recht haben.»

Die beiden sahen sie neugierig an.

«Wir haben uns doch über deine Patentante unterhalten, Johann», sagte Juliane, «die in Saint-Louis gewohnt hat. Das ist im Senegal», fügte sie an Mattes gewandt hinzu. «Gestern Abend habe ich mir das im Internet angesehen. Es sieht sehr interessant aus. Liegt mitten in der Mündung des Senegalflusses. ‹Das Venedig Afrikas›, heißt es. Und die Kultur dort unterscheidet sich so stark von unserer, dass ich wahrscheinlich ganz automatisch auf neue Gedanken komme.»

«Ich weiß, wo das ist», sagte Mattes, «dort gibt es ein bekanntes Vogelschutzgebiet.»

Johann lehnte sich schweigend zurück. Vielleicht dachte er daran, dass seine Mutter in der Nähe abgestürzt war. «Es könnte sein, dass du in dieser Gegend ein paar von unseren Mauerseglern wiedertriffst», sagte er schließlich, «ein Teil dieser Spezies hat da nämlich ihr Winterquartier.»

Erst jetzt fiel Juliane auf, dass sie die lauten Rufe der Vögel schon länger nicht mehr gehört hatte.

«Ob das dieselben Individuen sind wie hier, ist aber nicht sicher», stieg Mattes sofort auf das Biologenthema ein, «dafür gibt es noch viel zu wenig ausgewertete Beringungen. Aus den paar Zahlen kann man noch keine Statistik machen.» Er klang, als würde er am liebsten mitfahren, um weitere Überprüfungen anzustellen.

Nach anderthalb Wochen war Juliane mit den Reisevorbereitungen fertig. September war anscheinend nicht die ideale Reisezeit, aber sie fand, dass es keinen großen Unterschied machte, ob die Tagesdurchschnittstemperatur nun dreißig oder zweiunddreißig Grad betrug. Die Reise würde von Hamburg aus über Paris in die senegalesische Hauptstadt Dakar gehen und von dort aus weiter mit einem Sammeltaxi nach Saint-Louis.

Mattes hatte auf Rügen eine Studentengruppe zu betreuen, kam aber am Vorabend ihrer Abreise vorbei, um sich zu verabschieden. «Wir sind in so einer Art Schwebezustand», sagte er.

Nach dem Abend in der Küche hatten sie nichts an ihrem Verhältnis geändert, nichts ausgesprochen, waren sich nur weiterhin in Johanns Haus begegnet wie sehr gute Freunde. Und doch, oder vielleicht deswegen, waren sie sich noch nähergekommen.

«Ich möchte, dass du zurückkommst», Mattes' Blick glitt über Juliane, «aber ich verstehe, dass du diesen Schnitt brauchst, um noch einmal ganz neu nachzudenken.» Zögernd setzte er hinzu: «Mit offenem Ausgang.»

«Danke», sagte Juliane nur, obwohl sie ihn am liebsten an sich gezogen hätte. Doch ein anderes Gefühl riet ihr, sich erst einmal Abstand von allem zu verschaffen. In aller Freiheit.

Als sie später in ihr Zimmer kam, lag auf dem Tischchen neben dem Bett eine Lederschnur, an die als Anhänger ein kleiner Lochstein geknotet war. Juliane ließ die Schnur zwischen ihren Fingern hindurchgleiten, bis sie von dem Knoten gestoppt wurde, der den Stein festhielt. Es war wirklich rührend von Johann, dass er ihren Spaziergang am Strand nicht vergessen hatte.

«Vielen Dank für den Hühnergott», sagte sie am nächsten Tag vor ihrer Abfahrt. Sie betastete den Glücksbringer, den sie sich um den Hals gehängt hatte.

«Der ist nicht von mir.» Johann lächelte, und Juliane wurde bewusst, dass er die Schwingungen, die in seinem Haus herrschten, schon längst registriert hatte.

VIII
1939

Vier Tage später, am 12. August, flog Marianne wie ursprünglich geplant am frühen Vormittag nach Holland. Die Pakete mit den Stoffrollen lagen am Flughafen von Welschap bereit und wurden von einem Angestellten Vermeulens in den Mauersegler geladen. Charles hatte alles perfekt vorbereiten lassen, und Marianne war ihm dankbar dafür. Nach den Aufregungen der letzten Tage hätte sie jede Zusatzfrage und jedes überraschende Problem überfordert.

«Hier, das sendet Mijnheer Vermeulen Ihrer Fliegerkollegin», sagte der Angestellte zuletzt und legte ein paar Meter zusammengefalteten Stoff auf die Pakete, «weil er ihr so gut gefallen hat.» Er klopfte auf den blau-gelben Wellenstoff. «Ich glaube, er stellt sich vor, dass sie sich ein Kleid daraus schneidern lässt», fügte er grinsend hinzu.

Noch am selben Tag startete Marianne nach Paris. Sie brachte diesen Flug genauso mechanisch hinter sich wie den vorigen, konzentrierte sich auf die technischen Abläufe und wechselte nur knappe Worte mit den Zollbeamten und Flughafenangestellten. Doch als Roseanne am Pariser Flugplatz auf sie zukam, wie eine Erscheinung aus besseren Tagen, schlaksig, ihre Zigarette zwischen den Fingern und mit einem Lächeln auf dem Gesicht, schwankte ihre Selbstbeherrschung.

«Weine doch nicht», sagte Roseanne und schloss sie in die Arme.

«Tue ich doch gar nicht», klang Mariannes Stimme dumpf an

Roseannes Schulter, in die sie ihr Gesicht vergraben hatte. Sie löste sich aus der Umarmung und wischte sich übers Gesicht. «Nicht mal Johann hat geweint, als ich mich verabschiedet habe. Er … war so tapfer.» Erneut stiegen ihr Tränen in die Augen.

«Du siehst ihn ja bald wieder.» Roseanne zog Marianne weiter. «Wir fahren jetzt erst mal zu mir.»

«Du musst was essen», sagte Roseanne, als sie bei ihr zu Hause am Tisch saßen, «sonst kannst du vor Entkräftung nicht fliegen, und allein schaffe ich das nicht.»

Durch die offen stehenden Fenster zogen die Wärme des Augusttags und die Geräusche von der Straße herein. Lustlos aß Marianne ein paar Bissen und legte die Gabel weg. Sie hatte Roseanne von dem sogenannten längeren Urlaub erzählt, den Ruth und Bernhard machen würden, den letzten Abend mit Hermann jedoch noch mit keiner Silbe erwähnt.

«Möchtest du darüber reden?», fragte Roseanne schließlich.

Im ersten Augenblick wollte Marianne den Kopf schütteln, wollte nicht noch einmal in das Schrecklichste eintauchen, was sie bisher erlebt hatte. «Ich fühle mich entehrt. Beschmutzt», stieß sie dann hervor. «Manchmal ekele ich mich beinahe vor mir selbst. Ständig wasche ich mich, es ist beinahe ein Zwang.» Sie hob hilflos die Hand. «Als könnte man so etwas mit Wasser und Seife loswerden.»

Einen Moment lang standen die Worte in der Luft. «Es stimmt, dass an diesem Abend jemand seine Ehre verloren hat» – Roseanne umschloss Mariannes Handgelenk –, «aber das bist nicht du. Sondern Hermann.»

«Ja», bebend atmete Marianne ein, «aber ich werde es nicht los.» Ihre Stimme war nur ein Hauch. «Dieses Gefühl der Erniedrigung.»

Roseanne verstärkte den Druck ihrer Hand. «Nein», sagte sie entschlossen, «das darfst du nicht. Wenn du so denkst, lieferst du dich ihm auch noch im Nachhinein aus. Und für die Zukunft. Selbst wenn ihr nicht mehr zusammen seid.»

«Als wäre es so einfach, das abzuschütteln.»

«Es ist nicht einfach.» Roseanne verkündete diese harte Wahrheit mit solcher Überzeugung und so viel Mitgefühl, dass sich Marianne verstanden, sogar fast ein wenig erleichtert fühlte. «Er hat versucht, dich deine Ohnmacht spüren zu lassen. Aber», Roseannes Stimme nahm einen beschwörenden Ton an, «du bist nicht ohnmächtig. Du bist stark. Du lässt dich nicht von dem beherrschen, was er getan hat. Du wirst dich davon befreien und neue Wege gehen.» Marianne lächelte schwach. «Und du wirst geliebt», fuhr Roseanne fort, «nicht nur von deiner Familie und mir allein, das weißt du.»

«Ich werde nie mehr mit einem Mann zusammen sein», erklärte Marianne, die genau verstanden hatte, worauf sie anspielte.

«Aber er liebt dich.» Roseanne musste den Namen ebenfalls nicht aussprechen. «Und du liebst ihn doch auch.»

Marianne wurde von der Erinnerung an den Kuss unter der goldflimmernden Weide erfasst wie von einer Welle. Von diesem Rausch aus Hingabe und voraussetzungslosem Vertrauen. Doch sofort wälzte sich die nächste Erinnerungswelle über diesen Moment wie ein ekelerregender Strom, der sich in ein klares Meer ergoss und alles vergiftete, was mit ihm in Kontakt kam.

«Jede Berührung», flüsterte sie und drängte die Bilder von den groben Händen auf ihren Brüsten und das gewaltsame Eindringen in ihren Körper weg, «würde mich an diesen Abend mit Hermann zurückversetzen.» Sie begann, im Zimmer umherzulaufen. Roseanne folgte ihr mit dem Blick, bis sie endlich wieder stehen blieb. «Ich war jahrelang verheiratet», sagte Marianne mit einem scharfen Auflachen, «aber eine bestimmte Art der Unschuld habe ich erst an diesem Abend verloren.»

Roseanne zündete eine Zigarette an und stellte sich ans Fenster. Es war immer noch hell, und sie blies den Rauch nach draußen, wo er sofort vom Wind weggewirbelt wurde. Sie konnte es kaum ertragen, ihre Freundin so zu sehen. Ihre selbstbewusste Marianne war zu einer verunsicherten Frau gemacht worden, die ihren eigenen Körper verabscheute und keinen Ausweg aus ihren Gefühlen wusste. Wie lange würde es dauern, bis sie über dieses Ereignis hinweg war? Würde es ihr jemals gelingen? Das Klingeln des Telefons riss sie aus ihren Überlegungen. «Es ist Ruth», sagte sie und hielt den Hörer hoch.

Marianne kam zu dem Beistelltischchen am Sofa und übernahm den Hörer. «Ruth?»

«Ich ... Hermann war hier.» Es rauschte in der Leitung, doch Ruths Aufregung war trotzdem deutlich vernehmbar. Marianne hob den Blick und nickte zu dem Zweithörer am Apparat. Roseanne schob sich zu ihr aufs Sofa.

«Es war heute Morgen», drang Ruths Stimme aus dem Hörer. «Er hat erklärt, ihr hättet eine kleine Meinungsverschiedenheit gehabt, und du hättest ein Drama daraus gemacht. Wie es zu deinem theatralischen Charakter passen würde, den wir alle kennen.»

«‹Eine kleine Meinungsverschiedenheit›», konnte Marianne nur wiederholen.

«Er hat so getan, als wäre nichts Besonderes gewesen, und wollte Johann abholen, um ihn nach Hause zu bringen.» Marianne hielt die Luft an. «Wir haben nicht zugestimmt», berichtete Ruth weiter, «da hat Hermann damit angefangen, dass er derjenige ist, der darüber zu bestimmen hat, wo sich sein Sohn aufhält.» Sie musste sich einen Moment sammeln. «Darauf sind wir aber nicht eingegangen, sondern haben darauf bestanden, dass wir uns nach deinem Wunsch richten und Johann hierbleiben soll. Jedenfalls ist er dann wieder gegangen.»

«Oh, Gott sei Dank.» Die Anspannung wich aus Mariannes Körper. «Ruth, ich weiß nicht, was ich ohne euch tun sollte. Ich habe nicht damit gerechnet, dass er so etwas tun würde.»

«Ja. Aber …»

«Was?», fragte Marianne. «Was war noch?»

«Vorhin ist er wieder zurückgekommen.» Ruth versuchte, mit ruhiger Stimme zu sprechen. «Johann hat im Vorgarten gespielt, und wir haben es erst bemerkt, als er angefangen hat zu schreien.» Marianne begann zu zittern. «Hermann hatte ihn gepackt und wollte ihn zum Auto tragen, und Johann hat gestrampelt und gebrüllt, obwohl Hermann versucht hat, ihm den Mund zuzuhalten.» Eine schreckerfüllte Pause lang wartete Marianne, bis Ruth weitersprechen konnte. «Wir sind auf die Veranda gelaufen, während er mit Johann durch den Vorgarten marschiert ist. Aber Johann hat ihn in die Hand gebissen. Hermann hat ihn fallen lassen, und Johann ist zu uns zurückgerannt.»

Marianne wagte kaum zu sprechen. «Und?»

«Dann ist Hermann zur Veranda gekommen und davor stehen geblieben.» So, wie sie es sagte, war klar, dass dies kein Aufatmen bedeutet hatte. «‹Passt auf, was ihr tut›, hat er geknurrt. ‹Ihr mischt euch in etwas ein, was euch nichts angeht. Außerdem kenne ich Bernhards politische Einstellung. Und ich habe Verbindungen, lasst euch das gesagt sein.›»

Erneut unterbrach sich Ruth, bevor sie weiter berichtete: «‹Du drohst mir?›, hat Bernhard gesagt. ‹Denkst du, Marianne hat uns nichts von der Sache mit Kaufmann erzählt?› Du hättest seinen Blick sehen müssen» – Ruth begann zu schluchzen –, «der blanke Hass!»

«Marianne», Bernhard hatte Ruth offenbar den Hörer aus der Hand genommen, «das war ein sehr unschöner Auftritt, aber ich habe Hermann gesagt, dass wir ihn vorerst nicht mehr bei uns sehen wollen und dass wir Johann bei uns behalten, bis du ihn abholst.»

«Und wenn Hermann … wenn er dich …» Sie konnte es nicht aussprechen.

«Hermann würde es sich vermutlich zwei Mal überlegen, bevor er etwas gegen seine eigene Familie unternimmt. Besonders angesichts dessen, was du gegen ihn in der Hand hast.»

Seine Stimme blieb in der Schwebe, aber dann sagte er nichts mehr. Und das war auch nicht notwendig. Marianne hatte ihn vor sich, wie er mit Ruth an der Seite in dem schönen Wohnzimmer stand, von dem sie sich – je früher, desto besser – für einen *längeren Urlaub* verabschieden würden.

Nach dem Telefonat ließ Marianne den Hörer in ihren Schoß sinken. Ein Wirbelsturm, in dem sich alles Vertraute auflöste, fegte über ihr gesamtes Dasein. Roseanne nahm ihr sanft den Hörer aus der Hand und legte ihn auf die Gabel zurück.

«Hermann wollte die Zeit nutzen, in der ich nicht da bin», sagte Marianne tonlos, «weil er die Verfügungsgewalt über Johann gegen mich ausspielen kann, wenn er ihn erst einmal bei sich hat.»

«Aber sein Plan ist nicht aufgegangen.»

«Heute nicht. Aber morgen? Und Ruth hat Angst, das habe ich ihr angehört. Ich weiß nicht, ob sie das durchhalten.» Marianne strich sich über die Stirn. «Vielleicht sollte ich zurückfliegen.»

«Und dann?», fragte Roseanne. «Willst du dich mit Johann im Sommerhaus oder sonst wo verstecken?»

«Nein.» Nervös begann Marianne, an der Troddel eines Sofakissens herumzuspielen. Es wurde langsam dunkel. «Aber was soll ich tun? Und jetzt geht es auch nicht mehr nur um Johann, sondern Hermann droht Bernhard wegen unseres Streits.»

«Traust du ihm wirklich zu, dass er ihn anzeigt? Das wäre doch eine ganz andere Stufe als ein Machtkampf in der Ehe.»

«Ich weiß nicht. Aber ich weiß, dass er schon einmal weiter gegangen ist, als ich es jemals für möglich gehalten hätte.»

«Du glaubst also nicht, dass ihr ein … Arrangement treffen könnt?»

«Nach dem, was er heute bei Ruth versucht hat? Nachdem er meiner Schwester und ihrem Mann mit seinen Nazi-Kontakten gedroht hat? Außerdem will ich mit Hermann kein ‹Arrangement› treffen.»

«Aber er will keine Scheidung.»

«Nein, und wenn ich darauf bestehe, kann er den Prozess um Jahre hinauszögern. Und selbst wenn es so käme, werde ich die Verliererin sein, denn jedes deutsche Gericht wird Hermann recht geben. Ich kann schließlich keinen Scheidungsgrund angeben, er aber gleich mehrere.»

Roseanne schwieg. Auch in Frankreich verstießen Scheidungen gegen das gesellschaftliche Ideal, und Frauen zogen dabei oft den Kürzeren.

«Er kann sagen, dass ich meinen ‹ehelichen Pflichten› nicht nachkomme», fuhr Marianne fort, «oder noch besser, er beruft sich auf den neuen Paragraphen, den sie letztes Jahr eingeführt haben.»

Roseanne sah sie fragend an.

«Die Fortpflanzungsverweigerung.»

«Wie bitte?»

«Frauen sollen für Volk und Vaterland so viele Kinder wie möglich in die Welt setzen. Und wenn sie das nicht tun, können sie problemlos schuldig geschieden werden. Nach beinahe sechs Jahren Ehe erst ein Kind? Das ist doch eindeutig, oder?»

«Und man würde Hermann das Erziehungsrecht über Johann zusprechen», stellte Roseannes fest.

«Seine Mutter weigert sich schließlich, die Erfüllung ihres Daseins in Heim und Herd zu sehen, und macht Geschäfte mit dem Erbfeind. Er kann also auch im Fall einer Scheidung dafür sorgen, dass ich Johann verliere.» Ihre Gedanken waren bei dem, was Hermann über Johann beschließen würde. Welche Mittel er anwenden würde, um Johann abzuhärten und einen richtigen deutschen Jungen aus ihm zu machen. Einen, dem man mit Schlägen Disziplin beibringen musste.

Erneut spürte sie die Ohnmacht, zu der sie verurteilt war, weil Hermann das Gesetz auf seiner Seite hatte. Ihre Ehe war zu einem Gefängnis geworden. «Diese Überlegungen sind ohnehin sinnlos», sagte sie, «er wird mir die Scheidung verweigern. Und selbst wenn er nicht mehr zu Ruth und Bernhard geht, könnte es ihm nach meiner Rückkehr gelingen, Johann zu sich zu holen. Dann kann er mir Bedingungen stellen, wenn ich Johann nicht aufgeben will. Kann verlangen, dass ich weiter bei ihm wohne.» Sie erschauerte.

«Aber das ist Erpressung!»

Marianne fuhr auf. «Erpressung! Ganz genau.» Doch ihre Abscheu richtete sich nicht nur gegen Hermann. «Und ich?», rief sie. «Ich bin schließlich selbst zur Erpresserin geworden, indem ich Kaufmann gegen ihn benutzt habe.»

«Das ist etwas ganz anderes. Du musstest dich schützen.»

Marianne sah düster vor sich hin. «Im ersten Moment hat es ja auch seinen Zweck erfüllt. Hermann ist bei der Vorstellung, was das für ihn bedeuten könnte, so erschrocken, dass er mir die Unterschrift gegeben hat.»

«Aber inzwischen ahnt er, dass du deine Drohung nicht wahrmachen würdest, oder? Weil das auch Kaufmann gefährden könnte.»

«Kaufmann hat mit dieser Arbeit gegen das Gesetz verstoßen. Weil er Jude ist. Da kennt unsere Regierung keine Gnade.» Marianne schüttelte den Kopf. «Und ich habe mir dieses Unrecht bei meiner Drohung zunutze gemacht. Es ist widerwärtig.»

«Aber was wäre dir ohne diesen Schachzug übrig geblieben?», fragte Roseanne. «Dich Hermanns Willen beugen? Trotz allem bei ihm bleiben?»

«Nein!» Marianne zerrte so heftig an der Kissentroddel, dass sie abriss. In ohnmächtiger Wut schleuderte sie das seidene Fadenbündel auf den Sofatisch. «Es gab keine andere Wahl, und ich werde nicht vor ihm auf dem Bauch kriechen.» Sie funkelte die

Troddel an, als sei sie an allem schuld. «Am liebsten würde ich überhaupt nicht mehr nach Deutschland zurückgehen. Ich verabscheue dieses Land. Es ist zum Fürchten dort!»

«Musst du deswegen mein armes Kissen so malträtieren?», fragte Roseanne.

Der Wutausbruch Mariannes hatte geradezu beruhigend auf sie gewirkt. Trotz aller Ausweglosigkeit schien er ein Zeichen dafür zu sein, dass noch etwas von ihrem Kämpfergeist vorhanden war.

Roseanne lehnte sich ans Fenster und sah in die abendliche Stadt hinaus. Durch das Blätterdach der Platanen funkelten die Lichter einer Brasserie zu ihr herauf. Im Westen hing noch ein heller Schein über den Dächern, während im Osten schon dunkles Indigo am Himmel stand. Sie dachte daran, dass sich Marianne in Welschap gegen Charles und für ihre Ehe entschieden hatte. Nun aber konnte Hermann sie dazu zwingen, gegen ihren Willen mit ihm zusammenzuleben, indem er Johann als Druckmittel einsetzte. Das Einzige, was ihn möglicherweise davor zurückhielt, war, dass er nicht sicher sein konnte, ob Bernhard über Kaufmann schweigen würde. Aber Ruth und Bernhard wären bald nicht mehr da.

Sie drehte sich wieder um. «War das ernst gemeint, dass du Deutschland verabscheust und am liebsten nicht zurückwillst?»

«Ich verabscheue nicht das Land», sagte Marianne, nachdem sie einen Moment überlegt hatte, «sondern das, was diese Regierung daraus gemacht hat. Sie fördert Hass, Ausgrenzung und Überheblichkeit. Sie fördert das Schlechteste im Menschen und erklärt den Leuten zugleich, sie wären die Krone der Schöpfung. Das hört doch jeder gern, oder? Diese Mischung ist ein teuflisches Gesäusel, das den Leuten ins Ohr geträufelt wird. Ich glaube, das war es, was Hermann so verändert hat.»

«Er hätte sich genauso wie Ruth und Bernhard für eine andere Haltung entscheiden können.» Roseannes Stimme klang hart. «Aber er ist zu schwach oder zu bequem, um seinen persönlichen

Aufschwung in diesem System in Frage zu stellen. Er wollte bei diesem Anerkennungskult so sehr mithalten, dass er sogar dich zum Opfer gemacht hat.»

«Ich habe nicht nach einer Entschuldigung für ihn gesucht», Marianne starrte auf die zweite Kissentroddel herunter, die sich unter ihrem angespannten Gerupfe gelöst hatte, «nur nach einer Erklärung.»

«Und das andere? Dass du nicht zurückwillst?», fragte Roseanne.

«Ja», antwortete Marianne entschieden, «wenigstens bis ich einen Ausweg sehe. Aber habe ich eine Wahl?» Sie sah ihre Zukunft vor sich zusammenstürzen. Sah vor sich, wie Hermann auf eine Gelegenheit warten würde, um sich Johann zu greifen. Wie er ihr die Scheidung verweigern würde. Wie er ihr das Reisen verbieten würde. Er hatte sogar das Recht, ihr den Wohnungsschlüssel wegzunehmen. Ein Netz schien sich um sie zusammenzuziehen. Sie stellte sich zu Roseanne ans Fenster.

Unten vor der Brasserie tanzten zwei Paare zu dem *Sous les ponts de Paris* eines Akkordeonisten Walzer. Aber Roseanne schaute ihnen nicht zu. Sie hatte den Blick in die Ferne gerichtet.

«An was denkst du?»

Roseanne kehrte mit ihrer Aufmerksamkeit in die Gegenwart zurück. «Ich habe vielleicht eine Idee. Aber sie wird nur funktionieren, wenn du dir von Ruth und Bernhard schwören lässt, dass sie niemandem ein Sterbenswörtchen verraten.»

«Gut», sagte Marianne eine Dreiviertelstunde später, «ich rufe jetzt Ruth an.»

Mitte der darauffolgenden Woche flogen sie die ersten beiden Etappen bis nach Barcelona, dann über Madrid weiter nach Sevilla.

«Jetzt wird es spannend.» Roseanne beschleunigte in Sevilla zum Start, während Marianne auf ihren Knien die Landkarte zurechtfaltete. «Kann man sich sparen», sagte sie nach einer halben Stunde und steckte die Karte in die Seitentasche, «wenn du dich auf dieser Etappe verfliegst, nehme ich dir den Pilotenschein ab.» Hinter einem leichten Wolkenschleier, der sich im Laufe des Vormittags auflösen würde, lagen die markanten Küstenformen Südspaniens unter ihnen. Zum ersten Mal seit über einer Woche empfand Marianne so etwas wie Leichtigkeit.

Lächelnd zog Roseanne einen Bogen vor dem Steilfelsen von Gibraltar. «Keine Affen in Sicht», stellte sie fest, «wollte nur mal nachsehen.» Dann lächelte sie wieder.

Jenseits der Meerenge, die wie matter Stahl glänzte, hoben sich niedrige Küstenhügel wie Vorposten des gewaltigen, dahinterliegenden Kontinents aus dem Dunst. Als bald darauf die halbmondförmige Bucht von Tanger mit ihren weißen Häusern in Sicht kam, drehte Roseanne um und flog wieder Richtung Spanien. Marianne sah sie mit hochgezogenen Augenbrauen an, doch da kehrte Roseanne, weiter lächelnd, schon wieder nach Süden um, sodass sie erneut das Panorama der afrikanischen Küste vor sich hatten.

«Weil's so schön war», erklärte sie. Neues Lächeln.

«Sag mal.» Marianne drehte sich auf ihrem Sitz zu Roseanne um. «Du lächelst gerade mehr als in all den Jahren unserer Freundschaft zusammengenommen. Ist das eine Art Anfall? Ich fange nämlich gerade an, mir ernsthaft Sorgen zu machen.»

«Ich kann nicht anders», rief Roseanne und ließ den Mauersegler schwanken wie ein Schiff. «Davon haben wir geträumt, oder?», sagte sie begeistert. «Und jetzt ist es wahr geworden. Übrigens», sie warf Marianne einen Blick zu, «du solltest dich mal selber sehen.»

Während der nächsten Tage folgten sie dem Verlauf der afrikanischen Westküste. Vieles war so wie in dem Buch von Elly Beinhorn, die einige Jahre zuvor auf dieser Strecke geflogen war. Auf der großen Etappe zwischen Agadir und dem Wüstenflugplatz Cap Juby hatte man ihr als Orientierungshilfe mit makabrem Humor einige Flugzeugwracks genannt, «von deren Besatzung man nie wieder etwas gehört hat». Es erleichterte Marianne und Roseanne, dass sie diese Wracks nicht entdeckten, die allzu deutlich machten, wie der Traum vom Fliegen enden konnte.

Gegen Abend saßen sie dann selbst vor der Militärkaserne von Cap Juby, deren Kommandant ihnen für die Nacht einen zellenartigen Raum mit zwei Pritschen zur Verfügung gestellt hatte.

«Hättest du gedacht, dass wir einmal dort hinkommen, wo Saint-Exupéry seinen *Südkurier* geschrieben hat?», fragte Roseanne. Saint-Exupéry hatte Ende der zwanziger Jahre eine Zeitlang diesen entlegenen Flugplatz geleitet, und mittlerweile hatten Marianne und Roseanne seine sämtlichen bisher erschienenen Bücher gelesen.

«Wahrscheinlich konnte er in dieser Einsamkeit gar nicht anders, als Schriftsteller zu werden», witzelte Marianne, «gibt ja sonst nichts zu tun hier.»

Sie versenkten sich in den Anblick, der vor ihnen lag. Der Himmel hatte sich in eine lodernde Kuppel aus blauen, roten und lilafarbenen Tönen verwandelt, unter der die kontrastierenden Farbschattierungen der Sanddünen noch stärker hervorgehoben wurden.

«Es sieht wirklich aus wie ein wogendes gelbes Meer», sagte Marianne.

Auch die übrigen Flughäfen waren nicht viel größer als der von Cap Juby. Doch selbst wenn sie von oben aussahen, als bestünden sie aus nichts weiter als einer Sandpiste im Nirgendwo, tauchten bei ihrer Landung stets Menschen auf. Nachgetankt wurde mit Handpumpen aus Metalltonnen oder gleich aus Shell-Kanistern, und überall hielten es die Flugplatzleiter für ihre Pflicht, den beiden *Damen-Piloten* etwas zu essen und eine Übernachtungsmöglichkeit anzubieten.

Als sie in Saint-Louis ankamen, war Charles wie verabredet zu dem Wüstencamp vorausgefahren. Marianne und Roseanne mussten vor ihrem Weiterflug nichts anderes tun, als zuzusehen, wie die Stoffballen aus dem Mauersegler auf einen Eselskarren umgeladen wurden.

«Was für ein Gegensatz», sagte Marianne.

Sie hatten gerade in fünf Stunden über sechshundert Kilometer hinter sich gebracht. Aber so, wie der Eselskarren mit den Stoffballen schwankend vom Rollfeld fuhr und bald darauf in einer engen Gasse verschwand, würde er für die paar Kilometer bis zu dem Handelskontor womöglich ebenfalls fünf Stunden brauchen.

Bald darauf brachen sie von Saint-Louis zu ihrer letzten Etappe in Richtung des Wüstencamps auf.

«Das ist märchenhaft», rief Roseanne.

Marianne drosselte die Geschwindigkeit. Links unter ihnen glitzerte der Senegalfluss, von dem, durch das Motorengeräusch gestört, Hunderte Flamingos aufgeflattert waren wie eine rosafarbene Wolke. Grüne Inseln, seenartige Ausbuchtungen im fruchtbaren Schwemmland und gewaltige Baumriesen, die über niedrigeren Wald hinausragten, begleiteten den mächtigen Strom inmitten einer Unendlichkeit aus Steinwüste und Sanddünen.

«Das Camp müsste etwas nordöstlich liegen.» Roseanne musterte die Karte, die Charles gezeichnet und mit Anmerkungen versehen hatte. Die offiziellen Landkarten für diese Gegend waren ein Witz, nicht einmal alle größeren Ansiedlungen waren korrekt eingezeichnet. «Das dort wird Dagana sein», sagte sie, als sie einen Ort am Fluss entdeckte. Sie legte ihren Zeigefinger auf den Punkt, den Charles mit dem Namen der Stadt beschriftet hatte. «Jetzt sollen wir für zwanzig Kilometer der Wüstenpiste folgen und dann nach Norden umschwenken, bis wir einen großen Felsen mit einem einzelnen Baum in der Nähe sehen.»

Bald darauf kamen zwischen Steppenbereichen und Sanddünen

tatsächlich ab und zu Felsbrocken und einzelne Bäume in Sicht, doch nirgendwo entdeckten sie ein Zeltcamp.

«Wir müssten es schon längst gesehen haben.» Marianne suchte mit zusammengekniffenen Augen das Gelände ab.

«Vielleicht hat Charles falsch eingeschätzt, wie gut es von oben zu erkennen ist.» Sie behielten ihren Kurs noch eine Weile bei. Dann versenkte sich Roseanne noch einmal in die Kartenskizze. «Kehren wir zum Fluss um», schlug sie vor, «vielleicht sind wir an der falschen Stelle nach Norden geflogen.»

Beim zweiten Versuch folgten sie dem Senegal ein Stück weiter.

«Da» – Roseanne deutete auf eine Stadt an einer auffälligen Flussschleife – «vielleicht ist das erst Dagana.»

Marianne begann, dem nördlichen Kurs im Pendelflug mit Kehren nach Ost und West zu folgen, damit sie ein größeres Gebiet überblicken konnten, und schließlich entdeckten sie den Felsen, auf dessen östlicher Seite mehrere Zelte und Transporter standen. Dahinter erkannten sie das von der Sonne hartgebrannte Dünental, das nach Charles Beschreibung als Landeplatz dienen sollte.

«Dort links!» Roseanne zeigte auf eine Männergruppe, die vor die Zelte gelaufen war.

Charles hatte den Hut abgenommen und schwenkte ihn über dem Kopf, dann sah ihn Marianne mit seinem Hinken zum Landeplatz laufen.

«Rose», murmelte Charles ein paar Minuten darauf, während er seine Schwester im Arm hielt und ihr mit der freien Hand das Haar durcheinanderbrachte. «Hattet ihr einen guten Flug?»

«Wir hatten ein Dutzend gute Flüge – und einen schlechten», erklärte Roseanne schnoddrig, um ihre Wiedersehensfreude zu überspielen. «Hatten vergessen, den Öldruck zu kontrollieren, beinahe hätte es uns zwischen Port-Etiénne und Saint-Louis erwischt.»

Charles sah sie entsetzt an.

«Ganz so schlimm war es nicht, Saint-Louis war schon in Sicht, als der Motor angefangen hat zu stottern», warf Marianne ein. Sie hatte dieser Wiederbegegnung während der gesamten Flugtage, die sie immer näher zu ihm brachten, mit zwiespältigen Gefühlen entgegengesehen. Auch wenn es ihr gelingen würde, sich mit ihrem irrwitzigen Plan von Hermann zu befreien, erstickte die Erinnerung an den letzten Abend mit ihm alle anderen Empfindungen. Da konnte Roseanne noch so oft sagen, dass sie sich damit ihr eigenes Gefängnis baute. Doch Charles hatte sie nur freundlich und zurückhaltend mit einem Wangenkuss begrüßt, und Marianne hatte aufgeatmet, als er mit diesem Verhalten seinem Versprechen aus Holland nachkam.

«Das ist ja ein richtiges Büro», sagte Marianne, als sie nach der ersten Begrüßung mit einem Becher Pfefferminztee im Schatten des größten Zelts standen. Die Eingangsklappen waren weit zurückgeschlagen, sodass es von draußen an eine Theaterbühne erinnerte.

«Nun ja, so gut es eben geht.» Monsieur Garnier war ein heiterer, eher kleiner und sehr lebhafter Mann mit weißem Haar. Jetzt strich er sich schulterzuckend über seinen Schnurrbart, aber es war ihm anzumerken, wie wohl er sich in seinem Reich mit dem einfachen Kartentisch, den schlichten Holzstühlen und den vielen Unterlagen und Gerätschaften fühlte. Garnier leitete die Forschungsgruppe, zu der außer ihm noch ein Geograph und ein Geologe gehörten. Die Männer trugen festes Schuhwerk, helle, strapazierfähige Tropenkleidung und waren nach den Wochen im Forschungscamp tiefbraun gebrannt.

Roseanne nahm eine Zigarette aus dem Etui. Sie schien trotz oder gerade wegen all ihrer Weltläufigkeit auf eine schwer zu greifende Art genau in diese Umgebung zu passen, in dieses einfache Zelt mitten im Nirgendwo. «Danke», sagte sie, als ihr der Geograph Langlois Feuer gab. Dann blickte sie auf die karge Landschaft hinaus. Mit ihrem Gesichtsausdruck hätte sie ebenso gut vor dem Bild eines alten Meisters in einer Gemäldegalerie stehen können. «Sehr schön», sagte sie.

Langlois musste sich durch einen zweifelnden Seitenblick versichern, ob sie sich einen Scherz erlaubte, dann aber sah er aus, als habe sie soeben die Einrichtung seines von ihm persönlich mit viel Herzblut ausgestatteten Lieblingszimmers gelobt. «Vielleicht bringen Sie uns ja Glück bei unserer Forschung», sagte er.

«Und wenn wir nichts finden, ist das auch ein Erfolg», erklärte Roux, der von den dreien der Förmlichste zu sein schien, «weil wir dann wissen, wo wir nicht mehr suchen müssen.»

Bei ihrer weiteren Unterhaltung erklärte Garnier, dass er sein Forschungscamp im nächsten Jahr weit nordöstlich bei der alten Karawanserei am See von Aleg aufschlagen werde. Er hatte sich gerade in die Schilderung der früheren Handelsroute Richtung Sudan vertieft, als ein dunkelhäutiger Mann in einem kaftanartigen Gewand hereinkam. Er warf einen unsicheren Blick auf Marianne und Roseanne, bevor er Garnier etwas zuflüsterte.

«Aha, das Abendessen!», rief Garnier und rieb sich die Hände. «Meine Damen, Sie müssen Modou begrüßen, unseren Koch. Außer ihm haben wir noch Salif und Iba zur Hilfe hier, aber ohne Modou wären wir verloren.» Modou zog die Schultern hoch. Anscheinend brachte ihn Garniers lärmende Vorstellung in Verlegenheit. Hastig nickte er den beiden Frauen zu und verließ das Zelt.

«Nehmen Sie es ihm nicht übel.» Garnier trat an den Zelteingang und sah Modou nach. «Vermutlich schüchtert ihn diese Damengesellschaft ein. Hosentragende Damen, die mit dem Flugzeug kommen, hat er noch nie gesehen.» Er drehte sich wieder zum Zeltinneren um. «Ich übrigens auch nicht.» Er nahm ein Buch in die Hand und blätterte darin, ohne richtig hinzusehen. «Was für großartige Zeiten», sagte er schließlich bekümmert, «ich wünschte, ich wäre jünger, um zu erleben, was noch alles kommt.»

«Ich muss sagen», erklärte Roseanne, die sich auf einem breiten

Holzklappstuhl niedergelassen hatte, «Sie sind eindeutig ein Kategorie-A-Vertreter.»

Neugierig sah er sie an. «Nun, Kategorie A scheint ja eine recht gute Bewertung zu sein», sagte er vorsichtig.

«Die beste» – Roseanne lachte – «die beste, die es gibt, Monsieur Garnier. Ich erkläre Ihnen das System, wenn Sie möchten.»

Seine gute Laune war zurückgekehrt. Munter legte er das Buch weg. «Aber zunächst einmal kommt das Abendessen! Meine Damen, möchten Sie sich vorher ein wenig einrichten?»

«Da vorne ist euer Zelt, daneben meines», erklärte Charles auf dem Weg durch das Camp.

«Woher kommen hier eigentlich das Benzin und das Öl für das Flugzeug?», fragte Marianne, als sie im Schatten des Felsens mehrere Kanister stehen sah.

«Die wurden mit den Autos von Dagana hergeschafft», Charles fuhr sich über den Nacken, «genau wie alles andere, was hier an Wasser und Vorräten gebraucht wird. Eine mörderische Tour.»

«Ist es eigentlich hier Pflicht, dieses Auto zu fahren?», fragte Roseanne. «Du hast ja sogar selbst so eins.» Drei gleiche und gleich staubige Wagen mit dicken Ballonreifen und einer Ladefläche standen am Rand des Landeplatzes.

«Pflicht nicht, aber Standard.» Sie waren bei den Zelten angekommen. «Etwas Zuverlässigeres als den Ford A gibt es nicht, und das ist das Einzige, was in dieser Wüste zählt.»

In dem Zelt standen zwei einfache Pritschen mit Kopfkissen und Decken, zwei Kisten, die zugleich als Tisch und Stuhl genutzt werden konnten, und von einer der Zeltstangen hing eine Laterne herunter. Roseanne legte Mijnheer Vermeulens Wellenstoff auf ihre Pritsche. «Das benutze ich als Laken, mir ist diese Decke bestimmt zu warm.» Sie freute sich ehrlich über dieses einfache Geschenk.

«Vermeulen hofft, dass du dir ein Kleid daraus schneidern lässt.»

Sofort nahm Roseanne den Stoff wieder hoch, schüttelte ihn

aus, wickelte sich darin ein und ging mit Trippelschrittchen im Zelt herum.

Das Gespräch beim Abendessen, das an einem Tisch im Freien stattfand, drehte sich hauptsächlich um die Flüge, die für das Forscherteam durchgeführt werden sollten. Marianne würde am Steuerknüppel sitzen, während Roseanne nach den Hinweisen von Langlois oder Garnier Luftaufnahmen machte.

«Sie werden vielleicht gar nichts Besonderes sehen», sagte Langlois beinahe entschuldigend, «die Stadt ist ja vor Urzeiten untergegangen und vom Sand begraben. Aber manchmal gibt es auffällige Oberflächenstrukturen, die ein Hinweis sein könnten.»

Garnier sprang während des Essens wenigstens vier Mal auf, um mit Bleistiftanmerkungen übersäte Landkarten und Aufzeichnungen an den Tisch zu holen, mit denen er ihnen erklärte, welche Planquadrate ihm aussichtsreich erschienen. Seiner neuen Theorie zufolge musste die verschollene, muslimische Königsstadt des sagenumwobenen Ghana-Reiches weiter nördlich gelegen haben, als er bisher angenommen hatte.

«Hier! Lesen Sie selbst!» Er hielt Marianne einen Text unter die Nase. Sie konnte gerade eben feststellen, dass es sich um Spanisch handelte, als er ihn auch schon wieder zurückzog und triumphierend mit dem Handrücken darauf klopfte. «Abu Ubayad Al-Bakri selbst berichtet davon!»

Er sprach von den Schriften des arabisch-andalusischen Gelehrten wie von einem Wissenschaftskollegen, mit dem er in regem Austausch stand, obwohl Al-Bakri schon im Jahre 1094 verstorben war.

«Die sagenhafte Stadt Al-Ghaba entdecken», Garniers Stimme bebte vor Leidenschaft, «das wäre … das wäre einfach …» Alle hielten den Atem an, doch Garnier fiel kein Wort ein, das groß genug gewesen wäre, um die Bedeutung dieses Fundes zu beschreiben.

«Wir haben ja nur wenige Tage mit Ihnen, dabei gäbe es so viel zu erkunden», sagte er bedauernd. Dann sah er stirnrunzelnd auf die Landkarte in seiner Hand hinunter, die er bei seinem begeisterten Vortrag unbewusst zerknittert hatte, «aber wer weiß?»

«Ich habe vorgestern eine schöne Stelle am Felsen gefunden», sagte Charles nach dem Abendessen zu Roseanne. «Möchtest du sie sehen? Und du auch, Marianne?»

«Natürlich möchte sie», entschied Roseanne.

Charles führte sie zu einer Stelle auf der Westseite des Felsens. «Hier», sagte er und deutete auf einen etwas erhöht liegenden Rücksprung. Sie setzten sich mit Roseanne in der Mitte dicht nebeneinander in die geschützte Mulde und lehnten sich an den Stein, den Wind und Sand glatt geschliffen hatten.

«Das ist wirklich …», begann Marianne, doch dann fehlten ihr ebenso wie Garnier kurz zuvor die Worte. Ihre Augen hatten sich an die Dunkelheit gewöhnt, und sie sah hinter einem steppenartigen Bereich sanft geschwungene Sanddünen vor sich. Ein wogendes Auf und Ab, bei dem sich jeder einzelne Dünengrat scharf abzeichnete, während in den dunkleren Zonen dazwischen Täler lagen, jedes anders geformt. Die Stille war so absolut, dass sie die Atemzüge der beiden anderen hörte. Und über dieser Landschaft, die Bewegung und Ruhe in sich vereinte, schimmerten unzählige Sterne so klar vom Nachthimmel, wie sie es noch niemals gesehen hatte. Ein Sternenzelt, glitt der Gedanke durch ihren Kopf. *Ein Zelt aus Sternen, unter dem wir geborgen sind.*

Es war ein vollkommener Moment.

«Charles», sagte Roseanne nach einer Weile, die Minuten oder eine Ewigkeit umfasst haben konnte, «wir müssen etwas mit dir besprechen.»

Sie deutete nur an, was geschehen war und welche Folgen es für

Marianne hatte, doch das genügte, um Charles auffahren zu lassen. Dann aber biss er nur die Zähne so fest zusammen, dass seine Kieferknochen hervortraten.

Roseanne wartete einen Moment ab. «Wir haben uns etwas ausgedacht, damit Marianne und Johann fürs Erste aus Hermanns Reichweite kommen.»

«Das muss ein Witz sein», sagte Charles, als ihm Roseanne den Plan in groben Umrissen beschrieben hatte.

«Nein, ist es nicht», erklärte Marianne mit Nachdruck, «wenn Ruth und Bernhard fort sind, habe ich keine Unterstützung mehr. Ich will ... ich muss ...», sie verhedderte sich in ihren Worten und hörte selbst, wie spitz ihre Stimme in die Stille der Wüste hallte. «Ich könnte nicht mehr ich selbst sein. Nicht mit Hermann im Nacken und nicht allein in diesem Deutschland!»

Charles schwieg, erschüttert von ihrer Heftigkeit.

Erinnerungsfragmente strudelten durch Mariannes Kopf. Johann, der Jokos Plüscharm umklammerte, mit entsetztem Blick an der Wohnzimmertür ... *Wir werden einen längeren Urlaub machen* ... der widerwärtige Schweißtropfen, der zwischen ihre Lippen sickerte, ohne dass sie etwas dagegen tun konnte ... *Eine Scheidung kommt nicht in Frage* ... die Bürste in ihrer Hand über der feuerroten Haut zwischen ihren Beinen ... *deine Freiheit*. Alles, was ihr Dasein aus den Angeln gehoben hatte, schlug über ihr zusammen.

Sie spürte kaum, dass Roseanne die Hand über ihre geballte Faust legte, starrte nur auf das Gewoge der Sanddünen, bis sie sich wieder gefasst hatte. «Wenn ich weiß, dass Ruth und Bernhard in Sicherheit sind und ich Johann bei mir habe, kann ich überlegen, welche Möglichkeiten es für mich gibt. Ich brauche diesen Abstand einfach, um mir über meine Zukunft klarzuwerden.»

«Und wie habt ihr euch das genau gedacht?», fragte Charles.

«Marianne fliegt nach Paris, wenn wir mit den Luftaufnahmen fertig sind», sagte Roseanne. «Ruth und Bernhard bringen ihr Johann am 31. August dorthin. Ich habe ihnen gesagt, dass sie unsere Wohnung benutzen können, solange sie wollen.» Charles nickte.

«Wir beide bleiben inzwischen hier», fuhr Roseanne fort. «Wir erklären Garnier, dass wir die Gelegenheit nutzen wollen, weil wir es hier so schön finden.»

Sie hob den Blick zu den Sternen, die wie ein funkelnder Diamantenteppich in der Dunkelheit über ihnen standen. «Dafür müsste ich nicht mal lügen.»

«Und wie soll es dann weitergehen?», fragte Charles.

Roseanne löste widerstrebend den Blick vom Himmel. «Wenn Garnier geht, bleiben wir noch einen Tag länger. Er hat doch gesagt, dass er das Camp am 4. September auflöst, oder?»

«Ja, so hat er es geplant», bestätigte Charles.

«Also organisiert Marianne ihren Rückflug so, dass sie am 5. September mit Johann hier ankommt. Dann kriegen Garnier und seine Leute nichts davon mit. Und damit sie bei ihrem Rückflug in Saint-Louis nicht auffällt, fliegt sie von Port-Etiénne aus direkt hierher.» Sie warf Charles einen Blick zu. «Das ist ein völlig abgelegener Flugplatz an der mauretanischen Küste.» Sie streckte sich zufrieden. «Wenn Marianne mit Johann zurück ist, lassen wir den Mauersegler fürs Erste hier stehen, wo ihn niemand findet, Hermann bekommt ein Telegramm mit einer Vermisstenmeldung, und niemand ahnt, was wirklich war, während wir alle zusammen mit dem Auto nach Saint-Louis zurückfahren.»

Charles lachte nur. «Das habt ihr euch ja fein ausgedacht. Wer soll zum Beispiel dieses Telegramm an Hermann aufgeben, wenn wir beide hier in der Wüste sitzen?»

«Das macht Garnier. Wir geben es ihm mit, wenn er aufbricht.»

«Ach so», gab Charles zurück. «Er wird also Bescheid wissen, obwohl du gerade gesagt hast, dass niemand ahnen kann, was wirklich war. Glaubt ihr ernsthaft, dass er bei so etwas mitmacht?»

Roseanne sank zurück.

«Und wenn ihr ihm einen verschlossenen Brief mit dem Geld für die Gebühren und den Telegrammtext mitgebt, den er nur bei der Telegrammaufnahme abgeben muss?», fragte Marianne.

Charles wollte unwillkürlich widersprechen, doch dann sagte er widerstrebend: «Das wäre eine Möglichkeit.»

Während der folgenden Tage brachen sie beim ersten Licht zu Garniers Erkundungsflügen auf. Die Temperaturen waren um diese Tageszeit noch angenehm, und die niedrig stehende Sonne ließ den Schatten von Geländeveränderungen deutlicher hervortreten.

Nachdem sie die Ausläufer des Flusses mit seinen grünen Ufern und den riesigen Vogelschwärmen hinter sich gelassen hatten, flogen sie die festgelegten Areale ab. Roseanne machte auf Anweisung der Wissenschaftler Luftaufnahmen, und manchmal bat Garnier Marianne darum, das abgesprochene Planquadrat zu verlassen und beim Flug einem der schwach erkennbaren Wüstenpfade zu folgen. Meist aber hielten sie sich an den Kompass, um sich nicht in dieser gleichförmigen Unendlichkeit aus gelbgolden, manchmal aber auch beinahe weiß oder rötlich schimmernden Dünen und von Hitze und Wind festgebackenen Sandkorridoren zu verlieren.

Am ersten Tag sahen sie kurz nach dem Start mehrere Geier parallel zu sich fliegen, die an einem Baum niedergingen, bei dem schon mehrere ihrer Artgenossen auf dem Kadaver eines Rindes oder einer Gazelle saßen. Ein anderes Mal zog unter ihnen eine Kamelkarawane durch die Wüste. Sie hätten die Tiere vielleicht gar nicht gesehen, die von oben nicht viel mehr waren als sandfarbene Striche in einer sandfarbenen Wüste, doch ihre meterweit in die Länge gezogenen Schatten wanderten als schwarze Umrisse neben ihnen mit. Meistens aber regte sich kaum etwas in der weiten, einsamen Landschaft.

All dies, so neu und aufregend es war, verblasste jedoch vor dem, was danach kommen würde. Abends setzten sie sich zu dritt an den Felsen, und immer ergaben sich neue Fragen.

«Wie willst du es eigentlich erklären, wenn du irgendwann und irgendwo wieder auftauchst?», wollte Charles wissen.

«Das habe ich mir noch nicht genau überlegt.»

«Uns fällt schon irgendetwas ein. Oder ich werde Sterndeuterin!» Roseanne sprang auf. *«Sagt mir, was soll es bedeuten?»*, deklamierte sie zum Firmament hinauf.

Charles schüttelte nur den Kopf über ihre Albernheit.

«Wie man hört» – Roseanne drehte sich wieder zu den beiden anderen um – «können leichte Gehirnerschütterungen einen vorübergehenden Gedächtnisverlust auslösen. Wenn Marianne wieder nach Deutschland will, kann sie sich nach einer Notlandung in der Wüste darauf berufen.»

«Ich will nicht nach Deutschland zurück, solange es dort so ist wie jetzt», sagte Marianne.

«Aber Hermann wird doch mitbekommen, dass Ruth und Bernhard Johann mitgenommen haben.»

«Ja», sagte Marianne, «er soll ruhig annehmen, dass sie mit ihm in ihren sogenannten Urlaub gefahren sind. Aber dann sind sie schon weit weg, und Johann ist bei mir. Und ich bin auch weit weg. Egal was wird, eins steht fest: Ich werde niemals zu Hermann zurückkehren. Ich möchte ihn nie mehr wiedersehen.»

Charles brummte vor sich hin. «Und wenn er selbst aktiv wird? Eine Suchaktion anstößt?»

«Bis Hermann siebentausend Kilometer entfernt eine Suchaktion anstoßen könnte, würde es einige Zeit dauern», sagte Marianne.

«Bis dahin hat Marianne sowieso längst einen Weg für sich gefunden!», sagte Roseanne. «Abgesehen davon, warum sollte er sie suchen? Er hat doch keinen Nachteil, wenn sie einfach … weg ist. Im Gegenteil.»

Charles wirkte immer noch skeptisch.

«Du denkst zu kompliziert», sagte Marianne. «Am wahrscheinlichsten ist, dass ich zu Ruth und Bernhard ziehe, wenn klar ist, wo genau sie von Paris aus hingehen. Und das kann Hermann dann von mir aus wissen.» Sie bohrte ihren Blick in die Dunkelheit. «Dann kann er meinetwegen sogar wissen, dass ich einen Absturz vorgetäuscht habe, nur um von ihm wegzukommen.»

«Ich soll also mit einer Frau, die vermisst gemeldet wurde, nach Saint-Louis fahren.»

«Aber das weiß doch dort niemand! Das Telegramm geht nur an Hermann. Hier erfährt niemand etwas davon», sagte Roseanne. «Außerdem kennt uns beide niemand in Saint-Louis. Wir sind gleich weitergeflogen, als der Stoff ausgeladen war. Und wenn du nach einer Reise deine Schwester und ihre Freundin mit ihrem Sohn zu einem Ferienaufenthalt mitbringst, wird sich niemand Fragen stellen.»

«Und wenn Hermann doch einen Suchaufruf an die französischen Behörden gibt?», fragte Marianne. «Dann könnte ich bei einer Kontrolle auffallen.»

«Mit Ausnahme sehr weniger Länder ist ganz Westafrika entweder französisches Staatsgebiet, Kolonie oder Protektorat», sagte Roseanne, «es gibt keine Kontrollen. Wir sind sozusagen im Inland.»

«Hast du es dir auch genau überlegt?», fragte Charles nicht zum ersten Mal, ohne auf Roseannes Bemerkung einzugehen.

Marianne drückte ihren Rücken an den Stein, der noch die Sonnenwärme des Tages abgab. «Wenn du möchtest, gebe ich es dir schriftlich, dann kannst du es bei Bedarf jeweils nachlesen. Ich will einfach eine Weile in Ruhe darüber nachdenken können, wie ich jetzt weitermachen soll. Und weil es nicht anders geht, verschaffe ich mir diese Ruhe eben auf diese Art.» Sie beugte sich vor, um Charles an Roseanne vorbei anzusehen. «Wenn du nicht daran beteiligt sein möchtest, sag es jetzt.»

«Ich möchte an allem beteiligt sein, was gut für dich ist, Marianne», er hielt ihren Blick fest, «das weißt du.»

«Das wissen wir alle», kam es schnoddrig von Roseanne. Sie schnippte die Asche ihrer Zigarette weg.

«Zeig mir noch mal den Text», sagte Charles.

Sie hatten sehr lange überlegt, was sie in das Telegramm schreiben sollten. Marianne reichte ihm den Zettel. Im Licht seines Feuerzeugs las er ihn zum wahrscheinlich hundertsten Mal durch. Dann gab er Marianne den Zettel zurück, ohne noch eine Verbesserung vorzuschlagen.

++ MARIANNE NACH ERKUNDUNGSFLUG VERMISST ++ SUCHE ERFOLGLOS ++ KAUM NOCH HOFFNUNG ++ ERSCHUETTERT ++ ROSEANNE ++

Sie lehnten sich zurück. Ihre Schultern berührten sich, als hätte die Natur diese Steinmulde im Felsen einzig und allein für drei Menschen geschaffen, die sich so nahe waren wie sie. In Gedanken versunken blickten sie auf das sternenüberglänzte Dünenmeer.

Wenn wir hier wieder weg sind, dachte Marianne, wird vielleicht für Jahrzehnte oder vielleicht sogar niemals mehr irgendein Mensch an dieses wundervolle Fleckchen Erde kommen.

«Ich danke Ihnen für alles», sagte Garnier, als sie am Tag von Mariannes Abflug auf dem Landeplatz standen. Es wurde gerade erst hell, und doch lag schon eine Ahnung von der Hitze in der Luft, die der Tag bringen würde. Aus dem Kochzelt drang Töpfeklappern zu ihnen herüber. «Wer weiß, was uns die Fotografien zeigen werden, wenn die Filme erst einmal entwickelt sind.» Garniers Augen funkelten, als hätte er sämtliche Rückschläge vergessen, die er bei seinem Lieblingsprojekt schon hatte einstecken müssen. «Vielleicht wird das der Durchbruch!»

«Das wünsche ich Ihnen wirklich.» Marianne hatte diesen lebhaften, enthusiastischen Mann ins Herz geschlossen, und es tat ihr leid, dass sie ihn niemals wiedersehen würde.

«Und dass Sie, Charles, und Ihre Schwester dieses Land voll verborgener Schätze», mit einer Armbewegung umfasste er die karge Geröllzone und die ununterscheidbaren Dünen, «so zu lieben gelernt haben, dass Sie noch bei uns bleiben, ist begeisternd.» Auffordernd blickte er Langlois und Roux an, die einmütig nickten.

Mariannes Gewissen regte sich. Der freundliche Monsieur Garnier ahnte nichts von ihrem Vorhaben. Doch dann dachte sie an die Abende in der Felsenmulde. Sie hatten diese einsame, freie Landschaft unter den Sternen tatsächlich zu lieben gelernt, wenn auch aus anderen Gründen als Garnier und seine Kollegen.

Charles und Roseanne gingen mit Marianne bis zum Mauersegler weiter.

«Hier», Charles hielt ihr die Jacke hin, damit sie hineinschlüpfen konnte, «da oben wird es kalt.» Dann schloss er den ersten Knopf für sie und ließ seine Hand auf ihrem Oberarm liegen. Er hatte alle Bedenken gegen ihren Plan vorgebracht, die man sich nur vorstellen konnte, und als ihm bewusst geworden war, dass sie es ernst meinte, hatte er sich rückhaltlos auf ihre Seite gestellt.

Während der Tage in dem Wüstencamp hatte er sie mit ausgesuchter Höflichkeit behandelt, so wie es der besten Freundin seiner Schwester gegenüber angemessen war und wie er es in Welschap versprochen hatte. In diesem respektvollen Umgang hatte Marianne Raum gehabt, um Sicherheit zurückzugewinnen. Gerade durch seine Distanz waren die Scham und Verlegenheit verblasst, mit denen sie ihm zuerst gegenübergetreten war.

Auch jetzt ging seine Berührung nicht weiter. Und doch war dieser leichte Druck auf den Oberarm mehr, als es jeder Abschiedskuss hätte sein können. Noch immer war Marianne nicht frei in ihren Empfindungen, hatte sich mit ihren Gefühlen tief in sich selbst zurückgezogen. Nun aber spürte sie, dass der Panzer Risse bekommen hatte. Sie erwiderte seinen Blick. In seinen Augen stand ein Versprechen.

«Hast du dich entschieden?», fragte er.

Damit konnte er den Flug meinen, zu dem sie aufbrach, aber auch etwas weit darüber Hinausgehendes. Marianne lächelte. Es war im Grunde gleichgültig, was er meinte, denn er würde ihr alle Zeit der Welt lassen, das wusste sie.

«Letzte Gelegenheit, einen Rückzieher zu machen», sagte Roseanne und wischte sich den Schweiß von der Stirn.

«Hast du das Chinin genommen?» Marianne sah sie stirnrunzelnd an. Roseanne hatte nachts abwechselnd gefroren und geschwitzt, und Roux war vom Frühstück aufgestanden, um ihr ein Fläschchen mit Chininpulver hinzustellen. «Du hättest liegen bleiben sollen.»

«Als würde ich dir ausgerechnet hier und heute nicht nachwinken», sagte Roseanne. «Außerdem kann ich mich ja gleich den ganzen Tag ausruhen.» Sie zog Marianne in ihre Arme. «Wenn unsere Erzieherin aus dem Internat wüsste, wie wir hier hausen, würde sie der Schlag treffen», wechselte sie das Thema. Marianne hielt sie noch einen Moment an sich gedrückt, dann trat Roseanne zurück. «Das wird ein ganz neues Leben, wenn du wieder da bist», rief sie und lachte laut auf.

Marianne schloss die verglasten Cockpitklappen. Nun war das Motorengeräusch nur noch als gedämpftes Brummen hörbar. Sie flog eine Schleife über dem Landeplatz, behielt Roseanne und Charles im Blick, die ihre Arme über den Köpfen schwenkten, während die Archäologen mit Modou, Salif und Ifa winkend an dem Esstisch standen. Dann legte Charles seiner Schwester den Arm um die Schultern, und sie gingen zu den Zelten zurück.

Als sie über der Wüste war und westlich die Küstenlinie des Atlantiks in Sicht kam, erfasste Marianne wieder das Empfinden von allumfassender Freiheit, das sie schon bei ihren ersten Flügen gespürt hatte. Die Welt von oben zu sehen, machte alle Sorgen klein. In diesen Momenten erschien es ihr, als hätte sie die Freiheit zu jeder Handlung und als wäre sie befreit von allem, was sie bedrückte.

Am letzten Augusttag landete sie in Paris. Es war später Nachmittag. Sie hatte früher ankommen wollen, aber einen halben Tag durch Gegenwind auf der Strecke zwischen Agadir und Tanger verloren. Doch das spielte keine Rolle.

Während der Flugetappen hatte sie sich gefühlt wie in einem seltsamen Zwischenreich, aber auf dem Weg in Roseannes Wohnung holte sie der Großstadtalltag mit dem lärmenden Straßenverkehr, den eilig ihre Einkäufe nach Hause tragenden Hausfrauen und den plaudernden Gästen vor den Cafés in die Wirklichkeit zurück. In der Wohnung angekommen, wusch sie sich den Reisestaub vom Körper, zog sich um und ging noch einmal los, um Besorgungen für das Abendessen zu machen.

«Wirklich», sagte der Fischhändler, um dessen umfangreichen Bauch sich eine einstmals weiße Schürze spannte. «Sie träumen mit offenen Augen, Madame.»

Marianne blinzelte. Sie hatte mit leerem Blick auf die Kreideschrift an der Preistafel gestarrt. Erst in dem Moment, in dem sie vor der Theke gestanden und entscheiden musste, wie viel Fisch sie brauchen würde, war ihr wirklich bewusst geworden, dass sie an diesem Abend mit Ruth, Bernhard und Johann am Tisch sitzen würde. «Von dem Seehecht vier Filetstücke, bitte.» Die Aufregung griff nach ihr. Vielleicht waren sie schon da, wenn sie wieder zu der Wohnung zurückkam.

Dreieinhalb Stunden später machte sie sich noch keine Sorgen. Auf der Reise konnten sich alle möglichen Verzögerungen ergeben haben. Sie setzte sich in den Sessel und versuchte zu lesen, doch ihre Gedanken schweiften immer wieder ab. In der Wohnung herrschte

Stille, und langsam wurden ihr die Lider schwer. Als sie wieder aufwachte, war es stockdunkel. Sie knipste die Stehlampe an und warf einen Blick auf die Uhr. Kurz vor zwei.

Unruhig öffnete sie die Wohnungstür, als könnte sie die Klingel überhört haben. Aber der Korridor war leer. Schulterzuckend drückte sie die Tür wieder zu und stellte sich ans Fenster. Vor dem Bistro unten waren die Stühle und Tischchen über Nacht an die Hauswand geräumt worden. «Vielleicht hatten sie eine Panne», murmelte Marianne vor sich hin, um das Bild eines schrecklichen Unfalls zu unterdrücken, das sich in ihren Kopf drängte. Sie stützte sich am Fensterrahmen ab. *Du darfst dich nicht verrückt machen.*

Den Rest der Nacht versuchte sie zu schlafen, doch sie wachte immer wieder auf und lauschte in die Stille. Um halb sieben gab sie der Telefonistin der Vermittlungsstelle Ruths und Bernhards Nummer durch. «Teilnehmer antwortet nicht», sagte die Telefonistin nach einem Moment.

Wie auch, dachte Marianne, sie sollten ja gar nicht dort sein. Und wenn sie es wären, hätten sie mich inzwischen selbst angerufen. «Könnten Sie es bitte noch einmal versuchen?», sagte sie trotzdem.

«Wie Sie wünschen.» Nach einer längeren Pause sagte die Telefonistin: «Dieses Mal bekomme ich kein Freizeichen. Vielleicht eine Fehlschaltung. Da nützt es häufig etwas, ein wenig abzuwarten.»

Wo sind sie nur? Ruhelos ging Marianne in die Küche, trank einen Kaffee, kehrte ins Wohnzimmer zurück. Selbst wenn es Hermann in der Zwischenzeit gelungen sein sollte, sich Johann zu holen, oder wenn Bernhard etwas geschehen wäre, hätte sich Ruth gemeldet. Erneut öffnete sie die Wohnungstür und schaute auf den leeren Flur hinaus. Sie wollte die Wohnung nicht verlassen, denn die anderen würden womöglich kommen, wenn sie nicht da war. Aber das Warten machte sie verrückt. Sie griff nach ihrer Tasche. *Ich kann genauso gut vom Postamt aus noch einmal versuchen, sie anzurufen.*

Schon beim ersten Schritt aus dem Haus spürte sie, dass sich die Atmosphäre in der Stadt verändert hatte. Vor dem Bistro waren die Stühle und Tische wieder aufgestellt worden. Doch keiner der Gäste hatte sich hingesetzt. Sie standen in Grüppchen zusammen und unterhielten sich gestikulierend. Ein Mann schlug so heftig auf die Zeitung ein, die er in der Hand hielt, dass sie zerriss.

Anscheinend hatte es in Frankreich irgendein Ereignis gegeben, das die Leute aufregte. Aber Marianne hatte ganz andere Sorgen. Im Postamt standen lange Schlangen vor den Schaltern für die Ferngesprächsvermittlung. Sie drehte um. Diese Geduldsprobe würde sie nicht überstehen, nur um vielleicht wieder niemanden an den Apparat zu bekommen. Aber sie konnten ja inzwischen auch angekommen sein. Marianne rannte beinahe zurück.

Noch bevor sie die letzten Stufen zu der Wohnung hinaufgestiegen war, sah sie das Telegramm vor der Tür liegen und verharrte einen Moment, bevor sie es aufhob. Langsam ging sie ins Wohnzimmer, stellte sich mit dem an R. Arnaud adressierten Formular ans Fenster und zog die Kleberänder auseinander.

++ B VOR 2 TAGEN Z PRUEFUNG TRUPPENTAUGLICHKEIT EINBESTELLT ++ MUSSTEN REISE VERSCHIEBEN ++ SEIT HEUTE KRIEG GEGEN POLEN ++ J SICHER BEI UNS ++ R ++

Die Buchstaben auf den schmalen gelblichen Papierstreifen, die auf das Formular geklebt worden waren, flimmerten vor Mariannes Augen. War Ruth zum Telegraphenamt gefahren, während sie versucht hatte, sie telefonisch zu erreichen?

Krieg mit Polen.
Sie würden nicht kommen.

Marianne schwankte ein bisschen. Sie hielt sich einen Moment am Fensterbrett fest, dann begann es in ihrem Kopf zu arbeiten. Sie würden nicht kommen. Bernhard und Ruth würden nicht in ihren «längeren Urlaub» fahren. Ihn verschieben, nur auf wann? Noch während sie versuchte, sich darüber klarzuwerden, was das alles bedeutete, packte sie mit fahrigen Bewegungen ihre Sachen zusammen. Sie musste zum Flughafen.

Auf dem Weg hörte sie bei Passantengesprächen mit, dass die deutsche Wehrmacht in der Nacht Polen angegriffen hatte. Angeblich, um sich für einen polnischen Überfall auf den Rundfunksender Gleiwitz zu rächen, doch das schien niemand zu glauben.

«Man hätte ihm all die Verletzungen des Versailler Vertrages niemals durchgehen lassen dürfen!», war der erste Satz, der ihr in der Halle des Flugplatzes entgegenschlug. Eine aufgeregte Gruppe von Piloten und Mechanikern stand am Tisch der Zollbehörde. Dass mit «ihm» Hitler gemeint war, bedurfte keiner Erklärung.

Einer der Mechaniker schaute kurz über die Schulter, als sie hereinkam, bevor er sich wieder den anderen Männern zuwandte. «Er hat schon die ganze Zeit aufgerüstet, und wir haben tatenlos zugesehen. Spätestens als er im März die Rest-Tschechei annektiert hat, hätte mit diesem Kurs Schluss sein müssen!»

«Damit hätte schon viel früher Schluss sein müssen. Schon als er aus dem Völkerbund ausgetreten ist oder als er das Rheinland besetzt hat. Aber dumm, wie wir waren, haben wir ihn machen lassen, genauso wie die Engländer!», rief ein französischer Pilot.

Marianne ging zu dem Mauersegler weiter. Daneben stand ein weiteres deutsches Sportflugzeug. Eine Messerschmidt Bf 108, auf deren Rumpf der Name *Zirrus* prangte. An ihrer Tragfläche lehnte ein etwa fünfzigjähriger Mann im Fliegerdress und rauchte eine Zigarette. Sein sympathisches Gesicht war wettergegerbt, und die vielen Ölflecken auf seiner Montur zeugten von einem langen Pilotenleben.

«Ihre?», fragte er mit einer Kopfbewegung zu Mariannes Maschine, als sie ihre Tasche abstellte. Sie nickte.

«Neuberg», stellte er sich vor. Er ließ seinen Blick beinahe zärtlich über die Aufkleber am Rumpf seiner Zirrus wandern, die eine ereignisreiche Geschichte von Sportflügen in zahlreiche Länder erzählten. «Wir hatten schöne Jahre», sagte er mehr zu sich selbst oder vielleicht auch zu dem Flugzeug, «da kann ich dich doch nicht einfach so hier stehen lassen.»

«Warum sollten Sie Ihre Maschine hier stehen lassen?», fragte Marianne.

«Weil sie dann größere Chancen hat, diesen Kriegswahnsinn zu überstehen, den wir wieder vor uns haben.» Er sah sie herausfordernd an, als wolle er feststellen, welche Meinung sie in Bezug auf «diesen Wahnsinn» vertrat. Als er keine Antwort bekam, trat er seine Zigarette aus. «Über deutschem Hoheitsgebiet sind Flüge mit privaten Maschinen schon seit Tagen verboten. Es gibt keine Sportfliegerei mehr, und sämtliche Flugplätze sind an die Luftwaffe übergegangen.» Sein Lachen hörte sich eher an wie ein Knurren. «Das hat zu den Vorbereitungen für diesen Krieg gehört, wussten Sie das nicht?»

«Nein, das wusste ich nicht», sagte Marianne. «Ich war in … Ich habe in den letzten Tagen keine Nachrichten aus Deutschland gehört.»

«Wenn jetzt überhaupt noch jemand in Deutschland mit seiner eigenen Maschine landet, wird sie augenblicklich beschlagnahmt. Kriegswichtig.»

Marianne schluckte. «Wissen Sie das genau?»

Er sah sie beinahe mitleidig an, während er seine Zigarettenpackung aus der Hosentasche zog und sie ihr hinhielt. Marianne schüttelte den Kopf.

«Meine Liebe», er zündete sich eine Zigarette an, «das ist so sicher wie das Amen in der Kirche, könnte man sagen, wenn es nicht so blasphemisch wäre. Sobald Sie in Baden-Baden oder sonst wo bei uns runtergehen, können Sie Ihrer Maschine ade sagen.»

Das war der Ausweg gewesen, den Marianne gesehen hatte. Nach Deutschland fliegen, Johann dort abholen, und zwei Tage später als geplant zu Roseanne und Charles zurückkommen. Nun musste sie erkennen, wie undurchführbar diese Idee war.

«Und eins ist glasklar», fuhr Neuberg fort, «die Franzosen werden sofort ein Ultimatum stellen, das Hitler nicht beachten wird, und darauf folgen in Frankreich die Generalmobilmachung und die Kriegserklärung an Deutschland. Dann haben wir den Salat.»

«Aber so schnell kann so etwas doch sicher nicht gehen», sagte Marianne, während ihr durch den Kopf schoss: Dann kannst du als Deutsche auch nicht mehr ungehindert aus Frankreich abfliegen.

«Doch, das kann sogar sehr schnell gehen. Ich wette, dass Frankreich morgen oder übermorgen in diesen Krieg eintritt.»

«Morgen ...», flüsterte Marianne und verstummte.

«Möchten Sie vielleicht doch eine Zigarette?» Erneut hielt er ihr das Päckchen hin. Geistesabwesend ließ sich Marianne Feuer geben. Sie konnte nicht mehr nach Deutschland und zurück fliegen, weil man den Mauersegler beschlagnahmen würde, und aus Paris oder von einem anderen französischen Flughafen würde sie mit einem deutschen Flugzeug nur noch so lange abfliegen können, wie Frankreich nicht in einen Krieg gegen Deutschland eingetreten war. Zugleich waren Roseanne und Charles in dem Wüstencamp nicht zu erreichen. Sie konnten dort von diesem Krieg noch nichts wissen und würden Garnier wie verabredet das Telegramm mitgeben.

Es war wie bei Johanns Dominosteinen. Wenn der erste in der Reihe umgestoßen war, konnte nichts mehr den Fall der übrigen aufhalten. Ihr ganzer Plan erschien Marianne plötzlich unfassbar naiv. Sie war damit mitten in eine politische Kettenreaktion hineingeraten. Selbst wenn sie nach Deutschland flog, würde sie nichts ausrichten können, sondern im Gegenteil sofort ihre gesamte Bewegungsfreiheit verlieren. Ihre Gedanken überschlugen sich.

Und wenn ich es schaffe, zu Roseanne und Charles zurückzukommen, bevor das Telegramm abgeschickt wird? Dann könnten wir uns etwas anderes überlegen. Den Mauersegler auf Roseanne umschreiben? Dann könnte sie die drei in Frankreich abholen. In Ruths Telegramm steht ja, dass sie die Reise verschieben. Vielleicht brechen sie schon morgen auf.

Perpignan, Alicante, Tanger und noch vier weitere Stationen. Der Mauersegler hatte eine maximale Reichweite von gut siebenhundert Kilometern. Marianne rief sich die jeweiligen Entfernungen der Flugetappen ins Gedächtnis. Es gab weitere Landeplätze, die sie zuvor nicht in ihre Überlegungen einbezogen hatten, wie Safi oder Mogador in Marokko. Es wäre wahrscheinlich möglich, einen Tag zu gewinnen, wenn sie die Strecke anders aufteilte, oder? Sie kam mit ihren Berechnungen durcheinander.

Neuberg musterte sie schweigend. «Ich weiß nicht, was Ihnen durch den Kopf geht», sagte er schließlich, «aber wenn Sie etwas zu entscheiden haben, dann tun Sie es schnell.»

«Wir haben einen Beistandspakt mit Polen, also wird es auch mit uns zum Krieg kommen», hallte eine erregte Stimme von der Zollstelle zu ihnen herüber.

«Und Sie?», fragte Marianne den Sportpiloten. «Was werden Sie jetzt tun?»

«Ja, was werde ich tun?» Er schien es selbst nicht zu wissen. Nach einem kurzen Moment sprach er weiter. «Dass ich den letzten Wahnsinn dieser Art überlebt habe, der auf allen Seiten immer nur Grauen und Elend bringt, war ein Wunder. Und vielleicht sollte man es nicht darauf anlegen, dass man im Leben zwei Wunder dieser Art nötig hat.» Wieder unterbrach er sich. «Es gibt auch neutrale Staaten», fügte er hinzu und wandte sich ab, als hätte er zu viel gesagt.

Marianne sah ihm nach, als er zu dem Tisch der Zollstation ging.

Nach ein paar Schritten drehte er sich noch einmal um und hob grüßend die Hand. «Viel Glück.»

«Viel Glück», echote Marianne. Während er begann, an der Zollstation mit einem Beamten zu sprechen, fragte sie sich, welches Schicksal Neuberg und seine geliebte *Zirrus* erwartete.

Eine Stunde später startete Marianne nach Perpignan. Bei ihrer Ankunft brannten schon die Signalfeuer in den Metalltonnen an der Landebahn. Nach wenigen schlaflosen Stunden in einer Pension stieg sie wieder in den Mauersegler, sobald sich der erste Flugplatzangestellte blicken ließ.

«Sie sollten lieber abwarten, bis es ruhiger geworden ist», sagte er und deutete zu dem Windsack auf der Halle, der frischen Westwind anzeigte.

«Oh, da habe ich schon anderes erlebt.» Sie lachte mit aufgesetzter Fröhlichkeit, und er gab kopfschüttelnd den Start frei. Der Flug führte auf den ersten Kilometern an den Pyrenäen entlang ostwärts. Dann würde es an der spanischen Küste Richtung Süden und Südwesten weitergehen. Marianne warf einen Blick auf die Berge, von denen dichte Nebelwolken herunterzogen, die bis weit übers Meer reichten. In dem Dunst brachen sich die Strahlen der aufsteigenden Sonne in allen Regenbogenfarben. Der Anblick erinnerte Marianne an das funkelnde Diamantenhäufchen in Ruths Wohnzimmer. Der blaue Samtbeutel lag jetzt in dem Zelt des Wüstencamps. Wenn ich den Wolkenstau der Pyrenäen hinter mir habe, dachte sie, kann ich vom Cap de Creus oder spätestens ab Barcelona wieder auf Sicht fliegen, wenn kein schlechtes Wetter einsetzt.

Sie lehnte sich auf dem Steuersitz zurück. Das zuverlässige, monotone Brummen des Motors hatte eine beruhigende Wirkung. Sie würde eine Lösung finden. Es gab immer eine Lösung. Ihr kam die Bemerkung Neubergs von den neutralen Staaten in den Sinn. Die Welt war groß. Irgendwo musste es auch für sie einen Ort des Glücks geben. Und sie war nicht allein. Unwillkürlich verzog sich ihr Mund zu einem Lächeln. Sie hatte doch jetzt schon so viel Glück. Wer konnte sich schon so glücklich schätzen, Menschen wie Ruth, Bernhard, Roseanne und Charles an seiner Seite zu wissen?

Sie musste daran denken, dass Hermann diesen Krieg gutheißen würde. Sein Nationalstolz und seine Mitgliedschaft in diesem *Verein* ließen ihm schließlich gar keine andere Wahl. Marianne erinnerte sich deutlich daran, wie er im Frühjahr über Angriffe auf Volksdeutsche in Polen gewettert hatte, die im Großdeutschen Rundfunk gemeldet worden waren. Ob diese Meldungen zutreffend waren, durfte bezweifelt werden. Doch Hermann hatte daran geglaubt, und seine Überzeugungen würden ihn womöglich noch dazu bringen, sich als einer der Ersten freiwillig für den Kriegseinsatz zu melden. *Dann lässt er wenigstens Johann bei Ruth und Bernhard in Frieden.* Was sind das für schreckliche Gedanken, ging es ihr sofort durch den Kopf. Grauen und Elend auf allen Seiten, hatte Neuberg am Flughafen von Paris gesagt, und auch dieser neue Krieg würde nur Grauen und Elend auf allen Seiten bringen. Das wünschte sie keinem Menschen, auch Hermann nicht.

In diesem Moment machte der Holzvogel an der Mittelstrebe einen Satz an seiner Schnur, als hätte ihr Roseanne einen Gruß geschickt. Plötzlich hatte Marianne ihre Freundin vor sich, die schlaksigen Glieder in einen Sessel gefläzt, wie sie nach einer schnoddrigen Bemerkung auf eine geistreiche Erwiderung wartete. Und doch stand hinter diesen scherzhaften Herausforderungen immer die Freude darüber, dass sie beide sich gefunden hatten, wie man nur einmal im Leben eine Herzensfreundin findet.

Stirnrunzelnd sah Marianne den Holzvogel an. Er hing schräg von der mittleren Teilungsstrebe des verglasten Cockpits weg. Dieser Neigungswinkel bedeutete, dass das Flugzeug nicht waagerecht in der Luft lag. Marianne warf einen Blick auf den Kompass mit dem künstlichen Horizont. Die Flüssigkeit wich um mehrere Grad von der Ideallinie ab. Wie lange hatte sie schon nicht darauf geachtet? Die Schräglage konnte bedeuten, dass sie womöglich schon länger in einer Rechtskehre geflogen und vom Kurs abgekommen war. Der dichte Nebel nahm ihr weiterhin die Sichtorientierung. Mit einem mulmigen Gefühl zog sie das Flugzeug höher. Wenn sie irgendwo in Küstennähe oder womöglich über Land war, konnte sie jederzeit mit einem Berg oder auch einfach mit der im Nebel verborgenen Landmasse kollidieren. Möglicherweise flog sie gerade direkt auf einen felsigen Küstenvorsprung zu. Ihr Herzschlag beschleunigte sich, als sie angestrengt durch das Cockpitfenster spähte.

Der im Sonnenlicht irisierende Dunst umhüllte die gesamte Maschine. Lag die spanische Küste wirklich auf ihrer rechten Seite, also dem Kompass nach westlich? Oder war sie aufgrund der Schräglage auf Nordkurs geraten? Dann müsste die Küste auf ihrer linken Seite liegen. Sie kniff die Augen zusammen. Durch den feuchten Niederschlag auf den Cockpitfenstern und die blendenden Wolken konnte sie nicht das Geringste erkennen. Überall nur blendendes Licht – nirgends auch nur der Hauch einer Küstenlinie. Ein Hitzestoß durchfuhr ihren Körper. *Der Westwind.* Hatte er sie übers offene Meer getrieben? Und wie weit? Auch nach unten hatte sie keine Sicht, konnte nicht erkennen, ob sie über Wasser flog. Unter solchen Bedingungen tiefer zu gehen, um sich zu orientieren, war das größte Risiko überhaupt. Falls sie doch nicht über Wasser, sondern über Land war und zu spät Sicht bekam, würde sie irgendwo zerschellen.

Ihre Hand verkrampfte sich um den Steuerknüppel. Sie sah auf die Uhr. Über eine Stunde in der Luft, und sie wusste nicht, wo sie war. Dann zog sie den Mauersegler noch weiter hoch. Doch sie kam nicht aus den immer neuen Wolkentürmen heraus, die sie mit reflektierendem Sonnenlicht blendeten.

Inzwischen vibrierte durch den überstrapazierten Motor die gesamte Maschine, versetzte Mariannes Körper in ein Dauerzittern, und vor ihren Augen erschienen Doppelbilder. Sie wusste, dass sie diese Tortur nicht mehr lange durchhalten konnte.

Stöße von Luftlöchern erschütterten das Flugzeug und ließen es ruckhaft absacken. Der Wind wurde so stark, dass sie nur mit Mühe dagegenhalten konnte. Sie versuchte, sich auf den kleinen Holzvogel zu konzentrieren, der wild von einer Seite zur anderen tanzte. Unwillkürlich schloss sie die Augen vor dem unerträglichen Licht und riss sie gleich wieder auf. Sie umklammerte den Steuerknüppel, ohne zu wissen, in welche Richtung sie ihn gegen den Wind ziehen sollte. Allmählich wurden ihre Finger empfindungslos vor Anstrengung.

++ NACH ERKUNDUNGSFLUG VERMISST ++
SUCHE ERFOLGLOS ++

Sie konnte kaum noch etwas wahrnehmen, als ihr bewusst wurde, dass nun Wirklichkeit werden würde, was sie in ihrem Telegramm geschrieben hatte.

Ihr leichtfertiges Spiel mit dem Tod war zur Todesfalle geworden.

IX

Der Deckenventilator drehte sich träge über Juliane, als sie in ihrem Hotel in Saint-Louis aufwachte. Sie war bei ihrer Ankunft am Abend zuvor so müde gewesen, dass sie geschlafen hatte wie ein Stein. In Paris war zwischen den beiden Flügen so viel Zeit gewesen, dass sie in die Stadt gefahren war. Sie war ein bisschen herumgetrödelt und hatte sich vor ein Café gesetzt, um den Passantenstrom an sich vorbeiziehen zu lassen. Beim nächsten Blick auf die Uhr hatte sie dann beinahe der Schlag getroffen. Sie war so hektisch aufgebrochen, dass sie eine Frau halb umgerannt hatte. Der Jugendliche in ihrer Begleitung hatte Luft geholt, um Juliane anzumeckern, dann aber nur gesagt: «Entschuldigen Sie, dass wir hier langgegangen sind.» Auch die Frau hatte ihr die Rempelei zum Glück nicht übel genommen, sondern nur gelacht und zu dem Jugendlichen gesagt: «Bravo, mein Kleiner, du lernst es noch!» Juliane hatte ein paar Entschuldigungen gestammelt und war zur Metro gespurtet.

Die Zimmer lagen im ersten Stock um einen Innenhof, in dem ein mächtiger Baum bis über die Dachhöhe aufragte und den Hof in kühlenden Schatten tauchte. Während sie zu der Treppe nach unten ging, hörte sie Vögel im Laub zwitschern. Das Gebäude war in der Kolonialzeit ein Handelskontor gewesen, und in den ehemaligen Lagerräumen des Erdgeschosses waren nun die Rezeption, die Wirtschaftsräume und der Speisesaal untergebracht. Üppiges Grün von Blattpflanzen und blühenden Rankengewächsen hob sich von dem erdigen Dunkelrot ab, in dem die Mauern gestrichen waren.

Im Frühstücksraum sah Juliane die beiden französischen Studenten wieder, mit denen sie im Sammeltaxi gefahren war.

«Komm an unseren Tisch!» Alain winkte ihr zu, als sie vor dem Buffet stand.

Die zwei waren ein umgängliches Paar mit Talent zu zwanglosem, unverbindlichem Plaudern. Pierre rückte mit seinem Stuhl ein wenig zur Seite, um Juliane Platz zu machen, als sie mit ihrem Teller zu ihnen kam. Sie unterhielten sich über Montpellier, wo die beiden studierten und wo Juliane während ihres eigenen Studiums ein Auslandssemester verbracht hatte. Die Bar *Chez Claude*, in der sie regelmäßig versackt war, gab es immer noch.

«Und am nächsten Morgen um acht Uhr zur Vorlesung!», rief Alain, und Juliane lachte bei der Erinnerung daran, wie sie sich selbst nach einem Abend bei Claude in den Hörsaal geschleppt hatte.

«Wir sehen uns nachher die Altstadt an», sagte Pierre, «kommst du mit?»

Als sie eine halbe Stunde später hinausgingen, empfing sie eine beinahe stofflich spürbare Wärme. Juliane war froh über das lose Leinenkleid, das sie sich vor der Abfahrt gekauft hatte, auch wenn sie es nicht besonders schick fand. Aber es ließ den Wind vom Meer durch, sodass sich die Temperaturen gut aushalten ließen. Auf der Straße sah sie viele Männer, die traditionelle Ensembles aus einem weiten einfarbigen Gewand mit Hosen aus dem gleichen Stoff darunter trugen, und bei Frauen fielen die lebhaft bunt gemusterten Kleider und Röcke auf, die häufig von einem kunstvoll um den Kopf gebundenen Tuch in demselben Muster ergänzt wurden.

Saint-Louis bestand aus einer länglichen Insel im Mündungsgebiet des Flusses Senegal und weiteren Stadtteilen, mit denen sie in Richtung Festland auf der einen Seite und in Richtung der schmalen, schützenden Landzunge auf der Meeresseite durch Brücken verbunden war. Der alte Stadtkern lag ebenso wie ihr Hotel auf der Flussinsel.

«Wir gehen zu Fuß, ja?», schlug Pierre vor. «Weit ist hier ja nichts.» Saint-Louis war im 17. Jahrhundert die älteste Siedlungsgründung der Franzosen in Afrika gewesen und hatte sich zu einem wichtigen Handelsplatz entwickelt, von dem aus nicht nur Gold oder Elfenbein, sondern bis ins 19. Jahrhundert auch versklavte Menschen verschifft wurden.

«Die Brücke zum Festland gehört auch zum Unesco-Welterbe.» Alain deutete auf die mindestens fünfhundert Meter lange Stahlbrücke aus Einzelbögen, die mit breiten Fußgängerstreifen ausgestattet war. «Ist nach dem ehemaligen Gouverneur Louis Faidherbe benannt.»

Im Altstadtbereich standen noch sehr viele Gebäude aus der Kolonialzeit. Meist nur zweistöckig, waren sie weiß verputzt oder in gelblichen und rötlichen Ockertönen gestrichen und mit gemauerten oder verspielten schmiedeeisernen Balkons ausgestattet. Die häufig in kontrastierenden Farben lackierten Fensterläden und Türen sorgten für ein heiteres Stadtbild, das durch Palmen und Grün weiter aufgelockert wurde. Manche Straßen waren beinahe menschenleer. In anderen machten sich Autos, Mopeds und einspännige Pferdekutschen den Platz zwischen den Fußgängern streitig, die um kleine Verkaufsstände herumgingen, an denen in afrikanischen Sprachen oder auf Französisch um Gemüse, Fisch oder Haushaltswaren gefeilscht wurde.

«Am besten erledige ich das gleich.» Pierre hatte einen Laden entdeckt, vor dem ein Korb mit Plastikbeuteln voll bunter Pulver stand. «Ich habe meiner Schwester versprochen, ihr Gewürze mitzubringen.»

Der Innenraum wirkte nach dem hellen Sonnenschein im ersten Moment stockdunkel, und es dauerte ein paar Sekunden, bis sich Julianes Augen an die veränderten Lichtverhältnisse angepasst hatten. Sie standen in einem winzigen Geviert, in dem die Wände bis unter die Decke von Seife bis zu Badelatschen mit Kleinwaren angefüllt waren.

«Ah, FC Barcelona», sagte Pierre zu dem Verkäufer, der in einem blau-roten T-Shirt hinter der Theke stand, die auch noch irgendwie in den Laden gepasst hatte. «Roberto?»

«Nein.» Der Verkäufer, ein schlanker junger Mann, drehte sich um. Auf seinem Rücken prangte eine 10.

«Messi! Auch nicht schlecht», sagte Pierre anerkennend. Dann ließ er sich verschiedene Gewürze abwiegen. Zuletzt füllte der Verkäufer etwas in eine Tüte, was für Juliane nach bräunlich verschrumpelten Pilzen aussah. «Und was soll das kosten?», fragte Pierre, als alles zusammen auf der Theke lag. Damit begann eine langwierige Preisverhandlung, bei der sich beide den Anschein gaben, dem anderen bis weit über die Grenze des Üblichen entgegenzukommen. Doch nachdem sie sich einig geworden waren, lachten sie sich an, und der Verkäufer begleitete sie alle aus seinem kleinen Reich auf die Straße.

«Woher weißt du, wie hart du verhandeln musst?», fragte Juliane, als sie ein paar Meter weitergegangen waren.

«Das A und O ist, die normalen Preise zu kennen. Und meine Schwester hat einen senegalesischen Freund, der mir gesagt hat, was er bezahlen würde. Na ja», fügte er grinsend hinzu, «bis zu seiner Preisvorstellung bin ich nicht gekommen, aber ich habe ja noch Zeit zum Üben.»

Auch die übrige Zeit unternahmen sie viel zu dritt, besuchten den Markt, sahen den Fischern bei der Rückkehr in ihren bis zu zwanzig Meter langen, bunt bemalten Pirogen zu oder wanderten durch Viertel, in denen die Häuser nicht so gut in Schuss waren wie im Zentrum der Altstadt. Hier bröckelten die Balkons, die Farbe blätterte von den Hauswänden ab, und es zeigte sich bittere

Armut. Es ist genauso wie an anderen beliebten Reisezielen, dachte Juliane. Sobald man den kleinen Umkreis verlässt, für den sich die meisten Urlauber interessieren, entdeckt man ganz andere Facetten der Alltagswirklichkeit als in den Hochglanzprospekten.

Bei einem ihrer Streifzüge bekamen sie in einem Restaurant, das aus kaum mehr bestand als einer Wellblechhütte und Plastikmobiliar direkt am Fluss, das beste Essen ihres Aufenthaltes. Die Wirtin, die ein körperbetontes, leuchtend grün-rot-gelbes Kleid mit Rüschen und ein um den Kopf geknotetes Tuch aus dem gleichen Stoff trug, hatte ihnen ein Gericht namens Thieboudienne empfohlen, das sie ihnen nach einer Viertelstunde auf einer großen runden Platte auf den kleinen Tisch stellte. Ein saftiger Hügel Reis, von dem zwischen Gemüse und verschiedenen Fischsorten köstliche Aromen aufstiegen.

«Damit seid ihr besser vorsichtig, falls ihr es nicht kennt», sagte sie und deutete auf eine Zutat, die wie eine schrumpelige rote Minipaprika aussah. «Wir wollen schließlich nicht, dass ihr uns den Fluss austrinkt.»

«Das ist unfassbar scharf», warnte Pierre. «Der Freund meiner Schwester hat mal damit gekocht. Ein teuflischer Chili.»

Alain strich mit dem Löffelrand über die Schote und nahm ihn zwischen die Lippen. Sein ganzes Gesicht zog sich zusammen. «Könnt ihr euch teilen, ich verzichte großzügig.»

Die herausgekochte Schärfe, die sich im Sud verteilt hatte, war jedoch genau richtig für das Essen. Als die Wirtin wieder zu ihnen kam, thronten Fischgräten und darauf die schrumpelige rote Schote als einzige Reste in der Mitte der runden Platte. «So habe ich es gern!», rief sie. «Ihr könnt wiederkommen.»

Satt und träge von dem Essen, blieben sie noch eine Weile sitzen und schauten über den Fluss. Eine der langen Pirogen glitt vorbei. Hinten stand ein Erwachsener am Steuer, während ganz vorne in dem spitzen Bug ein kleiner Junge saß und Ausschau hielt. Er hatte die Arme um seine Knie geschlungen und wirkte in seiner Unbewegtheit wie eine Galionsfigur. Die Sonne reflektierte so stark im Wasser, dass die Piroge und ihre Insassen aussahen wie ein schwarzer Schattenriss.

Juliane war so versunken in diesen zauberhaften Anblick, dass sie nicht mitbekam, worüber die anderen redeten, bis Alain erklärte: «Nein, das sind keine Schwalben, sondern Mauersegler.»

Sie hob den Blick. Über ihnen jagte ein kleiner Vogelschwarm durch die Luft. Und dann hörte sie auch das unverwechselbare hohe *Sriii Srii*. Ihr fiel die Unterhaltung zwischen Johann und Mattes über die Beringungen ein. Aber auch wenn die bisherigen Auswertungen statistisch unbedeutend waren, mochte Juliane die Vorstellung, dass über ihr vielleicht die Mauersegler von der Ostsee kreisten. Lächelnd legte sie den Kopf zurück und folgte den wilden Flugbahnen der kleinen Segler mit den Augen.

Auf dem Rückweg ins Hotel fiel Juliane ein großes Schild an einer Hausfassade bei der Faidherbe-Brücke auf. Zwischen den Worten des Schriftzugs *Hôtel de la Poste* war ein Flugzeug abgebildet.

«Wartet mal», sagte sie, «können wir da kurz reingehen?»

Im Foyer erinnerte eine Ausstellung mit Fotos, historischen Plakaten und Landkarten an die Zeit der Fluggesellschaft Aéropostale in Saint-Louis. Die Schwarzweiß-Aufnahmen zeigten Propellermaschinen mit Schwimmkufen am Strand der Stadt und berühmte Flugpioniere wie Antoine de Saint-Exupéry und Jean Mermoz, der von Saint-Louis aus die Flugverbindung nach Südamerika aufgebaut und in diesem Hotel gewohnt hatte.

Vor einem der gerahmten Fotos blieb Juliane einen Moment länger stehen. Es zeigte eine Menschenmenge aus Einheimischen und Weißen, die sich zu einem Start oder einer Landung an der sogenannten Hydrobase eingefunden hatte. Ihr Blick glitt über die Kolonialbeamten mit hellen Anzügen und glockenförmigen Tropenhelmen und die weißen Frauen in den langen, leichten Kleidern.

Johanns Patentante würde sie darunter nicht entdecken. Sie hatte sich erst ein paar Jahre später bei ihrem Bruder in Saint-Louis niedergelassen, aber die Atmosphäre musste damals schon so ähnlich gewesen sein.

Am Tag danach fuhren sie zu dritt zur Langue de Barbarie. Juliane hatte diesen zweitägigen Ausflug vorgeschlagen, um mehr von dem Land jenseits der dicht besiedelten städtischen Region von Saint-Louis zu sehen.

Sie übernachteten in einem kleinen Hotel direkt am Strand und schwammen in einer traumhaften Lagunenlandschaft zwischen Land und Meer, die zum Mündungsgebiet des Senegalflusses gehörte. Juliane wurde es nicht müde, den Pelikanen auf einer Sandbank in der Nähe zuzusehen und darauf zu warten, dass sie mit lautem Flügelklatschen aufflogen, um in den seichten Gewässern auf Fischfang zu gehen.

Für das erste Stück des Rückwegs nach Saint-Louis stiegen sie in eine Piroge. Nach einer halben Stunde Fahrt durch den langgestreckten Wasserarm bemerkte Juliane ein paar niedrige Häuser am Strand, die aussahen, als wären sie einfach in mehrere Teile zerbrochen. Sie drehte sich zu dem Führer der Piroge um, der im Heck am Ruder stand. «Hat es hier ein Erdbeben gegeben, Ahmadou?»

«Hier hat es eine Erinnerung daran gegeben, dass der Mensch Demut vor der Natur haben soll.» Ahmadou drosselte den Motor, sodass sie langsamer an den Ruinen vorbeiglitten. «Diese Landzunge», er deutete auf den schmalen Sandstreifen zwischen der Lagune und dem Meer, «ist ein natürlicher Schutz vor dem Atlantik. Aber wenn der Senegal viel Wasser führt, gibt es in Saint-Louis Hochwasser. Also hat unsere Regierung 2003 einen vier Meter breiten Entlastungskanal durch die Landzunge graben lassen, um das Weltkulturerbe zu schützen.»

«Wo ist denn dieser Kanal?», fragte Juliane.

«Dieser ‹Kanal› ist mittlerweile mehrere Kilometer breit, sodass man das andere Ende überhaupt nicht mehr sieht.» Ahmadou schaute mit zusammengekniffenen Augen nach Norden. «Der Atlantik ist nämlich eine Naturgewalt!» Die drei schwiegen leicht eingeschüchtert, so aufgebracht klang er. «Das Meer drückt aufs Land, und wenn es sich zurückzieht, reißt es jedes Mal ein Stückchen mehr von dem natürlichen Schutzwall mit, der früher das empfindliche Gleichgewicht bewahrt hat. Dazu kommt der Anstieg des Meeresspiegels. Seht mal da vorne.» Er deutete auf eine Baumkrone, die aus dem Wasser ragte. «Dort sind innerhalb von ein paar Jahren ganze Dörfer versunken.»

Juliane starrte auf die kahlen Äste.

«Die Leute haben ihre gesamte Existenz verloren», sagte Ahmadou, «und es wird weitergehen.»

«Aber wenn es weitergeht, kann die Landzunge ja bis nach Saint-Louis weggespült werden.»

«Genau. Eine Katastrophe. Dann haben sie unsere Küste umsonst für das Weltkulturerbe geopfert, und alles geht unter.» In machtloser Wut ließ Ahmadou den Motor aufheulen und steuerte aus der Lagune heraus.

Das Venedig Afrikas, dachte Juliane.

Am Dienstag darauf reisten Alain und Pierre ab. Sie hatten mit Juliane ihre Mailadressen ausgetauscht und sich gegenseitig versichert, in Kontakt zu bleiben, wie man es macht, wenn man im Urlaub nette Leute kennenlernt. Häufig wurde daraus dann doch nichts.

Juliane selbst hatte für Donnerstag einen Platz in einem Sammeltaxi nach Dakar gebucht, von wo aus sie nach Hause fliegen würde. Am Mittwoch schlief sie lange aus, schwamm eine Runde im Pool des Hotels und ging nachmittags los, um Mitbringsel zu besorgen. Es war nicht schwer, in der Altstadt mit den vielen kleinen Läden für Touristen schöne Kleinigkeiten zu finden. Im Handeln war sie allerdings nicht geschickt, das hatte sie schon bei ihren Ausflügen mit Pierre und Alain festgestellt, und allein ließ sie es von vornherein bleiben.

Nachdem sie die Ausstellung zur Epoche der Fliegerei im Hôtel de la Poste gesehen hatte, war ihre ursprüngliche Idee in den Hintergrund gerückt, einmal durch die Straße zu spazieren, in der Johanns Patentante gewohnt hatte. Die Fotos hatten gezeigt, dass von der Atmosphäre, die Roseanne hier erlebt hatte, wohl kaum etwas wiederzufinden war, denn mit Ausnahme des Altstadtkerns war die Insel früher sehr spärlich bebaut gewesen. Kein Wunder, dass auf der Absenderadresse nur der Straßenname gestanden hatte. Hausnummern hatte es bei den paar Gebäuden damals wahrscheinlich noch gar nicht gegeben. Nun aber war auf der gesamten Flussinsel kaum noch eine unbebaute Fläche zu finden.

Doch als Juliane nach ihren Einkäufen noch Zeit übrig hatte, kehrte der Gedanke an den Spaziergang zurück. Sie wandte sich zum Westufer der Insel, und nachdem sie ein paarmal abgebogen war, schlenderte sie träge durch die Straße. Mittlerweile ging sie viel langsamer als bei ihrer Ankunft, hatte ihre Bewegungen der Hitze angepasst.

Sie ließ sich ihren Aufenthalt durch den Kopf gehen. Es war wirklich ein richtiger Tapetenwechsel. Aber dass man sich immer selbst mitnimmt, stimmte eigentlich nicht. Sie jedenfalls hatte sich komplett von zu Hause ausgeklinkt und sich bei niemandem gemeldet. Sie hatte nicht einmal das Bedürfnis danach gehabt.

Zwei Männer mit kleinen weißen Kappen, weißen Hosen und weiten weißen Gewändern, die sich hinter ihnen im Wind blähten, gingen in der anderen Richtung an ihr vorbei. Es schien eine reine Wohnstraße zu sein. Manche Grundstücke waren mit Wellblechen abgetrennt, auf anderen standen noch unverputzte Häuser, während wieder andere mit ihren geschlossenen Fensterläden beinahe verlassen wirkten.

Nach zwanzig Minuten war Juliane fast am Ende der Insel angekommen. Ein Stück vor ihr ragten hohe Palmen auf, hinter denen sich das breite Mündungsgebiet des Senegalflusses erstreckte. Die Häuser hier waren meist nur noch zweistöckig und weiß gekalkt. Sie blieb stehen und überlegte, ob sie umdrehen oder auf einer Parallelstraße zurückgehen sollte. Hinter einer Mauer meckerte eine Ziege. Sonst war es vollkommen still. Zwischen den Häusern erhoben sich einzelne Bäume, blühende Sträucher rankten an Gesimsen entlang. Ein knorriger, lianenartiger Stamm reichte bis zum ersten Stockwerk eines Gebäudes, und seine orangefarbene Blütenpracht hing in leuchtenden Dolden über die Eingangstür herab. Seitentriebe wucherten zu dem kastenförmigen Nachbarhaus hinüber, wo sie sich um die Balkonstäbe eines zurückversetzten Obergeschosses schlangen.

Als zwei Jugendliche in den schwarzen Hosen und blauen Hemden einer Schuluniform mit dem Fahrrad an ihr vorbeifuhren, ging Juliane weiter. Doch nach ein paar Schritten sickerte das, was sie zuvor gesehen hatte, richtig in ihr Bewusstsein ein. Schlagartig drehte sie sich wieder um.

Das Haus sah aus, als würde eine kleinere Schachtel auf einer größeren stehen, und ein Metallgeländer lief um den gesamten oberen Stock, sodass sich ein umlaufender Balkon ergab. Juliane runzelte die Stirn. Das Haus hob sich durch nichts von den anderen hier ab. Es war weiß verputzt wie die anderen, hatte ein Flachdach wie die anderen und ein Balkongitter aus Schmiedeeisen wie viele andere.

Aber es sah aus wie Johanns Haus an der Ostsee.

Zufall? Noch während ihr diese Frage durch den Kopf ging, schüttelte Juliane den Kopf. Roseanne hatte in dieser Straße gelebt. Es konnte nicht sein, dass es hier ein Haus wie das von Johann gab und seine Patentante trotzdem in einem anderen gewohnt hatte. War ihr Haus einfach aus früherer Zeit übrig geblieben? Aber das erklärte noch nicht, warum es dem Haus von Johann so ähnelte. Sie blieb unschlüssig stehen und machte ein Foto. Dann fasste sie sich ein Herz und klingelte.

Die Afrikanerin, die ihr gleich darauf öffnete, war vielleicht um die sechzig. Sie trug ein langes, dunkelrot und gelb gemustertes Kleid und ein leichtes gelbes Schultertuch.

Juliane konnte den schweigenden Blick aus ihren dunklen Augen nicht deuten. Misstrauen? Nachdenklichkeit? Sie wurde unsicher. «Guten Tag. Entschuldigen Sie, ich …» Sie wusste nicht, wie sie sich einigermaßen kurz ausdrücken sollte. «Ich habe einen alten Cousin in Deutschland. Johann», sagte sie schließlich, «und vielleicht hat seine Patentante einmal in diesem Haus gewohnt.»

Die Frau schwieg immer noch.

Mist, dachte Juliane, was für eine idiotische Idee, einfach so hier zu klingeln. Sie denkt wahrscheinlich, ich spinne, wenn ich ihr hier irgendwas von meinem Cousin erzähle. «Ja, also dann», ruderte sie zurück, «ich möchte Sie nicht weiter stören.»

«Komm rein», sagte die Frau und zog die Tür weiter auf.

Zögernd betrat Juliane das Haus.

«Ich bin Ningou.»

«Oh, Verzeihung.» Juliane hatte das Gefühl, in ein Fettnäpfchen getreten zu sein. Sie hätte sich wenigstens vorstellen müssen, bevor sie mit der Geschichte von ihrem Cousin anfing. «Ich heiße Juliane. Ich bin gerade im Urlaub hier.»

Der Eingangsbereich war groß und beinahe quadratisch. Links stand die Tür zur Küche offen. Neben der Eingangstür führte eine Treppe hinauf in den ersten Stock. Ein Durchgang in der Mitte öffnete sich zu einem großen Raum. Auch wenn es darin keine Estrade gab, war das Haus innen eindeutig so ähnlich aufgeteilt wie bei Johann.

Ningou wies auf eine mehrteilige lederne Sitzgruppe. Hinter ihr tauchte ein Mädchen auf, das Juliane auf vierzehn oder fünfzehn

Jahre schätzte. Es trug eine lange Zöpfchenfrisur, Jeans und ein gestreiftes T-Shirt.

«Amina, meine Enkelin», erklärte Ningou, während das Mädchen zurückhaltend näher kam und Juliane eine feingliedrige Hand zur Begrüßung entgegenstreckte.

«Möchtest du Tamarindensaft? Hast du den schon mal getrunken?», fragte Ningou, und als Juliane nickte, wandte sie sich in ihrer melodiösen Sprache an ihre Enkelin. Juliane verstand kein Wort, erkannte aber nach ihrer Zeit in Saint-Louis, dass Ningou Wolof sprach wie die meisten Einwohner der Insel.

«Du bist also mit Johann an dem anderen Meer verwandt», stellte Ningou jetzt wieder auf Französisch fest. Es klang beinahe wie eine Gedichtzeile. *Johann an dem anderen Meer.*

«Sie kennen Johann?», fragte Juliane erstaunt.

Ningou schnalzte mit der Zunge. «Natürlich nicht. Madame Roseanne hat manchmal von ihm erzählt. Dieser Junge hat ihr sehr am Herzen gelegen.»

In einer anderen Situation hätte Juliane darüber gelacht, dass Johann als «dieser Junge» bezeichnet wurde, so sagte sie nur: «Ja, Roseanne. So hieß seine Patentante.»

Amina hatte sich schweigend auf einen Sessel geschoben. Langsam kam die Unterhaltung in Gang. Ningou fragte, ob Juliane das erste Mal in Afrika war, ob sie verheiratet war und Kinder und einen Beruf hätte, und Juliane erfuhr, dass Ningou Krankenschwester gewesen war und zwei ihrer Kinder in den USA lebten. Während sie miteinander sprachen, kamen zwei kleine Kinder aus dem Garten herein. Das Mädchen konnte noch kaum laufen und tastete sich an der Sofakante entlang, bevor es sich an Ningou schmiegte und Juliane schüchtern anschaute.

«Das sind meine Enkel Safiétou und Malal», erklärte Ningou.

Malal war nur wenig älter als das Mädchen. Er kletterte zu Amina auf den Sessel und drehte und wendete sich so lange, bis er schließlich mit dem Rücken an der Sessellehne auf dem Kopf stand und Juliane anstrahlte, bevor er umkippte und von Amina davor gerettet wurde herunterzupurzeln. Ein Blick seiner Großmutter genügte, damit er sich ordentlich hinsetzte, auch wenn seine fröhlich blitzenden Augen verrieten, dass dies ein kurzfristiger Zustand sein würde.

«Haben Sie Roseanne gut gekannt?»

«Ich kannte sie und Monsieur Charles schon als Kind.» Ningou hob Safiétou auf ihr Knie. «Meine Familie hat hier in der Nähe gewohnt, und mein Vater hatte von Monsieur Charles den Auftrag übernommen, sich um das Haus zu kümmern, wenn die beiden auf Reisen gegangen sind. Und auch, als sie während der Unabhängigkeitsbewegung so lange nicht hier waren, dass man nicht wusste, ob sie überhaupt zurückkommen.» Sie zuckte mit den Schultern. «Als sie wieder da waren, hat mir Madame Roseanne kleine Arbeiten angeboten, mit denen ich ein wenig Geld verdienen konnte. So etwas wie Einkäufe machen oder das Haushaltsbuch führen.» Sie wedelte mit der Hand. «Welchen Hintergedanken sie dabei hatte, ist mir erst viel später klargeworden.»

«Hintergedanken?» Juliane wusste nicht, was diese Bemerkung bedeuten sollte.

«Ich war nach all den Einkaufszetteln, die ich geschrieben hatte, und den Abrechnungen des Restgeldes oder den Zeitungsartikeln, die ich Monsieur Charles vorlesen sollte, *wenn seine Augen müde waren*», Ningou betonte die letzten fünf Worte ironisch, «in der Schule die Klassenbeste.» Sie erzählte, dass sie auch später engen Kontakt gehalten hatten. «Ich habe dann wie früher mein Vater hier nach dem Rechten gesehen, wenn sie fort waren oder wenn sie nach dem Tod ihres Bruders allein fort war.»

«Wann ist er denn gestorben?»

«Das war 1981.»

«Und sie?»

«Sie hat noch mehrere Jahre gelebt. Gute Jahre, in denen sie viel gereist ist. Nur in den letzten Monaten ging es ihr wirklich schlecht.»

«Hat sie in dem Krankenhaus gelegen, in dem Sie gearbeitet haben?»

«Nein, sie wollte unbedingt hier im Haus bleiben. Auf keinen Fall in eine Klinik und schon gar nicht nach Frankreich. ‹Ich will neben Charles zu Staub zerfallen›, hat sie gesagt.»

Darauf kehrte Stille ein.

«Ist sie denn auch hier beerdigt worden?», nahm Juliane den Faden wieder auf.

«Natürlich, genauso, wie sie es wollte, an der Seite von Monsieur Charles!»

«Auf dem Friedhof mit den Fischernetzen, den ich gesehen habe?»

Ningou schnalzte erneut mit der Zunge. «Der Friedhof mit den Fischernetzen ist muslimisch. Madame Roseanne und ihr Bruder liegen auf dem Christenfriedhof in Sor.»

Juliane versuchte, ihr zu folgen. *Sor.* So hieß die Festlandsseite von Saint-Louis. Ob Johann vielleicht ein Foto von dem Grab seiner Patentante haben wollte?

«Können Sie mir erklären, wo das genau ist?», fragte Juliane. «Morgen Nachmittag fahre ich wieder ab, aber die Zeit davor könnte noch reichen, um an das Grab zu gehen. Ich muss nur um drei Uhr wieder im Hotel sein, um das Sammeltaxi zu nehmen.»

Darauf sagte Ningou etwas auf Wolof zu Amina, auf deren Stirn eine steile Falte erschien, bevor sie sichtlich unwillig antwortete.

«Amina zeigt dir morgen das Grab.» Ningou wandte sich wieder auf Französisch an Juliane, während Amina den Kopf senkte. «Ihr trefft euch um zehn Uhr an der Faidherbe-Brücke.»

«Ich kann sehr gut allein dorthingehen.» Es war Juliane unangenehm, dass Amina zu etwas gebracht werden sollte, was sie nicht gern tat.

Ningou beachtete ihren Einwand nicht. «Ciré kann sich ein paar Stunden freinehmen, euch vom Friedhof abholen und dich ins Hotel fahren. Alles andere wäre nicht richtig», verkündete sie mit einer Bestimmtheit, die darauf schließen ließ, dass dieser Ciré, wer immer das war, ebenso wenig wie Amina gefragt werden musste, wenn sie Pläne für ihn machte. «Ciré ist Aminas Vater», fügte Ningou hinzu.

«Wirklich, ich kann sehr gut allein dorthin gehen.»

«Du würdest die Stelle niemals finden.» Ningous Ton ließ keinen weiteren Widerspruch zu. Unwillkürlich musste Juliane lachen. Ningous Autorität erstreckte sich auch auf sie.

«Gut», sagte sie und wandte sich an Amina. «Wenn es dir nichts ausmacht.»

«Und du bleibst zum Essen», verkündete Ningou.

Juliane dankte für die Einladung, dann sagte sie: «Dieses Haus hier, ich habe ja nur geklingelt, weil es fast genauso aussieht wie das von Johann. Das ist doch seltsam, oder?»

Ningou strich über Safiétous Arm, die Kleine war auf ihrem Schoß eingeschlafen. «Das Haus gibt es schon, seit ich denken kann. Madame Roseanne und ihr Bruder haben es bauen lassen, weil sie nicht mehr in dem Handelskontor wohnen wollten.» Sie dachte nach. «Madame Roseanne hat einmal gesagt, es erinnert sie an die Sommer ihrer Jugend. Ich fand das merkwürdig, schließlich passt es sehr gut hierher, und die Häuser in Europa sehen normalerweise ganz anders aus.»

Das war also die Erklärung! «Sie hat das Sommerhaus ihrer Freundin nachgebaut», stellte Juliane fest, «die beiden haben dort sehr glückliche Zeiten erlebt.» Sie dachte an die Briefstelle mit Roseannes melancholischer Schilderung von den goldüberglänzten Tagen an der Ostsee.

«War das Johanns Mutter? Sie war niemals zu Besuch, glaube ich.»

«Nein, sie ist schon viel früher gestorben.» Dazu sagte Ningou nichts. Offenbar wusste sie nichts weiter über Johanns Mutter.

Danach geriet das Gespräch ein wenig ins Stocken. Malal hatte sich von dem Sessel geschoben und war hinter dem Durchgang verschwunden. «Bei Johann wohne ich oben in dem Zimmer auf der rechten Seite», erklärte Juliane, weil ihr nichts Besseres einfiel.

«Das ist hier mein Zimmer.» Zum ersten Mal hatte Amina etwas zu ihr gesagt. «Willst du es sehen?»

Juliane wusste nicht, warum sie sich das Zimmer ansehen sollte, aber vielleicht machte es Amina einfach Freude, ihr kleines Reich zu zeigen. «Ja, warum nicht?»

Das Zimmer ging auf den Fluss hinaus. In den hohen Fenstern bewegten sich Vorhänge im Luftzug. Rechts stand ein Tisch mit Schulsachen. Der Bettüberwurf aus Batikstoff hatte ein kreisförmiges Muster in Sonnenfarben. Auf einer Kommode reihten sich kleine Parfümflakons und eine Schale mit Haargummis und Spangen aneinander. Ein rosafarbenes Glitzertäschchen lehnte an einem Glas mit mehreren Kämmen und Bürsten, darüber an der Wand hing an einem Spiegel eine Sammlung bunter Ketten aus Holz- und Glasperlen.

«Sehr schön hast du es hier», sagte Juliane, und Amina lächelte. «Zeigst du mir auch den Balkon?»

Als sie draußen standen und über den Fluss schauten, setzte im Zimmer nebenan plötzlich lautes Gebrüll ein.

«Malal», Amina drehte sich um, «er ist wieder mal irgendwo runtergefallen.»

Während Amina eilig nach ihm sah, ging Juliane zurück ins Zimmer. An der hinteren Wand befanden sich eingebaute Schränke, wie bei Johann. Ihr Blick wanderte wie ferngesteuert zu dem Schrank ganz rechts. *War es möglich, dass Roseanne auch das Geheimfach nachgebaut hatte? Dass sich darin noch etwas aus ihrer Zeit mit Johanns Mutter verbarg?*

Einen Moment lauschte Juliane auf die besänftigenden Laute nebenan, dann trat sie an den Schrank und zog die rechte Tür auf. Wie erwartet hatte sie ein Regalteil vor sich. Sie schob einen Stapel zusammengefalteter Kleidung auf dem mittleren Brett nach links und drückte auf das Querbrettchen der Holzvertäfelung. Aber es sprang nicht auf, auch nicht beim zweiten Versuch. Es wackelte nur in der Vertäfelung. Juliane zog ihre Hand zurück, doch mit ihrer Bewegung rührte sich das Brettchen ein winziges Stück. Sie legte ihre Hand flach auf das Holz und versuchte, es zu sich zu ziehen. Als ihr das nicht gelang, zog sie an der Vorderkante des Brettchens und half mit der anderen Hand nach, indem sie ihre Fingernägel in den Winkel zwischen Rückwand und Seitenvertäfelung schob. Ihr Herzschlag beschleunigte sich. Mit etwas Mühe ließ sich das Holzstück herausziehen.

Im Nebenzimmer hatte sich Malals Gebrüll in leiseres Schniefen verwandelt. Juliane spähte in die Vertiefung hinter dem Brett. Sie bestand aus einer einfachen Höhlung in der Mauer. Und sie war leer. Erst als Juliane ihren Kopf wieder zurückzog, blinkte im einfallenden Licht etwas auf. Sie warf einen Blick über die Schulter. Niemals hätte sie Amina erklären können, was sie an ihrem Schrank zu suchen hatte. Dann beugte sie sich erneut vor, doch ihre Hand erstarrte vor der Höhlung, weil ihr plötzlich in den Sinn kam, dass diese schöne dunkle Mauernische vermutlich bei Spinnen und anderem unheimlichen Krabbelgetier ein beliebter Rückzugsort war. Mattes hätte wieder gelacht, dabei konnte es in diesen Breiten sogar giftige Spinnen geben!

Aber wieso ausgerechnet in diesem Schrank in Aminas Zimmer?

Juliane schob die Hand vor und riss sie so schnell wie möglich wieder zurück. Keine Spinne. Mit gerunzelter Stirn betrachtete sie das kleine Ding, das sie zwischen Daumen und Zeigefinger hielt. In allen Regenbogenfarben schillernd, warf es das Licht zurück. Die winzigen geschliffenen Flächen fingen die Umgebungsreflexe ein und vervielfältigten sie zu einem weiß-bunten Funkeln. Beinahe hätte sie gelacht. *Ein Strass-Stein.* Wahrscheinlich hatte Amina hier Modeschmuck aufbewahrt, wie er auch am Spiegel hing, und dieser Stein hatte sich gelöst.

Nebenan war alles still. Amina konnte schon vor der Tür stehen. Juliane hörte vor lauter Aufregung das Blut in ihren Ohren rauschen. *Geschieht dir recht.* Hektisch legte sie das Steinchen zurück, schob das Brett und den Kleiderstapel wieder an ihren Platz und schloss leise die Schranktür. Mit einem Schritt war sie aus dem Zimmer. Doch oben an der Treppe musste sie stehen bleiben und ein paarmal durch den Mund atmen, um sich zu beruhigen.

Am nächsten Vormittag um zehn erwartete Amina sie an der Faidherbe-Brücke, und sie gingen zum Festlandsteil von Saint-Louis hinüber. Als sie etwa in der Mitte der Brücke angekommen waren, bekam Juliane eine Ahnung davon, was es bedeutete, wenn der Fluss Hochwasser führte, der an dieser Engstelle fünfhundert Meter und in Sichtweite stromauf mindestens doppelt so breit war.

«Hier müssen wir abbiegen», sagte Amina, nachdem sie eine halbe Stunde durch dieses viel modernere Stadtgebiet gegangen waren. An der Straßenecke begann eine hohe Mauer, vor der ein Händler hinter einem Berg Wassermelonen auf Kundschaft wartete. Zwischen der langgezogenen Friedhofsmauer und der Straße erstreckte sich im Schatten alter Bäume ein breiter Sandstreifen, auf dem ein Viehmarkt mit Schafen und Ziegen stattfand. Einer der Händler rief ihnen etwas zu, doch Amina lachte nur. «Oder wolltest du ein Schaf mit nach Deutschland nehmen?»

Nach etwa hundert Metern erreichten sie ein großes Gittertor, das in die Mauer eingelassen war. Juliane sah schon von hier aus, dass Ningou recht gehabt hatte: Das Gräberfeld war riesig, allein hätte sie sich nur sinnlos verlaufen.

Auch Amina war stehen geblieben. Sie hatte wieder die Falte auf der Stirn und starrte mit unbehaglichem Gesichtsausdruck auf den Friedhof. Als sie Julianes Blick bemerkte, bewegte sie sich zögernd vorwärts.

Sie findet es hier unheimlich, dachte Juliane. Vielleicht hat sie Angst vor den Toten. «Wenn du möchtest», sagte sie, «kannst du mir von hier aus die Stelle beschreiben. Das müsste doch gehen. Und du wartest auf mich.»

Amina sah sie zweifelnd an. «Meinst du?», fragte sie unsicher, doch die Erleichterung war ihr eindeutig anzusehen.

Obwohl ihr Amina die Richtung gezeigt und erklärt hatte, die Gräber würden auf dem älteren Teil des Friedhofs in der Nähe der gegenüberliegenden Friedhofsmauer liegen, brauchte Juliane eine ganze Weile, bis sie Roseannes Grabstein entdeckte. Die Grabstellen bestanden fast alle aus weißem Stein oder waren weiß gekalkt, und in den weißen Umfassungen lagen helle Bruchsteine. Viele der eingemeißelten Namen waren verwittert und schwer zu lesen. Aber schließlich stand sie davor.

ROSEANNE ARNAUD
1911–1988

Juliane wischte sich den Schweiß von der Stirn. Sie dachte an die strahlende, selbstbewusste junge Frau von dem Foto über Johanns Kommode. Niemand hatte damals geahnt, dass sie ihre letzte Ruhe an diesem fernen Ort finden würde. Neben Roseannes Grab lag das ihres Bruders. *Charles Arnaud, 1907–1981.* Juliane fotografierte die Grabsteine mit ihrem Smartphone und machte dann noch ein paar Aufnahmen aus ein paar Metern Entfernung.

«Da ist er!» Amina deutete auf einen weinroten Peugeot. Sie waren an die Einmündung der Friedhofsstraße zurückgegangen, die als Treffpunkt ausgemacht war.

«Hallo, Papa», sagte sie, als er ausstieg.

Ciré, den Juliane zusammen mit seiner Frau Oumou bei Ningous Abendessen kennengelernt hatte, war Bankangestellter. Er trug Anzughosen und ein weißes Hemd. Das Jackett lag auf dem Rücksitz. Sein Haar war wie das der meisten Männer hier millimeterkurz.

«Das war eine ganz schöne Überraschung für meine Mutter, als gestern plötzlich eine *Toubab* bei ihr hereingeschneit ist.» Er sah Juliane an und lachte über ihre verständnislose Miene. «Es steht eben nicht jeden Tag eine Weiße vor der Tür», erklärte er und wurde wieder ernst. «Meine Mutter hat sehr viel von Madame Arnaud gehalten, und dass jemand gekommen ist, der noch etwas von ihr weiß, selbst wenn es auf tausend Umwegen ist, hat sie sehr gefreut.»

Amina stieg hinten ins Auto.

«Bitte.» Ciré deutete auf die Beifahrertür.

«Danke», sagte Juliane, «und danke, dass du dir extra freigenommen hast, um mich zum Hotel zu bringen.» Sie überlegte, ob sie zu Hause jemanden kannte, der so etwas für einen Touristen tun würde, den er noch nie gesehen hatte.

Ciré schnalzte genau wie seine Mutter mit der Zunge. «Mach dir darüber mal keine Sorgen.» Als sie losgefahren waren, fragte er Amina: «Und die Gräber hast du gefunden?» Er sah sie im Rückspiegel an.

«Ich habe Juliane gezeigt, wo sie sind», erklärte Amina defensiv.

Nach seiner Miene zu schließen, kannte Ciré seine Tochter gut genug, um sich vorstellen zu können, wie dieses Zeigen verlaufen war. Juliane befürchtete einen Augenblick, Amina würde Ärger bekommen, doch Ciré bemerkte nur mit einem Grinsen: «Die Hauptsache war, dass Juliane die Gräber gesehen hat.»

Juliane entspannte sich. «Deine Mutter hat es nicht so genau erzählt, aber sie hat dafür gesorgt, dass Roseanne zu Hause sterben konnte, oder?»

«Es ist nicht ihre Art, über Dinge zu sprechen, die sie getan hat.» Ciré wich einer der gelb-schwarzen Taxen aus, die plötzlich mitten auf der Straße angehalten hatte, um einen Fahrgast aufzunehmen. «Sie hat sich für ein halbes Jahr beurlauben lassen, als klar war, dass es mit Madame Arnaud zu Ende geht. War zu dieser Zeit mehr bei ihr als bei uns daheim. Sie hat an ihrem Bett gesessen, ihr vorgelesen, ihr Suppe zu trinken gegeben, sich um sie gekümmert und hinterher darauf geachtet, dass mit der Beerdigung alles so läuft, wie Madame Arnaud es wollte.»

«Konnte sie denn einfach mit der Arbeit aussetzen? Außerdem hatte sie in dieser Zeit kein Einkommen, oder?»

«Nein, das hatte sie nicht. Aber sie wollte es so.» Er bog auf die Faidherbe-Brücke ein. «Ich habe ja schon gesagt, dass Madame Arnaud für sie ein sehr außergewöhnlicher Mensch war.»

«Sie muss deiner Mutter gefehlt haben.»

«Ja, bestimmt.» Ciré zuckte mit den Schultern. «Meine Geschwister und ich haben uns allerdings mehr darüber gefreut, dass unsere Mutter endlich wieder bei uns war. Und ihre Geschichte mit Madame Arnaud war auch noch nicht ganz zu Ende.»

Juliane sah ihn fragend an.

«Nach Madame Arnauds Tod ist bei uns der Alltag wieder eingekehrt. Aber ein paar Monate später tauchte ein Anwalt aus der Schweiz auf, um den Nachlass abzuwickeln. Er hat meine Mutter gefragt, ob sie das Haus kaufen will, das hätte Madame Arnaud so festgelegt.» Er warf Juliane einen Blick zu. «Der Preis war wirklich sehr … machbar. Und indem Madame Arnaud ihr das Haus für eine Summe anbieten ließ, die sie sich leisten konnte, statt es ihr einfach zu schenken, hat sie eine besondere Form von Respekt meiner Mutter gegenüber gezeigt. Ich weiß nicht, ob du das verstehst.»

Juliane fühlte sich an die Bemerkung über ihre Großmutter erinnert, die nichts geschenkt haben wollte. «Ich weiß nicht genau. Man kann sich mit seinem Stolz ja auch selbst im Weg stehen.»

«Wie wahr.»

«Hatte sie eigentlich Kinder? Madame Arnaud, meine ich.» Seltsam, dachte Juliane, dass ich darüber noch nie richtig nachgedacht habe.

«Nein. Aber sie hatte anscheinend viel für Kinder übrig. Sie hat ihr Vermögen einer Schulgeldstiftung vererbt, das hat ihr Anwalt meiner Mutter erzählt.»

Wenig später erreichten sie das Hotel. Nach einem herzlichen Abschied blieb Juliane noch genügend Zeit, um in Ruhe zu duschen und sich umzuziehen. Dann ging sie mit ihrer Reisetasche nach unten und ließ sich vor dem Hotel die warme Luft ums Gesicht wehen.

Sie hatte in diesen zwei Wochen keine zündende Idee für ihre Zukunft gehabt und auch nicht danach gesucht, sondern sich ganz von all den neuen Eindrücken vereinnahmen lassen. Trotzdem fühlte sie sich so leicht wie schon lange nicht mehr. Und sie freute sich auf zu Hause.

Als sie bei ihren Eltern eintraf, erschien ihr die Wohnstraße mit den Einfamilienhäusern noch stiller und abgezirkelter als sonst.

«Unsere Weltreisende!», rief ihr Vater, der aus dem Haus gekommen war, als er ihr Auto gehört hatte, und zog sie in seine Arme.

Ihre Mutter stand an der Haustür.

«Mama», sagte Juliane, als sie bei ihr angekommen war. Ihre Mutter war nicht der Typ für Umarmungen, aber jetzt drückte ihr Juliane einen Kuss auf die Wange. «Es ist schön, wieder da zu sein.»

Beim Abendessen erzählte Juliane von ihren Erlebnissen und legte zur Illustration das Smartphone mit den Fotos auf den Tisch.

«Unglaublich», sagte ihre Mutter, als Juliane berichtete, wie sie das Haus Roseannes erkannt und Ningou mit ihrer Familie kennengelernt hatte, «das wird eine ordentliche Überraschung für Johann werden.»

«Und wer sind diese beiden?», fragte ihr Vater, der sich durch die Bilder scrollte. «Die kommen ja sehr häufig vor.»

«Das sind zwei Franzosen. Alain und Pierre. Wir haben viel zusammen unternommen.»

«Alain und Pierre, soso.» Er sah Julianes Mutter an und wackelte bedeutsam mit den Augenbrauen.

«Nicht, was du denkst!» Juliane lachte. «Das war auch viel besser so.» Plötzlich hatte sie vor sich, wie Mattes vor ihrer Abreise in ihr Zimmer gegangen war und ihr den Hühnergott ans Bett gelegt hatte. Auch zu ihm hatte sie während der Reise keinen Kontakt aufgenommen. So was wie ein Wunder im Zeitalter von MMS und WhatsApp. Aber wenn sie das, was zwischen ihnen gewesen war, richtig deutete, war das kein Problem. Und wenn nicht, ging es ihr durch den Kopf, dann erst recht nicht.

Nach dem Essen rief sie Dani an, um sich mit ihr zu verabreden. Dann packte sie die Reisetasche aus und steckte die Wäsche in die Maschine.

In ihrem Zimmer stand der Karton mit den Sachen von ihrer Großmutter auf dem Tisch, wo sie ihn hatte stehen lassen. Die Briefe von Roseanne würde sie behalten, der Karton konnte wieder auf den Speicher. Sie nahm einige Packen mit zusammengehefteten Lohnabrechnungen in die Hand. Eine Tochter aus reichem Hause, die in ihrer Lebensmitte noch einmal von vorn hatte anfangen müssen. Diese Papiere waren ihre neue Selbstvergewisserung gewesen, das Symbol dafür, dass sie es auch allein geschafft hatte.

Beim Zurücklegen des Stapels fiel Julianes Blick auf ein Stückchen Plüsch, das am Rand des Kartonbodens unter den Abrechnungen hervorlugte. Sie räumte alles aus und schaute in die matten Glasaugen eines plattgedrückten Plüschaffen. Das Garn, mit dem Mund und Nase eingestickt worden waren, hatte sich zum Teil gelöst, und der Plüsch war so abgewetzt, dass an vielen Stellen die helle Struktur des Grundgewebes durchschimmerte. Ob er ihrer Großmutter gehört hatte? Oder ihrer Mutter? Auf jeden Fall hat dieser Affe ziemlich viel mitgemacht, dachte Juliane. Als sie das Spielzeug hochnahm, rieselten aus einer offenen Stelle an der Schulter Strohstückchen über einen Hefter und Briefumschläge.

In dem Hefter waren Behördenmitteilungen zusammengefasst. Ganz oben ein Formular der Stadtverwaltung Braunschweig von 1953. Die Zuweisung eines Zimmers an Julianes Großvater und seine Familie. Dahinter kamen Papiere aus dem Notaufnahmelager Marienfelde in West-Berlin. Dort waren sie nach ihrer Republikflucht zuerst gewesen, das hatte ihre Mutter erzählt.

Lange Listen folgten, die von Möbeln über eine silberne Besteckgarnitur bis zu einem Pelzkragen Gegenstände aufführten, die «in Volkseigentum überführt» worden waren. Die Listen waren mit einer mechanischen Schreibmaschine geschrieben, einzelne Buchstaben hatten sich tiefer in das graue, grob strukturierte Papier gedrückt als andere, und die Punkte auf den kleinen i hatten richtige Dellen gebildet. Einzelbelege verzeichneten besondere Posten wie einen «Personenkraftwagen Mercedes ‹Nürburg›», Bankkonten oder die «Immobilie Leinweber, Zinnowitz».

Das waren offenbar Unterlagen, die zur Übersiedlung ihrer Großeltern in die Bundesrepublik gehörten. «In Volkseigentum überführt». Juliane runzelte die Stirn. Sie hatte immer gedacht, ihre Großeltern hätten einfach alles zurückgelassen, als sie aus der DDR weggegangen waren. Zwei weitere Formulare. Blaugrau und kleiner, als hätte Papier gespart werden müssen. Es waren Entlassungsscheine aus der Haftanstalt Bützow. Sie trugen das Datum 22.6.1953, und ausgestellt waren sie auf «Bernhard Leinweber» und «Ruth Leinweber, geb. Lenzen».

Juliane ging ins Wohnzimmer. «Sag mal, Paps, waren Oma und Opa in der DDR im Gefängnis? Davon habe ich noch nie was gehört.»

Ihr Vater ließ seine Zeitung sinken, nahm ihr den Hefter ab und blätterte ihn kurz durch. Dann sagte er mit einem Blick Richtung Küche, aus der das Geräusch des Mixers zu hören war: «Sogar ich habe nicht viel darüber gehört. Deine Großmutter vor allem, aber auch deine Mutter haben nicht gern darüber geredet.»

«Kommt mir so vor, als würde in dieser Familie über so einiges nicht gern geredet, oder?» Juliane war vor ihm stehen geblieben, und er klopfte auf das Sofa, damit sie sich neben ihn setzte.

«Deine Großmutter hat nach dem Krieg sehr schwere Zeiten durchgemacht. Und als sie dann in den Westen kamen, waren sie nicht besonders willkommen. Im Gegenteil. Man kann schon verstehen, dass sie darüber nicht gern geredet hat.» Er legte die Zeitung beiseite. «Es ist heutzutage schwer vorstellbar, aber nach 1945 waren vierzehn Millionen Flüchtlinge und Vertriebene aus den verlorenen deutschen Ostgebieten unterzubringen. Davon sind beinahe zehn Millionen in die Bundesrepublik gezogen und mussten plötzlich integriert werden. Es gab Zwangseinquartierungen in Privathäusern, Beschimpfungen, Ausgrenzung. Bei manch einem Ansässigen ging die Angst um, all diese mittellosen Neuankömmlinge würden ihnen die Haare vom Kopf fressen.»

Juliane sah ihren Vater an. «Das lag vielleicht daran, dass die Leute im Westen nach dem Krieg selbst Existenzängste hatten.»

Er wiegte den Kopf. «Aber sie hatten ihre Heimat noch, konnten dort bleiben, wo sie sich zugehörig fühlten. Das bedeutet in so unsicheren Zeiten sehr viel. In dieser Hinsicht hatten sie großes Glück gehabt, aber es hat sich trotzdem kein flächendeckendes Mitgefühl für die anderen ausgebreitet. Und wenig später kamen die Republikflüchtlinge aus der DDR, wie deine Großeltern mit Inge. Das waren bis zum Mauerbau noch mal fast drei Millionen.» Er seufzte. «Sie waren Habenichtse. Niemande. Was sie früher einmal an Vermögen oder Ansehen besessen hatten, war verloren und zählte nichts mehr. Sie gehörten einfach zu der Masse unerwünschter Zuwanderer. Und sie haben sich dafür geschämt, auf einmal Bittsteller sein zu müssen.»

Juliane begann zu verstehen, warum ihre Großmutter jede einzelne Lohnabrechnung aufgehoben hatte.

«So etwas kann über Generationen nachwirken, das siehst du ja an deiner Mutter», fuhr ihr Vater fort. «Sie ist in einem solchen Haushalt aufgewachsen, und das hat sie geprägt. Ich glaube, dass sie deshalb in einigen Dingen eine so strikte Haltung hat. In manchen Momenten fühlt sie sich hier wahrscheinlich bis heute nicht richtig zugehörig.»

X
1953

Als Ruth den Koffer vor sich liegen sah, musste sie an das Kriegsende im Frühjahr 1945 zurückdenken. An all die Hoffnung, die der Frieden gebracht hatte.

Schon im Juni waren die ersten Kriegsgefangenen zurückgekommen, und jedes Mal, wenn ein Zug mit Heimkehrern in Anklam oder Greifswald angekündigt wurde, stand sie mit Johann auf dem Bahnsteig. Sie erlebte erschütternde Wiedersehensfreude mit und das Schluchzen, wenn ein Rückkehrer mit einer Todesnachricht die letzte Hoffnung von wartenden Müttern und Ehefrauen zerstörte. Aber Bernhard war nie dabei gewesen, und schließlich ging sie nicht mehr zum Bahnhof, weil sie das Glück und das Unglück der anderen nicht mehr verkraftete.

Johann war seinem Vater seit jenem traumatisierenden Abend und nach seinem unvermittelten Auftauchen bei Ruth und Bernhard nur noch mit heftiger Ablehnung begegnet. Allerdings hatte es ohnehin kaum Begegnungen gegeben. Ebenso wie Bernhard war Hermann schon wenige Wochen nach Kriegsbeginn zur Wehrmacht einberufen worden. Während der Kriegsjahre zwischen 1939 und 1945 war Johann bei Ruth geblieben, aber Hermann hatte schon seit Ende 1939 keinen Vorstoß mehr unternommen, ihn zu sich zu holen. Nach Mariannes Vermisstenmeldung hatte er ihren Tod auch offiziell bestätigen lassen, wenig später mit Elsbeth eine neue Familie gegründet, und Johann hatte weiterhin bei Ruth gewohnt, ohne dass im Einzelnen darüber gesprochen worden war.

Es war, als habe Hermann jegliches Interesse an seinem Sohn verloren.

Johann selbst hatte lange Monate gebraucht, um sich von dem Zerbrechen seiner Welt zu erholen. Wenn Ruth spätabends nach ihm sah, lag er oft mit offenen Augen im Bett, starrte in die Dunkelheit, und es gab ganze Tage, während derer er kein einziges Wort sprach.

Im August 1945 klingelte ein Ehepaar aus Berlin an der Tür und fragte Ruth, ob sie für zwei Wochen ein Zimmer vermieten könnte. Ruth stimmte gern zu, dankbar für das Zubrot, das sie damit verdienen konnte.

Als Bernhard im darauffolgenden Frühjahr noch immer nicht zurückgekehrt war, beschloss sie, mit Johann in die kleine Erdgeschosswohnung gegenüber der Praxis zu ziehen und sich ein Einkommen zu schaffen, indem sie das Haus in eine Urlauberpension verwandelte. Sie machte aus dem großen Wohnzimmer im ersten Stock einen Salon und aus den anderen Räumen Gästezimmer. Dabei zwang sie die allgegenwärtige Mangelversorgung zu abenteuerlichen Notlösungen, auch wenn man für viel Geld selbst jetzt noch alles bekommen konnte.

Irgendwann nahm sie den blauen Samtbeutel in die Hand und wusste nicht, ob sie lachen oder weinen sollte. Sie war vermögend. Doch sie hatte keinerlei Vorstellung davon, wie und wo sie Diamanten verkaufen könnte. Und ein unklares Angstgefühl hielt sie davon ab, nach Rat zu fragen oder überhaupt mit irgendjemandem darüber zu sprechen, dass sie diese Steine besaß. Es gab zu viele Ungewissheiten. Deutschland war nach der Kapitulation unter den alliierten Siegermächten in vier Besatzungszonen aufgeteilt worden. Zinnowitz gehörte zur sowjetischen Zone, und noch wusste niemand genau, welche Folgen dies haben würde.

Im nächsten Sommer kam das Berliner Ehepaar wieder und dazu neue Feriengäste. Alles war ein Problem. Den Bohnenkaffee für das

Frühstück zu beschaffen ebenso wie die eingelegten Aale, die als Tauschware für Zucker oder Lebensmittelkarten dienten. An manchen Abenden war Ruth so erschöpft, dass sie nur der Gedanke an Bernhard aufrechterhielt. Ihre Anstrengungen waren nichts im Vergleich zu dem, was er jeden Tag erlitt. Er musste in einem der sowjetischen Kriegsgefangenenlager sein, über die schreckenerregende Gerüchte kursierten, denn er konnte, er durfte einfach nicht umgekommen sein. An diese Hoffnung klammerte sie sich.

Ihre kleine Pension in dem schönen Haus an der Promenade wurde ein Erfolg. Die Urlauber atmeten nach den Kriegsjahren an der See auf, warfen sich in die Brandung und vergaßen in seligen Momenten unter dem weiten Himmel ihre zerstörten Heimatstädte, ihre Toten und manchmal wohl auch das Gefühl ihrer Mitverantwortung dafür, dass dieses verlorene Land, das einmal ihr Zuhause gewesen war, nicht mehr existierte.

Dann kam der Abend des 19. August 1947. Ein Dienstag. Es war schon fast dunkel. Ruth stand von dem Tisch auf, an dem sie im Schein des schwachen Deckenlichts die Besorgungsliste für den nächsten Tag geschrieben hatte. Sie sparte an allem, auch an Strom. Aber jetzt würde sie die Tischlampe auf der Kommode brauchen. Kurz sah sie ihr Spiegelbild in der nachtschwarzen Fensterscheibe, dann erhellten Autoscheinwerfer die Straße und ließen ihre Spiegelung verblassen. Den Finger auf dem Schalter der Lampe, sah sie hinaus. Der Wagen hielt vor dem Haus an.

Als wäre die Zeit verlangsamt, hing ihr Blick an dem Wagen. Dann wurde die hintere Tür aufgedrückt. Noch bevor die hagere Gestalt ganz ausgestiegen war, flog sie förmlich durch das Foyer und die Eingangstreppe hinunter.

Bernhard war nur noch ein Schatten seiner selbst. Unterernährt, schwach, verfolgt von dem, was er durchgemacht hatte. Er war erst vierunddreißig Jahre alt, doch er sah aus wie ein alter Mann. Nachts wachte er schreiend auf, klammerte sich schluchzend an sie, und tagsüber zog er sich in sich selbst zurück. Ruth wusste von den Erzählungen anderer Frauen, dass er und damit auch sie es noch gut getroffen hatten. Manche Kriegsheimkehrer nämlich fanden sich nach all dem Grauen nicht mehr in ihrer alten Welt zurecht. Sie reagierten mit Vorwürfen oder Gewalt, sodass aus einer glücklichen Heimkehr eine zerstörerische Familienhölle wurde.

Bernhard erholte sich. Zwar blieb er anfällig, und es war vorerst undenkbar, dass er wieder als Arzt tätig sein könnte, doch er arbeitete in der Pension mit, und allmählich fanden Ruth und er zu ihrer alten Gemeinsamkeit zurück. Die wichtigste Rolle dabei spielten ihre Strandspaziergänge, so erschien es jedenfalls Ruth. Sie unterhielten sich dann wenig, gingen nur Hand in Hand, die Schritte im gleichen Rhythmus, und schauten über die See. Wenn es anfing zu regnen, drehten sie nicht gleich um, und ohne dass sie darüber sprachen, freuten sich beide an dem Gedanken, dass so ein bisschen Regen schließlich nichts ausmachte nach allem, was hinter ihnen lag.

Zu Hause setzte sich Ruth ab und zu oben an den Flügel, wenn keine Gäste im Haus waren, und spielte etwas für Bernhard und Johann. Jedes Mal endete sie mit dem *Impromptu Opus 90 Nummer 2* von Schubert, das mit seinen empfindsamen, leidenschaftlichen Läufen Bernhards erklärtes Lieblingsstück war.

Ruth wusste genau, welcher Moment es war, in dem sie begann, wirklich auf das neue, kostbare Glück zu vertrauen, das ihr geschenkt worden war. Im Sommer 1948 wurde ihre Tochter geboren, und Bernhard saß mit Inge auf dem Schoß in der engen Küche der Erdgeschosswohnung am Tisch. Sie hatte ihre Fingerchen um seinen Daumen geschlossen, während er ihr über die seidige Wange strich. Und für diese merkwürdig in die Länge gezogenen

Sekunden wich all die Düsternis aus seiner Miene, die seit seiner Rückkehr in den tiefen Falten seines Gesichts lauerte. Übrig blieben nur Zuversicht und Liebe. Ruth musste sich an der Spüle festhalten, so sehr überwältigte sie dieser Anblick.

Ihr war bewusst, dass Bernhard die Erlebnisse aus Krieg und Gefangenschaft niemals ganz würde abstreifen können, doch nun schien sich ein schmaler Pfad abzuzeichnen, auf dem sie weitergehen konnten.

In den folgenden Jahren hüteten sie ihr kostbares Miteinander wie einen Schatz vor den nächsten Krisen und Umbrüchen in Politik und Gesellschaft. Währungsreform, Berlin-Blockade oder die Gründung der Bundesrepublik in den drei Besatzungszonen des Westens und der DDR in der sowjetischen Besatzungszone waren Ereignisse, die, so tiefgreifend sie auch wirkten, in der Welt dort draußen geschahen, während ihnen ihre kleine private Welt wichtiger war. Jeden Monat flohen Zehntausende vor der wirtschaftlichen Misere und dem Kollektivierungsdruck der sozialistischen Regierung in die Bundesrepublik. Und dennoch, trotz des Versorgungsmangels waren es für Ruth und Bernhard glückliche Jahre.

Inge entwickelte sich zu einem fröhlichen, aufgeschlossenen Kind. Einmal, als sie gerade erst laufen gelernt hatte, trug sie mit schwankendem Schritt auf ihren pummeligen Beinen wurmstichige Äpfel herein, die Bernhard auf der Wiese hinter dem Haus hatte liegen lassen, und verschenkte sie mit strahlendem Gesichtchen an Feriengäste. Ruth hatte es zu spät bemerkt und wollte sie ermahnen, doch da hatte sich der Herr, an dessen Hosenbein sich Inge mit einer Hand festhielt, während sie ihm mit der anderen den faulen Apfel entgegenstreckte, schon lächelnd zu ihr heruntergekniet und die Gabe entgegengenommen wie das wertvollste Geschenk, das er jemals bekommen hatte.

Johann wurde erwachsen und entschloss sich, vor dem Studium

eine Gärtnerlehre zu machen. Er war zu einem freundlichen jungen Mann geworden und dabei so ruhig und in sich gekehrt geblieben, wie er es immer gewesen war. Immer seltener erfasste ihn das tagelange Verstummen, das ihn seit seiner Kindheit begleitet hatte.

Nach einer Gesetzesänderung von 1950 war er mit achtzehn Jahren volljährig, und Ruth überreichte ihm am Geburtstagstisch die Besitzurkunde für das Sommerhaus, die sie auf ihn hatte umschreiben lassen. Hermann ließ sich auch an diesem Tag nicht blicken, und Johann hätte ihn auch nicht sehen oder sich danach erkundigen wollen, ob von dem Vermögen seiner Mutter noch ein Anteil für ihn übrig war, der ihm bei seiner Volljährigkeit zustand.

Über Weihnachten und Silvester 1952 kam Johann aus dem Sommerhaus herüber, in das er im Vorjahr eingezogen war. Seit er dort wohnte, schien er noch mehr als in Zinnowitz auf seine selbstgenügsame Art in sich selbst zu ruhen. Es war, dachte Ruth, als hätte eine Pflanze plötzlich in dem Boden Wurzeln schlagen können, der ihr alles gab, was sie brauchte.

Nachdem keine Gäste im Haus waren, feierten sie oben im Salon. Es war Bernhard gelungen, Kerzen aufzutreiben, und als Ruth stimmungsvolle Klavierbearbeitungen von Weihnachtsliedern spielte, stand Johann bei ihr am Flügel, um die Noten umzublättern, obwohl sie alles aus dem Kopf konnte. Auf dem nach all der Zeit recht abgenutzten Sofa war Inge eingeschlafen und hatte dabei ihren neuen Liebling halb unter sich begraben. Herrn Joko schien dieses kleine Menschengewicht jedoch nichts auszumachen. Seine braunen Glasaugen lugten unter Inges Arm hervor, und irgendwie schien es, als würde es ihm sehr gefallen, nach so viel Zeit in einem dunklen Schrank endlich wieder der Begleiter und Vertraute eines Kindes zu sein.

Ruth lächelte Johann an, der Inge seinen alten Spielgefährten geschenkt hatte, dann wanderte ihr Blick zu Bernhard weiter. Er saß im Sessel neben dem Sofa und hob den Blick in demselben Moment, in dem sie ihn ansah. Es war seit langem die schönste Weihnachtswoche, an die sie sich erinnern konnte.

Zwei Monate später stürmten an einem eiskalten Februartag bewaffnete Volkspolizisten das Haus und durchkämmten es nach Lebensmittelvorräten, Westgeld und Bohnenkaffee. Angeblich waren sie hinter der sogenannten verbrecherischen Strandbourgeoisie und kriminellen Elementen her, Schiebern, die sich auf dem Rücken der Arbeiter am Volkseigentum bereicherten, und Agenten des imperialistischen Westens.

Der Fund einer Postkarte mit dem Gruß eines Gastes aus Westberlin genügte für die sofortige Verhaftung Ruths und Bernhards. Im Schnellverfahren wurden sie angeklagt und zu vier Monaten in der berüchtigten Haftanstalt Bützow verurteilt. Getrennt voneinander wurden sie in dunkle, überfüllte Gefängniszellen gesteckt. Mithäftlinge berichteten, dass man andere Hoteliers zu acht oder zehn Jahren Gefängnis verurteilt hatte.

Als Ruth und Bernhard Ende Juni 1953 nach Zinnowitz zurückkehrten, besaßen sie nichts mehr.

Wie bei allen anderen Pensionsbetreibern hatte der SED-Staat ihr Haus beschlagnahmt, ihr gesamtes Vermögen, alles, was an Bargeld, Kontenvermögen oder Schmuck gefunden worden war. Sogar ihr Auto war verstaatlicht worden. Die kleine Wohnung war durchwühlt, jeder Wertgegenstand, jedes gute Möbelstück weggeschafft worden. Selbst die Eheringe von Bernhards verstorbenen Eltern, ihre persönlichen Papiere und Ruths Fotoalbum waren nicht mehr da. Ruth fand zwischen altem Zeitungspapier in einer Ecke auf dem Fußboden nur noch ein Foto von ihrer Mutter, das aufgenommen worden war, bevor sie ein Hauskonzert gegeben hatte.

Der Zutritt zum übrigen Haus war ihnen verboten worden.

Auch in der Parterrewohnung durften sie nicht bleiben, sondern hatten Anweisung, innerhalb der nächsten vier Tage in eine spärliche Unterkunft weit weg von der Promenade umzuziehen.

Ruth betrachtete den Koffer. Es war nicht ihr alter Lederkoffer, den sie benutzt hatte, seit sie ihn zu ihrer ersten Reise von ihrem Vater geschenkt bekommen hatte, sondern einer aus Presspappe. Wahrscheinlich hatte sich einer derjenigen, die auf der Suche nach Wertgegenständen das Haus durchsucht hatten, ihren alten Koffer genommen und seinen dagelassen.

Sämtliche Kleidung der Familie lag in einem Haufen auf dem Schlafzimmerboden. Ruth hatte schon beim ersten Blick gesehen, dass die besten Kleidungsstücke fehlten.

Sie schaute zum Bett hinüber. Bernhard war seit ihrer Rückkehr kaum aufgestanden. Seine Verfassung war noch schlechter als bei seiner Heimkehr aus der Kriegsgefangenschaft. Die Folgen der Haft waren nur ein Grund dafür, viel schwerer wog das Unrecht. Man hatte ihm seinen Besitz geraubt, seine Erinnerungsstücke, das Haus, das sein Großvater gebaut hatte, seine Ersparnisse und die Zukunftsperspektive, die sie sich in den vergangenen Jahren mühsam aufgebaut hatten. Das alles war eine weitere Gewalterfahrung, und das Wissen, der obrigkeitlichen Willkür machtlos ausgeliefert zu sein, hatte ihm den Lebensmut genommen.

Am Vormittag war das Schreiben mit der Arbeitszuweisung gekommen. Er sollte künftig frühmorgens die Zeitung *Neues Deutschland*, das Zentralorgan der DDR-Einheitspartei, austragen. Auch das eine Demütigung, denn wer wusste in Zinnowitz und Umgebung nicht, dass in dieser Zeitung behauptet worden war, er würde sich am Volkseigentum vergreifen? Bernhard hatte sich einfach nur auf die andere Seite gedreht. *Ein gebrochener Mann.* Erst jetzt verstand Ruth wirklich, was dieser Ausdruck bedeutete. Bernhard war außerstande, irgendeine Überlegung zu ihrer Zukunft anzustellen.

Ruths Blick kehrte zu dem Koffer zurück. Sie musste die Entscheidung allein treffen.

Als mit einer Münze an das Fensterglas der Eingangstür geklopft wurde, ließ sie das Kleidchen von Inge, das sie gerade in der Hand hielt, einfach auf den Boden fallen. Bernhard würde nicht zur Tür gehen.

«Tante Helga! So klopft sie immer», rief Inge und lief ins Foyer.

Helga Drenkhahn war die ältere Nachbarin, die sich bei Ruths und Bernhards Verhaftung vorgeschoben und gesagt hatte, sie werde sich um Inge kümmern. Ruth war ihr unendlich dankbar gewesen, denn sonst wäre Inge bis zu ihrer Rückkehr in ein staatliches Heim gekommen. Nun stand Helga mit einem Topf vor der Tür. «Ich wusste nicht, ob Sie etwas zu essen haben. Also bringe ich ein bisschen Kartoffelsuppe.»

«Ach, Helga.» Ruth versagte die Stimme. Sie dachte an den Moment im Gemischtwarenladen, in dem die Verkäuferin, die sie seit Jahren kannte, auf einem Bezugsschein bestanden hatte, den Ruth nicht vorweisen konnte. «Ich weiß nicht, wie ich Ihnen das je vergelten kann.»

«Ein Teller Suppe für jemanden, der nichts hat», sagte sie, als Ruth ihr den Topf abgenommen hatte. Sie beugte sich zu Inge, um ihr über den Kopf zu streichen. «Das ist nicht der Rede wert, und das sollte es auch nicht sein.»

Inge verschwand gleich wieder in der Wohnung. Es war, als hätten die Monate, in denen Ruth und Bernhard im Gefängnis waren, ihr kindliches Zutrauen in die Welt ausgelöscht. Sie wich ihrem Vater kaum von der Seite. Hatte ihm Joko aufs Kopfkissen gelegt, als könne er ihn trösten. Saß neben ihm, auch wenn er kaum mit ihr sprach, viel zu geduldig für eine knapp Fünfjährige, als könne sie dadurch etwas wiedergutmachen. Auch sie war nach alldem für immer von Verlustängsten und der Erschütterung fester Bezüge gezeichnet, davon war Ruth überzeugt.

«Das hier ist viel mehr als eine Kartoffelsuppe.» Ruth stellte den Topf auf den Fliesenboden und drehte sich dabei von Helga weg, um zu verbergen, wie sehr sie nach dieser einfachen, mitfühlenden Geste um Fassung ringen musste. «Außer Ihnen hat uns nach all den Jahren hier niemand unterstützt. Niemand anderer hat angeboten, Inge zu sich zu nehmen, als wir verhaftet wurden.» Sie richtete sich wieder auf. «Sie sind ein guter Mensch, Helga.»

«Die Leute machen es sich gern einfach, das haben wir ja schon oft erlebt», sagte Helga nur.

«Ich weiß nicht, möchten Sie hereinkommen? Wir könnten uns auf die Treppe setzen, und natürlich habe ich nichts anzubieten.»

Als sie durchs Foyer ging, sah Helga durch die offenstehenden Türen den Kleiderhaufen und den Koffer. «Ist das unser letztes Treffen?», fragte sie.

«Wenn wir hierbleiben, wird sich mein Mann niemals mehr erholen», Ruth zuckte hilflos mit den Schultern, «wenn es ihm überhaupt noch einmal gelingt.»

«Republikflucht», sagte Helga leise. «Passen Sie auf, dass Sie nicht erwischt werden.»

«Bis jetzt kann man in Berlin noch mit der S-Bahn in den Westteil fahren.»

Helga beugte sich näher zu ihr. «Bei dieser sogenannten ‹Aktion Rose› im Februar sind an der Ostsee alle Hotels und Pensionen enteignet worden. Seitdem sind schon einige andere Besitzer nach der Haft heimlich in den Westen gegangen.» Sie sah einen Moment stumm vor sich hin. «Ich verstehe das besser, als mir lieb ist.»

«Die anderen können genauso wenig wie wir verkraften, was mit ihnen und ihrer Heimat passiert ist. Und die öffentliche Erniedrigung und Verleumdung sind genauso schlimm wie der Verlust unseres gesamten Besitzes.» Ruth dachte an die Liste mit dem beschlagnahmten Inventar, auf der bis zu jeder Kette und jedem Ring alles aufgeführt worden war. Nur der blaue Samtbeutel nicht, doch der hatte bei ihrem Schmuck gelegen und war genauso verschwunden wie alles andere. Sein Inhalt würde jetzt dem Aufbau des Arbeiter- und Bauernstaates dienen oder in irgendwelchen Kanälen versickern.

«Ich frage mich, was aus unserem Haus wird.»

«Viele der Immobilien sind schon vom Feriendienst des Gewerkschaftsbundes übernommen worden. Darum ging es ja wohl bei dieser Verstaatlichung unter fadenscheinigen Begründungen. Sie wollten die Häuser in die Hand bekommen» – Helga ließ ihren Blick durch das großzügige Foyer schweifen –, «aber für einige interessiert sich die Volkspolizei. So nahe am Strand, wie wir hier sind, quartieren sie vielleicht eine Grenzbrigade bei Ihnen ein.»

«Bei uns», sagte Ruth bitter, «es gibt ja kein ‹bei uns› mehr.»

«Es tut mir so leid für Sie.» Als Ruth schwieg, legte ihr Helga zögernd die Hand auf den Arm. «Ich habe oft hinter dem Fenster gestanden, als Armeelaster vorgefahren sind und Sachen aus Ihrem Haus geschleppt wurden.» Einen Moment lang schien sie zu überlegen, ob sie weitersprechen sollte. «Wenn Sie noch einmal durch das Haus gehen wollen …» Wieder unterbrach sie sich, als wäre sie sich einer Gefahr bewusst.

«Wir dürfen bis zu unserem Zwangsumzug nur die Wohnung hier unten benutzen. Das übrige Haus zu betreten, wurde uns verboten.» Ruth sah zu der großen Doppeltür oben an der Treppe hinauf, die zu den weiteren Räumen führte. «Und dort ist abgeschlossen, ich habe es schon versucht.»

«Sie hatten nur einen Schlüsselbund.» Helga hatte ihren Entschluss getroffen. «Und sie haben ihn jeweils versteckt, damit die nächste Einheit in das Haus konnte. Auch als sie das letzte Mal da waren – und bis jetzt nicht wiedergekommen sind.» Sie sah zur Eingangstür, durch die das samtene Junilicht auf den Fliesenboden des Foyers fiel. «Er liegt rechts unter der Verandatreppe.»

Nachdem sie sich von Helga verabschiedet hatte, holte Ruth den Schlüsselbund. Ihre Hand bebte, als sie die Tür zu den oberen Räumen aufschloss. Dann ging sie durch die Zimmer, die sie mit so viel Mühe für ihre Sommergäste eingerichtet hatten. Es war kaum noch etwas übrig. Hier ein umgestürzter Schrank mit zersplitterten Türen, dort eine Matratze auf den staubigen Eichendielen. In einem Zimmer war das Parkett unter einer zerbrochenen Fensterscheibe durch eindringenden Regen dunkel verfärbt und aufgequollen, daneben lag ein Hocker aus dem Badezimmer.

Zuletzt betrat sie den großen Salon. Auch hier herrschte beinahe vollständige Leere, und ihre Schritte hallten vom Boden wider, auf dem kein Teppich mehr lag. In einer Ecke häuften sich heruntergerissene Fenstervorhänge und Tapetenbahnen, und wo die Tapete noch an den Wänden hing, zeigten hellere Rechtecke die Stellen, an denen einmal Bilder gehangen hatten.

In dem gesamten Raum standen nur noch zwei Gegenstände, wie Überbleibsel nach einer Naturkatastrophe. Das Sofa und der Flügel. Vermutlich waren sie zu sperrig gewesen, um sie mit allem anderen abzutransportieren. Dass es versucht worden war, sah Ruth an den hellen Schleifspuren auf dem Parkett. Sie stützte sich einen Augenblick auf die Rückenlehne des Blumensofas und untersagte sich jeden Gedanken an die glücklichen Stunden, die sie hier verbracht hatte. Dann holte sie den Hocker aus dem Gästezimmer und stellte ihn vor den schwarzen Flügel ihrer Mutter. Flüchtig ging ihr durch den Kopf, dass dieses Instrument nun als letztes Stück aus dem Haus in der Bayernallee übrig war, von dem ein Luftangriff in einer Bombennacht 1943 nur verkohlte Außenmauern übrig gelassen hatte.

Sie setzte sich, legte ihre Hände auf die Tasten und konzentrierte sich auf das *Impromptu* von Schubert. Vielleicht würde Bernhard unten hören, was sie spielte, vielleicht würde die Musik seine Erstarrung durchdringen. Aber sie registrierte sofort, dass ihr die

Leichtigkeit für die schnellen, perlenden Läufe fehlte, die ihr niemals ein Problem bereitet hatten. Sie spreizte ihre Hände, ignorierte ihr Zittern und rief sich den Klang ins Gedächtnis, den sie erzeugen wollte. Dann begann sie noch einmal. Doch ihre Finger hatten nach der monatelangen Haft in dem eiskalten, feuchten Gefängnis ihre Geschmeidigkeit verloren. Sie konnte die selbstverständliche Beweglichkeit nicht mehr abrufen, die für diese anmutigen, unbeschwerten Tonfolgen eine Voraussetzung war.

Nachdem sie auch den dritten Versuch unterbrochen hatte, lauschte sie den Tönen nach, bis sie vollständig verhallt waren und nur bleierne Stille zurückblieb. Sie senkte den Kopf. Einen kurzen Moment ließ sie ihre Finger noch auf den vertrauten Tasten ruhen, dann stand sie auf und ging aus dem Zimmer, ohne sich noch einmal nach dem Flügel umzudrehen.

Johann erschrak, als er Ruth und Bernhard die Haustür öffnete. Er hatte sie sofort nach ihrer Entlassung in Zinnowitz besucht. Sie hatten mit ihren verhaltenen Blicken und gehemmten Bewegungen gewirkt, als wären sie immer noch im Gefängnis. Und auf eine gewisse Weise traf das sogar zu, denn auch ohne Gitterstäbe waren dem Wo und Wie ihres Lebens enge Grenzen gesetzt worden. Nun aber schienen sie noch grauer und gealterter. Sie hatten einen Leiterwagen bei sich, auf dem Inge mit Herrn Joko zwischen ein paar Gepäckstücken saß. Den weiten Weg von der Bahnstation bis zum Sommerhaus mussten sie zu Fuß gegangen sein.

Sie setzten sich an den Kamin im Wohnzimmer. Inge blieb zwischen ihren Eltern stehen und lehnte sich an Bernhards Knie. Ihre zutrauliche Lebendigkeit, mit der sie die Sommergäste in Zinnowitz bezaubert hatte, war einem unsicheren, besorgten Ausdruck gewichen, wie ihn kein Kind haben sollte. Ruth legte die Hand beschützend um Inges Mitte. Eine kleine Familie, der alles genommen worden war.

«Ihr könnt bei mir bleiben», sagte Johann.

«Ja, für heute Nacht.» Ruth nahm die Schultern zurück. «Aber wir werden von hier weggehen. Es gibt für uns in diesem Land keinen Neuanfang mehr.» Sie dachte daran, dass sie schon einmal hatten weggehen wollen und durch den Kriegsausbruch daran gehindert worden waren.

«Ich», Johann zögerte, wusste nicht, ob sie ihn verstehen würde, «ich kann euch ein Stück begleiten», sagte er dann, «aber ich möchte nicht fort.»

Ruth lächelte ihn an. «Du hast in diesem Haus deine Heimat gefunden», sagte sie, «mehr, als ich sie dir in Zinnowitz bieten konnte.» Johann wollte widersprechen, doch sie hob die Hand. «Wir müssen nicht darüber reden, wie nah wir einander sind. Aber ich glaube, du hast in unserem alten Sommerhaus an eine Verbindung anknüpfen können, die unersetzlich ist.» War es möglich, fragte sie sich, dass nach den vielen Jahren noch ein Widerhall von Marianne in diesen Räumen vorhanden war, den Johann spürte?

«Wann?», fragte Johann und sah Bernhard an, der die ganze Zeit geschwiegen hatte.

«Morgen.»

Eine halbe Stunde später knipste Johann Bohnen für das Abendessen in einen Korb, den ihm Inge bereithielt, als ein Auto vor dem Haus hielt. Gleich darauf knirschten Schritte auf dem Weg am Haus vorbei in den Garten.

«Was willst du hier?», fragte Johann, während Inge bei seinem feindseligen Ton mit dem Korb ins Haus flüchtete. Sein Vater war stämmig geworden, sonst aber hatte er sich nur wenig verändert. Anders als bei vielen anderen in diesen Zeiten spannte ein Wohlstandsbauch sein Hemd.

Die ablehnende Haltung Johanns schien ihn nicht zu kümmern. «Ich muss mit Ruth und Bernhard sprechen, sie sind doch bei dir, oder?» Das war keine Frage. Er hatte die beiden schon durch die Terrassentür gesehen und sich zum Haus umgedreht.

«Lass sie in Frieden», sagte Johann, doch Hermann schob ihn zur Seite und trat ins Wohnzimmer.

«Ich dachte mir schon, dass ihr hier seid», sagte er ohne jede Einleitung, während Johann hinter ihm hereinkam.

Ruth und Bernhard starrten ihn an. Sie hatten ihn schon lange nicht mehr gesehen und es auch nie gewollt. Während des Krieges hatte er ihnen ein Hochzeitsfoto geschickt und die Geburtsanzeigen zweier Kinder. Auch darauf hatten sie nicht reagiert.

«Ich habe gehört, was euch in Zinnowitz passiert ist», sagte er, «das tut mir leid.» Seine Stimme klang falsch.

Ruth zog Inge näher an sich. Der Korb mit den Bohnen lag umgekippt neben dem Sofa. Von Hermann ging etwas Bedrohliches aus. *Er kann uns nichts nehmen,* ging es Ruth durch den Kopf, *wir haben ja schon alles verloren.*

Hermann wartete auf eine Dankesfloskel, nachdem er sein Mitgefühl ausgesprochen hatte. «Nun», fuhr er fort, als nichts kam, «ich verstehe, dass ihr zu Johann gegangen seid. Aber wovon wollt ihr hier leben?» Mit einem unangenehmen Lächeln blickte er Ruth und Bernhard an. Er ahnt, was wir vorhaben, dachte Ruth. «Ich wollte euch jedenfalls sagen, dass ich euch auf die eine oder andere Art helfen könnte», fügte Hermann hinzu, «ich habe Verbindungen.»

«Damit wir uns richtig verstehen», um Bernhards Lippen spielte ein eigenartiges Lächeln, bevor er im Plauderton weitersprach, «ein ehemaliges NSDAP- und aller Wahrscheinlichkeit nach jetziges SED-Mitglied bietet uns Hilfe in der antifaschistischen Demokratie an, die uns gerade unser Haus, unser ererbtes Vermögen und unsere Existenz geraubt hat, weil wir kapitalistische Schmarotzer sein sollen.» Unvermittelt brach er in schrilles Lachen aus. Es war ein schauriger Klang, der seinen gesamten Körper erfasste, ihn durchschüttelte, als hätte ihn ein Dämon gepackt. Furchterfüllt schaute

Inge ihn an. Doch genauso unvermittelt, wie sein Lachen begonnen hatte, verstummte es wieder.

«Das ist ja gerade das Gute an diesem Land.» Hermann hatte nach Bernhards Lachen einen Moment abgewartet. «Jeder, der sich für die Erhaltung des Friedens einsetzt, wird gewürdigt, wenn er sich zum Sozialismus bekennt. Das Hitlerregime war ein Irrweg. Auch ich habe mit meiner politischen Vergangenheit gebrochen!»

«Mir kommen die Tränen», sagte Bernhard.

Hermann, der vor dem Sofa auf und ab gegangen war, blieb abrupt stehen. «Ich kann als Architekt zum Aufbau dieses Staates beitragen. Es herrscht Wohnungsnot, jemand wie ich kann viel Sinnvolles bewirken.» Er unterbrach sich kurz, bevor er hinzufügte: «Es gibt neue Chancen, man muss sie nur zu ergreifen wissen! Das gilt auch für dich Bernhard. Du könntest dich rehabilitieren.»

«Halt den Mund, ja?», schrie Bernhard. «Anders als andere Anwesende muss ich mich für nichts rechtfertigen.» Er sprang auf. Im Vergleich zu Hermann wirkte er beinahe ausgemergelt. «Ich war nie ein Höfling von Hitlers Lieblingsarchitekt. Ich habe nie das nationalsozialistische Lied von Deutschlands Größe mitgesungen, das uns in die Katastrophe geführt hat.» Er rang nach Luft. «Und hast du es nicht sogar für nötig gehalten, zur Hochzeit mit Elsbeth deine Partei-Uniform anzulegen?»

Hermann zuckte zusammen, richtete sich jedoch gleich wieder auf. Schließlich gab es hier weit und breit keine Nachbarn, die Bernhard hören konnten.

Ruth biss sich auf die Lippen. Sie befürchtete, dass dieser Wutausbruch für Bernhard gefährliche Folgen haben könnte. «Ich denke, wir beenden das jetzt besser», sagte sie und wandte sich zu Hermann. «Du bist gekommen, um uns deine Hilfe anzubieten, hast du gesagt.» Sie sah ihn beinahe spöttisch an. «Wir brauchen deine Hilfe nicht. Und wir wollen sie nicht. Ich schlage also vor, dass du jetzt gehst.»

Bernhard hatte sich wieder auf das Sofa gesetzt. Sofort schmiegte sich Inge an ihn. Sie verstand nicht, was dieses Gebrüll bedeutete, hatte die Augen weit aufgerissen vor Angst.

Ruth wartete auf das, was kommen würde. Und es kam.

«Ich habe auch ein Anliegen», sagte Hermann.

Ruth sah ihn ausdruckslos an.

«Ihr erinnert euch doch an Kaufmann», fuhr Hermann fort, «den jüdischen Mitarbeiter, den dein Vater hatte. Ich», er zögerte einen Augenblick, sprach dann aber entschlossen weiter, «ich habe ihn heimlich weiterbeschäftigt, als Juden schon Berufsverbot hatten, das wisst ihr.» Alle Blicke waren wie gebannt auf ihn gerichtet. «Und auch, dass Marianne diese Tatsache gegen mich verwenden wollte.» Johann machte eine unwillkürliche Bewegung, doch dann blieb er stehen.

Sie hatten noch nicht alles gehört.

«Ich möchte, dass ihr mir das bezeugt.»

Ruth blinzelte, als würde sich ihr Verstand weigern, das zu verarbeiten, was Hermann gesagt hatte. «Es würde dein Entnazifizierungsverfahren und deine neue Karriere fördern, wenn du dich als selbstloser Unterstützer eines Verfolgten hinstellen könntest, nicht wahr?» Aus ihrer Stimme klang Abscheu. «Aber du hast Kaufmann damals für deine Zwecke benutzt, um dich bei den Nazis anzubiedern, und jetzt willst du diese *Tatsache* umdrehen und erneut deinen Vorteil daraus schlagen.»

«Ihr solltet an eure Situation denken», erklärte Hermann mit aufreizender Gelassenheit, als hätte er ihre Vorwürfe nicht gehört. «Und wie gesagt, ich könnte euch helfen. Auch … finanziell.»

An Ruths Hals pochte eine Ader. «Und was ist aus Kaufmann geworden?»

«Das weiß ich nicht. Die Zeiten waren unruhig, und ich habe nichts mehr von ihm gehört, nachdem ich meine Einberufung bekommen hatte. Und das ist für diese Sache auch unwesentlich.»

«Es ist also unwesentlich, ob ihm etwas zugestoßen ist, weil er durch deine Aufträge vielleicht nicht rechtzeitig aus Deutschland weggekommen ist.»

«Lass es», sagte Bernhard, «hier ist jedes Wort zu viel.»

Doch Hermann gab noch nicht auf. «Es ist sehr gut möglich, dass ihm die Flucht gelungen ist und er in aller Ruhe irgendwo anders lebt. Aber ihr habt nichts mehr.» Er deutete auf die verschreckte Inge. «Denkt ihr denn gar nicht an die Zukunft eurer Tochter? Ich könnte euch sogar unterstützen, wenn ihr hier wegwollt.»

Als Hermann von Inge sprach, stand Ruth auf und stellte sich vor sie und Bernhard. «Du bist umsonst gekommen», sagte sie. «Auch wenn wir sonst nichts mehr haben, besitzen wir doch noch unseren Stolz.» Sie verschränkte die Arme vor der Brust. «Du wirst deinen Weg auch machen, ohne dass wir dir dieses verlogene Zeugnis geben.» Ihr Gesicht war vor Anspannung verzerrt. «Und das ist das Schlimmste daran.»

XI

Bevor sie den Karton auf den Speicher zurückräumte, sah sich Juliane noch die beiden Umschläge an. Der kleinere hatte einen Trauerrand. Er enthielt die Todesanzeige einer Helga Drenkhahn aus Zinnowitz. Juliane zuckte mit den Schultern, diesen Namen kannte sie nicht.

In dem größeren Umschlag steckten mehrere Schreiben. Beim Herausnehmen flatterte ein Zettel auf den Tisch. Ein eingerissenes, liniertes Blatt wie aus einem Schulheft. Darauf stand in altmodischen und so krummen Buchstaben, als wären sie auf dem Knie geschrieben worden:

Verehrte Frau Leinweber,

ich danke Ihnen und Ihrem Gatten von Herzen für Ihre Unterstützung. Wir werden noch heute unser Glück versuchen. Es muss uns gelingen, heil aus diesem Land zu entkommen, das einmal unsere Heimat war. Der Herr gebe, dass wieder bessere Zeiten kommen.

Meine Frau und unser größter Schatz, die goldige Silvia, senden Grüße.

Ihr sehr ergebener S. Kaufmann

Auch der Name Kaufmann sagte Juliane nichts. Aus den weiteren Schreiben ging hervor, dass ihre Großmutter schon bald nach dem Krieg begonnen hatte, sich sowohl beim Roten Kreuz als auch bei einem internationalen Suchdienst in Bad Arolsen nach dieser Familie Kaufmann zu erkundigen. Es gab einige abschlägige Antworten mit dem Hinweis, dass über viele Schicksale noch keine Klarheit herrsche und man Geduld haben müsse.

Dann aber waren die Kaufmanns gefunden worden.

```
Kaufmann, Simon
Kaufmann, Bertha, geb. Loeb
Kaufmann, Silvia
```

Zu den Namen waren die Geburtsdaten und die frühere Wohnadresse in Berlin aufgeführt. *Lietzenburger Straße*. Dann folgten, mit Hinweisen zu den Transportzügen und weiteren Datumsangaben versehen, nur noch wenige Worte.

```
Deportation: Bahnhof Berlin-Grunewald,
Ghetto Lodz, Todesort: Auschwitz-Birkenau,
Vernichtungslager
```

Juliane überlief ein Schauder. Offenbar waren die Kaufmanns eine jüdische Familie aus dem Bekanntenkreis der Großeltern gewesen. Die goldige Silvia, geboren 1938, war erst vier Jahre alt gewesen, als man sie in Auschwitz ermordet hatte. Und was sie hier in den Händen hielt, war vielleicht alles, was von dieser Familie übrig geblieben war.

Ein paar Blatt Papier.

«Und wer ist das?», fragte Dani, als sie am nächsten Nachmittag im Café Richter saßen, und schob das Smartphone, das zwischen ihnen auf dem Tisch lag, zu Juliane herum.

«Das ist Oumou. Die Mutter von Amina. Ich habe sie bei dem Abendessen kennengelernt.»

«Was macht die beruflich? Fotomodell?»

«Nein, sie betreibt ein Internet-Café.»

Nachdem sie die übrigen Bilder angeschaut hatten, fragte Dani: «Hattest du inzwischen eine Erleuchtung, was deine Zukunft angeht?»

Juliane steckte das Smartphone weg. «Erleuchtung nicht, aber so was wie einen Lichtblick.»

«Echt? Was denn?»

«Ich habe im Internet eine Anzeige von einer Organisation für internationale Studienpraktika gesehen. Die brauchen jemanden für den Organisationsbereich und die Suche nach neuen Firmenpartnern. Klingt abwechslungsreich, und die Voraussetzungen erfülle ich beinahe alle.»

«Und wo wäre das?»

«In Greifswald.»

Dani trommelte mit den Fingern auf der kleinen, lederbezogenen Dose herum, die ihr Juliane mitgebracht hatte. «Hört sich gar nicht so schlecht an.»

«Und wenn es nichts ist, kann ich mir vorstellen, mit meinem Französisch und Englisch in die Erwachsenenbildung zu gehen, bis sich was Besseres findet.»

«Lehrerin?» Danis Hand erstarrte. «Das war doch genau, was du nicht mehr wolltest.»

«Ja, Lehrerin an der Schule. Aber ich stelle mir vor, wenn Erwachsene was lernen, machen sie das freiwillig und sogar gern. Das ist was ganz anderes. Dafür bist du selber das beste Beispiel.»

«So freiwillig fühle ich mich nicht, wenn ich mich abends um neun noch mal an den Schreibtisch setze.» Dani zog ein leidendes Gesicht, doch dann lachte sie. «Du hast recht. Ich mache es gerne.»

«Wie gesagt, nur fürs Erste, falls das mit der Bewerbung nicht klappt. Rumsitzen will ich jedenfalls nicht mehr.»

«Was ist eigentlich mit deinem Insektenforscher?», fragte Dani unvermittelt.

«Was soll mit ihm sein?»

«Du kannst Fragen stellen. Schließlich hast du mir erzählt, dass er sich von einem boshaften Käfer in einen verliebten Schmetterling verwandelt hat. Na ja, das war jetzt ein schiefes Bild. Aber du trägst sein Zauberamulett um den Hals.»

Juliane grinste. «Ich hab noch nicht mit ihm gesprochen. Er weiß ja, dass ich erst mal bei meinen Eltern vorbeiwollte, bevor ich wieder zu Johann fahre.»

«Du bist seit vorgestern zurück und hast ihn nicht mal angerufen?» Bei Dani klang das wirklich ein bisschen merkwürdig. «Was soll das denn für eine Art von Romantik sein, wenn man sich bei demjenigen, in den man verliebt ist, *nicht* meldet?»

«Es ist nicht nötig, dass ich ihn anrufe», verteidigte sich Juliane, obwohl sie selbst lachen musste. «Wir hatten das vor meiner Reise so besprochen. Außerdem weiß er bestimmt auch so, dass ich an ihn denke.»

«OhGottOhGott», Dani gab ein gespieltes Stöhnen von sich, «Telepathie unter Liebenden! Bist du jetzt unter die Esoterikerinnen gegangen?»

«Nein!»

«Nur so als Tipp: Nicht jeder steht auf Gedankenübertragung. Vielleicht fühlt er sich stattdessen einfach vernachlässigt.»

Abends rief Juliane bei Mattes an.

«Dani meint, du hast es vielleicht nicht so mit Gedankenübertragung», sagte sie ohne jede Einleitung.

«Soll das heißen, dass du mich nur wegen Dani anrufst?» Seine Stimme klang leise und dunkel. Juliane hatte das Gefühl, als würde sie durch ihren gesamten Körper vibrieren.

«Und wann kommst du?», fragte er.

«Freitag. Irgendwann nachmittags.»

«Bis Freitag hab ich auf dem Darß zu tun. Turnusmäßige Auswertung der Naturschutzmaßnahmen. Abends ist Abschlussbesprechung. Wird wahrscheinlich zu spät, um danach noch bis zu Johann zu fahren.»

Obwohl sie es die ganze Zeit nicht eilig damit gehabt hatte, sich bei ihm zu melden, wäre es Juliane plötzlich am liebsten gewesen, wenn Mattes augenblicklich vor ihr gestanden hätte. «Macht nichts», sagte sie stattdessen. «Wir sehen uns ja bald.»

Als sie bei Johann angekommen war, blieb Juliane noch einen Moment im Auto sitzen. Durch das offene Fenster hörte sie den Wind in der Hecke rascheln. Sie freute sich auf das Wiedersehen und darauf, Johann von Roseanne und Ningou zu erzählen. Er war nicht im Haus, und sie ging in den Garten weiter. Johann war auf dem Liegestuhl neben der Bank eingeschlafen. Er wachte nicht auf, als sie stehen blieb, und sie zog sich leise zurück.

Ein paar Minuten später hatte sie ihre Tasche in ihr Zimmer gebracht und überspielte die Reisefotos von ihrem Smartphone auf den Laptop. So sahen die Bilder viel besser aus als auf dem kleinen Handydisplay. Eine bunt bemalte Pferdekalesche, Alain und Pierre vor dem Hotel, die Faidherbe-Brücke, eine Händlerin, die im Schatten eines blauen Schirms Kochbananen und Mangos verkaufte. Ein Straßenzug in der Altstadt mit renovierten Häusern aus der Kolonialzeit. Sie scrollte durch die Aufnahmen und löschte einige davon.

Als sie zu den Aufnahmen von dem Friedhof kam, schüttelte sie den Kopf. Auch hier hatte sie zu viele Bilder gemacht. Sie zog die Fotos größer, um genauer zu sehen, auf welchen die eingemeißelten Buchstaben auf den Grabsteinen am besten zu lesen waren. Langsam schob sie die Aufnahmen über den Bildschirm. Auf einem viel älteren Stein, ein Stück hinter Roseannes Grab, stand *aria*. Die

Stelle, an der einmal der erste Buchstabe gestanden hatte, war ausgebrochen. Der Rest der Beschriftung wurde von Roseannes Grabstein verdeckt. *aria*. Der erste Buchstabe war wohl ein M gewesen. Maria. Vermutlich ein sehr häufiger Name auf einem christlichen Friedhof. Was hat sie für eine Geschichte gehabt, ging es Juliane durch den Kopf, diese Maria? War sie auch eine Europäerin gewesen, die in Saint-Louis beerdigt worden war?

Von den weiteren Aufnahmen, die sie aus ein paar Metern Entfernung gemacht hatte, zeigten zwei den älteren Stein hinter Roseannes Grab vollständig, aber aus diesem Winkel war die Schrift nicht zu entziffern. Für das nächste Foto allerdings war sie auf die andere Seite der Gräber gegangen, und nun fielen Schatten in die Vertiefungen der gemeißelten Schrift. Auch die übrigen Buchstaben hatten durch Wind und Wetter ausgewaschene, weiche Kanten. Juliane beugte sich dichter vor den Bildschirm. Ihre Haut begann zu prickeln. Sie zog den Ausschnitt größer und kniff die Augen zusammen. Dann war sie sicher.

ARIANNE KUTSCHER
1911 – 1939

Juliane ließ sich auf dem Stuhl zurückfallen.

«Weißt du das genau? Du hast mir die Fotos doch gezeigt, als wir uns im Richters getroffen haben. Da haben wir das nicht gesehen. Außerdem hast du gesagt, der Stein ist verwittert, also hast du dich vielleicht getäuscht.»

«Ich hab mich nicht getäuscht, Dani.»

Ein skeptischer Laut drang an ihr Ohr. «Aber warum hast du den Namen nicht schon gesehen, als du dort warst?»

«Der Stein steht ein paar Meter hinter den anderen beiden. Das hätte ich von dort aus gar nicht lesen können. Das ging erst jetzt mit der Vergrößerung. Außerdem hatte ich auf dem Friedhof keinen Grund, mich noch weiter umzusehen, nachdem ich Roseannes Grab endlich gefunden hatte.»

«Und jetzt soll ich dir erklären, was das zu bedeuten hat», sagte Dani.

«Ich finde es auf jeden Fall ziemlich merkwürdig. Johann hat gesagt, sie wurde nie gefunden.»

«Und Ningou hat auch nichts dazu gesagt?»

«Nein. Sie schien sowieso nichts über Johanns Mutter zu wissen.»

«Aber wenn sie dort beerdigt ist», sagte Dani, «dann muss sie entweder doch gefunden worden sein, oder sie ist einfach an einer Tropenkrankheit gestorben.»

«Nein, sie ist abgestürzt, weißt du das nicht mehr?» Juliane stand mit dem Telefon am Ohr auf und nahm das Buch von Amelia Earhart aus dem Schrank. Als sie es auf den Tisch gelegt hatte, schlug sie es mit der freien Hand auf und betrachtete die gezeichnete Wolke. *Mariannerose*. Die große Freundschaft, die Roseanne und Marianne verbunden hatte. «Gibt es so was wie Grabsteine, die nur zum Gedenken aufgestellt werden?», fragte sie. «Ohne dass jemand beerdigt wird, meine ich?»

«Mmh. Keine Ahnung.» Dani schwieg einen Moment lang. «Aber eigentlich kann ich mir das gut vorstellen. Damit man einen Ort der Erinnerung hat.»

«Ja, das habe ich auch gerade gedacht.»

«Telefonierst du mit Juliane?», hörte Juliane im Hintergrund Lili fragen. Anscheinend war sie gerade in die Wohnküche gekommen. «Kannst du ihr sagen, dass ich mich für die Tasche bedanke?» Juliane hatte Dani bei ihrem Treffen im Richter eine Batiktasche für sie mitgegeben.

«Das kannst du ihr selbst sagen.»

«Hallo, Juliane.» Jetzt war Lili am Telefon. «Danke, dass du mir was mitgebracht hast, ich hab mich echt gefreut.»

«Gut, dass dir die Tasche gefällt», sagte Juliane, «der Umtausch wäre ein bisschen langwierig geworden.»

«Siehst du, Mama, wie deine Freundin an mich denkt!», rief Lili. «Das ist was anderes als *Zusammenwohnenkindverhungernlassen*.»

Darauf folgten ein Aufschrei und Gelächter.

«Jule?» Nun war wieder Dani am Apparat. «Meine Tochter braucht was zu essen. Wir rufen uns wieder an, ja?»

Als Juliane mit dem Laptop nach unten kam, saß Johann im Wohnzimmer und sah sich die Fernsehnachrichten an. «Ich habe dich gar nicht hereinkommen hören», sagte sie und umarmte ihn zur Begrüßung. «Vorhin hast du unter dem Baum geschlafen, da wollte ich dich nicht stören.»

Johann schaltete den Apparat aus, und Juliane begann, von ihrer Reise zu erzählen. Sie hielt sich länger als nötig mit vielen Einzeleindrücken auf, dem Ausflug auf die Langue de Barbarie oder der Beschreibung der alten Handelskontore, weil sie nicht wusste, ob sie Johann von dem Friedhof und den Gräbern erzählen sollte. Was war, wenn dort nicht nur ein Gedenkstein für seine Mutter stand, sondern sie tatsächlich dort begraben war? Wenn er sein ganzes Leben in einem falschen Glauben gelebt hatte? Wie würde er das verkraften? War es besser, nichts davon zu sagen?

Aber dass sie in dem früheren Haus seiner Patentante gewesen war, wollte sie ihm nicht vorenthalten. «Ich wusste den Namen der Straße, von ihren Briefen an Oma», erklärte sie. «Sie hat ihr Haus dort nach dem Vorbild von diesem hier gebaut. Stell dir so was mal vor! Dadurch bin ich überhaupt erst auf die Idee gekommen, dort zu klingeln. Und Ningou hat erzählt, dass Roseanne dich den ‹Johann an dem anderen Meer› genannt hat.»

Johann lächelte nur.

Danach schwieg Juliane mit einem unbehaglichen Gefühl. Abwesend registrierte sie, dass draußen leichter Regen eingesetzt hatte. Sie fühlte sich unwohl bei dem Gedanken, Johann etwas zu verschweigen, auch wenn sie es nur tat, um ihm Kummer zu ersparen. Sie rutschte auf dem Sofa zurück. Als sie wieder aufsah, bemerkte sie, dass Johann sie nachdenklich anschaute. Dann schien er eine Entscheidung zu treffen.

«Warst du auch auf dem Friedhof?», fragte er. Ihr lag ein Nein auf der Zunge, doch sein Blick hielt sie davon ab. Sie scrollte zu den Fotos von den Grabsteinen und reichte ihm den Laptop. Er sah sich die Bilder lange an, dann fragte er: «Und das dritte Grab? Hast du es gesehen?»

Er wusste davon! Stumm vor Überraschung, zog Juliane das Foto größer, auf dem man die Beschriftung des dritten Grabsteins lesen konnte. Auch dieses Bild betrachtete er lange, dann nickte er leicht.

«Ich ... wusste nicht, was ich davon halten soll», sagte Juliane. «Ich dachte, es ist ein Gedenkstein, den Roseanne für deine Mutter hat aufstellen lassen. Hast du von Großmutter davon erfahren?»

«So war es nicht.» Er sah einen Moment vor sich hin. «Im Sommer 1984 hat mir Ruth über eine alte Zinnowitzer Nachbarin ausrichten lassen, es würde Ende August in der Laterna Magica in Prag eine besonders schöne Aufführung von *Der Zauberlehrling* geben. Sie hat sogar ein empfehlenswertes Hotel genannt. DDR-Bürger konnten ja nur sehr eingeschränkt reisen», fügte er hinzu, «aber nach Prag war es damals ohne allzu große Schwierigkeiten möglich.» Er hielt kurz inne. «Ebenso wie für Besucher aus westlichen Staaten.»

«Ihr beide habt euch dort getroffen.»

«Nicht wir beide», erwiderte er.

«Du hast dich mit Roseanne getroffen!», rief Juliane aus.

Sein Gesichtsausdruck war nicht zu deuten. «Als ich mich an der Hotelrezeption nach Madame Arnaud erkundigt habe, hat man mich in den Salon geschickt. Er war riesig groß, mit abgewetzten Polstergruppen und beinahe menschenleer. Alles atmete die erloschene Pracht eines untergegangenen Zeitalters.»

«Aber du hattest sie doch nie wiedergesehen», sagte Juliane, «wie wolltest du sie denn erkennen, nach all den Jahren?»

«Es saß glücklicherweise nur eine einzige einzelne Dame im entsprechenden Alter beim Tee.» Er verlor sich einen Moment lang in seinen Erinnerungen.

«Das war bestimmt unheimlich aufregend, oder?»

Er nickte. «Sie hatte mich schon beim Hereinkommen gesehen. Und als ich bei ihrem Tisch war, konnten wir erst einmal keinen Ton sagen.» Er kniff die Augen zusammen und wandte leicht den Kopf ab.

Juliane schluckte, als sie die ergreifende Szene vor sich sah.

«Sie hatte sich natürlich vollkommen verändert», fuhr Johann fort, «ihr Haar war weiß, und sie war mager, wie es manche Leute im Alter werden, sodass ihre Nasen und Ohren viel größer wirken.» Er lächelte. «Aber ich fand sie sehr schön.»

«Warum hat sie sich denn erst nach all den Jahren mit dir getroffen? Das wäre doch auch schon früher möglich gewesen, oder?»

«Ich denke, sie wollte nach Charles' Tod einen Kreis schließen, bevor sie selbst stirbt.»

Mit dem Regen zog nach dem warmen Septembertag ein kühler Hauch herein, und Johann schloss die Terrassentüren.

«Und sie hat dir von dem Grab erzählt.»

«Zunächst einmal haben wir uns eher allgemein unterhalten, beziehungsweise sie hat mich nach allen Einzelheiten meines Lebens ausgefragt. Von dem Grab hat sie erst gesprochen, nachdem wir in der Aufführung des *Zauberlehrlings* waren.»

Er ging vor dem Kamin in die Hocke, um zusammengeknülltes Zeitungspapier und Kleinholz unter ein paar größeren Scheiten anzuzünden. «Als wir aus dem Theater zurückkamen, haben wir uns im Hotel noch zu einem Glas Wein in den Salon gesetzt. Sie war in einer sehr merkwürdigen Stimmung.»

«Das kann ich mir vorstellen. Sie hatte bestimmt den Kopf voller Erinnerungen an früher.»

«Damit hast du sicher recht, aber anders, als du denkst.» Er ließ sich wieder in seinem Sessel nieder. «Ich glaube, sie war bis zum letzten Moment unsicher, ob sie mit mir darüber reden sollte. Ihre Hände haben gezittert, so hat sie sich davor gefürchtet. Aber nach einer Weile hat sie gesagt: ‹Die Geister, die ich rief, werd ich nun nicht los.› Das ist ein Zitat aus dem *Zauberlehrling*», fügte er mit einem Blick auf Juliane hinzu. Er hielt kurz inne, bevor er fortfuhr: «Dieser Grabstein war nicht nur als Erinnerung aufgestellt worden. Es ist ein echtes Grab.»

«Aber du hast mir doch gesagt, dass deine Mutter bei dem Absturz umgekommen ist und nicht gefunden wurde.»

«Ich habe dir nur gesagt, dass sie und das Flugzeug nicht gefunden wurden, oder?»

«Das kann sein.» Juliane wusste nicht mehr genau, wie er sich ausgedrückt hatte.

«Sie war nicht umgekommen», sagte Johann.

«Sie war nicht umgekommen», echote Juliane verständnislos. Ihr fiel die Bemerkung ihrer Mutter zu der katastrophalen Ehe von Johanns Eltern ein. «Hat dich deine Mutter», sie zögerte einen Moment, bevor sie es aussprach, «verlassen und ist dann in Saint-Louis an einer Krankheit gestorben?» So etwas hatte Dani bei ihrem Telefonat in den Raum gestellt.

«Meine Mutter ist damals nicht gestorben.» Er hob die Hand leicht von der Sessellehne und ließ sie dann wieder fallen.

«Aber …» Juliane beendete den Satz nicht. Ein merkwürdiges Gefühl erfasste sie, als sich in ihrem Kopf die Perspektive umzukehren begann.

Johann sah ihr beim Denken zu, während Juliane Revue passieren ließ, was er zu dem Treffen in Prag gesagt hatte. Er hatte erzählt, dass er sich an der Hotelrezeption nach Madame Arnaud erkundigt hatte. Doch danach war Roseannes Name kein einziges Mal mehr gefallen.

«Das ist doch nicht möglich!», flüsterte sie. «War das in Prag etwa ...?»

«Sie hat es mir allerdings wesentlich schonender beigebracht, als du es gerade von mir hörst.» Er lächelte kurz über ihre Verblüffung. «Hat sich mit jedem einzelnen Wort vorangetastet, meine Reaktionen beobachtet, stets bereit, einen Rückzieher zu machen, sodass ich schon ein wenig vorbereitet war, als sie es dann wirklich ausgesprochen hat.»

«Wie bringt man seinem Sohn so etwas schonend bei?»

«Angefangen hat sie mit dem Buch von Saint-Exupéry. *Der kleine Prinz*. Das hatte sie Ruth damals für mich geschickt, und eine frühere Nachbarin aus Zinnowitz hat es in die DDR geschmuggelt. Sie wollte wissen, ob mir die Anstreichungen aufgefallen waren, die sie gemacht hatte.»

«Das habe ich mir oben im Zimmer zum Lesen ausgeliehen.»

«Da stand es eigentlich schon drin.» Er atmete ruhig ein. «‹Es wird aussehen, als wäre ich tot, und das wird nicht wahr sein.›»

Langsam nickte Juliane, sie erinnerte sich an die markierte Stelle in dem Buch. Johann hatte davon ausgehen müssen, dass Roseanne diese Anstreichungen gemacht hatte, um ihn über den Tod seiner Mutter hinwegzutrösten. Genauso, wie ich selbst davon ausgegangen bin, dachte sie.

«Sie hatten einen abenteuerlichen Plan geschmiedet, mit dem sich meine Mutter aus ihrer Ehe befreien wollte. Aber der Kriegsausbruch hat ihn zunichtegemacht», sagte Johann. «Das Ganze hatte wohl wirklich etwas von dem Zauberlehrling und den Geistern, die er gerufen hatte. Sie waren durch ihren Einfall plötzlich zum Spielball der politischen Verhältnisse geworden.»

Zum Spielball der politischen Verhältnisse geworden. Genau so etwas hat in einem der Briefe aus Afrika gestanden, die Juliane gelesen hatte. Und auf andere Art gilt das auch für meine Großeltern, dachte sie.

«Die Situation war dramatisch. Und bedrohlich», fuhr Johann fort. «Die Franzosen haben schon zwei Wochen nach Kriegsbeginn eine Internierungsverordnung für deutsche Ausländer erlassen, und mit Deutschen, die unter Spionageverdacht gestellt wurden, haben sie erst recht nicht lange gefackelt.»

«Aber sie waren doch dann in Saint-Louis, oder?», fragte Juliane. «Hat dort niemand Verdacht geschöpft?»

«In Saint-Louis kannte man nur Charles.» Ein bitteres Lächeln spielte um seine Lippen. «Mein Vater hat sie schon drei Monate nach der Vermisstenmeldung offiziell für tot erklären lassen, damit er seine Elsbeth heiraten konnte. Ruth hat ein Telegramm mit dieser Nachricht an das Handelskontor von Charles geschickt. Es war ein Glück, dass es überhaupt angekommen ist. Sonst hätte meine Mutter vielleicht trotzdem noch versucht wiederzukommen. Aber so gab es vorerst endgültig kein Zurück mehr. Jedenfalls nicht nach Deutschland.»

«Wie meinst du das?»

«Während des Krieges sind sie in die Schweiz gegangen und erst nach der deutschen Kapitulation wieder nach Saint-Louis gezogen.»

«Warum sind sie denn in die Schweiz?»

«Sie wollten Sicherheit, und die konnte man in der neutralen Schweiz bekommen, wenn man Geld hatte», erklärte Johann. «Als die Deutschen Frankreich besetzt hatten, behielten die französischen Kolonien zwar einen Sonderstatus, aber deutsche Wehrmachtsangehörige konnten natürlich trotzdem dort auftauchen. Meine Mutter wusste ja nicht, wo mein Vater im Kriegsdienst eingesetzt werden würde. Sie hatte einen Horror davor, ihm plötzlich in Saint-Louis gegenüberzustehen. Er hätte sie verhaften lassen, davon war sie überzeugt.»

Seine Worte verhallten im Raum. «Glaubst du das auch?», fragte Juliane ungläubig. «Dass er so etwas getan hätte? Obwohl sie sich einmal geliebt haben müssen?»

«Ja, das glaube ich», gab Johann sehr heftig zurück. «Meine Mutter hat diesen Mann gehasst, und zu Recht!»

Juliane erschrak bei diesem Gefühlsausbruch, der so gar nicht zu ihm passte. Sie wartete ab, doch Johann sagte nichts weiter dazu. «Hast du denn in Prag keinen Schock bekommen?», knüpfte sie dann lieber an das vorhergehende Thema an. Was für einen Kontrast diese alles umstoßende Eröffnung zu der erstarrten Atmosphäre des altmodischen Grand Hotels gebildet haben musste!

«Einen Schock? Ja, ganz bestimmt. Es kommt mir heute so vor, als hätte ich meine Mutter stundenlang angestarrt, bis ich wieder einen klaren Gedanken fassen konnte. Aber das waren natürlich auch nur Sekunden.»

«Warst du ihr böse?»

«Ich kann mich nicht an alles erinnern, was ich in diesem Gefühlskarussell gedacht habe. Irgendein rationaler Teil von mir hat automatisch nach Hinweisen gesucht, die ich übersehen haben könnte, während mich zugleich längst vergessene Erinnerungsbilder überflutet haben, als würden sie emporgeschwemmt wie versunkene Schiffsfracht nach einem Sturm. Aber», er suchte nach den richtigen Worten, «vom ersten Augenblick an war dabei auch etwas wie … Glück.»

Schweigend lauschte Juliane dem Klang nach.

«Einfach, weil es sie noch gab und weil sie zu mir zurückgekommen war», setzte Johann hinzu.

Zurückgekommen. In dem schlichten Wort hallte plötzlich eine immense Bedeutung mit. «Der Krieg war aber längst vorbei. Warum hat sie danach weiter an dieser Geschichte festgehalten?»

«Das hat sie für mich getan.»

Eine Funkengarbe stieg auf, als im Kamin ein Holzscheit zerbrach. «Im Krieg war ich bei Ruth gut aufgehoben, das wusste meine Mutter», fuhr Johann fort. «Aber niemand hatte gedacht, dass er so lange dauern würde. Danach war ich nicht mehr fünf, sondern elf Jahre alt. Ich hatte mehr als die Hälfte meines Lebens in dem Glauben verbracht, dass meine Mutter tot war. Und offenbar habe ich sehr lange gebraucht, um mich von dem Verlust zu erholen. Daran erinnere ich mich selbst gar nicht.»

Der Widerschein der Flammen spielte auf seinem Gesicht.

«Mutter hat befürchtet, es würde mein seelisches Gleichgewicht erneut und vielleicht endgültig zerstören, wenn ich plötzlich erfahre, dass ihr Tod eine Lüge war, die sie selbst in die Welt gesetzt hat. Denn die Hintergründe dafür hätte ich in diesem Alter natürlich nicht nachvollziehen können. Also hat sie eine Entscheidung getroffen. Die schwerste Entscheidung, die sie jemals treffen musste, hat sie in Prag zu mir gesagt.» Er richtete seinen Blick in die Ferne. «Sie hat sich von Ruth versprechen lassen, auch in Zukunft niemals irgendjemandem etwas zu verraten. Selbst mir nicht.»

«Das ist ja …», begann Juliane und wusste dann nicht, wie sie enden sollte.

«Sie hat stärker darunter gelitten als ich, denn ich wusste ja nichts davon. Aber sie wollte mein Glück.» Johann sah sie an. «Deshalb ist sie für mich zu meiner Tante Roseanne geworden.»

Hat er deshalb gesagt, dass es manchmal besser ist, Leute etwas glauben zu lassen, was sie glücklich macht, als wir über den Hühnergott gesprochen haben? «Und sie hat sogar ihre Briefe mit Roseanne unterschrieben, obwohl Oma Bescheid wusste.»

Johann nickte. «Anfänglich hat sie das getan, um auch noch die geringste Spur davon zu vermeiden, dass sie unter falschem Namen lebte. Deshalb hat sie auch Ningou nie etwas von der ganzen Geschichte erzählt. Und später wäre es ihr so vorgekommen, als würde sie Verrat an Roseanne begehen, wenn sie die Unterschrift ändert.»

Also war es auch logisch, dachte Juliane, dass Ningou von Charles immer nur als «Roseannes» Bruder gesprochen hatte.

Der leichte Regen hatte sich zu einem Wolkenbruch gesteigert. Laut schlugen die Tropfen an die Glasscheiben der Terrassentüren.

«Und was ist aus Roseanne geworden?»

Johann schwieg. Die nachmittäglichen Regenwolken hatten es dämmrig werden lassen, und Juliane konnte in dem unsteten Licht des Kaminfeuers seinen Gesichtsausdruck nicht recht deuten. Doch dann beugte er sich vor und schaltete die Stehlampe neben seinem Sessel ein. Er wirkt so im Einklang mit sich selbst wie immer, dachte Juliane. Bis auf diesen Moment, in dem er über seinen Vater gesprochen hat.

«Meine Mutter hat es selbst aufgeschrieben», sagte er schließlich. Danach ging er in sein Zimmer, kam mit einem schmalen Buch zurück und gab es Juliane.

Auf dem kartonierten Einband stand in gedruckten Großbuchstaben BORDBUCH und diagonal darunter, in breiter Schreibschrift, *Mauersegler*. Die erste Seite führte Flugzeugnummer, Motorleistung und weitere Einzelheiten auf, die übrigen Seiten waren mit Spalten für Datum, Ankünfte und Abflüge versehen. Berlin, las Juliane, Swinemünde, Paris und viele andere Ortsnamen mit Datumsangaben und Stempeln in verblasstem Blau, Schwarz und Rosa. Die letzte Eintragung lautete: «Port-Etiénne, Mauritanie Française». Danach folgten zwei leere Seiten, bevor quer über die Spalten hinweg ein handschriftlicher Text begann. Als Juliane beim Blättern an dieser Stelle angekommen war, sagte Johann: «Hier steht, was damals passiert ist.»

XII
1939

Unter Marianne erstreckte sich die Wüste, nachdem sie bei Dagana vom Senegalfluss Richtung Norden abgeschwenkt war. Angestrengt versuchte sie, sich an ihren früheren Flug zu dem Camp zu erinnern und gleichzeitig den Kompass und die Landschaft im Blick zu behalten. Felsen, Sand, einzelne Bäume, Dünen. Aber nichts davon war die richtige Stelle. Ihre Augen waren inzwischen so trocken, dass sie kaum noch scharf sehen konnte, und vor ihr schienen sich Steinwüste und Sand bis ins Unendliche zu erstrecken. Sie war bis ins Mark erschöpft.

Vor vier Tagen war sie von Paris losgeflogen und bei ihrer zweiten Etappe im letzten Moment einem Absturz über dem Mittelmeer entkommen.

Vielleicht sollte man es nicht darauf anlegen, dass man im Leben zwei Wunder dieser Art nötig hat. Das hatte der Sportpilot Neuberg in Paris gesagt. Und dass es ihr gelungen war, vom Mittelmeer zurück an die spanische Küste zu finden, war tatsächlich ein Wunder. Vielleicht das eine Wunder, das für sie im Leben genügte. *Das eine Wunder, das dich Bescheidenheit lehren sollte.*

Sie wusste nicht, wie sie die folgenden Etappen hinter sich gebracht hatte, wie es ihr gelungen war, den Flughafenangestellten auf den westafrikanischen Landeplätzen der spanischen und französischen Protektorats- und Kolonialgebiete ihre Anspannung zu verheimlichen und vermeintlich unbeschwert zu reden. Bei jeder Ankunft und an jedem Morgen, an dem sie nach wenigen Stunden

Schlaf wieder zu ihrem Flugzeug gegangen war, hatte sie schon aus der Entfernung versucht, in den Mienen der Männer zu lesen, immer die Angst im Nacken, dass man ihr als Deutscher den Weiterflug untersagen würde.

Wieder sah sie einen Felsen und einen einzelnen Baum vor sich. Aber da war keine Landefläche. Hatten sie bei ihrem ersten Flug mit Roseanne auch so lange gebraucht, um das Camp zu finden? Sie wusste es nicht mehr. Seit Tagen war sie ohne jede Nachricht aus Deutschland und von Roseanne und Charles. Tage, in denen ihr der Tod auf der Schulter gesessen hatte, wie bei dem Flug übers Mittelmeer. Tage, in denen sie kaum noch gewusst hatte, ob Johann und dieses andere Leben, das sie früher geführt hatte, überhaupt real waren.

Ihre Augen brannten nach den langen Flügen über schimmernde Küsten und in der Sonne spiegelndem Land. Sie trank einen Schluck Wasser, doch das war keine Erleichterung. Im Gegenteil. Die Flüssigkeit, die durch ihre trockene Kehle rann, machte ihr nur noch bewusster, wie erschöpft sie war. Und wenn sie das Camp nicht fand? Würde sie dann weiterfliegen, bis sie kein Benzin mehr hatte? Oder einfach beim nächsten Felsen landen? Sich mit dem Rücken daran lehnen, wenn es dunkel wurde, über sich das Sternenzelt, wie sie es mit Roseanne und Charles getan hatte? Nichts mehr denken. Aufgehen in das Nichts.

Der hölzerne Mauersegler schaukelte vor ihr an seiner Schnur. «Wenn du darauf bestehst», sagte sie zu ihm, «aber nur noch eine halbe Stunde.»

Nach weiteren vierzig Minuten Pendelflug wurde ihr erst bewusst, dass sie einen großen Felsen, einen Baum in seiner Nähe, zwei Zelte und ein Auto gesehen hatte, als sie schon weit darüber hinweggeflogen war.

Charles reichte ihr die Hand, als sie vom Tragflügel auf den Boden stieg. Im Schatten unter dem Baum saß Roseanne auf einem Stuhl und winkte ihr zu. Marianne ließ sich an Charles' Brust sinken. Als sie allein in Paris gewesen war und sich verzweifelt gefragt hatte, was die richtige Entscheidung wäre, hatte sie nicht geweint. Nun aber liefen ihr Tränen über die Wangen, ohne dass sie etwas dagegen tun konnte. Charles hielt sie so fest, dass sie spürte, wie sich seine Oberarmmuskeln wölbten.

«Ich stachle etwas», sagte er. «Wir haben Wasser gespart, weil wir nicht wussten, ob du wirklich heute kommst.» Sein Ton passte nicht zu dieser halb scherzhaften Bemerkung. Er sah zum Cockpit hinauf. «Johann?»

Marianne schüttelte den Kopf.

«Aber was ...», begann Charles.

«Es ist viel passiert.» Sie wischte sich übers Gesicht und sah zu der Stelle hinüber, an der das Hauptzelt der Forschergruppe gestanden hatte. Nicht die geringste Spur wies darauf hin, dass dort einmal etwas gewesen war. Garnier und seine Leute hatten ihr Forschungscamp wie geplant aufgelöst.

«Sie sind gestern weg.» Charles nahm ihren Arm, als sie zu Roseanne gingen. So wie Marianne «viel passiert» gesagt hatte, konnte es nicht nur um Johann gehen. Er verengte die Augen.

«Hat Garnier den Brief mit dem Telegramm mitgenommen?» Sie wusste, dass diese Frage überflüssig war.

Wenn sie einen Tag früher zurückgekehrt wäre, hätte sie die Übergabe des Briefes an Garnier stoppen können. Doch sie war zu spät gekommen, hatte durch die Abdrift übers Mittelmeer den Tag verloren, den sie mit der veränderten Streckenplanung hatte gewinnen wollen. Und trotz allem hatte sie weiter gehofft, Garnier würde sein Camp durch irgendeinen Zufall erst später abbrechen. Marianne dachte an die veränderte Welt, in die der freundliche Monsieur Garnier und seine Kollegen zurückkehrten. Würde er jemals wieder voller Leidenschaft mitten in einer Wüste am Kartentisch stehen? Mit Abu Ubayad Al-Bakri über Jahrhunderte hinweg innere Zwiesprache zur Lage des sagenhaften Al Ghaba halten?

«Wenn du Rose siehst», Charles' Stimme klang mit einem Mal brüchig, «zeige kein Erschrecken.» Ihr Blick fuhr zu ihm empor. «Gestern Abend ist das Fieber zurückgekommen», er unterbrach sich, «aber heute fühlt sie sich wieder wohler.»

Als Marianne in den Baumschatten trat, stützte sich Roseanne an der Armlehne des Stuhls ab. Ihre schlaksige Gestalt war noch schlanker geworden, ihre Hosen lagen am Bund unter dem breiten Ledergürtel in tiefen Falten, und ihr Gesicht wirkte fahl unter der Bräune. In den Sonnensprenkeln, die das Blätterdach der Schirmakazie durchließ, glänzte ihre schweißige Stirn. Sie versenkte den Blick in Mariannes Augen. «Ich muss wirklich grauenerregend aussehen», sagte sie, als Marianne schon die Arme um sie geschlungen hatte.

«Nein, du hast eben noch Fieber.»

«Lüg nicht», sagte Roseanne, während sie wieder auf den Stuhl zurücksank. Sie hängte ihr linkes Bein über die Armlehne und stützte sich mit dem rechten Ellbogen auf der anderen ab, als wollte sie durch diese Haltung möglichst viel Körperwärme abgeben. «Charles denkt, dass ich mager geworden bin wie eine Gottesanbeterin.»

«Aber nein, das denke ich überhaupt nicht», widersprach er. «Du neigst schließlich kein bisschen zum Kannibalismus, soweit ich weiß.» Er nahm einen Emaillebecher und füllte ihn aus dem Wasserkanister. «Aber wie wäre es mit einer schönen Stabheuschrecke?»

Es war das übliche Gewitzel zwischen den beiden, doch dabei schwang etwas anderes mit. Dann war der Moment vorbei.

«Marianne», sagte Roseanne mit veränderter Stimme, «wenn Johann etwas zugestoßen ist, sag es uns lieber gleich.»

«Nein, ich hoffe nicht.» Marianne nahm den Wasserbecher von Charles und begann, unter dem Baum auf und ab zu gehen.

Schweigend hörten sich die beiden an, was sie in Paris erlebt hatte, während sie in dem Wüstencamp nichts von den Geschehnissen in der Welt da draußen mitbekamen.

«So etwas musste ja kommen», sagte Charles. «Es war klar, dass die anderen Staaten nicht ewig dabei zusehen würden, wie er dem deutschen Staatsgebiet ein Land nach dem anderen einverleibt.»

«Und du weißt nicht genau, wo die drei jetzt sind.» Roseanne nahm die Hände zu Hilfe, um ihr Bein von der Armlehne herunter neben das andere zu heben. Sie strich über Ruths Telegramm, das ihr Charles weitergegeben hatte. Er blieb neben ihr stehen und legte ihr die Hand auf die Schulter.

«Nein! Das ist es ja. Ich wusste nicht, was ich tun soll», rief Marianne. «Nach Deutschland, habe ich trotz allem überlegt, aber sie waren zu Hause nicht zu erreichen, möglicherweise schon verspätet aufgebrochen. Dann hätte ich sie nicht gefunden, und der Mauersegler wäre beschlagnahmt worden. Und wenn ich in Paris geblieben wäre, hätte ich dort festgesessen. Dann hätte ich auch nicht zu euch zurückkommen können, und ich wusste doch …» Sie brach ab.

«… dass Garnier den Brief mit dem Telegramm abgibt, während du unterwegs bist», beendete Charles ihren Satz.

«Vielleicht sind sie jetzt schon alle drei auf dem Weg nach Spanien. Es kann doch sein, dass dir Ruth genau das sagen wollte, als sie in dem Telegramm geschrieben hat, dass Johann bei ihnen sicher ist und sie die Reise verschieben müssen.» Roseanne schaute in die karge Dünenlandschaft. «Ich glaube nicht, dass ihnen etwas zugestoßen ist.» Sie richtete ihren Blick wieder auf Marianne. «Das befürchtest du doch, oder?»

Marianne nickte entmutigt.

«Niemand konnte wissen, dass ausgerechnet dann ein Krieg ausbricht, wenn wir vorhaben, einen Waffenstillstand in einem Ehekrieg herzustellen.» Roseanne lächelte. «Ganz gleich, wo Ruth mit Bernhard und Johann jetzt ist, sie kennt die Adresse von Charles' Handelsstation in Saint-Louis. Sie wird ganz bestimmt dorthin schreiben oder ein Telegramm schicken.»

Sie klang so sicher, dass sich Marianne etwas beruhigte.

«Also wieder ein Krieg zwischen Frankreich und Deutschland», fuhr Roseanne fort, «wieder werden Männer in den Schützengräben liegen, die sich gegenseitig töten sollen, wie damals dein Vater und unser Vater vor Verdun. Der Mensch ist eben kein besonders lernfähiges Tier.»

Auch wenn dieser Kommentar ein Zeichen dafür zu sein schien, dass etwas von Roseannes Energie zurückgekehrt war, stellten sich bei Marianne sofort neue Ängste ein. «Die Generalmobilmachung in Frankreich», sie ließ die Worte einen Moment in der Luft hängen, «dann bist du auch einer dieser Männer in den Schützengräben, Charles.»

«Eher nicht.» Er vergrub die Hände in den Hosentaschen. «Als unsere Väter gegeneinander kämpften und unser Haus bombardiert wurde», sagte er nach einem Moment, «habe ich mich nicht bewusst dafür entschieden, wieder zu unserer Mutter und Rose zurückzulaufen. Es war mehr ein Impuls … etwas Übermächtiges, das mich in diesen rauchenden Trümmerhaufen zurückgezogen hat. Ich war damals natürlich noch viel zu jung, um zu begreifen, was das war.» Er warf Rose einen Blick zu. «Wir glauben gern, dass wir unser Handeln mit unserem Verstand steuern. Aber ich denke, unsere Entscheidungen sind wenigstens zur Hälfte von diesem anderen Bereich bestimmt. Von dem Ungreifbaren. Das wir nicht einmal selbst verstehen.» Er lächelte schief. «Wie dem auch sei. Die Antwort auf deine Frage lautet, dass ich durch das Hinken, das ich von damals zurückbehalten habe, untauglich für die kämpfende Truppe bin.»

«Wenigstens ein Vorteil, den der letzte Krieg gebracht hat», ergänzte Roseanne sarkastisch.

«Mir ist eingefallen, dass wir den Mauersegler auf Roseanne umschreiben lassen sollten», sagte Marianne. «Mit einer französischen Zulassung kann sie Johann später in Paris oder irgendwo anders abholen.» Sie schaute zu dem Flugzeug hinüber. «Ich fliege morgen noch bis nach Saint-Louis.»

Nachdenklich folgte Charles ihrem Blick. «Wir bleiben besser zunächst bei unserem Plan und fahren mit dem Auto hin. Eile bringt ohnehin nichts. Und ich fürchte, es wird nur zusätzliche Probleme ergeben, wenn du jetzt noch mit einem deutschen Flugzeug dort landest. Auch wenn wir hier in der Wüste nichts mitbekommen haben, wissen sie in Saint-Louis ganz bestimmt, was in Europa vor sich geht.»

«Dann würde der Mauersegler von der französischen Seite beschlagnahmt und du als feindliche Ausländerin verhaftet», kam es von Roseanne.

«Aber ich bin keine feindliche Ausländerin!», rief Marianne aufgebracht.

«Deine Meinung wird dabei leider nicht zählen.» Charles lächelte bitter. «Schon im letzten Krieg wurden deutsche Zivilisten auf französischem Staatsgebiet in Lagern interniert. Und in den französischen Kolonien gilt das gleiche Recht wie in Frankreich, das habe ich ja schon gesagt. Deshalb ist es besser, wenn das Flugzeug erst einmal hier bleibt, wo es keiner findet. Und in Saint-Louis geben wir dich nicht als Roseannes Freundin aus, sondern als unsere Cousine. Dann hält dich jeder für eine Französin.»

«Ich wollte schon immer eine Cousine wie dich haben», erklärte Roseanne, «oder noch besser eine Schwester wie dich.»

«Aber was ist, wenn dieser Krieg vier Jahre lang dauert wie der letzte?», fragte Marianne.

«Das will ich nicht hoffen», sagte Charles. «Aber die Situation hat sich geändert. Als Erstes müssen wir jetzt dafür sorgen, dass niemand auf die Idee kommt, dich für eine Deutsche zu halten oder dich mit einem deutschen Flugzeug in Verbindung zu bringen. Sonst könnten sie schnell auf den Gedanken kommen, dass sich so etwas gut zu Spionagezwecken eignet.»

«Das ist doch lächerlich!» Aber dann fiel Marianne ein, was Hermann sogar schon vor dem Kriegsausbruch über ihre Zusammenarbeit mit dem sogenannten Erbfeind gesagt hatte. Es war nur allzu leicht vorstellbar, dass die Franzosen umgekehrt annehmen würden, dass sie für Deutschland arbeitete. *Deine Freiheit,* hallte Hermanns höhnische Bemerkung in ihr wider. Von ihrer Freiheit war nichts mehr übrig. Selbst wenn es den Plan, Johann zu sich zu holen, nicht gegeben hätte, könnte sie nun in einer französischen Kolonie verhaftet werden. Sie lehnte sich mit verschränkten Armen an den Baum. Dieses Mal waren es nicht Hermann oder das deutsche Eherecht, die sie bedrohten, sondern die internationale Politik.

«Aber die Situation hat sich doch vollkommen verändert! Das hast du doch gerade selbst gesagt. Was ist, wenn ich jetzt in Saint-Louis doch einmal kontrolliert werde?» Sie stieß sich von dem Baum ab und begann wieder umherzugehen. «Dann kommt heraus, dass ich nicht eure Cousine bin, sondern eine *feindliche Ausländerin* und womöglich eine *Spionin*!» Sie betonte die Worte bissig. «Und ihr habt gelogen, um mich zu schützen. Das würde auch euch in Gefahr bringen!»

Roseanne hatte die Augen geschlossen, vielleicht schlief sie.

«Wir bleiben bei unserem Plan», Charles stellte sich Marianne in den Weg, sodass sie vor ihm stehen bleiben musste, «und wenn wir in der Stadt sind, bist du unsere Cousine. Wir hängen deine Anwesenheit nicht an die große Glocke und warten erst einmal ab.» Er legte die Hand an Mariannes Wange. «Denn was wirklich gefährlich für mich wäre und wovon ich mich niemals erholen könnte», sagte er in verändertem Tonfall, «ist, dich im Stich zu lassen.»

«Offenbar muss man manche Selbstverständlichkeiten tatsächlich aussprechen», bemerkte Roseanne kritisch, ohne die Augen zu öffnen. Sie erwartete von Menschen, die ihr nahe waren, schon immer wortloses Verstehen. «Brauchst du von mir etwa auch noch eine derartige Erklärung?»

Das Gefühlschaos drohte über Marianne zusammenzuschlagen. Die Erfahrung, knapp dem Tode entronnen zu sein, der lange, einsame Weiterflug, ihre Ängste, die Müdigkeit, die Sorge um Johann, der Verlust ihrer Bewegungsfreiheit – und nun diese fraglose, schrankenlose Zuneigung und Unterstützung.

Bevor es dunkel wurde, aßen sie unter dem Baum die Reste des Eintopfs, den Modou für Roseanne und Charles dagelassen hatte.

«Ich lege mich mal hin», sagte Roseanne, nachdem sie ihren Teller kaum angerührt hatte. Bei dem Gespräch zuvor war sie beinahe so lebhaft gewesen wie immer, doch nun wirkte sie völlig erschöpft. Die Tageshitze hatte nachgelassen, aber sie schwitzte heftiger als vorher. Die Bluse klebte an ihrem Oberkörper, und sie wirkte schwach. Marianne stützte sie, als es ihr nicht gleich gelang aufzustehen, und ging mit ihr zum Zelt. Als sie Roseannes Rippen unter ihren Händen fühlte, musste Marianne an einen zarten Vogel denken. In Roseannes Körper, das spürte sie in der kraftlosen Erwiderung ihrer Umarmung, hatte das Fieber gewütet wie ein gieriges Feuer.

«Wo hast du das Chinin?»

Roseanne hatte sich auf das Feldbett gelegt. In der einsetzenden Dämmerung wirkten die Schatten unter ihren Augen noch tiefer, und ihre Wangenknochen traten schärfer hervor. Marianne zündete die Lampe an und wischte ihr mit einem feuchten Tuch den Schweiß vom Gesicht.

«Hier, trink.» Sie hatte das Chininpulver neben dem Feldbett gefunden und einen Löffel davon in dem Wasserbecher aufgelöst.

«Du hast keine Ahnung, wie das schmeckt.» Roseanne verzog angewidert das Gesicht. «Noch schlimmer als das Gebräu, das sie uns auf diesem Militärflugplatz als Kaffee hingestellt haben.» Sie verschluckte sich und hustete. Marianne schlug die Zeltklappen zurück, damit der Abendwind durch das aufgeheizte Zelt streichen konnte.

Bald darauf schlief Roseanne ein. Aber es war kein friedlicher Schlaf. Unruhig bewegte sie sich auf dem Feldbett, stellte ein Bein auf, sodass der Wellenstoff hinunterrutschte, oder streckte den Kopf weit nach hinten, wie um besser Luft zu bekommen. Ihr schweißnasser Hals glänzte im Laternenlicht.

Marianne ging zu Charles, der vor dem Zelt auf einer Kiste saß. Er hatte die Ellbogen auf die gespreizten Knie gestützt und das Kinn auf seine gefalteten Hände gelegt. Das einzige Licht stammte von der Öllampe im Zelt, und es fiel nur auf seine linke Gesichtshälfte, hob sie hell heraus, während die andere in umso dunklerem Schatten lag.

«Charles?»

Er reagierte erst, als sie ihn das zweite Mal ansprach. Seine Miene war versteinert vor Anspannung, als er sich ihr zuwandte. «Sie hatte die ganze Woche kaum noch Fieber», sagte er, «aber gestern Abend ist es plötzlich wieder aufgeflammt. Viel heftiger als vorher. Es ging ihr schlecht.» Er senkte die Stimme. «So schlecht, dass ich dachte …»

Mariannes Kopfhaut zog sich zusammen. Sie sah das kleine Zelt in der nächtlichen Wüste vor sich, in dem Charles bei seiner Schwester gesessen hatte. Ihr Verstand sträubte sich gegen seine Worte.

«Aber nach ein paar Stunden ist sie eingeschlafen», Charles sah auf seine Hände hinunter, «und heute Morgen war es wieder besser, also habe ich geglaubt, sie hat den Rückfall hinter sich.»

Die Lampe schaukelte im Luftzug und tauchte den Platz vor

dem Zelt in unstetes Licht. «Aber jetzt ...» Er beendete den Satz nicht.

«Sie hat einen Fieberschub.» Mariannes Mund war so trocken, dass ihre Worte heiser herauskamen. «Bei Fieber steigt die Temperatur abends häufig an.» Eine Küchenweisheit, mit der sie Charles und sich selbst beruhigen wollte. Doch in Wahrheit wusste sie so gut wie nichts über die Krankheiten in diesen Breitengraden.

Als sie in das Zelt zurückging, war Roseanne wieder aufgewacht und sah ihr reglos entgegen. Ihre Haare glänzten schwarz vor Schweiß. Sie hatte das Laken mit dem Wellenmuster weggeschoben, sodass es sich nun wie eine wilde See um ihren Körper knäulte. Marianne kniete sich an das Feldbett und wischte ihr die Stirn ab. Dann hob sie ihren Kopf an, um ihr den Wasserbecher an die Lippen zu führen. Als sie ihn wieder absetzte, hielt Roseanne ihr Handgelenk fest. Ihr Griff war durch das Fieber geschwächt und doch entschlossen. Neuer Schweiß perlte über ihr Gesicht. Ihr Blick glitt von Marianne weg, wanderte langsam, beinahe träumerisch über die Zeltplane, kehrte wieder zurück und versenkte sich in Mariannes Augen. Einen Moment lang betrachtete sie ihre Freundin ganz ruhig.

«Es war schön, oder?», sagte sie dann gelassen. «Von unserem Luxusinternat bis zu diesem Zelt in der Wüste. Wir haben nichts zu bedauern.»

«Nein.» Marianne legte ihre Hand auf Roseannes Schulter. Sie weigerte sich, den Ausdruck in ihren Augen zu deuten. Roseanne hatte einen Fieberschub, genau wie in der Nacht zuvor, das musste wieder vergehen.

«Wenn ich dir nicht begegnet wäre», Roseanne verstärkte mit all der Kraft ihres fiebergeschwächten Körpers den Griff um Mariannes Handgelenk, «hätte ich all das nicht erlebt. Tante Marthe, Gott hab sie selig, hätte mich ‹in unseren Kreisen› verheiratet.» Sie lachte und musste keuchend Atem holen. «Das war mein vorgezeichneter Weg. Und das wäre ein Leben für mich gewesen, als sei ich tot.» Sie sah Marianne beschwörend an. «Ich hatte mehr, als ich mir erträumen konnte.»

«Du machst mir Angst, wenn du so redest», flüsterte Marianne mit bebenden Lippen.

«Warum Angst, ich erzähle dir doch gerade von einem wundervollen, geschenkten Leben. Das habe ich Charles gestern schon zu erklären versucht.» Ihre Aufmerksamkeit schien in die Ferne zu gleiten.

«Charles!», rief Marianne außer sich.

«Rose.» Er beugte sich über sie. Seine Stimme holte sie zurück. Mit flatternden Lidern schlug sie die Augen auf.

«Gehen wir zum Felsen», sagte sie angestrengt, «ich möchte den Himmel über mir haben.»

Der kurze Weg war mühsam. Sie hatten Roseanne in die Mitte genommen, doch jeder Schritt kostete sie enorme Mühe. Schließlich nahm Charles sie auf die Arme. Das Laken aus dem Wellenstoff, in das sie sich gewickelt hatte, rutschte an einer Seite herunter. Es schleifte über den Boden und hinterließ in dem feinen Sand eine schwache Spur, die bald verweht sein würde.

Dann saßen sie wieder zu dritt, Schulter an Schulter, in der Mulde an den sonnenwarmen Fels gelehnt, vor sich das Gewoge der Sanddünen, über sich das Sternenzelt. Das einzige Geräusch war das feine Zischeln, mit dem der Wind Sand über den Felsen rieseln ließ. Ein hauchzartes Strömen, das doch diesen harten Stein glatt geschliffen hatte.

Es ist erst zehn Tage her, seit wir so hier gesessen haben, dachte Marianne, aber alles hat sich verändert.

«Die Sterne gehen ihren Weg», Roseannes Worte klangen in die Stille hinein, «ganz gleich, was wir Menschen hier unten für Kapriolen machen.» Ein Schauder überlief ihren Körper, trotzdem schob sie das Stofflaken weg. Ihr Körper strahlte sogar noch mehr Wärme ab als der Felsen. Charles legte seinen Arm um ihre Schultern, und sie atmete so tief ein, als wollte sie das ganze funkelnde Firmament in sich aufsaugen.

Die Sternbilder, die Marianne vor ihrem Abflug gesehen hatte, waren ein Stück weitergewandert. Andere waren an ihre Stelle gerückt und die Milchstraße, die sich wie ein durchsichtiger Schleier aus Tausenden Lichtpunkten über die Dunkelheit der Erde wölbte. Sie nahm Roseannes Hand. Warm, glühend.

«Es gibt für alles eine Zeit, das weißt du, oder?»

Marianne erstarrte. Sie konnte sich nicht erinnern, dass Roseanne schon einmal aus der Bibel zitiert hatte. Es war eine der bekanntesten Stellen überhaupt. Der Prediger Salomo.

Von Roseannes Worten angeschoben, klangen die rhythmischen Zeilen durch ihren Kopf.

Alles hat seine Zeit, und jegliches Vornehmen unter dem Himmel seine Stunde.

Sie biss die Zähne zusammen, wollte diese Verse aus ihrem Kopf verdrängen. Roseanne drückte ihre Finger.

Abbrechen hat seine Zeit, Bauen hat seine Zeit.

Aber der Druck von Roseannes Hand war schwach, schmetterlingsschwach.

Pflanzen hat seine Zeit, Ausreißen hat seine Zeit.

Die Angst, die Marianne im Zelt hatte abwehren wollen, warf sich auf sie wie ein Raubtier.

Reden hat seine Zeit, Schweigen hat seine Zeit.

Mit schwimmendem Blick sah Marianne zum Himmel auf. Aus dem behütenden Sternenzelt, das sie in dem glitzernden Firmament hatte sehen wollen, war eine mitleidlose Unendlichkeit geworden wie ein umgekehrter Abgrund.

Suchen hat seine Zeit, Verlieren hat seine Zeit.

Charles hatte Roseanne eng an sich gezogen und streichelte

ihr sanft übers Gesicht. Tränen strömten an seinen Wangen herab. Roseannes Atem war so schwach, dass er kaum noch ihre Brust hob. Sie sank in sich zusammen, dann atmete sie mühsam ein.

«Ich bin sehr müde.» Sie lächelte angestrengt und brauchte einen Moment, um weitersprechen zu können. «Wenn ich … gehen muss», wieder drückte sie kaum merklich Mariannes Hand, «nimmst du meine Papiere.»

Sterben hat seine Zeit.

«Nein!», keuchte Marianne entsetzt.

Die Welt stand still.

Erst als die Sterne im ersten Hauch des Tageslichts verblassten, wickelte Charles seine Schwester in den Wellenstoff und trug sie von dem Felsen hinunter.

XIII

Juliane fand nach dieser dramatischen Schilderung nur langsam in die Gegenwart zurück. «Das ist ja schrecklich», sagte sie leise.

Die Nacht unter dem Sternenhimmel in der Wüste stand vor ihren Augen und der Tag danach, an dem Marianne und Charles mit Roseannes Leichnam im Auto nach Saint-Louis gefahren waren, um sie unter Mariannes Namen zu beerdigen.

Nachdem sie sich einen Moment gesammelt hatte, sagte sie zu Johann: «Ich verstehe trotzdem nicht, warum deine Mutter nicht früher gekommen ist, um dich zu sehen. Das hätte sie doch auch als Roseanne tun können. Du hättest sie ja nicht mehr erkannt.»

«Nach dem Krieg war nicht plötzlich alles gut.» Johann hob die Schultern. «Deutschland war in zwei Staaten mit unterschiedlichen politischen Systemen aufgeteilt. Bernhard war in Kriegsgefangenschaft, Ruth hat versucht, sich mit der Pension durchzuschlagen, und danach musste sie in Braunschweig noch einmal bei null anfangen, während ich in der DDR geblieben bin, wo mein Vater wieder Karriere gemacht hat. Es war alles sehr existenziell in diesen Jahren.» Er sah ins Kaminfeuer. «Die Post hat ewig gebraucht, und es gab damals keine E-Mail oder billige Telefonate. Sie hatten manchmal monatelang keinen Kontakt.»

Juliane fiel ihre Mutter ein, die erzählt hatte, was es für eine Sensation gewesen war, wenn in Braunschweig ein Brief aus Afrika ankam.

«Trotzdem hätte sie das alles wahrscheinlich nicht gehindert.»

Juliane sah ihn fragend an.

«Sie hat mir erklärt, dass es an ihr selbst lag», sagte Johann, «sie hätte es nicht geschafft, mich zu sehen und ihre Rolle weiterzuspielen. Dann wäre das Lügengebäude zusammengebrochen, ohne das ich ihrer Überzeugung nach einen irreparablen psychischen Schaden davongetragen hätte.»

«Hatte sie denn recht damit?»

«Möglich. Ich war wohl als Kind ziemlich sensibel und ‹nicht sehr robust›, wie sie es ausgedrückt hat, und von Ruth wusste sie, wie lange ich gelitten habe, bevor ich ihr … Verschwinden verarbeitet hatte.»

«Sensibel bist du bestimmt», sagte Juliane, «aber ich finde dich trotzdem sehr robust, ehrlich gesagt. Mir ist noch kein ausgeglichenerer Mensch begegnet als du.»

Er lachte.

«Vielleicht hat sie auch befürchtet, dass du sie ablehnst, wenn du die Wahrheit erfährst.»

Nach Johanns Miene zu schließen, glaubte er das nicht.

«Und weshalb hat sie ihre Meinung schließlich geändert?»

«Wie gesagt, ich glaube, sie wollte vor ihrem Tod einen Kreis schließen. Und manche Menschen» – er hob leicht die Augenbrauen – «werden mit zunehmendem Alter immer furchtloser.»

«Das ist das Beste, was ich seit langem über das Alter gehört habe.» Juliane ging um den Couchtisch herum und schob die angebrannten Holzscheite tiefer ins Feuer. «War das euer einziges Treffen?», fragte sie.

«Sie ist noch ein paarmal nach Prag gekommen, solange es ihr zum Reisen gut genug ging. Ich selbst konnte ja von der DDR aus kaum woandershin, schon gar nicht so häufig. Aber Reisen nach Prag waren erlaubt. Es war natürlich unmöglich, all die Jahre nachzuholen, aber wir konnten einander geben, was wir brauchten.»

Er ließ einen Moment lang seine Gedanken schweifen, bevor er weitersprach. «Prag war zu dieser Zeit eine ziemlich graue Stadt, und in unserem alten Grand Hotel mit den blinden Spiegeln im Foyer brannten so wenige Glühbirnen in den Kronleuchtern, dass man kaum mit dem Glas zum Mund fand. Aber für uns war es der schönste Ort, den wir uns vorstellen konnten.»

Eine Weile war nur das Knacken der brennenden Holzscheite zu hören.

«Warum hast du mir das eigentlich nicht gleich erzählt, als wir uns vor dem Foto über sie unterhalten haben?»

Johann antwortete nicht sofort. «Das war eine sehr … private Sache zwischen meiner Mutter und mir», sagte er schließlich, «und ich wollte ihr Geheimnis bewahren, so wie sie es getan hatte.»

Die nächste Frage stand im Raum, doch Juliane musste sie nicht stellen.

«Aber du hast dich immer mehr für sie interessiert, und als du heute zurückgekommen bist und von ihrem Haus in Saint-Louis erzählt hast, habe ich dir angesehen, dass du ihr Grab gefunden hattest, noch bevor du über den Friedhof geredet hast.» Johann sah Juliane direkt an. «In diesem Moment ist mir klargeworden, dass mir meine Mutter nicht allein gehört. Sie war die Schwester deiner Großmutter und ihr Leben bildet einen Teil deiner Geschichte.»

Abends im Bett dachte Juliane darüber nach, wie viel Neues sie in den letzten Monaten über die Vergangenheit ihrer Familie erfahren hatte. Waren das wirklich «alte Geschichten», wie ihre Mutter gesagt hatte? Oder spielten sie doch eine Rolle für die Gegenwart, selbst wenn man nicht gerne darüber redete, oder vielleicht sogar vor allem, wenn man nicht darüber redete, wie es bei ihren Großeltern der Fall gewesen war?

Wenn es stimmt, was Paps gesagt hat, und Mama manchmal so

herb ist, weil sie von den «alten Geschichten» geprägt worden ist, hab ich auch noch was davon, dachte Juliane mit einem schiefen Lächeln. Zum Beispiel, dass ich nicht mit ihr über meine Selbstzweifel als Lehrerin reden konnte, die bei ihr sofort der Kritikreflex ausgelöst haben. Wäre es besser zwischen uns gelaufen, wenn ich früher gewusst hätte, woher diese Angst um die persönliche Selbständigkeit bei ihr kommt?

Doch noch während ihr dieser Gedanke durch den Kopf ging, wurde Juliane erneut bewusst, dass sie bis vor kurzem selbst keine Fragen gestellt hatte. Ihr Horizont hatte in dieser Hinsicht kaum weiter gereicht als bis zu der Kleinfamilie, die sie mit ihren Eltern bildete. Aber seit sie mehr über das Leben ihrer Großeltern wusste und nun auch über das von Marianne, war es, als hätte sie ihren Platz in einem größeren Zusammenhang entdeckt – oder in diesem «Stückwerk», wie es in einem der Briefe gestanden hatte. Es kam ihr beinahe so vor, als hätte sie wie Johanns Mutter mit dem Flugzeug abgehoben und über der weiten Geschichtslandschaft des zwanzigsten Jahrhunderts ein paar der größeren Bezüge wahrgenommen, die für ihre Familie genauso entscheidend gewesen waren wie die einzelnen Menschen, die dazugehörten.

Ihr fiel ein Zitat des englischen Schriftstellers John Donne ein, über den sie während des Studiums ein Referat gehalten hatte. «No man is an island» – Niemand ist eine Insel. Das stimmte noch viel mehr, als sie es damals erkannt hatte. Jeder Mensch gehörte irgendwo dazu, ganz gleich, ob ihm diese Zugehörigkeit gefiel oder nicht, und auch, wenn er gar nichts davon wusste. Und jeder Mensch wirkte in diesem größeren Zusammenhang durch das auf andere, was ihm zustieß, und durch das, was er tat oder ließ oder verschwieg.

Unvermittelt schlug sie die Augen auf. Sie wusste nicht, wie lange sie geschlafen hatte und wodurch sie geweckt worden war. Irgendein Geräusch? Neben ihr verbreitete die Nachttischlampe sanftes Licht. Sie stand auf.

In demselben Moment, in dem sie die Zimmertür aufzog, kam Mattes die Treppe herauf. Mit gefühlt drei Schritten war er bei ihr und schloss sie in die Arme.

«Hast du nicht gesagt, du kannst erst morgen hier sein?», murmelte sie nach einer Weile.

«Es ist schon morgen.» Er zog sie enger an sich. «Außerdem wusste ich nicht, ob das mit der Gedankenübertragung bei dieser starken Bewölkung so gut klappt. Am Ende wären da noch Fehlinformationen angekommen.»

Juliane schmiegte sich an ihn. Fehlinformationen waren bei den harten Tatsachen, die sie an seinem Körper spürte, gerade vollkommen ausgeschlossen.

«Außerdem», flüsterte Mattes so dicht an ihrem Kopf, dass er mit den Lippen ihr Ohr berührte, «bin ich in manchen Dingen nicht so fürs Gedankliche.»

Inzwischen hatten sie sich ins Zimmer geschoben, und Mattes drückte die Tür hinter ihnen zu.

Am nächsten Tag setzte Juliane gemeinsam mit Johann Knoblauch und Petersilie ein. Nach dem Regen war die Luft klar, und die Sonne ließ die blühenden Dahlien und Astern leuchten.

«Soll ich später noch die Pflanzen abschneiden?», fragte Juliane und deutete auf das hohe Grün des Spargelkrauts, das sich seit der Erntezeit entwickelt hatte.

«Ganz bestimmt nicht. Das produziert gerade die Nährstoffe für den Spargel vom nächsten Jahr. Das wird erst geschnitten, wenn es gelb ist.»

Juliane sah sich um. «Du hast doch gesagt, dass diese Pflanzen sieben Jahre alt sind. Aber du hast kein neues Beet angelegt.»

«Ich weiß nicht, ob sich das noch lohnt.»

Er musste nicht mehr sagen, Juliane verstand genau, was er meinte. «Versuch gar nicht erst, mich zu erschrecken, Johann. Du kannst hundert Jahre alt werden, das wissen wir alle!»

«Oder noch älter!», klang es von Mattes herüber, der nach den letzten reifen Tomaten suchte.

Johann lachte auf. «Vielleicht habe ich in meinem Leben trotzdem schon genügend Spargelgräben ausgehoben.»

«Und wenn ich das Beet anlege?»

«Das ist eine ziemlich langfristige Angelegenheit», erklärte Johann, «bei den Böden hier müsstest du jetzt schon mit dem Kompost anfangen, um im Frühjahr überhaupt erst den eigentlichen Graben anlegen zu können.»

Juliane erwiderte seinen Blick. «Ich hab nichts gegen langfristig», sagte sie.

Nachmittags stand sie mit Mattes in dem Stück Garten, das ihr Johann für das längliche Beet gezeigt hatte. Es musste in Nord-Süd-Richtung verlaufen, und als Erstes sollte der Kompost eingebracht werden. Die Erde war nach dem Regen genau richtig zum Umgraben, nicht mehr so hartgebacken wie im Sommer. Während Mattes mit dem Spaten arbeitete, gab Juliane mit einer Schippe Kompost auf die umgestochenen Schollen und glättete alles mit dem Rechen.

«Nachdem Opa gestorben war, haben sich die Schwestern ab und zu in der Schweiz getroffen, hat Johann erzählt», sagte sie zu Mattes, mit dem sie über Mariannes Geschichte gesprochen hatte.

«Und davon wusstet ihr auch nichts?»

«Meine Eltern dachten, Oma fährt einfach zur Erholung in ein Kurhotel. Sie hat nie etwas von diesen Treffen gesagt, weil sich Johanns Mutter von ihr hat versprechen lassen, niemals etwas von der ganzen Sache zu verraten. Und daran hat sie sich gehalten.» Unwillkürlich musste Juliane lachen.

«Was ist?»

«Wenn ich in Zukunft zwei ältere Damen an einem Tisch in einem Café sitzen sehe, werde ich nie mehr einfach denken, dass sie sich über Krankheiten, Enkel oder den Friseur unterhalten.»

«Sondern über die Abenteuer ihrer Vergangenheit» – Mattes hielt mit dem Spaten inne – «über den Tod in der Wüste, zurückgelassene Flugzeuge und ein Leben unter falscher Identität.»

«Das finde ich immer noch unvorstellbar», Juliane schüttelte den Kopf, «das mit der falschen Identität, meine ich, auch wenn bei Johanns Mutter nachvollziehbar ist, dass es funktionieren konnte. Aber sein ganzes Leben mit den Papieren eines anderen Menschen zu verbringen, ohne dass es auffällt, das ist unglaublich.»

«Ich schätze, wenn der Anfang erst mal gemacht ist, läuft es irgendwann wie von selbst. Passverlängerung, Kontoeröffnung. Davon abgesehen sind in der Nachkriegszeit massenweise Leute in die Haut eines anderen geschlüpft.» Mattes zog die Augenbrauen hoch. «Gab schließlich genügend Altnazis mit Bedarf an einer weißen Weste. Und besonders schwierig war es auch nicht bei dem ganzen Chaos. Man musste ja nur einem von all den Toten die Papiere abnehmen. Manche von den Typen haben unter falschem Namen sogar ihre Frau zum zweiten Mal geheiratet.»

«Das klingt jetzt aber wirklich zu einfach.»

«So haben es damals Zehntausende oder sogar Hunderttausende gemacht! Hast du nie von den Kriegsverbrechern gehört, die auf diese Art untergetaucht und erst Jahrzehnte später entdeckt worden sind? Und das waren nur Männer, nach denen aktiv gesucht worden ist. Ich möchte gar nicht wissen, wie viele andere *niemals* enttarnt wurden.»

Juliane fiel etwas anderes ein, was nach der Wiedervereinigung bekannt geworden war. «Wahrscheinlich hast du recht. Die RAF-Terroristen, die sich in die DDR abgesetzt haben, hätten ohne den Mauerfall wahrscheinlich auch für immer und ewig unter falschem

Namen dort weiterleben können, ohne dass ihre Nachbarn was ahnen.»

Mattes betrachtete die Erde, die er gerade umgrub. «Was mit Johanns Mutter war, wissen wir jetzt. Und vielleicht findet sich ja eines Tages auch noch ihr Flugzeug.»

«Glaubst du? Das muss doch schon längst in lauter Rostpartikel zerfallen sein.» Juliane warf noch eine Schippe Kompost auf das neue Beet. «Oder es wurde von einer Wanderdüne geschluckt.»

«Oder auch nicht. Ich habe kürzlich was über ein britisches Jagdflugzeug gelesen, eine Kittyhawk, die im Zweiten Weltkrieg über der Sahara verschollen ist. Die wurde erst vor ein paar Jahren entdeckt, obwohl sie noch genau dort stand, wo der Pilot seine Bruchlandung hingelegt hatte.»

«Wirklich? Und in der ganzen Zeit dazwischen war kein einziger Mensch dort?»

«Sieht so aus. Das Wrack war vollkommen unangetastet, das Instrumentenbrett tadellos in Ordnung, und sogar die Munition war noch an Bord!»

Juliane stützte sich auf den Rechen. In dem Bordbuch hatte sie gelesen, dass der Lagerplatz am Rande der Wüste gelegen hatte. Konnte es sein, dass der Mauersegler noch immer dort bei dem großen Felsen und der Schirmakazie stand, wo ihn Marianne nach ihrem letzten Flug gelandet hatte? Die Metallteile blankgescheuert von Sand und Wind, der kleine Holzvogel gebleicht von der Sonne, während jede Nacht das funkelnde Firmament über ihm aufzog wie ein Sternenzelt?

Eine halbe Stunde später legte Mattes seinen Arm um Julianes Schulter. In einem Baum zeterte lautstark eine Amsel, als wäre sie empört darüber, dass nun keine Regenwürmer mehr für sie aus der Erde befördert wurden. Sie betrachteten ihre Arbeit. Die Fläche für das Spargelbeet war fertig umgegraben, kompostiert und glatt gerecht. Und Julianes Armmuskeln schmerzten.

«Und das war der einfache Teil», sagte Mattes, «richtig anstrengend wird es erst nächstes Jahr, wenn der Graben und der Damm angelegt werden müssen.»

«Der erste Schritt ist oft einfach, die Schwierigkeiten kommen meistens hinterher. Darauf muss man sich einstellen.»

Sie wussten beide, dass sie nicht mehr über das Spargelbeet sprachen.

«Aber du hast ja nichts gegen langfristig, wie ich heute gehört habe», sagte Mattes. Er küsste sie. «War das ‹langfristig› genug?», fragte er nach einer ganzen Weile.

«Das war auf jeden Fall schon einmal ein sehr guter Anfang.»

Nachwort

Marianne und ihre Herzensfreundin Roseanne mit ihren Familien und ihren dramatischen Geschichten entstammen ebenso meiner Fantasie wie Juliane und Dani. Die historischen Ereignisse und die anderen erwähnten Pilotinnen aber, von denen dieses Buch erzählt, hat es wirklich gegeben.

Der Gedanke, Aspekte dieser außergewöhnlichen Lebensgeschichten zum Hintergrund eines Romans zu machen, kam mir, nachdem ich mich für längere Zeit mit Frauenreisen im frühen zwanzigsten Jahrhundert beschäftigt hatte. Noch immer ist es unglaublich, was Frauen dieser Generation gegen viele gesellschaftliche und private Widerstände gewollt, getan und gewagt haben. Diese Geschichten möchten erzählt werden.

An den Pilotinnen jener Epoche zeigt sich wie unter einem Brennglas, welche Entschlusskraft und welches Durchhaltevermögen Frauen brauchten, um den ihnen zugedachten Platz an Heim und Herd hinter sich zu lassen. Diese Eigenschaften hatten sie gemeinsam, doch davon abgesehen waren sie so unterschiedlich, dass man eine Aufzählung mit der glühenden Nationalistin Hanna Reitsch beginnen und mit der Segelfliegerin Cato Bontjes van Beek enden lassen könnte, die 1943 unter dem Fallbeil des NS-Regimes hingerichtet wurde.

Julianes Freundin Dani merkt in diesem Roman zu Recht an, dass Aufbrüche aus gewohnten Frauenrollen mit einem wohlhabenden Hintergrund einfacher waren, aber selbst einer erfolgreich arbeitenden Pilotin wie Thea Rasche drohte irgendwann der Bankrott. Dafür, dass ihr Vater ihre Schulden übernahm, musste sie ihm versprechen, mit der Fliegerei aufzuhören.

Der wenn auch kleine Freiraum, den Pilotinnen in den 1920er Jahren für sich nutzen konnten, wurde nach dem Regierungsantritt der NSDAP 1933 immer stärker eingeschränkt. Parallel wurde die Sportfliegerei zunehmend militarisiert, bis die Politik schließlich den gesamten Bereich des Flugwesens dominierte. Die Pilotinnen, die nun noch aktiv waren, mussten spätestens mit dem Kriegsausbruch eine Entscheidung treffen: das Fliegen aufgeben oder es im Dienst des NS-Regimes fortführen.

Nur sehr wenige von ihnen sind im Zweiten Weltkrieg weitergeflogen. Sie führten etwa Überführungsflüge aus, indem sie Maschinen an die Einsatzplätze brachten. Zum Angriffsflug waren Frauen in Deutschland nicht zugelassen.

Elly Beinhorn, aus deren Schriften ich das wunderbare Zitat «Guten Fluch gehabt?» entliehen habe, hat mir vor etlichen Jahren bei einem Gespräch erklärt, ihr Fokus als Pilotin in den 1930er Jahren habe nicht darauf gelegen, sich als Frau gegen Männer durchzusetzen, sondern darauf, sich selbst mit ihren Fähigkeiten zu entwickeln, auch wenn ihre Leidenschaft zufällig in einer Männerdomäne lag.

Der Krieg und die entbehrungsreiche Nachkriegszeit haben ihre und die nächste Frauengeneration auf die Existenzsicherung und das Hausfrauendasein zurückgeworfen. Individualismus war weder im Osten noch im Westen Deutschlands gefragt.

Heute haben es Frauen mit der Entfaltung ihrer persönlichen Begabungen leichter – aber noch immer nicht leicht. Das macht die Rückschau auf den Durchsetzungswillen und die Widersprüche der Vertreterinnen früherer Generationen umso faszinierender.

Die Zitate von Antoine de Saint-Exupéry stammen aus:

Der kleine Prinz, deutsch von Grete und Josef Leitgeb, Karl Rauch Verlag, Bad Salzig 1950.

Südkurier, deutsch von Paul Thun-Hohenstein, Karl Rauch Verlag, Bad Salzig 1949.